도쿄 생각

일러두기

· 이 책은 「東京を思ふ」와 「幼少時代」를 완역한 것이다.
· 본문에서 첨자와 하단 각주로 부연 설명한 것은 옮긴이 주다.

도쿄 생각

다니자키 준이치로 지음 · 류순미 옮김

글항아리

이 책은 일본의 대문호 다니자키 준이치로의 산문 가운데 「도쿄 생각東京を思ふ」과 「유년 시절幼少時代」을 한 권으로 묶어 국내에 처음으로 선보이는 것이다. 두 글 모두 '도쿄'를 중심 무대이자 주인공으로 삼은 일종의 회상록이지만, 두 글이 쓰인 시간 격차가 있는 만큼 한쪽은 근대화의 첨병으로서, 다른 한쪽은 에도의 잔향이 남아 있는 전근대의 공간으로서 그려진다.

「도쿄 생각」은 이미 다른 지역으로 떠나 고향 도쿄를 등지며 살고 있던 그가 1923년 간토 대지진을 계기로 엄청난 혼란에 휩싸였을 그곳을 떠올리며 양가감정을 적나라하게 드러내고 있는 에세이다. 도쿄나 도쿄 사람들에 대한 다니자키의 비판은 제 고향을 이처럼 철저하게 부정해도 될까 싶을 만큼 신랄하다. 누구보다 도쿄를 사랑하고 그곳 토박이임을 자부하는 그가 왜 이런 글을 썼을까? 여기서 역자는 관용이라는 단어를 떠올려봤다. 사전에서 관용은 '남의 잘못을 너그럽게 받아들이거나 용서함. 또

는 그런 용서'라고 밝히고 있으며 넓은 의미로는 '자신의 신조와
는 다른 타인의 사상, 신조나 행동을 허용하고, 또한 자기 사상이
나 신조를 외적인 힘을 이용해서 강제하지 않는 것을 의미한다'
로 풀이하고 있다. 그러나 여기서 간과해서는 안 될 사실이 있다.
이 관용은 거리와도 밀접한 관계가 있다는 점이다. 자신과 먼 대
상일수록 혹은 관계성이 옅어질수록 관용은 확대되고 큰 힘을
발휘한다. 가령 자신의 실수는 오래 기억되며 후회의 정도도 크
지만 타인의 실수는 대수롭지 않게 여기거나 금방 잊히는 것도
대상과의 거리 때문이다. 관용을 베풀 수 있는 거리는 자신과 멀
수록, 상관없을수록 크게 작용하는 반면, 자신 혹은 자신과 가까
운 대상일수록 관용은 사라지고 질타와 책망이 자리를 매우고
마는 것이다.

　다니자키는 도쿄 사람을 쩨쩨한 허세덩어리로 그리고 있다. 도
쿄의 미의식 중 하나인 의기意氣가 바로 그것인데, 에도 시대 말엽
에 도쿄의 후카가와라는 곳에서 비롯된 이 말은 차림새나 행동거
지가 세련되고 멋있음을 표현하는 것으로 인정 많고 풍류를 즐길
줄 안다는 의미도 포함하고 있다. 단순미를 지향하는 서민적 감성
인 의기는 기개나 기백을 뜻하기도 하는데 때로는 이것이 지나쳐
체면치레나 허세로 발현되기도 한다. 다니자키는 뼛속까지 도쿄
사람이다. 도쿄는 다니자키 자신이라고까지 말할 수 있다. 그러한
그가 도쿄 사람을 질타하고 그들을 향해 독설을 뿜었던 저변에
는 서양 문화와 그 생활 방식이 근사해 보이고 부럽기 짝이 없는
터에 이제 막 변화의 길로 들어선 도쿄의 어설픈 근대화가 대비
되면서 도쿄를 애정하는 만큼 부끄럽고 안타깝게 여기는 마음이

있었으리라. 그가 도쿄를 떠나 여전히 옛 일본의 정서를 간직하고 있는 간사이로 이주해 살았던 것이 그 반증이라 할 수 있다. 큰 지진을 겪고 그 두려움 때문에 옮겨갔다고는 하지만 실상은 교토와 오사카에서 유년 시절 눈에 익은 정겨운 풍경을 만났던 것이다. 따라서 도쿄에 대한 다니자키의 신랄한 비판은 거꾸로 도쿄에 대한 그의 애정이고 그리움이라 말할 수 있다.

노년에 접어들어 일흔두 살에 집필한 「유년 시절」에서는 다니자키가 도쿄를 얼마나 그리워하고 또 그곳 토박이임을 자부하는지가 더 확연히 드러난다. 다니자키 스스로도 유년 시절에 만났던 훌륭한 스승과 좋은 친구, 가부키와 신악이 자신의 창작활동에 큰 영향을 주었다고 말할 만큼 유년 시절과 유년을 보낸 도쿄는 그의 문학의 근간이자 원형이다. 다니자키의 여성 숭배 성향과 탐미적 사고 및 상상력과 해박한 지식이 유년 시절에 씨 뿌려진 것임을 확인하는 과정은 그의 작품을 이해하는 데 많은 도움을 줄 것이다. 뿐만 아니라 메이지 시대를 살았던 도쿄 서민들의 삶과 정서를 느낄 수 있는 훌륭한 자료이기도 한 「유년 시절」은 독자로 하여금 신화나 역사 속으로 빠져들게 했다가 토마스 칼라일의 영웅 숭배와 왕양명의 선사상을 종횡무진 넘나들게도 하며, 그 당시 서민들의 먹거리와 놀이와 옷차림 속으로 우리를 데려다놓는다. 특히 가부키와 신악에 관한 그의 지식 및 감각은 그의 독특한 문체가 완성되기까지의 자양분처럼 느껴진다.

현재 일본에서는 다니자키 전집이 2015년부터 연대별로 발간되기 시작했으며 이 기획은 2017년까지 예정되어 있다. 그동안 독자들이 어려움을 겪었던 고문을 시대에 맞게 교합한 다니자키 문

학의 결정판이다. 한국 독자들도 머잖아 일본 근대문학사의 대문
호 다니자키의 전집을 만날 수 있길 바라며 이 책이 그 물꼬를 틔
워주리라 기대해본다. 마지막으로 책 만드는 데 함께한 글항아리
식구들과 고문을 현대문으로 번역하는 데 도움을 주신 순천향대
시미즈 기요시 교수님께 감사의 말씀을 전한다.

2016년 7월 도쿄 이케부쿠로에서

옮긴이

─ 차 례 ─

1부

도쿄
생각

기억에는 다이쇼 12년(1923) 9월 1일이었다. 나는 이날 아침 하코네의 아시노 호수 근처 호텔에서 버스를 타고 고와키 계곡으로 향하고 있었다. 아시노유를 지날 즈음 그 지진을 맞닥뜨렸는데 산사태가 난 산길을 걸어서 고와키 계곡 쪽으로 내려가며 가장 먼저 떠올린 것은 요코하마에 있는 처자식의 안위였다. 나는 8월 초순부터 가족과 함께 고와키 계곡에 있는 호텔로 피서를 와 있다가 딸아이가 1일부터 개학이라기에 29일 밤 아내와 딸을 일단 요코하마로 데려다주고는 31일부터 나 혼자 다시 하코네로 돌아와 아시노 호수 근처에 머물고 있었다.

나는 지진을 몹시 싫어해 덴메이와 안세이 시대에 일어난 대지진•에 관한 이야기나 지진학자의 가설을 진작부터 주의 깊게 읽

• 덴메이 2년(1782) 여름 오다와라에서 발생한 진도 7도의 지진과 안세이 2년(1855) 가을 에도에서 발생한 진도 7의 지진. 대도시 에도에도 막대한 피해를 입혔다.

어왔던 터였기에 지금 내가 이렇게 산길을 헤매는 동안에도 요코하마에서는 지진으로 인한 화재가 발생했을 게 틀림없다고 생각했다. 우리 집은 절대 무너지지 않을 거라는 확신이 있었으나, 치솟는 화염 속을 연약한 사람들이 어찌 빠져나올 수 있을까. 아니 그보다 당장이라도 집에서 뛰쳐나와 시내를 빠져나오지 않으면 온통 불길에 휩싸인다는 사실을 알고는 있는 걸까. 집이 무너지지 않았으니 살았다며 섣불리 안심하고 있는 건 아닐까. 내가 있었더라면 무조건 빠져나가야 한다고 했을 테지만 아마 이것저것 따질 겨를이 있을 리가 없다.

내 눈에는 우왕좌왕 도망치는 군중에 휩싸여 불길을 피해 무작정 뛰어가는 가족이 보였다. 간신히 불길이 번지지 않은 길을 발견하고 가다보면 반대편에서 불길이 휘몰아 닥치고 있다. 방향을 바꿔 다른 길로 가면 그곳 역시 불길에 휩싸인다. 점점 절망에 빠져 기력을 잃고 겨우 살았다며 기뻐했던 마음은 절망으로 변해 아버지 이름을 부르고 남편 이름을 부르며 쓰러진다.

내 머릿속에는 상상할 수 있는 한 가장 처참한 가족들의 모습이 그려졌다. 지금 이 순간 나를 부르며 서서히 잦아드는 구슬픈 목소리가 들리는 듯했다. 나는 간간이 요코하마 쪽이라 생각되는 곳의 하늘을 올려다보았다. 그나마 실낱같은 희망을 갖는 것은 요코하마가 도쿄보다 작은 마을로 이루어진 도시인 만큼 쉬이 시가지를 빠져나갈 수 있을 거라 여겼기 때문이다. 우리 집은 수목이 우거진 거류지에 있었고 시내 중심에서 멀리 떨어져 있어 바다 쪽으로 가면 큰일이지만 혹시라도 운 좋게 반대쪽으로 도망쳤다면 넓은 외곽 쪽으로 나갈 수 있을지도 모른다. 하지만 그것도 지금 당장 그쪽으로 달리고 있지 않으면 늦는다. 나는 그들의 걸음과 외곽까지의 거리를 가늠해보았다. 최단 거리, 최장 거리, 화재가 나기 쉬운 건물, 붕괴가 일어날 수 있는 길, '안 돼, 그쪽으로 가면 안 돼! 이쪽이야! 이쪽!' 나는 마음속으로 외쳤다. 하늘이 도와 그들이 살아남았다 해도 만날 수 있으려면 며칠이나 걸릴까, '빨라도 한 달 후'가 아니면 힘들 거라는 계산이 나왔다. 필시 큰 피해로 도쿄와 요코하마는 대부분 잿더미가 돼버릴 테고, 두 도시 인구의 절반은 죽고 온갖 기반시설과 교통과 질서 또한 엉망진창이 돼버릴 거라 예측한 것이다. 나중에야 이 상상은 조금 지나친 것이었음이 밝혀졌으나 당시에는 이 지진이 670년 주기로 한 번씩 온다는 대지진이며 그것이 우려했던 대로 기어코 오고야 말 것이라고 생각했다.

만약 그렇다면 현재 도쿄의 민가와 인구밀도는 안세이 시대와는 비교도 안 된다. 건물도 서양식이 많아진 데다 그 건물들은 멋진 외관을 자랑하고 있긴 하지만 오래된 것은 지진에 가장 취약하다는 벽돌로 지어졌고, 새것은 합판에 회칠한 박람회 건물같이 불붙기에 딱 좋은 판자로 지어졌다. 심지어 예전에 없던 가스라든지, 전기나 석유 외에도 폭발물과 그것들을 대량으로 사용하거나 저장하고 있는 공장 및 창고가 들어서 있다. 그렇다면 인명 손실과 가옥 붕괴 사고는 상상을 초월할 것이다.

안세이 지진 때 후카가와가 가장 큰 피해를 입었고 다른 곳은 그 정도까진 아니었는데 이번에는 아마도 저잣거리 전체가 피해를 입을 것이다. 붕괴 사고를 면한 가옥이 있다손 치더라도 사방에서 난 불이 혹여 순식간에 번진다면 제아무리 고급 주택가라도 무사할 리 없으니, 니혼바시, 교바시, 시모타니, 아사쿠사, 간다 주변에 사는 주민은 모조리 피난 갈 곳을 잃고 타죽게 된다.

도쿄가 그렇다면 설령 요행히 살아남았다 해도 가족들은 도대체 어디로 갔단 말인가. 아내와 딸과 늙은 장모와 형제가 도망치다 뿔뿔이 흩어지지 말란 법도 없을 테고, 서로 찾아 헤매다 다시 만나기까지는 결국 며칠이나 걸릴는지. 나는 친인척을 찾아다니다 딱 한 곳, 마에바시에 사는 처남은 살아 있을 거라는 데 생각이 미칠 테고 그곳에서 잿더미가 된 도쿄나 요코하마에 사람을 보내달라 청해 뜬구름 잡듯 찾아다니게 되는 것은 아닐는지, 한 달 후라는 계산은 여기서 기인한 것이었다.

—

내가 조난을 당한 곳은 고와키 계곡에서 2킬로미터쯤 떨어진 지점이었는데 그곳에서 고와키 계곡까지 걸어가는 내내 줄곧 머릿지점에는 이러한 우려와 망상 따위가 끊임없이 꼬리를 물고 이어졌다. 그러나 나는 이렇게 비통한 일만 생각하고 있진 않았다. 시간으로 치면 30분이나 한 시간 정도였겠지만 그 사이에는 처자식의 처참한 모습에 섞여, 그것과는 전혀 다른 종류의 환영이 때로 눈앞을 스쳐갔다.

다이쇼 12년(1923)이면 내 나이 서른여덟 살이었다. 그리고 요코하마에 살고 있었다는 것은 활동사진 프로덕션 일을 한다는 핑계도 있었지만 사실 도쿄라는 데가 싫어졌기 때문이기도 했다. 나는 영화 일을 하기 전인 다이쇼 6년(1917) 무렵부터 시종 이카호나 구게누마로 옮겨다니며 도쿄 집을 비우는 날이 허다했는데 다이쇼 8년(1919) 12월에 혼고 집을 팔고 오다와라 주시마치로 가서 살다가 2년 뒤, 요코하마로 이사 왔던 것이다.

제아무리 도쿄의 역성을 드는 사람이라도 세계대전 전후로 호경기를 맞고 있던 당시의 제국 도시를 멋진 '대도시'라고 생각한 이는 없을 것이다. 그 무렵 신문은 온통 '도쿄'의 교통 혼잡과 불완전한 도로 상황을 꼬집었다. 『애드버타이저』The Japan Advertiser 일본 영자 신문로 기억되는데, 사설에서 도쿄의 꼴불견을 호되게 꾸짖고는 일본 정치가는 사회 정책이라든지 노동 문제 같은 큰 문제만 떠들어댈 뿐이라며, 모름지기 정치란 도시의 진창길을 해결해 비가 와도 별 탈 없이 자전거를 타고 다닐 수 있는 도로를 만드는 것이라 했던 데에 절실히 공감했기에 지금도 기억하고 있다. '도쿄는 도회지가 아니다, 그저 큰 마을이다, 혹은 마을의 집합이다'라며 일본인이나 외국인 할 것 없이 욕을 했다. 당시 이중다리왕궁 안에 있는 다리의 총칭 외의 너른 길은 늦은 밤에도 자동차 통행량이 많아 도로가 파손되는 일이 잦았는데 승객들은 덜컹덜컹 흔들리는 그곳을 현해탄이라 불렀다. 나는 아사쿠사바시에서 가미나리몬으로 가는 동안 덜컹거리는 좌석에서 심하게 튕겨올라 자동차 천장에 코뼈를 된통 부딪힌 적이 두 번이나 있었다. 정신을 차리고 찬찬히 살펴보니 자동차 천장은 부드러운 천을 덧대어놓았다고는 해도 가운데에 딱딱한 철봉이 있어 튕겨오르면 그 녀석이 코에 닿았다. 이 녀석은 위험하다, 가끔 이런 일을 당할 때마다 당장 코피를 쏟고 말겠구나 하던 차에 코피를 쏟는 정도가 아니라 결국 그것 때문에 죽은 사람도 있다는 이야기를 들었다. 그렇다면 전차는 좀 나을까 싶겠지만 이 또한 죽을 맛이었다.

지금 생각해보면 이런 혼란에는 피치 못할 사정이란 게 있었는데, 복구가 활발해지자 각종 사업이 순식간에 일어났고 타지방 사람들이 죄다 도회지로 몰려들었던 것이다. 도쿄는 이 끔찍한 인구 증가와 팽창에 대해 신속하게 대응할 방법이 없었다. 도로를 포장하고 아파트를 짓자마자 엄청난 수의 자동차가 수입되었고 변두리에는 엉성하게 날림으로 지어진 임대주택이 늘어났다. 방세도 비쌌는데 그럼에도 방 구하기는 하늘의 별 따기였다.

서민들의 교통수단은 노면전차뿐이라 오는 전차마다 꽉꽉 들어차 한참을 정류소에 서서 다음 전차를 기다려야 한다. 통근 시간에는 완전히 살인적인 북새통을 이루는데 해질녘이 되면 배가 고파 짜증이 가득한 채로 귀가를 서두르는 회사원이나 노동자들이 차장의 만류에도 불구하고 막무가내로 달려들어 먼저 타려고 아우성을 친다. 서로가 밀고 당기는 바람에 아수라장이 되어 안에 탄 사람은 내리지도 못하고 탈 사람은 타지도 못하는 촌극이 벌어진다. 결국 타지 못한 사람은 허옇게 뜬 얼굴에 원망 가득한 눈초리로 전차가 사라지는 것을 바라보아야 한다. 그들의 원망어린 눈을 보면 나는 종종 쭈뼛해진다. 매번 탈 수 있는 인원은 하나나 둘인지라 대개는 내동댕이쳐지고 마는 바람에 시가지는 전차에 대한 원성으로 가득했다. 멈춰 선 전차의 승강구에 군중이 시커멓게 몰려들어 밀고, 당기고, 욕하는 소동이 사람의 마음을 얼마나 험악하게 만드는지 말은 안 해도 내심 모두들 저어하고 있는데 그것을 방치해두는 위정자의 정신 상태를 도무지 이해할 수 없었다. 그들의 늑대처럼 날이 선 분노로 이글거리는 표정을 보면 이러한 분노가 언제 어디서 상위계층 쪽으로 향하게 될지 모를 일이다. 일본인이라 참지 서구 도시에서 시민을 이런 상태로 방치했다가는 하루 만에 폭동이 일어날 거라고 말하는 이도 있었다.

전화도 전차와 마찬가지로 점원이나 사무원의 신경을 긁어댔다. 아메리카 같은 곳에서야 전화회사에 연락만 하면 5분 만에 설치하러 온다지만 일본에서는 깜깜무소식이니 결국 비싼 돈 주고 전화국에서 사서 썼는데 그것도 호황이라 말도 안 되게 비쌌다. 어찌어찌 전화를 연결한 것까지야 좋지만 전화에 비해 교환수가 턱없이 부족해서인지 교환국 연결조차 쉬운 일이 아니었다. 심지어 전화는 툭툭 끊어지기 일쑤이고 화가 잔뜩 난 채로 다시 교환수를 연결하려 하지만 이번에는 '통화 중'이다. 매일 수화기를 붙잡고 교환수와 싸우거나 홧김에 시끄럽게 전화벨을 마구 울려대는 일 따위는 드문 게 아니었다. 욕을 먹는 교환수 입장도 이만저만이 아니겠지만 서둘러야 하는 점원들도 분통이 터졌다. 내가 여태 전화를 싫어하는 이유도 전화는 사람을 신경쇠약으로 만든다는 당시의 관념이 고정된 탓이다. 시내에서도 이런 판국에 요코하마에서 도쿄로 전화를 걸라 치면 반나절이나 걸리니 차라리 직접 갔다 오는 게 빠를 지경이었다. 아니 실제로 그게 빨랐다. 거기에 가스瓦斯도 부족했고 공기가 섞여 금방 꺼지기 일쑤라 부엌일하는 사람의 불평이 끊이질 않았다. 요즘이야 일본 물건이 세계를 석권하고 있다지만 당시에는 일본 공업이 선진국을 유치하게 모방만 하는 시기 아니었던가. 무릇 국산품이라는 이름이 붙은 것 중에 제대로 된 것이 하나도 없을 때였다. 나는 종종 성냥 때문에 기분을 망치곤 했다. 성냥을 그으면 치익 하고 불이 붙자마자 그대로 꺼져버리는 통에 담배 한 개비에 불붙이는 데 성냥을 네댓 개나 써야 했다. 휴대용 랜턴도 그랬다. 건전지와 전구의 접촉 불량으로 사서 돌아가는 길에 이미 스위치가 먹통이 되었다.

당시 일본의 활동사진에서는 오노에 마쓰노스케尾上松之助, 일본인 최초의 영화배우이자 감독가 대인기였는데 이것이 우리 일본 문화의 수준을 상징했다고 해도 좋을 것이다. 낡은 일본은 버려졌는데 아직 새로운 일본이 오지 않아 그 어느 때보다 최악의 카오스 상태였고, 혼란이 절정에 달했던 도쿄의 여기저기서 그것은 뚜렷이 드러나고 있었다.

—

그렇게 느낀 사람은 나만이 아니었을 것이다. 세상에, 그 마쓰노스케의 영화를 보면 일본극과 일본인의 얼굴이 모조리 잔학무도하게 그려졌는데도 그것을 재미있다고 보는 일본인의 머릿속이나 취향은 도무지 이해할 수 없어 일본인이면서 일본이라는 나라가 싫어졌다.

그 무렵 나는 데이코쿠칸이나 오데온 극장 주변에 가서 서양 영화를 보는 것이 유일한 소일거리였는데 마쓰노스케의 영화와 서양 영화의 차이는 곧 일본과 서양의 차이로밖에 여겨지지 않았다. 나는 서양 영화에 나오는 완벽한 도시를 보자 더더욱 도쿄가 싫어져 동양의 변방에서 태어난 나의 불행을 애도하기에 이르렀다. 만약 내게 돈이 있었더라면, 처자식이라는 속박이 없었더라면, 아마 나는 서양으로 날아가 서양인의 삶에 동화되어 그들을 주제로 소설을 쓰고 1년이라도 더 오래 그곳에 머물렀을 것이다. 다이쇼 7년(1918)에 내가 중국으로 떠나 그곳에서 빈둥댔던 것은 이 채워지지 않는 이국취미를 조금이라도 위로하고 싶어서였는데 그 여행은 내가 도쿄를 더욱 싫어하고 일본을 더욱 싫어하도록 만들었다. 왜냐하면 중국에는 아직 청나라 시대의 여운을 느낄 수 있는 평화스럽고 고즈넉한 도회지와 시골 마을이라는, 영화에서 봐왔던 서양의 그것에 조금도 뒤지지 않는 상하이나 톈진 같은 근대 도시가 옛것과 새것이 조화를 이루며 어깨를 나란히 한 채 공존하고 있었기 때문이다.

　과도기의 일본은 그 하나를 잃고 다른 하나를 얻으려 발버둥 치던 시절이지만 자신의 나라에 조차지租借地•라는 '외국'을 가진 중국에서 이 둘은 서로 침범하는 일 없이 양립하고 있었다. 나는 베이징과 난징에서 옛 역사를 품은 고즈넉한 마을을 봤고, 장쑤, 저장, 장시 주변을 거닐며 가을이라고는 해도 봄날처럼 화창하고 느긋한 느낌을 받았는데 톈진이나 상하이의 정연한 거리와 포장된 도로, 서양풍으로 아름답게 지어진 집들을 보고는 구라파의 땅을 밟는 것 같은 기쁨을 맛보았다. 특히 상하이는 당시의 도쿄나 오사카보다 훨씬 더 발전된 많은 시설을 갖추고 있어 이미 십자로에는 교통 순사가 서 있었고, 최근에야 교토에 생긴 무궤도 전차가 이미 달리고 있는 데다 새로 넓히고 있는 외곽 쪽에는 콘크리트가 깔린 자동차 도로와 나란히 말굽이 망가지지 않도록 부드러운 흙을 깔아놓은 마차도로까지 있었다. 여행에서 돌아온 나는 일본을 업신여기며 열렬한 중국 광이 되었고 또 열렬한 서양 광이 되었다. 그래서 내가 소재로 삼는 것에는 서양을 흠모하는

• 한 나라가 다른 나라로부터 빌려 통치하는 영토.

마음이 드러난 게 많고 내 생활양식은 옷과 음식, 심지어 집마저도 무조건 서양식을 흉내 내면서 올라가지 못할 나무만 쳐다보는 꼴이었으니, 그런 나에게 도쿄가 재미있을 리 만무했다.

그 무렵 도쿄에는 서양식 임대주택이 거의 없었는데, 간혹 있더라도 귀족이나 고위관리가 사는 커다란 저택뿐인지라 하는 수 없이 싸구려 서양 가구를 사와서는 일본식 다다미방에 들여놓았다. 의복은 재봉을 잘하는 양복점을 찾아 서양 영화에서 얻은 지식에 의지해 모닝예복에서 턱시도까지 빠짐없이 갖추고 넥타이 수집도 해가며 외견상으로는 하이칼라 신사가 되었으나 사실 그 차림새로는 마땅히 갈 데도 없었다. 오페라 극장이나 호텔 결혼식 피로연에 갈 때 말고는 턱시도를 입을 기회가 없어 아끼는 양복을 썩혀야 할 판이라 애써 모닝이나 양복을 차려입고도 지팡이를 흔들며 긴자나 아사쿠사를 어슬렁거리는 형편이었다. 그럴 때마다 머릿속에는 카지노나 카바레, 댄스홀 같은 것이 떠올랐지만 그런 게 도쿄에 있을 리 없다고 생각하면 '젠장, 도쿄는 따분해' 하며 평소보다 더 심드렁해지는 것이었다.

상하이에 머물 때 카턴 카페에서 야회복을 입은 백인 남녀 여러 쌍이 춤추는 화려한 광경을 보곤 했는데 내가 갔을 때 마침 그 카페에선 일본인 매니저가 일하고 있었고 그는 나중에 이것을 도쿄에 들여갈 거라고 했다. 하지만 나는 그 계획에 찬성하는 바이긴 하나 그가 일본 사정을 전혀 모른다며 속으로 비웃었다. 이런 걸 도쿄에 가져갔다간 경찰이 가만둘 리 없기 때문에 '그건 정말 어렵겠는걸요' 하고 말한 뒤, 그런 일본의 사정을 생각하니 더욱 서글퍼졌다.

나는 게이샤라는 것에 반감마저 갖고 있는 터라 아무리 이성 친구를 사귀고 싶어도 유흥업소에 가는 건 꺼렸다. 내가 원하는 것은 생기 있는 눈과 쾌활한 표정, 명료한 음성과 건강하고 균형 잡힌 몸매, 그리고 무엇보다 길고 곧은 다리와 하이힐이 쏙 들어가는 발가락이 길쭉한 귀여운 발을 가진, 요컨대 외국 스타의 몸매와 옷차림을 겸비한 여성이었다. 나는 이런 사람을 찾아 종종 긴류칸이나 일본관, 간논 극장에서 하는 오페라에 갔다. 그리고 그 무렵 하라 노부코原信子, 성악가이자 오페라 가수나 오카무라 후미코岡村文子, 배우, 아직 열네댓밖에 안 된 소녀였던 사랑스런 이시이 고나미石井小浪, 무용가의 무대를 바라보며 어느 정도 목마름을 해소하고 있었다. 사실, 다이쇼 8년(1919)경의 일본 처녀들은 여학생조차 팥죽색 기모노를 입고 있어 무대 위 말고는 서양 옷을 입은 여자를 거의 볼 수 없었다.

내 기억이 틀림없다면 쓰루미에 있는 가게쓰엔에 외국인을 상대로 댄스홀 허가가 나온 것은 아마 다이쇼 11년(1922)경으로 그곳에 서양 여자처럼 차려입은 일본 여자들이 하나둘 드나들었는데 대부분이 요코하마에 살면서 서양인과 사귀는 여자들이었다. 그 후 도쿄에도 새로 지어진 데이코쿠 호텔에 댄스파티를 할 수 있는 작은 홀이 두어 개 생겼지만 세상이 사교댄스라는 것에 색안경을 쓰고 보던 시절이라 도저히 요코하마처럼은 될 수 없었고 인사를 나누는 자리에도 요코하마 쪽 사람들이 대부분이었다.

여하튼 시나브로 그런 기운이 돈다는 것은 언젠가 도쿄의 하늘에도 뉴욕에 있을 법한 마천루가 들어서고, 거리를 지나는 여자들도 간편한 양장 차림에 콘크리트로 포장된 도로를 또각또각 걸어다니는 서양 문화가 들어와 카턴 카페 매니저의 계획이 실현될 날이 온다는 뜻이었다. 무조건 서양을 본뜨는 일본인이니 기어코 그런 시대가 오고야 말 것이다. 상상만으로도 설레는 일이지만 문득 내 나이와 요즘 도쿄의 한심한 작태를 보면 이 어수선한 도시의 모습이 확 바뀌는 건 언제쯤일까 하는 탄식이 절로 나오면서 그 사이 청춘이 다 가버리고 마는 게 억울했다.

나는 도쿄에서 태어났지만 지금의 도쿄에는 아무런 미련도 없다. 차라리 큰불이라도 나서 쓰레기통을 뒤집어놓은 듯한 동네들이 몽땅 타버렸으면 좋겠다. 그러면 늑장 부리며 진전 없던 개량 공사가 순식간에 이뤄질 것이다. 나는 아침저녁으로 그런 생각만 하고 있었다.

ー

라프카디오 헌Patrick Lafcadio Hearn 1850~1904. 그리스 신문 기자. 작가이자 일본 연구자은, 사람은 슬픔의 절정에서 보거나 들은 것을 평생 잊지 못한다고 말한다. 하지만 나는 여전히 사람은 아무리 슬플 때라도 그것과 전혀 다른 기쁜 일이나 희망찬 일, 우스운 일을 떠올릴 수 있을 거라 생각한다. 왜냐하면 지난 지진 때 내가 살아남았다고 생각한 찰나, 요코하마에 있는 처자식 안부가 걱정됐지만 이와 거의 동시에 '잘됐어, 이걸로 도쿄는 훨씬 더 나아질 거야'라며 환희가 끓어올랐던 것은 어쩔 수 없었기 때문이다.

나는 전에도 말했듯이 화염 속을 이리저리 피해 도망치는 처자식을 걱정하면서 고와키 계곡까지 걸었으나 그 사이에도 이 '잘됐어'라는 생각이 머리 한켠을 떠나지 않는 데다 심지어는 이 생각만으로 슬픈 상상이나 걱정이 사라져버린 몇 분, 혹은 몇 초가 있었다.

음울한 구름 사이로 별안간 햇살이 새어나와 주위를 밝히듯 그 생각은 내 발길에 희망을 주었고 어깨를 들썩이게 했다. 나는 이 미증유의 순간에 처자식과 부둥켜안고 함께 타죽을 수 없다는 사실이 후회스러워 나 혼자 하코네에 온 것을 자책하고 원망하며 분개했으나 '도쿄가 나아진다'고 생각하니 '살아서 다행이다. 절대 죽을 수 없다'는 생각이 바로 뒤에서 고개를 들었다. 처자식을 생각하면 불길이 조금이라도 느리고 약하길 빌면서도 한편으로는 '타거라, 활활 타올라 모조리 태워버려라!'라는 생각도 들었다. 그 번잡한 도쿄. 질척거리는 길과 울퉁불퉁한 도로와 무질서와 험악한 인심밖에는 아무것도 없는 도쿄. 나는 그것이 이 무서운 진동으로 하나도 남김없이 붕괴되고, 날림으로 지은 서양식 건물과 판자를 더덕더덕 붙여놓은 듯한 일본 가옥 집단이 통쾌하게 불타는 모습을 상상하자니 가슴이 후련해지는 것이었다. 내가 가진 도쿄에 대한 반감은 그토록 큰 것이었으나 그래도 그 불타버린 벌판에 홀연히 근대 도시가 생겨나리라는 데에는 한 치의 의심도 없었다. 온갖 재난에 익숙해져 있는 일본인은 이까짓 것쯤에 주저앉을 리가 없다. 샌프란시스코가 10년이라는 시간을 들여 전보다 더 훌륭한 도시가 되었다고 들었는데 도쿄도 10년 뒤에는 틀림없이 복구된다. 그리하여 비로소 해상빌딩이나 마루빌딩 같은 외연한 대건축물로 모조리 채워질 것이다. 나는 웅대한 대도시의 경관을 상상하며 그에 걸맞은 관습의 변혁에 생각이 미쳤고, 온갖 환영을 하늘에 그렸다. 정연한 가도와 새롭게 말끔히

단장한 포장도로, 넘쳐나는 자동차와 기하학적인 미관을 자랑하며 층층이 솟아 있는 블록 및 그 사이를 잇는 고가도로, 지하도로, 노면전차와 불야성이 된 밤의 술렁임, 파리나 뉴욕에 있는 것 같은 오락시설들. 마침내 그때가 오면 도쿄 시민은 분명 서양식으로 살게 될 것이며 남자든 여자든 젊은 사람은 모두 서양식 옷을 입게 될 것이다. 그것은 필연이며 원하든 원치 않든 반드시 그렇게 될 것이다.

위정자들이 우리 일본의 미풍양속을 들먹이며 서양식 향락주의를 금하려 해도, 구식 극장이 무너지고, 연회가 망하고, 화류계가 사라진 자리에는 그것을 대신할 것이 생겨날 터이다. 그렇게 생각하자 복구된 도쿄의 단면이 영화의 섬광처럼 연거푸 눈앞을 스쳐갔다. 만찬 예복과 연미복, 턱시도가 한데 섞이고 샴페인 글래스들이 해파리처럼 부유하는 연회장, 검게 빛나는 도로 위를 몇 줄기 헤드라이트가 교차하는 극장 앞 늦은 밤의 혼잡스러움, 이랑무늬와 매끄러운 실크와 각선미와 인공 광선이 범람하는 보드빌의 무대, 긴자와 아사쿠사와 마루노우치와 히비야 공원, 그 등불 아래 출몰하는 스트리트워커의 요염한 미소와 터키탕, 마사지, 이발소에서 벌어지는 은밀한 향락과 엽기적인 범죄. 도무지 나란 인간은 안 그래도 갖은 기이한 망상을 안고 꿈속을 헤매는 버릇이 있는데, 이런 망상이 참으로 이상하게도 아내나 딸이 처한 비참한 상황 사이를 비집고 들어와 집요하게 잠식하는 것이었다. 심지어 나는 평탄한 길을 무의식적으로 걷고 있었던 게 아니다. 알다시피 그곳은 왼쪽엔 높은 벼랑이, 오른쪽에는 깊은 계곡이 있고 그 사이로 산길 하나가 지나고 있을 뿐인데, 길은 그해 여름 공사를 끝낸 직후라 부드러운 흙이 군데군데 계곡으로 무너져내려, 어떤 곳은 나무뿌리를 붙잡지 않으면 아래로 질질 미끄러졌다. 길이 온전한 곳이라도 산꼭대기에서 여기저기 나뒹굴던 크고 검은 바위들이 한꺼번에 굴러떨어져 길목을 가로막고 있었다. 뿐만 아니라 언제 또다시 지진이 올지 모를 일이었다. 그래서 나는 걷는 일에 세심한 주의를 기울이지 않으면 안 되었다. 그 와중에 내 상상은 가족의 운명과 미래 도쿄의 화려한 모습 사이를 번갈아 오가고 있었던 것이다. 내 슬픔은 상당히 큰 것이었지만 기쁨도 그에 못지않았다. 도쿄의 일신, 온갖 근대적 유혹의 도가니, 아마 내가 살아 있는 동안 만날 수 없을 거라 체념하던 것을 지진이 가져다준 것이다. 40~50년 걸려야 올 세상이 10년으로 단축된 것이다. 내 망상은 터무니없는 뜬구름이 아니었다. 나는 앞으로 태어날 이들의 행복을 생각하며 지금 예닐곱 살 된 소녀의 10년 후를 상상하고는 설레어 가슴이 뛰었다. 그녀들은 더 이상 무릎을 꿇고 앉거나 허리끈으로 몸통을 조이거나 무겁고 평편한 나막신을 끌고 다니지 않아도 된다. 그리고 그녀들의 육체가 건강한 발육을 마쳤을 즈음 가정에서, 거리에서, 경기장과 해수욕장과 온천지에서 구시대의 일본이 꿈에도 본 적 없던 여성미를 보게 될 것이다. 그것은 마치 인종이 완전히 달라져버린 듯한 변화로 얼굴과 피부색과 눈동자 색까지 서양인다워질 것이며 그녀들이 구사하는 일본어조차 외국어 느낌이 날 것이다. 10년 후에는 내 나이 마흔여덟이 된다. 아아, 딱 10년만 젊었더라면 이보다 훨씬 더 기뻤을 텐데. 나이를 생각하면 1년이라도 빨리 그런 시대가 왔으면 좋겠다, 부디 마흔다섯이 되기 전에. 바라건대 신도쿄의 여성들이 나를 남자로 대해줄 수 있을 때 말이다. 나는 이런 생각을 하며 산길을 내려왔던 것이다.

—

고와키 계곡에 도착하니 여름 한때를 함께 보낸 낯익은 무리가 호텔 앞 유원지로 대피해 있었는데 나는 그곳에서 다시금 회한에 빠졌다. 왜냐하면 그곳에서 만난 사람들은 일본인 외국인할 것 없이 거의가 가족과 함께였고 나처럼 처자식과 떨어져 있는 이는 없었기 때문이다. 그들은 부모 자식끼리, 부부끼리, 형제끼리 손을 부여잡고 재난을 피한 것에 기뻐하며 이런 때 함께 있을 수 있는 행운을 진심으로 감사하는 모습이었는데 그 광경은 내게 무엇보다 견디기 힘든 것이었다. '사모님과 따님은 어떻게 되셨을까요?'라며 염려해주는 그들의 말속에는 내 불행과는 반대로 자신들은 다행이라 여기는 것이 비쳤고, 어째서 이 사람은 처자식을 두고 혼자 왔을까라며 비난하는 듯했다. 단지 지금 나는 피해 범위와 정도가 조금이라도 줄어서 요코하마와 도쿄가 무사하다면 좋겠다는 생각뿐이지만 호텔 매니저인 H 군은 다른 이유로 오히려 피해 지역이 크기를 바라고 있었다. 당연히 이것은 H 군뿐만 아니라 이 지역 사람 모두가 그렇게 생각하고 있었는데, 그 까닭인즉 그동안 하코네에는 화산성 지진이 자주 있었고 그것이 과장되게 전해지면서 손님의 발길이 뜸하곤 했는데 만약 이런 대지진이 하코네에서만 발생한 것이라면 이곳은 다시 일어설 수 없다는 불안 때문이었다. 그래서 H 군을 비롯한 주민들은 하코네를 생각하면 불행한 일이지만 도쿄나 요코하마까지 이런 대지진이 일어났다고는 믿을 수 없었던 데다 아무튼 이것은 하코네만의 국부 지진일 거라며 크게 비관하는 반면, 나 또한 그들의 비관이 맞아떨어지면 좋겠지만 작년 말과 올해 초, 두 번씩이나 요코하마에 드물게 강진이 있었다는 것을 상기하고, 주워들은 전문가의 예상을 더해 필시 간토 일대에 큰 지진이 났을 거라 단정 짓지 않을 수 없었다. 이윽고 오후 1시경 미야노시타에 화재가 발생한 듯 누런 연기가 하늘을 가득 메운 것을 보았고, 저녁 무렵 오다와라 쪽이 어슴푸레 붉게 물들어 있는 것을 멀리 산기슭 하늘에서 봤을 때는 내 단정이 적중했다는 생각이 짙어졌다. 밤이 되자 사람들은 유원지 잔디밭에 텐트를 쳤으나 잠을 이루지 못한 채 다시금 지진이 어디까지인가를 두고 실랑이를 벌이고 있었다. 지역 주민들은 역시 하코네 지진설을 주장하며 세계적으로 유명한 이 온천지도 이제 끝난 게 아닐까 하는 비관을 되풀이했다. 이에 대해 나는 알고 있는 지진학 지식을 들어 그런 걱정일랑 말아라, 오늘 지진은 그렇게 국부적인 것일 리 없다, 하코네 지진 피해 정도는 도회지의 것에 비한다면 아무것도 아닐 것이다, 게다가 당신들은 미야노시타가 불타는 것을 보고, 오다와라가 불타는 것도 봤지 않느냐, 이 유원지에서 오다와라 너머까지는 보이지 않지만 오이소나 히라쓰카, 가마쿠라, 그리고 나에게 가장 고통스런 상상이 되겠지만 내 가족이 살고 있는 요코하마 역시 지금 우리가 말하고 있는 이 시간에도 불에 활활 타고 있을 것이다, 요코하마가 그 정도라면 도쿄도 안전할 리 없다, 아니 어쩌면 도쿄야말로 이번 지진의 중심지이며 보소 반도간토 지방의 동남쪽에 위치에까지 걸쳐 피해가 가장 심할 것이라고 말했다. 하지만 내 설득이 그들의 추정과는 크게 동떨어져 있던 까닭에 쉬이 수긍하는 이는 없었다. 나는 그들에게 만약 내 말이 믿기지 않는다면 누군가 이 뒤에 있는 산꼭대기에 올라가 동쪽을 보라, 필시 도쿄나 요코하마가 불에 타고 있는 것을 목격할 수 있을 것이다, 그냥 불이 난 것이라면 보이지 않을 테지만 몇십만, 몇백만이라는 인구가 살고 있는 대도시가 불에 타고 있다, 도쿄 만 주변 곳곳이 화염에 휩싸여 있다, 그렇다면 하늘을 태울 듯한 엄청난 화염이 보이지 않을 리 없다고 피력했으나 선뜻 나서는 이는 없었다. 그들은 불안한 미소를 머금은 채 눈치만 살필 뿐이었다. 나는 내 이야기를 믿어주는 이가 한 사람도 없자 심사가 꼬이기도 했지만 가만 생각해보면 그것은 처자식의 비참한 최후를 바라는 듯한 모양새였기에 기묘하게 모순된 생각을 안고 텐트 안에 몸을 뉘였으나 밤이 깊어갈수록 내 머릿속에는 처참한 환영만 떠오르는 것이었다. 나는 또다시 남편을 부르고 아비를 찾는 가냘픈 목소리를 듣고는 홀로 베갯잇을 적시고 있는데 어느 사이엔가 조용히 비가 내리기 시작했고 그 처량한 빗방울 소리가 곧 또 다른 애수를 불러일으켰다. 만약 이 비가 요코하마에도 내리고 있다면 불길을 어느 정도 잡아줄 텐데, 그리된다면 가여운 사람들이 불에 타죽는 일만큼은 피할 수 있으려나, 아니면 이 비는 어딘가 길바닥에 나뒹구는 아내와 딸아이의 주검 위로 무심하게 뿌리고 있으려나. 나는 담요를 몸에 감싼 채 그런 슬픈 꿈을 안고 밤새도록 뒤척였다.

—

그리고 10년하고도 1년이라는 세월이 흘렀다. 고대하던 지진

이후의 10년은 지난해(1933) 9월 1일을 기해 완료되었고 나는 어느새 마흔아홉이 되어 있다. 그러나 지금의 나, 그리고 지금의 도쿄는 어떠한가. 세상은 한 치 앞도 내다볼 수 없고 무엇도 내 뜻대로 되는 일이 없다고들 하지만 나는 오래전 고와키 계곡에서 산길을 헤매며 갖은 망상에 사로잡혀 있던 당시를 회상하면서 지금의 어이없는 결과를 보게 된 것을 기뻐해야 할지 슬퍼해야 할지 모를 야릇한 기분이 들었다. 무엇보다 내가 그 당시 예상했던 재난 범위, 도쿄가 겪은 참사의 정도, 그 복구 속도와 방식은, 반은 맞고 반은 틀렸다고 할 수 있다. 나는 그때 하코네 사람들의 단견을 비웃었으나 내 예측도 지나친 것이었다. 간토 지방 일대의 지진이라는 관측에 오류는 없었지만 피해는 도쿄보다 가나가와현 쪽이 더 심했는데 특히 오다와라, 가마쿠라, 가타세 근방이 가장 컸고 도쿄는 요코하마에 비하면 그 희생이 예상보다 적었다. 요코하마에 살고 있던 일가와 식솔은 한 명도 빠짐없이 살아남았으니 도쿄에서 죽은 사람은 더럽게 운이 나빴던 것이다. 피복창•이나 요시하라의 사상자는 엄청난 숫자였으나 사실 나는 그 몇 배나 더 큰 참사를 예상했고 도쿄 전체가 피복창처럼 되리라 상상했던 것이다. 그런 도쿄에서 대개의 가옥이 붕괴를 면하고 화재도 비교적 느린 속도로 서서히 번져갔기 때문에 서민들이 사는 마을에서도 대부분은 무사히 대피할 수 있었고 부촌도 시가지의 형태를 거의 보존할 수 있었다. 그래서 도쿄 시의 복구는 10년 사이에 무사히 마칠 수 있었다지만 내가 생각한 근본적인 변혁에까

• 국가나 단체의 제복을 만들거나 수선하여 보관하는 곳.

지 이르지는 못했다. 나는 당시 고토 신페이後藤新平 수상이 30억 엔의 자금을 들여 일단 잿더미가 된 토지를 정부가 매입해 잘 정돈된 신시가지를 건설한다고 하는 대규모 방안을 내놓았을 때 내심 쾌재를 불렀던 한 사람이었으나 그 후 수상의 방안은 실행되지 못한 채 끝나버려 옛 도쿄의 들쭉날쭉한 거리는 충분히 그 흔적을 지웠다고 할 수 없었다. 아닌 게 아니라 스미다 강을 비롯한 몇몇 하천에는 경쾌한 호선을 그리며 크고 작은 무수한 교량이 지어졌다. 마루노우치에서 긴자, 교바시, 니혼바시에 이르기까지 문자 그대로 새로운 면모를 갖추게 되었다. 그로 인해 나는 기차로 시나가와에서 신바시를 지나 중앙역으로 진입할 때 시가지 경관을 내려다보며 이곳이 유년 시절 내가 뛰어놀던 바로 그 허허벌판인가 하고 새삼 놀랐다. 외국에서 돌아온 사람들은 지금의 도쿄가 서구 일류 도시에 뒤지지 않는다고 입을 모은다. 아무리 젊은 날의 내가 서양 필름을 보고 꿈에 그렸던 시가지라 한들 이토록 장엄한 것은 아니었다. 단언컨대 다이쇼 12년(1923) 9월 2일, 그 산길을 걷고 있던 내게 처자식의 불행조차 잊게 했던 한낮의 환영도 이 눈앞의 장대한 아름다움에는 미치지 못할 것이다.

그러나 그러한 외관상의 변화는 시민의 기호나 풍속, 습관 및 언어와 행동에 얼마나 영향을 끼칠 수 있는가. 솔직히 이것도 내 상상이 지나치게 앞서간 탓에 그들은 내가 그때 예상했던 대로는 서구화되지 못했다. 요즘 스틱 걸*이라는 신종 직업이 항구를 중

---

* stick과 girl의 일본식 조합 영어. 돈을 받고 남성의 이야기 상대가 되어주는 젊은 여성.

심으로 퍼지면서 카페나 바의 번창은 화류계를 압도했고, 영화나 버라이어티 쇼의 유행은 가부키 관객을 빼앗고 있다고는 하지만 카바레나 카지노는커녕 상하이의 카턴 카페에 필적할 만한 것조차 없이 댄스홀은 여전히 비난을 받고 있었다. 긴자 거리를 걷다 보면 당당하게 서 있는 높은 빌딩 틈바구니에서 오사카식 화과자가 행인의 식욕을 자극했고, 시민은 여전히 나다의 청주에 취하길 원했으며, 대폿집 연어구이나 값싼 안주에 군침을 흘리고, 청요리와 서양 요리를 환영한다고는 해도 왕년을 회상하며 그들 대부분이 흰쌀밥에 생선회나 두부, 단무지와 된장국을 먹고 있었다. 여자들의 양장이 뿌리내렸다고는 해도 여학생이나 버스 차장들의 유니폼과 종업원들의 원피스를 제외하면 양장다운 양장을 입은 부인이나 아가씨는 과연 몇 할이나 될까. 그나마 여름에는 어느 정도 눈에 띄었지만 겨울에는 거리나 백화점 안을 둘러보면 열 명에 하나 있을까 말까 할 정도였다. 직장을 다니는 여자들조차 반수 이상은 기모노를 입고 있다고 봐도 좋을 것이다. 정말이지 도쿄의 근대화, 혹은 서구화는 여성의 복장과 식성에서 가장 늦어지고 있는 것처럼 느껴진다.

—

도쿄 시민의 서구화가 지진 재해라는 절호의 기회를 얻었음에도 10년 전 내가 기대했던 과격한 진전을 보이지 못한 채 지금도 느릿느릿 걸음을 떼고 있는 데에는 필시 다양한 이유가 있을 것이다. 가령 지진 피해 범위가 대부분 서민층이 사는 동네에 한정되고 부촌은 거의 피해를 입지 않았기 때문에 신도쿄의 재건에도 다소 영향을 주었을 테고 나아가 그것이 시민에게 이중생활을 할 수밖에 없도록 만든 것이다. 실은 그러한 물질적인 사정보다 더 깊숙한 곳에 중대한 원인이 있는지도 모른다. 만약 도쿄가 한 뼘도 남기지 않고 모조리 불타버려 완전히 새로운 시가지가 그 위에 세워진다 한들 여전히 2000여 년의 전통을 가진 국민의 기질이나 습관은 그러한 외적 조건만으로는 좀처럼 사라질 수 없는 것인지도 모른다. 나는 조금 전 도쿄 시민은 여전히 흰쌀밥을 먹는다고 썼는데 이것은 '여전히'가 아니라 어쩌면 '영원히'라고 써야 할 것이다. 오늘날 쌀값이 정치적으로 이용되고 있는 것만 봐도 도쿄 시민, 나아가 일본 국민이 빵을 주식으로 삼는 시대가 가까운 장래에 실현되리라고는 꿈에도 생각지 않는다. 10년 전 내가 그런 말도 안 되는 상상을 한 것은 우습기 짝이 없지만 그러나 젊은 시절에는 누구라도 '서양'에 매료되어 이러한 개혁이 쉽게 이뤄질 것처럼 생각한다.

옛날에, 진짜인지 아닌지 확인할 길은 없지만, 문부대신이었던 모리 아리노리森有禮 씨는 일본어나 일본 문자를 없애고 국민에게 영어를 말하게 하며 영문자를 교육해야 한다는 법안을 내놓았다가 도리어 외국 식자에게 그것이 실행되기 어려운 까닭을 듣고서야 깨달은 바가 있다고 고백했다. 당시 모리 대신의 나이가 얼마쯤이었는지는 모르겠지만 전도유망한 정치가마저 그런 그릇된 망상에 사로잡혔다면 일본의 청년이 한번쯤은 나와 비슷한 꿈을 꾸었다는 것도 자연스러운 일일 것이다. 바로 4, 5년 전, 좌경 사상이 횡행하던 시절에는 일본의 국가나 사회 조직의 변동이 수년 내에 일어나지 않으면 안 될 일처럼 여겨졌고 그것을 필연적인 결과라고 굳게 믿던 청년이 얼마나 많았는가. 나는 원래 정치쪽에 관심이 없어 의식주의 양식, 여성미의 표준, 오락 기관의 발달 같은 것밖에 안중에 없었으나, 그렇다 하더라도 현재의 도쿄를 보고 유감스러워하는 내가 하물며 10년 전이라면 환멸의 쓴잔을 마시고도 남았을 테지만 뜻밖에도 도쿄 이상으로 내 자신이 변한 것을 깨닫곤 괜스레 서글퍼졌다. 나가이 가후_{永井荷風, 소설가}의 「장마」에 나오는 마쓰자키라는 법학자는 오와리초 사거리에 멈춰 서 긴자 거리의 야경을 바라보며

마쓰자키는 법학 박사학위를 딴 뒤, 고비키초에 있던 모처의 고위 관리로 재직했는데 (…) 고지마치에서 인력거를 타고 통근하던 시절에 매일 보던 긴자 거리와 지진 후 나날이 변해가는 광경을 비교하면 그저 꿈만 같다고밖에 달리 표현할 말이 없었다. 꿈만 같다는 것은 오늘날 로마인이 로마의 옛 수도를 그리워하는 것만큼 복잡한 심경을 말하는 게 아니다. 축제에 몰린 구경꾼들이 마술사의 현란한 손 기술을 보며 가벼운 찬사를 보내는 마음에 지나지 않는다. 서양 문명을 모방한 도시의 풍광도 여기까지 오면 경이의 극치랄까, 어쩐지 일종의 비애를 불러일으키는 것이다.

라고 탄식하며 그 전에

기미에는 같은 매춘부라도 종래의 창기와는 성질을 전혀 달리했는데 서양의 도회지에 만연해 있는 창녀와 같은 것이었다. 이러한 여자가 도쿄 시내에 나타난 것도 이것을 예컨대 시대적 분위기

탓이라 여긴다면 세상이 변하는 것만큼 놀라운 일도 없다.

라고 말하는 이 대목이 가장 마음에 와닿았는데 나는 '경이의 극치'라고 하는 서양 문명의 모방을 목격하고 특별히 기쁨을 느낀 것도 아닐뿐더러 그 모방이 모자라 불만을 느끼는 것도 아니었다. 솔직히 말하면 이 정도로 끝나 다행이랄까, 기대를 저버린 것에 오히려 얼마간 위로를 느꼈고 이렇게 느끼는 지금의 자신을 반성하며 마쓰자키 박사처럼 비애에 빠지고 마는 것이다. 참으로 세상일은 그 무엇도 뜻대로 되는 게 없다지만 그중에서도 자기 자신만큼 모르는 것도 없을 터이다. 내가 10년 후의 도쿄를 예견했다고 믿었던 것은 크게 빗나갔을 뿐만 아니라 내일 당장 내 자신이 어떻게 될지 모른다는 것은 생각지도 못했던 일이다. 오늘날, 이렇게 변해버린 제국의 도시를 보고 기뻐해야 할지 슬퍼해야 할지 갈팡질팡하는 나. 도쿄가 서구화되자 서양을 싫어하게 돼버린 나. 그리고 미래의 도쿄에 희망을 품는 것보다 유년 시절의 도쿄를 그리워하는 나. 아아, 세상만사가 새옹지마라는 게 이런 것 아닐까.

—

무엇보다 그 당시 10년 후 나이 든 내 모습을 상상하며 한탄한 것은 사실이지만 이는 자신의 육체가 쇠약해질 것을 우려했을 뿐 심경마저 이렇게 변할 줄은 몰랐다. 이렇게 심경이 변한 것 역시 육체가 쇠약해지면서 찾아온 결과로 다른 원인이 아닐 수도 있다. 나 자신에 대해 말할 자격도 없는 나는 그것에 대해서도 판단이 서질 않는다. 다만 지진 후 아주 잠시 피난 갈 요량으로 간

사이 지방으로 도망치듯 와버린 것이 오늘의 나를 있게 한 첫걸음이었던 것 같다. 간사이로 오게 된 이유는 내가 다이쇼 10년 (1921) 봄, 활동사진 「뱀의 정령蛇性の淫」의 로케이션으로 오랜만에 교토와 나라를 방문한 뒤 이곳을 좋아하게 되었기 때문이다. 이것은 서양에 심취해 있던 당시로서는 조금 모순돼 보이지만 나는 외국인이 히로시게歌川廣重, 에도 말기의 우키요에 화가의 그림을 진귀하게 여기는 것과 같은 의미로 구식 일본을 이국정취로 받아들이고 사랑하는 것이라고, 나 스스로는 그렇게 해석하고 있었다. 왜냐하면 그 당시 나는 도쿄에서 외국인이 사는 부촌에 살면서 메이드의 방 외에는 다다미방이 하나도 없는 가옥에서 입식생활을 하며 서양 요리사를 두고 아침저녁으로 신발을 신고 벗고 하지 않아도 되는 생활을 하고 있었기 때문에 외국인 유람객과 마찬가지 기분으로 나라나 교토에 놀러 다닐 수 있었다. 나는 그것이 유쾌했다. 뿐만 아니라 나는 메이지 시대가 끝나고도 한참을 간사이 지방 땅을 밟아본 적이 없었으나 10년 만에 가보니 베이징이나 난징, 장쑤, 저장 주변에 남아 있던 동양의 고풍스러운 정취가 일본의 오래된 도시에도 남아 있음을 알게 된 것이다. 내게 이들 토지나 풍속에 동화되고픈 마음은 없었지만 이들을 한 폭의 그림으로 여기자 적어도 난잡한 도쿄보다 훨씬 더 매력적으로 다가와 애착을 갖게 되었다. 그래서 처음엔 도쿄가 새로 태어나는 것을 기다리는 잠시 동안만 머물 요량으로 오사카에 집을 구해 고풍스런 교토와 하이칼라인 고베에서 생활의 변화를 추구하며 살아야겠다고 생각했는데, 그때는 나 말고도 많은 이재민이 흘러들어왔다. 나와 가장 친한 사람으로는 오사나이가 있었다. 그는 오사

카 다니마치에 있던 플라톤 사오사카의 화장품 회사가 론칭한 출판사의 고문을 맡고 있었는데 지진이 나기 얼마 전부터 롯코 쪽에 별장을 빌려 생활하다가 지진을 겪고는 도쿄에서 오사카 덴노 사로 이사와 지금의 나오키와 가와구치와 함께 『조세이女性』1922년 창간된 여성 잡지의 편찬 일에 종사하고 있었다. 영화 관계로는 기네마순보 사가 지금은 니시노미야 시내로 이전했지만 당시에는 아직 한산했던 슈쿠 강효고 현 소재 방죽에 늘어선 소나무 길 아래에 있었는데 다나카 사부로田中三郎, 다무라 요시히코田村幸彦, 스즈키 도시오鈴木俊大 등이 그곳을 양산박으로 삼고 후루카와 롯파古川緑波, 코미디언이자 작가 같은 인물도 가끔 도쿄에서 활기를 보태러 들러주었다. 그 외에도 요코하마에서 알고 지내던 외국인은 거의 전부가 고베로 내려왔고 댄스 친구들 중에도 춤추러 일부러 찾아와주는 이가 적지 않았다.

그 무렵 오사카 지방에서 이재민 기분을 맛봤던 것도 지금 와 생각해보니 그리운 추억이 아닐 수 없다. 가게쓰엔이나 그랜드 호텔 같은 근사한 댄스홀을 잃은 우리는 그저 춤을 출 수만 있다면 고베 어디서든 못 살 것도 없다는 생각으로 그해 크리스마스나 뉴이어 이브에는 가장무도회를 열어 흥에 겨워했다. 화재로 쫓겨온 우리는 일본인이든 서양인이든 낯선 땅에서 처음으로 새해를 맞으며 춤을 추면서 과거 요코하마의 번영과 다시 돌아올 리 없는 그 항구에서의 즐거웠던 생활에 대해 이야기하며 회한의 정을 나누었다. 사기 사건으로 문제를 일으켰던 F 양도 당시에는 고베에서 볼 수 있었는데 그런 얼굴들이 왠지 재난 전의 요코하마에서의 향수를 더욱 또렷이 상기시켰다. 대체로 그 무렵 간사이에서는 고베의 호텔에서 가끔 연회가 있을 뿐 오사카의 가테지나 카페 유니언, 교토의 카페 로열 같은 곳은 몹시도 휘휘해서 우리 이재민은 만나기만 하면 요코하마의 옛 추억을 떠올리며 가게쓰엔이나 그랜드, 오리엔탈의 영화를 그리워했다. 그러나 그러한 시절도 겨우 2, 3년이었다. 피해 지역에 점차 가건물이 들어서면서 사람들은 간토로 하나둘 돌아가버리고 말았다. 오사나이는 가장 먼저 돌아가 히지가타 요시土方與志, 연출가와 쓰키지 소극장을 세웠다. 요코하마에서 온 외국인들조차 고베의 외국인과는 좀처럼 맞지 않는다며 돌아가버렸다. 그런데도 나만은 기어코 이곳에 뿌리를 내리고 말았던 것이다. 그것은 그 후에도 빈번하게 일어나는 간토 지방의 지진이, 지진을 두려워하는 나를 한층 더 겁쟁이로 만들었던 탓이며 가끔 둘러보러 갔다가 복구 사업에 진척이 없는 것을 보고 화가 치밀어 올라서이기도 했고 무엇보다 간사이 지방이, 그러니까 고베뿐 아니라 오사카나 교토, 나라의 고풍스런 일본이 어느 사이엔가 나를 정복해버렸기 때문인데 그러한 내 안의 심경 변화를 나타내는 것은 이 글의 목적에 부합하지 않으니 일단 여기까지만 쓰려 한다. 아무튼 나는 다이쇼 15년(1926) 1월, 두 번째로 상하이에 다녀온 뒤로 2, 3년 사이에 차츰 서양식 생활에 '안녕'을 고하게 된 것이다.

—

그런 까닭에 이제 나는 스스로를 도쿄 사람으로 생각하지 않는다. 중년이 다 되어 이주했기 때문에 완전히 간사이 사람이 될 수 있을 거란 생각도 하지 않지만 그래도 가능한 한 동화되고 싶은 게 사실이다. 도쿄에는 아무런 미련도 없다. 생각해보면 지나온 49년 가운데 도쿄에 살았던 것은 약 30년, 쇼난 지방이나 요코하마를 전전했던 것이 3, 4년, 그 후 지진 때문에 간사이로 피난 와서 생활한 것이 11, 12년이니 아직까진 도쿄에 가장 오래 살았다지만 간사이에서 생활한 10여 년도 내 생애에서 이미 상당한 부분을 차지하고 있다. 게다가 내가 알고 있던 도쿄의 마을은 모조리 잿더미가 되어버렸고 마을의 관습도 달라진 지금에 와서 그곳이 내가 태어난 토지라는 것 말고는 아무런 인연도 느끼지 못하는 것이다. 내가 일곱 살 때부터 열두세 살까지 살았던 미나미카야바초의 집터 같은 건 지요다바시에서 나가요로 가는 큰길이 되었다는 현실, 친인척 대부분은 뿔뿔이 흩어졌고 대개는 적은 삯으로 변두리로 밀려나야 했으며 조선 땅 끝 어딘가로 흘러 들어간 마당에 이제 도쿄의 니혼바시라는 곳은 더 이상 고향이 아니었다. 그래서 나는 이곳으로 온 뒤 2, 3년간은 상경할 때마다 '돌아왔다'는 생각이 들었지만 언제부터인지 그 관계가 뒤바뀌어 일주일 정도 도쿄에 머물면 빨리 오사카로 '돌아가'고 싶어져 기차를 타고 오사카야마 터널을 빠져나와 야마자키 근처를 지나면 휴우 하고 한숨을 돌리게 된 것이다. 이렇다보니 나는 복구 후의 도쿄에서는 그저 한 사람의 이방인이었으며 그 어떤 말도 할 자격이 없다. 가령 자동차를 타고 달리다가 문득 창밖으로 눈길을 주었을 때 오사카나 교토라면 '지금쯤 어디를 달리고 있다'는 감각이 있지만 최근 도쿄에서는 가늠하지 못할 때가 많다. 옛날 같으면 달리는 차 안에서 갑자기 눈을 떴을 때에도 여기는 아카사카구나, 간다구나 하는 식으로 단번에 직감했는데 지금은 도쿄

의 거리 냄새도 구분할 수 없는 데다 가끔은 방향감각도 잃고 만다. 작년 가을, 다쓰노 유타카辰野隆, 프랑스 문학가와 오후 5시에 호시가오카샤료星ヶ岡茶寮, 문필가들이 드나들던 요정에서 만나기로 약속해 4시 반까지 우에노미술관 전시를 관람하고 야마시타에서 택시를 탄 것까지는 좋았는데 그 운전수가 호시가오카샤료를 모른다는 것이었다. 고지마치의 산노 신사라고 해도 모르고 히에 신사라고 해도 마찬가지였다. 나는 장소를 알고는 있어도 가는 길은 모른다. 이로 인해 상당히 늦고 말았는데 토지에 대한 방향감각을 잃었다는 것은 자신이 이제는 그 토지에서 단지 여행객에 지나지 않는다는 확실한 증거일 게다. 그도 그럴 것이 길을 익히려면 걷든지, 전철을 타더라도 수차례 왕복해야만 겨우 외울 수 있을 텐데 가끔 올라와 사나흘 자동차를 타고 돌아다니다가 금세 돌아갔으니 기억력도 시원찮은 노년의 나에게는 더 이상 도쿄의 골목길을 익힐 기회는 없을 것이다. 심지어 이따금씩 상경해서도 옛 친구를 찾아가는 일은 거의 없다. 솔직히 고백하면 잡지사와의 거래상 용무나 어쩔 수 없이 가야 하는 관혼상제에 출석하기 위해 매년 두세 번은 도쿄를 찾지만 용무가 끝나면 늘 아무 데도 들르지 않고 도망치듯 내려왔다. 내가 상경했다는 것이 신문 지면에 실려 여기저기서 전화가 오더라도 대개는 정중하게 거절하거나 출발 시간도 미리 알리지 않았고 아무도 모르게 하행선 기차에 몸을 싣고 나서야 안도의 한숨을 내쉬곤 했다.

—

지진 후 도쿄의 어디에 그렇게 염증이 났느냐 묻는 말에 사실 나는 그 심경을 제대로 짚어내는 데 약간의 곤란함을 느낀다. 그것은 내가 서양에 염증을 느끼게 돼서 지금의 서구화된 거리가 마음에 들지 않는다는 것도 아니다. 어쨌거나 복구 후의 도시가 내뿜는 장엄한 아름다움에는 나 또한 때로 감탄을 금치 못하는데, 그런 새로운 것보다 오히려 새로움 속에 남아 살아 숨 쉬는 옛 도쿄의 흔적, 가령 사람들의 표정이라든지, 말투라든지, 몸짓이나 먹거리, 차림새 같은 것, 한마디로 표현하면 도쿄 사람의 취향이나 기질 같은 것이 아무래도 작금의 내게는 전부 거슬린다. 아마 도쿄에 살고 있는 중산층 이상의 남녀는 일본인 중에서 자신이 가장 센스 있는 사람이라는 착각에 빠져 있다고나 할까, 솔직히 말하면 나에게는 그런 무리가 그저 얄팍하고 허세덩어리인데다 나약해서 뭔가 열등감이 있는 것처럼 여겨진다. 이렇게 말하는 나 자신조차 태생은 어쩔 수 없으니 간사이 사람들 눈에는 필시 그렇게 보일 것이다. 도쿄에서 살던 때는 남의 일이나 나 자신의 일도 전혀 자각하지 못했지만 간사이로 이주하고 나서야 도쿄에서의 생활이 그리워 가끔 상경해보면 그러한 사실을 통감하게 된다.

내가 그런 도쿄 사람의 고약한 취향을 다 싫어하는 것은 아니다. 누가 뭐래도 내 부모님이나 외삼촌과 숙모, 죽마고우 사이에서는 통용되던 특징이었을 테니 말이다. 여기엔 말로 표현할 수 없는 그리움이 있지만, 그래서인지 오히려 그것이 참을 수 없는 불쾌감이 되기도 한다. 아마도 이것은 도쿄 사람들에게도 오사카 사람들에게도 쉽사리 이해받지 못할 마음, 나같이 태어난 도쿄를 버렸지만 그렇다고 인연을 끊지도 못하고 있는 자만이 아는 감정이겠지만 나는 이것을 어떻게 설명해야 좋을지 단어 선택을 할 수가 없다. 그럼에도 예를 들어본다면, 수년 전 어느 날 쓰지 준辻潤[*]이 홀연 오카모토에 찾아와 붕어구이를 선물로 주고 갔다. 쓰지는 그때 '이보게, 이건 센주에서 파는 붕어구이라고. 여기서 이런 거 먹기 힘들지' 하면서 그 붕어구이가 들어 있는 작은 꾸러미를 내게 내밀었다. 늘 뜬금없이 나타나는 바람 같은 쓰지가 선물을 가져온다는 것은 좀처럼 드문 일이었는데 오랜만에 센주 명물인 붕어구이라고 하자 나도 모르게 어린 시절이 떠올라 '이런, 이렇게 고마울 수가' 하며 진심으로 기뻐했다.

간사이 사람들은 붕어구이가 도대체 뭔지 아마 모를 것이다. 붕어의 배를 갈라 달짝지근한 간장을 발라 구운 뒤 꼬치에 꽂은 것으로 멸치조림처럼 까만 데다 그 모양새가 마치 참새처럼 둥글다고 해서 참새구이라고도 불린다. 특별히 맛있는 것도 뭣도 아니지만 그것을 파는 곳이 센주라고, 료코쿠 근처라 지진 후에도 그런 가게가 남아 있다는 것을 알자 그것이 진미라는 것 말고도 그와 관련된 이런저런 일들이 떠오르는 것이었다.

옛날 도쿄 토박이, 그중에서도 저잣거리에 있던 가게에서는 화로 앞에 앉아 이런 것들을 안주 삼아 한잔씩 했는데 내 아버지도 그중 한 사람으로, 뜻밖에 지금 거뭇거뭇 그을린 붕어를 바라보고 있자니 살아생전의 부모님 모습과 어릴 적 내가 살던 집에서 먹던 밥상머리 광경이 또렷이 떠올랐다. 나는 오랫동안 도쿄에 이런 먹을거리가 있었다는 사실을 까맣게 잊고 있었던 것이다.

• 방랑생활을 하며 집필활동을 하는 평론가로 유명하다.

그건 그렇다 치고 어떻게 붕어구이를 가져다줄 생각을 한 것인지, 그것 또한 쓰지라는 사람의 인품과 아주 잘 맞아떨어져, 역시 쓰지다운 선물이라는 점에 새삼 감복하고 말았다. 이렇게 말한다고 알 리가 없겠지만 그것은 보기에는 참 별나고 보잘것없는 처량한 먹거리다. 요즘의 도쿄라고 하는 대도시와 이 붕어구이는 도무지 어울리지 않을 정도로 볼품없고 초라한 '명물'이었던 것이다.

　말이 나온 김에 나는 도쿄의 온갖 먹거리나 간토가 원조라고 알려진 명물에 관해 생각해봤는데 가장 먼저 떠오른 것은 아사쿠사의 '김'이었다. 그 외에 연어자반과 대구자반, 간장을 발라 구운 생과자, 낫토, 멸치볶음, 뱅어포, 말린 갈고등어가 있다. 이들 중에는 사실 도쿄 산이 아닌 것도 있다. 특히 김은 도쿄 만에서 채취 가능한 양이 점점 줄어들어 대부분 와카 포구나 이세 만에서 채취한 것을 한데모아 아사쿠사 김이라는 이름으로 상품화하여 유통시킨다고 들은 기억이 있다. 게다가 도쿄 명물이라고 해도 요즘 간사이에서도 구하지 못하는 것은 거의 없다. 위에 열거한 품목 가운데 낫토는 요즘 들어 드물게 팔기 시작해서 진짜 구할 수 없는 것은 대구자반과 뱅어포뿐이다. 간사이 사람은 대구라 하면 대구포나 건대구는 잘 알지만 대구자반이 있다는 건 모른다. 뱅어포는 절대 볼 수 없다. 그러나 이들 먹거리를 보고 있으면 맛이 있고 없고는 제쳐두고라도 참으로 처량해질 정도로 맛없어 보이는 게 많다.

　내 친구 가이라쿠엔 사장은 뱅어포와 상어조림을 몹시 좋아해 그것만 있으면 다른 찬이 필요 없다고 할 정도이지만 그 부레풀처럼 생긴 뱅어포를 생각하면 나는 이내 슬퍼진다. 물론 그것을 고소하게 구워서 잘 익은 간장을 바른 풍미는 나쁘지 않다. 다만 그 얇디얇은 이름도 모르는 치어를 모아놓은 듯한 것을 파삭 하고 베어 물고 서둘러 밥을 밀어넣는 것은 아무리 그래도 처량하기 그지없다. 먹는 당사자는 만족스럽겠지만 옆에서 보고 있노라면 결코 좋은 그림이 아닌데, 더할 나위 없이 궁색한 것을 찬으로 삼아 밥을 먹고 있는 것 같기 때문이다. 그래서 이 뱅어포와 붕어구이에서 느껴지는 궁색 비슷한 것을 나는 도쿄 사람들의 생활 전반에서 느낀다.

—

먹는 이야기가 나온 김에 조금 더 이야기를 해볼까 한다. 원래 별미라 불리는 별난 명물은 도쿄에만 있는 게 아니다. 교토나 오사카에도 찾아보면 어느 정도 별스런 음식이 있다. 그러나 일반적으로 생선이나 푸성귀, 닭고기, 소고기 같은 식재가 풍부하고 맛있기로 유명한 간사이에서는 어떤 게 좋을까 망설이다가 자칫 엉뚱한 것을 고르게 된다. 도미회나 옥돔구이를 질리도록 먹은 사람들이 순무초절임에다 죽 한 그릇을 먹는 것처럼 말이다. 하나 도쿄에서는 음식을 만드는 식재료에 뭐 하나 제대로 된 게 없어 어쩔 수 없이 그런 별나고 희한한 것을 고안해낸 것이다. 전에 말했던 상어조림만 해도 간사이 사람들은 덤으로 줘도 싫다고 한다. 나는 어릴 적에 그것을 자주 먹었던 기억이 있는데 그 생선 토막을 도쿄식 진한 간장에 조려 접시 위에 담아놓으면 마치 통나무를 가로로 자른 듯 나이테 같은 힘줄이 있는 것이 그저 나무로 만든 냄비 받침으로 보일 뿐이었다. 색이든 모양이든 그것과 꼭

같았는데 생선 가시가 없는 대신 맛도 밍밍했다. 소금에 절인 날치, 고등어 된장 조림. 나는 열예닐곱 때부터 스무 살 무렵까지 남의 집에서 서생을 하던 시절에 그런 것을 매일 반찬으로 먹었던 경험이 있어 지금 생각하면 그립기도 하지만 맛있던 것도 맛없던 것도 아니었다. 밀랍을 먹는다는 게 바로 이런 것을 말하는 것이리라. 그렇다면 익히지 않고 먹는 생선 중에 가장 맛있는 것은 역시 꽁치, 전어, 멸치 같은 잔생선류다. 과자로 먹어도 그만인데 도쿄 사람들은 이마도今戸나 소카草加의 소금생과자를 자랑하지만 고급 건과자나 생과자가 있는데 거기에 구색을 맞추기 위해 있는 거라면 몰라도 양갱 하나 제대로 된 것 없는 처지에 소금생과자가 명물이라니 너무 미개하지 않은가. 모나카나 시골 찐빵 중에는 가끔 맛있는 것이 있긴 해도 하나같이 조악하고 볼품없으며 궁색해 보인다. 생과자 역시 이마도나 소카는 도쿄 외곽이지만 농촌이니 원래 시골 명물이라 해야 옳다. 요즘 도쿄 사람들은 그렇게 조금 희한한 것을 '조금 색다른' 것이라 치켜세우며, 결코 오기를 부리는 것은 아닐진대도 나는 실은 그 색다른 맛이라는 단어를 들으면 살짝 오글거리는 것이 그 그늘에 숨겨져 있는 도쿄 사람들의 얄팍함을 엿보는 듯해 그저 쓸쓸해질 따름이다.

———

다시 한번 말하지만 나는 그런 도쿄의 명물에 반감과 애착이라는 모순된 감정을 갖고 있어 멀리 떨어져 있을 때는 간장을 발라 구운 개량조개가 먹고 싶어지거나 무작정 와사비 간장이 먹고 싶어지기도 한다. 그래서 도쿄에 가면 실컷 먹어야겠다고 다짐

하지만 제철이 지나 못 먹거나 식당에 들를 여유가 없거나 해서 늘 때를 놓치고 만다. 여하튼 먹고 싶은 음식이란 게 전문 요리라 기보다 작은 가정식 백반 같은 것인지라 맘 편한 친구 집에라도 묵으며 친구 부부와 함께 화로 앞에 앉아 음식을 나누는 게 아 니라면 좀처럼 이루지 못할 꿈이다. 그러던 중 작년 11월 말에서 12월 하순에 걸쳐 나는 잡지사 일에 다른 용무를 끼워넣어 한동 안 도쿄에 머물 요량으로 한 달 가까이 쓰루미에 있는 가미야마 소진上山草人, 배우의 집에서 신세를 지기로 했었다. 지진 후, 내가 그 렇게 오랜 기간 도쿄 부근에 머문 것은 이번이 처음이었고 원고 를 쓴다는 명목으로 소진이 새로 지은 조용한 집의 이층을 빌렸 는데 평소 식탐이 많은 나를 꿰뚫고 있던 소진이 그 긴 체류 기 간 동안 온갖 정성을 다해 대접해주었다.

소진은 가장 먼저 내게 먹고 싶은 것이 무어냐고 물었다. 나는 아귀전골이라고 대답했다. 다음은 도호쿠 지방의 낫토라고 말했 다. 그리고 센다이의 된장국, 상어 껍질과 연골로 만든 어묵, 개량 조개, 조개관자, 갯가재 같은 것을 댔다. 그러자 소진이 하는 말, 하나같이 자신이 좋아하는 찬으로 날마다 제집 밥상에 빠지지 않 고 올라오는 것이며, 아귀는 다행히 무코지마의 학교에 다니는 아 들놈이 있는데 돌아오는 길에 어시장에 들러 매일 사온다. 낫토는 미토에서 직접 주문해 쟁여두고 매일 아침 먹고 있다. 된장은 센 다이에서 보내주는 것을 먹었지만 최근에는 근처에 사도 된장을 파는 곳이 생겨 혹시나 해서 사먹어봤더니 센다이 된장과 같은 것이라 작금에는 그것을 먹고 있으니 분명 마음에 들 것이다. 어 묵도 아들놈을 시키면 된다. 개량조개나 조개관자, 갯가재는 이곳이 명실상부한 도쿄 만을 코앞에 둔 동네다. 차고 넘치다보니 식구들은 식상해할 정도이지만 소원이 그렇다면 얼마든지 상에 올리겠다. 그것 말고도 게든 문어든 꼬막이든 대합이든 바지락이든 재첩이든, 도쿄 토박이가 먹는 음식은 뭐든 다 있다고 했다.

대저 주객이 음식에 관해 공통의 미각을 지니고 있을 때만큼 쌍방이 행복한 일은 없다. 나는 아주 오랜만에 그러한 도쿄 음식을 마음껏 음미했다. 게다가 20년 만에 오랜 벗과 마주 앉아 그런 음식을 들자니 불현듯 옛 생각이 하나둘 떠오르는 것이었다. 지금 내 눈앞에 핫옷을 입고, 조선의 골동품 가게를 뒤져 구입한 시조가 새겨진 소반 앞에 앉아 죽순과 오징어젓갈을 안주 삼아 오작들이약 90밀리리터로 묘주를 즐기는 소진의 모습은 우리네 아버지들과 많이 닮아 있다. 아버지도 그렇게 한잔씩 묘주를 즐기셨다. 그리고 소진이 하는 것처럼 된장국에 매운 시치미•를 뿌려 드셨다. 낫토는 일부러 미토에서 주문해 먹을 정도로 까다롭진 않으셨지만 먹을 만큼 매일 아침 장터에서 사다 먹었다. 소진이 1, 2홉의 술에 거나해져 "옛 신라의 학자들이 별을 헤았을 돌층계이려나" 하면서 자작 와카나 하이쿠를 음미하듯 아버지도 취하시면 기분이 좋아져 도도이쓰나 기다유의 가락을 읊으셨다. 단지 소진은 오십 고개를 넘은 지금도 여전히 왕년의 기백이 살아 있는 다부진 도호쿠 사내의 면목을 지니고 있어 패잔의 도쿄 토박이에 지나지 않았던 내 부친과 비교할 바는 아니었지만, 그렇게 소반을 받아 들고 핫옷을 걸친 모습을 보면 분명 호호 할아버지였다. 이것이

• 고추·깨·진피·앵속·평지·삼씨·산초를 빻아서 섞은 향신료.

예전에는 메이지 말기의 극단에서 풍운을 일으키고, 때로는 기누가와 구자쿠衣川孔雀, 여배우와 염문을 뿌리고, 훗날 미국으로 건너가 세계적인 영화배우가 되어 더글러스Douglas Fairbanks, 배우이자 영화감독나 존 드루 배리모어John Drew Barrymore, 배우와 나란히 출연하며, 콘라트 바이트Conrad Veidt, 배우를 제치고 배역을 따내기도 했던 사내라고는 믿어지지 않는다. 그는 10년 만에 요코하마 부두에 내려 뉴그랜드 호텔에 머물며 환영하는 친구들로부터 일본에서 가장 먹고 싶은 것이 무어냐는 질문을 받고는 나와 마찬가지로 '아귀전골'이라고 답했다. 아마도 그는 10년에 걸친 도미 기간에 아귀고기 맛을 그리워했을 것이다. 그래도 돌아왔을 당시에는 앞으로 일본은 다다미 문화를 없애야 한다고 했지만, 얼마 지나지 않아 쓰루미 산자락에 아담한 집을 구입했고, 그것을 개축해 '사풍장斜楓莊'이라 이름 지은 소진의 지금 저택에는 다다미가 깔리지 않은 방이 하나도 없다. 대나무 기둥에 초가지붕은 아니지만 선판船板으로 만든 문짝엔 심지어 조선에서 들여온 한 쌍의 주련을 걸어놓았고, 응접실 바닥을 파서 화로를 만들고 단을 높여 만든 상좌床の間, 꽃이나 족자를 걸어 장식하는 곳나 시렁에는 부드러운 통나무를 쓰는 등, 마치 작은 요릿집이나 응접실 같은 분위기였다. 그리고 그곳에 자그마하게 단정한 자세로 앉아 두툼한 옷에 싸여 직접 양념으로 간을 하고, 두릅을 잘 잘랐네, 못 잘랐네, 구시렁대며 아귀 가시를 입에서 손가락으로 잡아 빼는 모습이 얼마나 잘 어울리던지. 그러나 이것이 그 당시 몽골 왕자라고 생각하니● 얼마나 그 모습

● 소진은 더글러스 주연의 영화 「바그다드의 해적」에서 몽골 왕자로 나왔다.

에 애잔함이 느껴지던가. 얻어먹으며 이런 소리를 하는 게 미안하긴 하지만, 온갖 진미가 차려진 밥상 위의 색채가, 구보타의 입버릇처럼 '그럼에도 불구하고' 어딘가 초라해서 슬퍼지고 만다. 원래 도쿄의 '별미'라는 것이 독일어로 프레센fressen이라는 동물이 쩝쩝 소리를 내며 먹는 모양으로 그렇게 먹지 않으면 맛깔스럽지 않은 음식이 많다. 내가 알고 지내는 영국인의 일본인 아내는 차 말이밥을 소리 내지 않고 먹는 사람인데, 그렇게 먹으면 먹는 당사자도 맛이 없을뿐더러 보고 있는 쪽도 거북하다. 대개 일본 음식에는 그런 것이 많은데, 도쿄는 특히 더하다. 먼저 메밀국수가 그러하고 생과자, 뱅어포, 단무지, 김도 그러하다. 아니 갯가재나 게가 되면, 소리를 내는 건 물론이고, 손으로 먹어야 한다. 긴키 교토, 오사카를 비롯한 도성 주변 도시에서도 도미머리나 게살을 발라 먹으려면 손을 쓰는 게 편하지만, 도쿄만큼 야만적인 짓은 하지 않는다. 게도, 긴키는 북쪽 지방에서 잡힌 큼직한 것이라 깔끔하게 먹을 수 있지만 도쿄의 게는 작아서 손이 더 지저분해진다. 그중에서도 특히 갯가재로 말할 것 같으면, 젓가락을 내던지고 달려들어 양손에 쥐고 먹기 때문에 손에서 국물이 줄줄 흐른다. 그것을 일일이 행주나 손수건으로 닦는 게 성가시니, 손가락을 쭉쭉 빨아가며 먹는 것이다. 까놓은 갯가재는 별맛이 없다며 껍질째 조린 것을 먹는데, 막상 껍질을 까고 나면 먹을 게 없다. 간에 기별도 안 갈 정도로 적은 알맹이에 비해 껍질만 유난스러워, 밥상 위에는 어느새 지네를 닮은 그것들로 수북이 산을 이룬다. 그것의 철이 겨울인지라, 던적스러운 데다 추레해서 더욱 춥게 느껴지는데 실제로도 먹으면서 손끝이 시리다. 그래서 도쿄 토박이가 코를 훌쩍거리며 간장이 묻은 양손을 쭉쭉 빨고 있는 광경은, 당사자가 맛있어하면 할수록 왠지 비루해 보여 측은함마저 든다. 내 아버지 같은 사람은 시종 그런 것만 드시고 살아선지, 뭘 먹든 쩝쩝 소리를 내는 버릇이 있었는데, 소진 역시 쩝쩝거리지는 않았지만 우그덕우그덕 소리를 내며 먹는다. 입안에서 마치 사자춤에 등장하는 사자가 입을 닫을 때 나는 소리가 들린다. 나는 간사이에 온 뒤로 오랫동안 꿈꿔왔던 것을 이번에야말로 질리도록 먹어보고는 어떤 감상을 갖게 되었느냐 하면, 앞서 말한 대로 더없이 쓸쓸하고 비참한 기분이 들었다. 아아, 내가 애태우던 도쿄 토박이 음식이 저런 것이었나, 40년 전 우리 집 화로 앞에 차려져 있던 것이 저것이었구나 하고, 나는 돌아오는 기차 안에서 불현듯 몸서리가 쳐졌다.

—

그런데 이 도쿄 사람들의 의식주에 얽힌 묘한 궁색함은 어디서 오는 걸까 곰곰이 생각해보니 결국 그것은 도호쿠 사람들의 영향을 받은 게 아닐까 싶다. 나는 이것에 대해 아오모리 사람이 한 이야기를 떠올렸다. 도쿄 사람들은 센다이라는 곳을 도호쿠의 현관처럼 생각하는데, 아오모리 입장에서 보면 센다이는 도쿄의 현관으로밖에 안 보인다는 것이다. 그랬다, 도쿄와 아오모리 사이에 있는 센다이가 그렇게 보이는 것처럼, 만약 아오모리와 교토 사이라든지, 혹은 시모노세키라면 어떤가. 도쿄 사람들은 정치의 중심지에 살고 있으니, 그곳을 지리적으로나 인문적으로나 일본의 중심이라 여기기 십상이지만, 간사이에서 출발해보면, 왠지 도쿄가 도호쿠 지방의 현관처럼 느껴져, 도쿄에서부터 도호쿠 지방이 시작되는 것 같다. 그리고 사실, 오사카나 교토에 시코쿠 지방이나 주고쿠 지방 사람이 많은 것처럼, 도쿄에는 가까운 도치키, 이바라키를 기점으로 위로는 아이즈, 요네자와, 센다이, 아오모리, 아키타 쪽 사람이 상당히 많다. 소진 역시 센다이에서 올라와 유명해졌는데, 지진을 계기로 순수한 도쿄 토박이가 차츰 어딘가로 모습을 감추고, 도호쿠 사람 수가 점점 늘어난 것 같다. 그 증거로는, 예전과 비교해 도호쿠 사투리가 섞인 도쿄 말투가 늘어난 점이 있다. 아마 자동차 운전수 등은 도호쿠 사람이 대부분일 것이다. 운전수라고 하면, 언젠가 고이시 강 메지로 언덕을 지나는 것을 잡아탔는데, 그치가 은근 모던한 멋을 풍기는 세련된 형씨로, 가야바초까지 타고 가는 내내 만담가처럼 현란한 말솜씨로 운전수라는 직업이 가진 애로 사항을 스스럼없이 말하는 것이었다. 이것저것 묻다가 그가 음곡音曲을 좋아해 가끔 들으러 간다는 사실도 알게 되었다. 그러나 이 형씨의 말투를 가만히 듣고 있자니 역시 야슈지금의 도치키 현 쪽 어딘가의 말꼬리가 올라가는 억양이었다. 과연 요즘 도쿄에서 세련되고 폼 좀 잡는 사람들은 모두 이렇구나 하고 생각했는데, 운전수는 차치하더라도 유곽의 여주인 사이에서도 도호쿠 지방의 특징인 비음 섞인 말투가 많다는 사실에는 적잖이 놀랐다. 그것도 시부야나 고탄다처럼 큰 동네가 아닌 신바시, 아카사카, 시타야와 같은 작은 동네에 의외로 많다.

　나는 경제에 관해서는 문외한이지만, 나와 인연이 있는 출판업자의 이야기를 들어보면 잡지나 단행본도 간사이 지방에서 훨씬 더 잘 팔리며 교토의 서쪽으로는 오사카가 있고, 히로시마나 후쿠오카, 나아가 조선이나 만주까지 모두가 상당한 독서층을 보유하고 있는 데 비해 간토 지방에서는 도쿄가 전국에서 1위를 차지하는 독보적인 곳일 뿐 센다이나 삿포로 같은 데는 별 볼일 없다고 한다. 이 한 가지 사실을 가지고 추론해보면, 도호쿠라는 곳은 도쿄라고 하는 으리으리한 현관을 가지고 있을 뿐, 아니 어쩌면 현관에만 막대한 비용을 들이고 있을 뿐이라 서부 지역과 비교하면 재력과 문화가 뒤떨어져 있다. 그래서 도쿄는 그 가난한 도호쿠의 단 하나뿐인 대도시다. 만약 도쿄를 '도호쿠 지방에 속하는 곳'으로 간주했을 때, 오래전에는 '새가 울던 동쪽'을 노래한 에비스가 살던 황량한 토지였던 곳이 권력자의 힘에 의해 정치적으로, 다시 말해 인위적으로 번화한 거리로 변모했다고 간주했을 때, 비로소 이마도의 센베이와 센주의 붕어구이, 아사쿠사의 김과 뱅어포가 명물인 이유가 설명된다. 지진이 일어나기 전의 도쿄 시는 시가 아니라 동네라는 표현을 썼는데 지진 후의 지금도 어떤 의미에서는 시골이나 마찬가지다. 요네자와, 아이즈, 아키타, 센다이의 연장선이다. 나는 예전에 도호쿠에 놀러 가 숙주무침과 도루묵 된장절임, 버섯초절임에 혀를 내둘렀던 적이 있는데 지금도 가끔 먹고 싶긴 하나 맛없는 토속주와 도호쿠다운 칙칙한 음식을 떠올리면 진저리가 쳐져 다시 가고 싶지는 않다. 하지만 도쿄의 온갖 '별미'를 늘어놓은 밥상의 칙칙함도 별반 다르지 않다고 말하고 싶다.

—

　나는 역사에 대해서는 잘 모르지만 지금의 도쿄, 옛날엔 에도라 불리던 도시가 생겨난 경위를 생각하면 작금의 만주국의 신도시와 마찬가지였겠구나 싶다. 어쨌든 토지는 넓지만 온통 잡풀이 우거진 들판이었으니 오사카나 교토에 뒤지지 않는 신시가지를 만드는 것은 쉬운 일이 아니었을 것이다. 애써 건설한 도로는 지반이 약한 늪지대인지라 비가 오면 질척거리기 일쑤고 겨울에는 서리가 녹아 땅이 물러진다. 심지어 지치부秩父, 사이타마 현의 산간 지방에서는 매서운 강풍이 불어닥친다. 일본에서 기후가 온난하다든지 풍광명미라고 알려진 곳은 세토瀨戸 내해, 오사카에서 시코쿠나 주고쿠 지방 이야기로, 하코네에서 동쪽으로는 사계절을 통틀어 흐린 날이 많고 세찬 칼바람을 동반한 비가 많이 내려 전체적으로 땅 색깔도 거무스름하며, 산세나 나무가 험해 해안 경치도 다카사고高砂, 스미노에住の江, 스마須磨, 아카시明石처럼 백사청송일 리가 없다. 심지어 지진도 자주 발생하는 지역이다. 매년 입춘이 지나고 210일쯤 되면 무시무시한 태풍이 온다. 토착민들이야 그렇다 쳐도 정부의 명으로 서쪽에서 이주해와 급하게 지어진 집에 살아야 했던 장군이나 호족들은 얼마나 두려움에 떨어야 했을까. 요즘도 벼슬 없는 지방의 큰 부자들이 망하면 도쿄로 흘러들어와 나카노나 시부야, 아사가야 부근의 삐걱거리는 날림 주택 셋방에서 사는 것을 보고 무척 가엾다는 생각이 드는데 이처럼 도쿄 외곽에 허겁지겁 개발된 동네만큼 버려진 느낌이 드는 곳도 없다. 내 생각이지만, 그곳의 겨울은 아마도 홋카이도의 겨울보다 더 추울 것이다. 북부 지방은 기온이 낮아도 그것을 보완하는 설

비가 있고, 눈이 쌓이면 오히려 집 안은 따뜻할 테니 설국다운 정
취도 있다. 허나 도쿄 외곽은 눈은 쌓이지 않고 칼바람만 불어댄
다. 같은 셋방이라도 긴키 지방은 바람을 막아줄 창이나 문짝 같
은 설비가 제대로 갖춰져 있는 데다 크기도 널찍하고 바닥이나
기둥의 목재도 튼튼한 반면 도쿄는 날림으로 허투루 지어진 터
라 웃풍이 세서 추운 건 말할 나위도 없다. 밤에는 이불 몇 채를
겹쳐 깔아도 방바닥에서 올라오는 찬 기운이 목덜미까지 파고든
다. 여기에 동네를 더 남루하게 만드는 것은 판자로 엮은 외벽이
다. 긴키의 셋방은 외벽에 그을린 삼나무를 덧대어 그래도 봐줄
만한데 도쿄의 판자 외벽은 아무리 잘 지어진 집이라도 지저분해
보인다. 그러니 싸구려 사글셋방 정도 되면 판자가 말라비틀어진
탓에 갈라지고 울퉁불퉁 튀어올라 영락없이 거지 소굴처럼 보인
다. 넓은 하늘 아래 그런 초라한 집들이 좁은 골목길에 다닥다닥
늘어섰고 오가는 길은 꽁꽁 얼어붙어 있다. 그곳을 휑 하고 휴지
쪼가리나 모래를 날리며 마른 바람이 불고 지나간다. 해질녘, 지
인의 집을 찾지 못해 초라한 집들 사이를 두리번거리다가 길거리
에서 코를 훌쩍이며 놀고 있는 아이라도 보게 된다면 참으로 먹
먹해질 것 같다. 무슨 사연으로 이들은 이런 곳까지 오게 된 걸
까. 도쿄, 도쿄 하고 떠들어대지만 농촌이나 시골 읍내라 해도 여
기보다야 푸근하지 않겠는가. 그들의 고향집이 낡기는 했어도 추
위와 더위를 피하기에는 충분할 것이며, 화로에 빙 둘러앉아만 있
어도 마음이 편할 텐데, 이런 변두리 생활이 무에 좋다고, 그들도
이미 알고 있겠지만 살기 위해 어쩔 수 없이 도쿄로 온 것이라면
그것은 정치가 잘못된 것이라고밖에. 그러나 도쿠가와 가문이 섭

정하던 초창기 에도의 마을도 아마 그렇게 메마르고 초라했음에
틀림없다. 그리고 간사이에서 이주해온 긴키 사람들은 무사든 서
민이든 할 것 없이 지치부와 쓰키지의 칼바람에 몸서리치며 맛없
는 생선이나 푸성귀에 미간을 찌푸렸을 것이다. 유곽에서 통용되
던 혀 짧은 콧소리가 시골 사투리를 숨기기 위함이었다는 걸 생
각하면 화류계 여자들도 교토나 오사카에 비해 피부가 거칠고
성격도 드센 것이 열하熱河, 청나라의 청더承德를 달리 이르는 말나 신징창춘
長春의 만주국 시대의 이름의 술집 여자 같은 느낌이 들 정도였는데 어쩌
다 기분 전환을 하러 가더라도 고향이 더 그리워졌을지 모를 일
이다. 봄에는 벚꽃놀이, 가을에는 단풍놀이라고 하지만 교토의
아라시야마嵐山나 사가嵯峨, 다카오高尾, 도가노栂尾를 아는 이에게
는 잡목림과 들판과 평범한 구릉 외에 마음을 달래줄 아무 볼거
리도 없을 것이다. 나 같은 사람은 소학교 시절 가을 소풍이랍시
고 다키노가와로 놀러 다녔는데 그렇게 작은 텃밭 같은 곳이 단
풍의 명소였다니 놀라울 따름이다. 이것 말고도 메구로의 부동명
왕, 호리키리의 창포, 사네가와, 가류바이의 매화, 시바마타의 제
석천범왕과 함께 불법을 지키는 신, 가메이도의 등나무, 단고자카의 국화,
호리노우치의 묘호지 등, 이런 곳이 철마다 나들이를 가는 행락
지라니 참으로 애석하다.

　오사카 사람 한 명이 나리타의 부동명왕이 하도 유명하다는
말을 듣고는 깊은 산속 신성한 곳에 있는 대단한 가람•인 줄 알
고 나리타 역에서 내려 찾아갔는데, 가도 가도 끝없이 논밭만 이

• 승가람마의 준말로, 승려들이 불도를 닦으면서 머무는 절.

어질 뿐 그렇게 보이는 게 없더란다. 그러고 보니 좀 전에 산문山門 같은 걸 지나온 듯해 혹시 그것이었나 싶었지만, 설마 그렇게 시시할 리가 없지 하면서도 혹시나 해서 되돌아와보니 혹시나가 역시나였다는 이야기가 있을 정도로 명승지나 사당, 불각이라 해도 간토와 간사이는 나라 대불상과 우에노 대불상의 차이다. 우에노라면 교토의 기요미즈 사淸水寺를 모방한 기요미즈도淸水堂라는 것이 지금도 산내에 남아 있는데 그것을 교토 사람들에게 보이면 무어라 할까. 천신을 모시는 가메이도 덴만구天滿宮의 홍예다리가운데가 반원형으로 볼록한 다리와 오사카에 있는 스미요시住吉 신사의 그것과 비교해보면 알 수 있다. 센가쿠 사泉岳寺, 도쿄의 3대 사찰마저도 '뭐야, 이게 센가쿠 사야?' 하고 어이없어하는 사람이 많다는데 그 어린애 눈속임 같은 앗코기시赤穗義士, 주군 아사노의 원수를 갚다 죽은 충신들의 목상木像 역시 앗코赤穗의 가가쿠 사華岳寺, 앗코기시의 묘가 있다에 있는 것이 훨씬 더 훌륭하다고 한다. 하나같이 이렇듯 궁색하다보니 옛날 에도 사람들이 어떻게 해서든 에도를 장군가의 산하답게 변모시키고자 황급히 서둘러 이런저런 것들을 끌어모았을 모습이 짐작되고도 남는다. 이에 에도라는 곳은 도에이 산東叡山이 히에 산比叡山을, 도쿄의 아다고 산愛宕山이 교토의 아다고 산愛宕山을 흉내 낸 것처럼, 모두 급한 대로 임시변통한 것이라 그 규모가 작다.

—

　초창기의 에도는 세키가하라 전투에서 승리를 거둔 장군의 도시답게 살벌하긴 해도 활기가 넘쳤을 것이다. 그리고 그곳으로 흘러들어온 오미 상인近江商人•과 이세 상인••과 미카와무사三河武士•••들도, 만주의 신천지를 열망하며 자신의 운명을 개척하러 가는 작금의 사람들처럼 웅심이 발발했을 터. 그렇기 때문에 그들과 도호쿠 사람의 피가 섞인 옛 에도 토박이가 뱅어포나 말린 정어리 같은 것으로 끼니를 때우며 기상氣像입네 별미입네 해가며 오기를 부리는 기분도 이해가 간다. 기상은 의기意氣라 하여 굳은 기개를 뜻하는데 그들은 살면서 겪은 온갖 불편함을 굳은 기개로 견디며 정복한 것이다. 도미가 맛없으면 참치회라 생각하며 먹었고 생선살로 만든 어묵이 없으면 상어 껍질과 연골로 만들었으며 우동을 메밀국수로 바꾸고, 말간 된장을 진한 된장으로 대체하는 등, 그런 볼품없고 촌스러운 것에 애써 기상이라든가 별미라는 말을 갖다붙여가며 기꺼이 먹었던 것이다. 화재마저도 에도의 꽃에도는 이상할 정도로 화재가 많은 도시였다이라 말하며 불평하지 않던 그들은 한편으로는 긴키 문화를 받아들이기 위해 분주했지만 다른 한편으로는 정복자의 자부심을 지니고 긴키 나부랭이라며 경멸했다. 긴키에 간 에도 토박이가 사카이오사카의 위성도시 시의 묘고쿠 사妙國寺에 있던 소철을 보고 '뭐야 소철이야? 소철 따위 별것도 아니었군. 난 또 고추냉이인 줄 알았네'라고 했단다.

이와 비슷한 얘깃거리가 제법 많은 가운데 수년 전 기쿠고로

• 주로 가마쿠라에서 쇼와 초기까지 활동하던 사가 현 출신의 상인.
•• 미에 현과 아이치 현 출신의 상인.
••• 이에야스를 도와 에도 막부를 세운 일등공신, 아이치 현 출신의 무사.

가 출연했던 이야기 속에 등장하는 에도 사람들의 허세를 들어보면 실제로 무엇 하나 긴키를 넘어서는 것이 없는데도 조금 전 소철 이야기를 애교로 봐줄 정도로 허세 가득한 말로 비아냥거리며 야무진 긴키 사람들을 꼼짝 못하게 했다.

세상은 생각하기 나름이라 했던가, 갯가재나 말린 정어리만 있는 초라한 밥상이라도 먹는 사람 마음가짐 하나에 굳세게도, 초라하게도 보인다. 옛날 도쿄 토박이가 꿋꿋하게 별미라고 하는 말에는 분명 그런 기개가 담겨 있었으나 그것은 정치적으로 간토가 간사이를 제압했던 시절까지의 말이지 내가 알고 있는 에도의 취향이라는 것, 그렇게 여전히 도쿄에 이상한 형태로 남아 있는 그것은 그다지 보기 좋은 것이 아니다. 막부 말기에서 메이지 초기, 중기, 말기를 거치면서 에도 토박이나 에도의 취향은 예전의 기개도 없는 주제에 그 조악한 면만 이어받았다. 삐뚤어진, 망국적인, 심술궂은 것이다. 나는 니혼바시 가키가라초 2정목에, 지금도 남아 있을 다마히데라는 닭요릿집 근처, 떡집 옆집에서 태어났는데, 부모님이나 조부모님은 물론, 집에 드나들던 일가친척과 지인 모두를 살펴봐도 만담에나 나올 법한 기상이 넘치는 도쿄 토박이는 한 명도 없다. 아마도 여기에는 다양한 원인이 있을 것 같다. 에도에도 차츰 고유의 문화가 형성되어, 초창기와 같은 식민지 분위기가 사라진 대신 가세이도연호 분카文化 시대와 분세이文政 시대, 1804~1830의 숙성기를 거쳐, 차츰 세기말적으로 퇴폐해지더니, 하타모토장군의 최측근 호위 무사계급의 둘째 아들이 검술은 서투르나 샤미센과 창에 능하다는 세상이 되었다. 여기에 유신개혁이 일고, 300년 태평성대를 누리며 안일해진 에도 사람들은 정치적, 경제

적, 군사적으로 긴키 사람들에게 패하고 세키가하라에서 잡은 패권을 빼앗겼다. 따라서 유신 후의 도호쿠는 이래저래 천덕꾸러기 신세가 되어, 다양한 시설이 간사이보다 늦어졌는데, 도쿄 사람이라고는 해도 실상은 도호쿠 사람들과 매한가지로 패자인지라 기를 펴지 못하는 것도 당연하다. 어릴 적 금지옥엽으로 귀하게 자란 있는 집 도련님이 점점 어려워지는 형편에 주눅이 들어 있는 것처럼, 그들은 겉만 번드르르할 뿐 기가 꺾여 있다. 풍부한 상식과 섬세한 취향을 자부하지만 실상은 열없쟁이로 사람들 앞에서는 한마디도 못 한다. 말쑥하지만 세상 물정에 어둡고, 정직하긴 해도 용기나 집착이 없다. 속 빈 강정 같은 허세나 가난한 놈이 기와집만 짓는다는 허풍처럼 식민지 시대에는 그런 체면치레도 필요했겠지만 예전의 도쿄 토박이의 기상이 사라진 지금에 와서는 오히려 구제되어야 할 결점인 것이다. 그래서 유신 이래 어딜 가더라도 도쿄 사람들은 패자의 자리로 쫓겨나 점점 초라해지고 있을 뿐이다. 지금에야 조슈 파벌長閥, 이토 히로부미를 선두로 한 조슈 출신 세력이나 사쓰마 파벌薩閥, 마쓰가타 마사요시를 선두로 한 사쓰마 출신 세력 같은 게 남아 있을 리 없고• 세키가하라 전투의 원한과 도바후시미 전투鳥羽伏見の戰い••의 원한도 사라진 지금 일본인이라면 누구나 출세의 기회가 주어졌다고는 하나, 도쿄의 저잣거리에 사는 서민들

• 메이지 유신을 성공으로 이끈 조슈, 사쓰마 도비. 이 세 세력은 국회가 생긴 뒤에도 권력을 손에 넣고 초대 수상에서 10대까지 단 한 번을 제외하고는 수상을 배출할 정도로 정치권력의 핵이었다.

•• 메이지 유신으로 천황 중심의 중앙 정부가 수립되어 토지를 몰수당하자 도쿠가 가에서 일으킨 전쟁.

가운데 높으신 정치가나 실업가나 군인이 되었다는 사람은 본 적이 없다. 아라키 전 일본 육군대장과 하토야마 전 문부대신도 도쿄 출신이라는데 그들이 순수한 도쿄 토박이라면 진짜 개천에서 용 난 것이겠지만, 나 같은 서민 출신 가운데 그렇게 입신양명한 사람은 단 한 명도 없다. 도쿄의 혼조에서 태어난 아라카와 류노스케는 우리 도쿄 사람들이 소심해서 이 모양이라는 말을 자주 했거니와 '사토미 군은 요코하마 출신이라고 들었는데, 그것은 사쓰마인의 피를 물려받은 것이니 무척 자신만만할 겁니다. 당신이나 나 따위와는 비교가 안 되지요'라며 다른 이들에게 자신만만한 사람으로 오해받고 있는 내 소심함을, 역시나 그는 간파하고 있었다.

—

예전에 나는 「내가 본 오사카와 오사카 사람들」에서 도쿄의 서민 마을에는 '패잔의 도쿄 토박이' 같은 분이 많다고 썼다. "내 아버지 같은 이가 그 전형적인 한 사람이었는데, 솔직하고 결벽하며 겁이 많은 데다 실리에 어둡고 심하게 낯을 가리며 입에 발린 말을 몹시 싫어하는 성격으로 (…) 장사를 해도 외지 사람들의 억지를 도저히 당해내지 못했다. 이 지경인지라 부모님께 물려받은 재산도 탕진해버리고 노년에 이르러 아들 손자나 친지들에게는 성가신 존재일 수밖에 없었는데 정작 본인은 개의치 않았다. (…) 50전이나 1엔쯤 용돈을 드리면 그것을 들고 아사쿠사로 달려가 활동사진을 보든지 생선초밥을 먹든지 하면서 반나절을 유쾌하게 보내셨다. 술은 좋아하지만 과하지 않았고, 한 홉들이 반주에 거나하게 취해서는 기분 좋게 세상 이야기를 하시다가 종국엔 쿨쿨 잠들어 버리기 일쑤였다. 남이 보면 무슨 재미로 사나 싶지만 본인은 타고 난 천성이 낙천적이라 결코 세상을 비꼬거나 남의 행복을 시샘하지 않았다. 당신은 물론이거니와 육친이 죽어도 요란 떨지 않고 탄식도 않은 채 그저 모든 게 팔자소관이라며 받아들이셨다. 그 대신 친인척 간 싸움이라든지 가정불화 같은 것은 못 견디는 성미라 당신만큼은 줄곧 초연한 자세로 누구와도 잘 어울리셨다. 그래서 자식들에게나 친척에게 크게 방해되는 일 없이, 남에게 상처가 되는 말도 않고, 그저 적당히 쥐여지는 용돈에 만족하며 살고 계시다"에서와 같은 노인이 흔히 구청이나 소학교 앞에 소변을 보거나, 동네 바둑판에 얼굴을 내미는 어르신인데, 언젠가 『주오코론』1887년 창간된 종합 잡지에 사노 시게지로오사카 출신의 서양화가가 쓴 「선착장」 이야기를 읽어보니 오사카에는 그런 어르신이 적다고 하므로, 이것 역시 도쿄 사람의 기질인 듯하다. 나는 '도쿄에서 오래 산 집안이라면 그런 노인들이 한 집에 한 사람은 꼭 있다'고 썼다. '멀리서 찾지 않아도 일단 쓰지 준 같은 이도 그런 타입이다'라고도 썼다. 이 무렵 오사카에 와서 음악 교사인지 뭔지를 하고 있던 사와다 류키치도쿄 출신의 피아니스트 역시 패잔이라고 말하면 실례가 되겠지만, 일단 같은 부류일 것이다. 허나 곰곰이 생각해보면 집안에 한 명만 있는 게 아니라 이런 노인은 실로 많다. 사와다나 쓰지는 그래도 아직 기름지지만 나이가 조금 들어 기름기가 빠지면 휑 하고 부는 바람처럼, 그것은 마치 시정의 신선 같은 용모가 된다. 그 얼굴은 당대를 호령하는 대신이나 실업가들의 그것과는 정반대 느낌으로, 맨먼저 얼굴빛이 다르다. 글쎄, 내 경험으로는 그런 노인들 중에 머리가 벗겨진 이를 별로 본 적이 없다. 빈두로존자*처럼 번들거리고 정력 넘쳐 보이는 대머리 노인은 거의 없다. 몸은 비쩍 말라 있고 얼굴도 홀쭉해, 대개 희끗한 머리를 짧게 깎은 모습이다. 버석거리는 피부에 윤기라고는 털끝만큼도 없고 마치 영양실조에 걸린 사람처럼 멀건 것이 주름이 자글자글하다. 또한 눈빛이 유해서 처음 보는 사람 앞에서는 부끄러워 안절부절못하는 모습이다. 말을 걸면 말끔한 도쿄 말을 구사하지만 결코 빠르지 않고 수다스럽지도 않은데, 필요할 때는 낮고 상냥한 목소리로 천천히 입을 뗀다. 그것이 맥없이 묽고 매끈한 음색이다. 그런데 어쩌다 한번 마음이 동하면 마누라를 붙잡아 앉혀놓고 농을 하기도 한다. 내 아버지가 궁핍했던 시절(이라고 하면 궁핍하지 않았던 적이 있을 거라 여길 테지만 반평생은 줄곧 가난하게 사셨다)에 대여섯 살 난 막냇동생을 남의 집에 양자로 보내려던 적이 있는데 그 동생이 음낭 머시기라는 고환이 처지는 병에 걸렸고, 그러자 어느 날 아침 아버지는 어머니와 화로 앞에 쭈그리고 마주 앉아 '아무래도 그게 진짜 밑천(고환)이었군그래' 하시면서 웃음기도 없는 침울한 어조로 말하시는 것이었다. 나는 옆에서 듣다가 웃기기도 하고 딱하기도 했지만 지금 생각해보면 아버지가 가난뱅이였던 건 무엇보다 기백이 없는 데다 태평한 게 원인이었다고 여겨진다. 아버지는 뻔뻔한 것과 염치없는 것을 몹시 싫어하셨다. 그리고 그런 인간을 '촌놈들'이라며 비웃으셨다. 그래서 일단 실패하면 그대로 놓아버리시는데, 안간힘을 써봤

• 부처 열반 후 중생을 제도하는 16나한 중 제1존자로, 우리 불교의 나반존자와 비슷한 모습이다.

자 안 되는 건 안 된다는 요상한 득도라도 한 사람처럼, 어떻게 해서든 만회하겠다는 생각이 없으셨다. 욕심 부리지 않고 성실하게 장사를 하는 것도 아니었다. 일요일이면 화로 앞에 앉아 한잔 걸치시고는 그대로 벌러덩 누워 자기만 하셨다. 그때마다 '아이쿠, 준이치 아버지, 이러다 감기 걸리겠어요. 이런 데서 자면 어떡해요'라면서 어머니가 한 소리 해가며 이불을 덮어주셨다. 유년 시절 나는 그런 광경을 숱하게 봐왔다. 그러나 어느 정도 크고 나니 그것을 보는 일이 속상했다. 잠잘 시간이 있으면 조금이라도 도움을 받을 수 있는 사람들을 찾아다니며 얼굴이라도 비추는 게 어떨까. 아버지가 장사에 소질은 없어도 정직하다는 것 하나만큼은 다 알고 있는 사실이니 주위에 힘이 되어줄 사람은 얼마든지 있었다. 내 학비를 융통해주거나, 가정교사를 구해준 사람들이었다. 그런데 아버지는 그런 방면에는 젬병이라 인사를 가지도 않고, '아버지는 잘 계시니? 통 안 보이시네' 하며 서운해하더라고 전해도 줄곧 '미안하다'는 말만 되풀이하며 '아무개 집에도 얼굴 한번 비춰야 하는데 말이지' 하고 노래를 부르시면서도 정작 찾아갈 용기는 없었다. 가서 넙죽 엎드리란 것도 아니고 입에 발린 말로 비위를 맞추라는 것도 아니었다. 당연히 드려야 할 인사만 하고 오면 될 일인데 아버지 말로는 '어째 너무 늦은 감이 있어 모양새도 빠지니 갈 수가 있나'라든가 '여러모로 신세를 지고 있으니 감사할 따름이지만 내 처지가 이러니 찾아갈 엄두가 안 나' 하시는 것이었다. 고마운 마음이 없는 건 아니지만 미루다보니 점점 더 어려워지고, 종국엔 자기 세계에 스스로를 가두고 말았던 것이다. 뭐라 형용할 수 없는 미련함이라고는 해도, 사귀어보면 독이 되는 것도 약이 되는 것도 아닌 사람이라 결코 미워할 수 없는 인물이다. 아버지는 젊었을 때부터 단한 번도 유곽 같은 곳에 가본 적 없는 고지식한 인물로, 딱히 인생의 낙이 있는 것도 아니고 그저 태평할 뿐이었다. 그래서 도쿄 사람 모두가 아버지와 같은 부류라 할 수는 없지만 그 대부분이 나이가 들면 이런 노인이 된다. 이에 비해 교토나 오사카에서는 토박이가 지금도 선대로부터 물려받은 자산을 지키며 대자본주의의 물결에 저항해 가문의 체면을 지키고 있는 일이 허다한데 도쿄의 작은 마을에 아마 그런 집은 손에 꼽을 정도밖에 남아 있지 않을 것이다. 그들은 대개 부모에게 물려받은 재산을 탕진하고, 그래도 태어난 동네 언저리의 허름한 셋방에 터를 잡고 살았는데, 그 퇴세에 지진이 박차를 가하자 더 멀리 사방으로 뿔뿔이 흩어져 소식도 끊기고 말았다. 혼조, 후카가와, 아사쿠사 쪽은 복구 후에도 다닥다닥 붙은 집이 의외로 많아서 그런지 왠지 옛 주민들이 아직 살고 있을 것만 같은데 가장 심한 것은 니혼바시에서 살던 이들의 운명이다. 그들이 살던 집터는 교바시나 긴자, 마루노우치 세력 안으로 흡수되어 층층이 쌓인 빌딩 숲에 파묻혀 더 이상 그들이 살 수 있는 좁은 골목길조차 허락되지 않았다. 나는 센바나 시마노우치 주변을 걸을 때면 오래전 니혼바시 마을 풍경이나 소학교 시절 친구 집을 떠올리곤 하는데 옛 친구 중에 여전히 같은 곳에 살고 있는 이는 가이라쿠엔뿐이다.

가키가라초를 중심으로 가야바초, 호리에초, 스기노모리 등 대여섯 마을에 둘러싸여 있던 큰집과 작은집도 이른바 홋카이도보다 춥다는 도쿄 변두리로 이사했고, 혹은 조선이나 브라질까지 흘러 들어가 백부와 백모가 돌아가신 뒤에는 소식조차 끊기고 말았다. 이렇듯 니혼바시 사람들은 실로 혹독한 시련을 겪었는데, 그 쇼와 거리나 이치바 거리 한가운데 서서 웅장한 거리 풍경을 둘러보고 있자니 『호조키』가마쿠라 시대의 가인 가모노 조메이의 수필집를 쓴 작가는 아니지만 인생의 무상함을 느끼게 된다.

—

아마도 진짜 도쿄 사람이라면 위에 쓴 내 관찰이 결코 편견이나 과장이 아님을 알아줄 것이다. 나는 일부러 고향 사람을 헐뜯는 게 아니다. 도쿄 사람은 지방 사람들이 생각하듯이 기세등등하고 근사한 부류가 아니다. 그들에게는 어디까지나 도호쿠인의 어두운 그늘이 따라다니며, 그들의 재치나 유머에조차 일종의 궁색함이 배어 있다. 만약 믿기지 않는다면 구보타 만지로의 희곡을 읽어보라고 권하고 싶다. 그의 작품에 일관된 그 눅눅하고 음울한 기운, 그것이야말로 한 치도 꾸밈없는 도쿄인의 삶으로, 만일 서민들의 생활을 알고 있는 사람이라면 그가 묘사하는 다양한 인물의 생김새나 말투가 묘한 현실감을 띠며 다가옴을 느낄 것이다. 그는 주로 종살이하는 이나 장인, 한물간 배우나 몰락한 집안의 도련님을 소재로 삼았는데, 도쿄에 사는 서민들은 대부분 이에 해당되는 부류로 나 또한 그것을 읽고 나와 친하게 지내던 사람들 중 비슷한 이를 떠올려볼 수 있었고, 그들의 목소리나 풍모는 물론이거니와 살림살이나 방바닥, 방석, 문짝 색깔, 붙박이장, 화로, 찬장 모습, 심지어 그 화로의 쓰임새와 찬장 안에 무엇이 들어 있는지까지 정확하게 짚어낼 수 있었다. 그런 의미에서 구보타 씨의 희곡은 지금의 도쿄가 보유한 유일한 향토문학이며,

사라져가는 도쿄인의 조종弔鐘이라고도 할 수 있다. 실제로 그가 그려낸 것처럼 순수한 저잣거리의 삶은 지금 도쿄 어디에 남아 있는 것일까. 어쩌면 '다케쿠라베'나 '스미다 강'의 예전 모습을 동경하던 작가의 예술가적 공상이 낳은 산물이라 이제 더 이상 어디에도 존재하지 않는 것은 아닐까 하는 의문이 들곤 한다.

그의 희곡에서는 등장인물 대부분이 세련되거나 부유한 느낌은 털끝만큼도 없는 억센 서민 말투를 구사하는데, 지금은 배우나 만담가들의 독특한 세계가 아니라면 결코 들을 수 없다. 10명이 모이면 그중 한 명은 반드시 도호쿠 사투리나, 부유층 혹은 먹물 든 사람의 말투를 섞어 쓰기 때문이다. 여기서 말하는 서민 말투라는 것은 우리 아버지 시절의 서민들이 쓰던 말씨, 즉 구보타의 희극에서나 나올 법한 말투를 일컫는 것으로 나 같은 사람은 친인척 제사가 있어 니혼바시 시절의 낯익은 얼굴들이 자리하는 곳에 가야만 가끔 그런 구보타식 대화가 펼쳐지는 정경과 맞닥뜨릴 수 있다. 그리고 그런 노인들을 상대하다보면 나도 어느새 하나가 되어 오랜 기간 쓰지 않던 그 정겨운 말투로 화답하며 마음이 편안해지곤 하는데, 그렇다고는 해도 도대체 이 사람들은 도쿄가 이토록 변해버릴 때까지 용케도 살아 있었구나 싶다. 그들의 나이를 물어보니 모두 오십대나 육십대다. 사사키나 스기나미 쪽에 살고 있다고 하는데, 멀리는 마고馬込나 히몬야碑文谷라는 생전 처음 듣는 마을 이름도 있었고 애매하게 우물우물 끝을 흐리고는 딴청을 피우는 이도 있었다. 이 사람들이 하나같이 잘사는 게 아님은 굳이 사는 곳을 묻지 않아도 행색으로 짐작할 수 있었는데, 가문이 새겨진 짙은 팥죽색 기모노에 센다이히라 옷감으로 짠 겉옷을 두르고 있는 이는 그래도 형편이 좋은 축에 끼었고, 개중에는 메이지 시대의 프록코트19세기에 착용한 주머니 없는 베스트를 입거나, 비가 오는 날에는 고무장화를 신고 오는 이도 있었다. 돌아가신 부모님과 돈독하던 분들을 오랜만에 만난 것임에도 나는 역시 기쁨보다는 서글픔이 가슴에 와닿았다. 그들도 예전에는 눈에서 조금은 빛이 났을 테고, 힘 있는 말투에 표정에는 활기가 있었을 텐데, 어찌 쓸모없는 투박한 말투만 남기고 존재감은 더없이 옅고 초라해진 건지. 더욱이 이제는 자신들에게 더 이상 어울리지 않는 양복을 입은 모습에 가슴이 먹먹해져온다. 그들은 몸에 달라붙는 양복을 걸치고 있었지만, 담배를 든 손이나 굽실거리며 고개 숙여 인사하는 모습, 무릎을 붙이고 조심스레 앉아 있는 모습에서 묻어나오는 숨길 수 없는 몸짓은, 영락없이 허리춤을 동여맨 저잣거리 서민의 모습 그 자체였다. 가만히 생각해보면, 서리가 내린 아침 멀리 변두리 마을에서 붉은 흙이 녹은 길을 걸어, 버스나 열차를 갈아타고 오는 그들에게는 가문이 새겨진 거추장스런 기모노보다 양복과 고무장화가 훨씬 더 편했을 게 틀림없다. 그들은 더 이상 체면 따위에 신경 쓸 여유가 없는 것이다. 그들이 지니고 있던 도쿄 사람이라는 자부심도 세상 풍파와 싸우는 틈에 닳아 없어져, 예전의 니혼바시 마을이 흔적도 없이 사라진 것처럼 완전히 잊혀버리고 말았다. 이쯤 되다보니 지금도 그들이 쓰고 있는 시원스런 서민 말투라는 것이 오히려 애수를 불러일으킨다. 차라리 도호쿠의 투박한 말투나 조선 억양의 일본어라면 이렇게 서글퍼 보이지는 않을 것이다. 꿈엔들 잊힐 리 없는 그리운 고향, 나는 이들을 만나 이처럼 서글픈 생각을 하는 게 가슴 아프다. 구보타의 희곡세계는 희곡이기에 감흥을 얻을 수 있지만 실제로 그런 분위기 속으로 순순히 들어가고 싶지는 않다.

—

내가 예전의 도쿄 사람들에 대해 너무 많은 이야기를 했는지도 모르겠다. 구보타의 희곡이나 만담가의 이야기 속에 등장하는 도쿄 사람은 가령 그들이 진짜 도쿄 토박이의 자손이며 도쿄의 전통을 이어받은 순수 혈통이라 해도, 더불어 나에게는 가장 연고가 깊은 사람들이긴 해도, 어쩌면 사라져가는 이들이고 지금의 대도시 도쿄를 대표하는 시민도 무엇도 아니다. 그렇다면 지금의 도쿄는 어떤 계급의 사람들이 대표할까. 나는 짐작도 못 하지만 재난 후 절실히 느끼는 것은 이른바 지식층에 속하는 사람들이 눈에 띄게 자리잡은 것 같다는 점이다. 어쩌면 도쿄는 예전부터 그런 곳이었는데 요즘에 와 뒤늦게 그리 느끼는 건 내가 촌놈이 다 된 탓일지도 모르겠으나 원래 부유층에는 예전부터 저잣거리 사람들에 비해 관료나 군인, 정치가, 독서가가 많았다. 그리고 그들이 사는 곳은 대부분 재해를 벗어난 지역이라 살아남은 그들이 자연스레 도쿄를 대표하게 되었고 그것이 오늘날 지식층으로 진화한 것은 아닐는지. '진화'라고 표현한 것은 오늘날 그들이 예전의 부유층 사람들과도 다르기 때문이다. 예전 사람들은 복장, 말투, 행동거지와 같은 여러 면에서 저잣거리 사람들과는 확연하게 대조를 보였고 취향이나 감각도 달랐는데 지금의 지식층은 재난 전의 저잣거리와 특권층이라는 양쪽의 취향을 포용하고, 여기에 긴키 지방의 음식을 환대하며 근대 예술에 관한 교양이 풍부한 데다 서구의 회화나 음악까지 이해하고 있다. 그들의 감상력은 황당할 정도로 넓다. 그들의 취향을 비율로 나타내면, 부유층 5할, 서민층 3할, 시골 2할 정도 되지 않을까? 그 옛날 소세키 선생은 『나는 고양이로소이다』에서 '보통'이라는 것에 대해 정의를 내리며 시로키야 백화점근대 일본의 3대 백화점 중 하나 우두머리와 중학생을 섞어 둘로 나눈 것이라 했는데, 요즘 도쿄에는 그보다 좀더 복잡한 요소를 지닌 보통 사람 같은 통인정통한 사람이 상당히 많다. 단 복잡하다는 것은 결코 내면적인 복잡함이 아니라 지극히 겉으로 드러난, 눈앞에 보이는 부분으로, 내면이 단순한 것은 시로키야의 우두머리 더하기 중학생과 다를 게 없다. 그들은 어제는 A원에서 밥을 먹고 분라쿠오사카의 인형극단의 순회공연을 보러 가고, 오늘은 데이코쿠 극장에서 「킹콩」을 보고 귀갓길에 하마사쿠에 들러 한잔한다. 아침에 파쇼 정치를 논하고, 히틀러나 아라키 씨에 대해 이야기하는 것 같더니 저녁에는 프리드먼미국의 경제학자, 노벨 경제학상 수상자을 평하고 기쿠고로를 논한다. 심지어 자세히 들어보면 상당히 조예가 깊다는 것이다. 어느 정도 정계 소식통과도 닿아 있어 신문에 나지 않은 일에 관해서까지 대화가 오가며, 무대 뒤 사정에도 밝고, 미즈타니 야에코水谷八重子, 여배우의 스폰서가 누구인지, 누구한테는 얼마얼마 되는 빚이 있다든지 하는 이야기를 마치 눈으로 본 양 말했다. 분카학원1921년에 개교한 종합예술학교 학생에서 한가한 자산가나 사모님들이 대개 이 정도쯤 되는 통인이었고, 인텔리겐치아였으니 대단한 일이었다. 그로 인해 로케이션, 데먼스트레이션, 센티멘털, 단일화, 전향 같은 단어가 순식간에 일반인들 사이에서도 통용되기 시작했고, 상식이 되었다. 나는 이런 시민들과 만나면 확실히 일본인도 똑똑해졌고 콧대가 세졌다는 생각이 든다.

상황이 이렇다보니 수입이건 국산이건 온갖 사치품이 도쿄에서 엄청난 고객을 끌어들이는 것도 이상할 게 없다. 구노리 시로九里四郎, 서양화가 군이 지금의 BR프랑스 식당을 스키야바시에서 시작하기 전에 가능하면 간사이에서 개업하려고 오사카와 도쿄를 다니며 서양 요릿집을 시찰했는데 오사카에서는 여력이 안 된다는 결론을 내리고 도쿄에 뿌리를 내렸다. 구노리 군 말로는 서양 요릿집에 드나드는 손님 부류가 두 도시에서 전혀 달랐는데 오사카에서는 고급 양식을 먹는 손님이 극히 드물었기 때문에 그런 손님은 알래스카1928년 개업 한 곳이면 충분했다고 한다. 나머지 손님들은 양식이라고 하면 하이칼라에 간편하고 저렴한 것이라 인식해 아무리 맛있어도 비싸면 먹으러 가지 않아 경영하기에 따라 돈은 벌 수 있어도 요리하는 사람으로서 솜씨를 인정받는 재미가 없는 데 반해 도쿄는 그곳이 맛있다는 소문이 나면 가격 따위는 상관없이 식도락가들이 몰려오니 차츰 '맛집'들이 하나둘 생겨났다고 한다. 바에서도 오사카라면 반반한 여종업원을 두고 칵테일이나 위스키를 한두 잔 마시고 가는 게 전부이지만, 도쿄에서는 황족이나 외교관들도 곧잘 찾아왔고, 오래된 양주 맛을 음미할 줄 아는 데다 이렇게 귀한 것을 어떤 경로로 들여왔는지 하는 것들을 묻고 치켜세워주니 기분이 좋아진다고 한다. 장식용 옷깃도 오사카에서는 불과 10엔대면 살 수 있지만 도쿄에는 20엔, 30엔짜리도 적잖이 있다. 그렇다, 도쿄 사람은 통이 크고 씀씀이가 헤프다. 여행을 가더라도 팁 같은 것을 아낌없이 뿌린다. 그날 번 돈은 그날 쓴다는 도쿄의 허세를 요즘 지식층이 그대로 이어받은 것이다. 아니, 그뿐 아니라 그들은 예전의 저잣거리 사람들의 약점까지도 모두 이어받았다. 가령 묘하게 소심한 점이나 살짝 도호쿠적인 궁색함이 묻어나오는 점까지도.

—

원래 이들, 요즘 도쿄 지식층에는 어떤 직업을 가진 사람이 많을까. 앞서 말했듯이 그들 중에는 학생도 있고 자산가나 사모님도 있거니와 은행의 중역과 관료, 베테랑 변호사도 있다. 허나 이외에도 예전에는 저잣거리 사람들 축에 끼었던 긴자나 교바시, 니혼바시 주변의 상점 주인 혹은 배우, 예능인, 화가, 소설가들도 섞여 있다. 언뜻 보면 어중이떠중이가 모인 집단처럼 직업이 제각각이지만 그래도 그들에게는 생김새, 말투, 몸짓 같은 데 어떤 공통된 것이 존재한다. 예전에는 배우라도 신파와 구파는 그 차림새가 달랐고, 게이샤와 귀부인은 한눈에 구별 가능한 데다 관료와 저잣거리 상인은 고갯짓 하나조차 달랐는데 지금은 겉으로 봐서는 점점 구별하기 힘들어져, 영화배우나 귀족, 명창과 부잣집 도련님, 호텔 매니저, 외교관 할 것 없이 모두 인텔리라는 하나의 계층을 만들고 있다. 무엇보다 구보타가 양복을 입고 방송국의 무슨 무슨 과장이 되었고 기쿠고로가 반바지 차림으로 하토야마 문부대신에게 골프를 배우는 시대다. 이렇게 된 데에는 저널리즘의 힘이 크게 작용했을 것이다. 신문이나 잡지상에서는 장관이나 대학교수, 실업가나 예술인을 일제히 '이 시대의 사람'으로 평등하게 취급했기 때문이다. 그리고 각기 전문적인 지식과 기술, 경력을 가진 그들이 같은 지면에 어깨를 나란히 하고 사상이나 의견을 발표한다. 독자 입장에서는 고노에 후미마로近衞文麿, 정치가나 니시다 기타로西田幾多郎, 철학자, 문학박사, 히라타 신사쿠平田普策, 군사평론가, 소설가나 오쓰지 시로大辻司郎, 활동사진 변사, 만담가, 물론 나 같은 소설가까지도 그것이 정치 이야기가 됐든 만담이 됐든 철학적 논문이나 예술적 창작이 됐든 간에 흥미로운 읽을거리를 제공한다는 점에서는 다를 게 없다. 이렇듯 독자와 기고가가 신문, 잡지라고 하는 한 배의 승객이 되어, 그 전체가 도쿄 지식층을 대표한다. 이 틈을 비집고 여성지나 사회면 기자들은 혈안이 되어 부르주아 사회의 스캔들을 파헤치고 혹은 당사자가 직접 당당히 고백이나 해명을 하는 등, 아무 상관도 없는 남의 집 가정사가 엉뚱한 곳으로까지 퍼져나가면서 사람들 사이에선 마치 집안싸움처럼 승강이가 벌어지기도 한다.

사실 도쿄라는 곳은 최근에 확장 정책으로 면적이 넓어졌지만 오히려 세상은 훨씬 좁아졌다. 가령 나 같은 사람이 가끔 상경해 긴자에 있는 바에 얼굴을 내밀거나, 요릿집 문턱을 넘으면 순식간에 발각된다. 필시 사진이라는 것이 널리 퍼져서인데 요릿집 주인이나 바텐더가 '다니자키 선생님이시죠?' 하는 것이다. 내가 이 정도면 도쿄에 사는 유명 인사는 훨씬 더 불편할 게 자명하지만, 그만큼 일반적으로 시민들이 각 방면에서 유명 인사들과 개인적으로 친하게 지내는 사이까지는 아니더라도 그 정도로 친밀감을 느끼고, 느끼는 만큼 가십의 지식도 함께 나누고 있다는 이야기다. 물론 이러한 경향은 어떤 면에서는 문화의 발달을 증명하는 것이기도 한데, 저널리즘의 영향이 미치는 곳이 도쿄만은 아니겠지만 이상하게 도쿄가 가장 심한 듯싶다.

세상이 좁아진 것으로 치면 오사카도 마찬가지. 이곳은 예로부터 '백성의 도시'였던 터라 직업도 비슷하고 여전히 근면하며 소박하고 겸허한 상인 기질을 잃지 않고 있다. 중산층 대부분이 상과대학이나 전문학교를 나오고도 부모의 가업을 이어 상점 주인이 되면 성실히 자신의 본분을 지키며, 몰라도 되는 일은 굳이 알려고 들지 않고 오로지 일에만 전념, 온몸을 불살라 장사에만 매진한다.

배우만 하더라도, 언젠가 사단지가 고베에 왔을 때, 부근에 사는 한 부인을 분장실로 안내한 적이 있는데• 그런 부인을 대하는 태도에서 도쿄와 오사카가 전혀 달랐다. 오사카에서는 다카지로 鷹次郎, 유명한 가부키 배우쯤 되는 배우도 공손하고 상냥한 데 반해 도쿄의 배우들은 예의 바르기는 해도 도도해서 금일봉 같은 건 아예 받지 않을 듯싶은 데다 오히려 화를 낼 것 같다는 이야기를 들었다. 사실 간사이에서는 배우들에게 그들만의 사회가 존재하고 그곳에서 그들은 배우의 본분을 지키고 있다고 한다. 간사이에서 신세대 배우나 극단이 더 이상 나오지 않는 것도 그런 비굴한 봉건적 기풍이 뿌리 깊어서인데 본분을 지키는 것도 경우에 따라서는 난처한 일이지만, 그렇다고 도쿄처럼 요릿집 주인마저 지식층이랍시고 좌담회에 나온 저명인사처럼 유식한 체하는 것도 왠지 경박한 느낌을 준다.

• 배우를 후원하는 사람들이 분장실로 찾아가 금일봉을 전달하는 관습이 있다.

—

　경박하다는 말이 나온 김에 덧붙이자면, 도쿄와 도쿄 사람의 가장 두드러지는 단점은 점잖지 못하다는 것이다. 예전에 내가 서양에 가고 싶어해 안달하던 시절, 어느 날 우연히 기온에서 마사무네 도쿠사부로正宗得三郎, 서양화가를 만났는데 '나도 파리에 가보고 싶은데'라고 했더니 '파리는 교토하고 비슷한 곳이에요. 조용하고 차분하죠. 이곳에서 놀면 일부러 파리까지 갈 필요도 없어요' 하고 화백이 말했다. 하긴 적어도 한 나라 문화의 근간이자 타지 사람들의 동경의 대상인 도시니 그래야 마땅하다. 하지만 애석하게도 도쿄에는 그런 차분함이 없다. 이것은 1년 내내 지진이 끊이질 않고 바람이 불어대는 기후에도 원인이 있다. 실제로 670년마다 한 번씩 도시 대부분이 파괴되거나 매년 겨울이 오면 수백 가구가 불에 타는 땅에서는 사람 마음이 계속 새로운 것을 쫓는 게 당연한 일일지 모르지만 그렇다 하더라도 도쿄 사람들에겐 중후함이 크게 결여되어 있는데 그중 가장 안타까운 것은 그 궁핍함에서 오는 경박함이나 궁색함을 정작 그들은 자각하지 못하고 있다는 점이다. 게다가 도쿄가 일본의 수도인 이상, 이 도쿄 사람들의 경박함이 우리가 생산하는 온갖 문학예술에 영향을 준다고 생각하면 가볍게 여길 문제가 아니다. 도쿄 사람들은 끝까지 체면이라는 것에 연연하는 까닭에 대도시 사람답지 않게 좀스럽고, 기껏해야 골방에서 시시덕거리는 취향을 지녔으며, 요즘 유행하는 속요 같은 것은 역시 음악세계의 붕어구이이고 뱅어포 아닐까. 이렇게 말하면 기무라 쇼하치木村莊八, 서양화가, 수필가로 도쿄 풍속에 관한 저서를 집필함 군에게 혼나겠지만 나는 이것만큼 도쿄다운 것도 없고, 이것만큼 경박한 것도 없다고 생각한다. 그 안에 도쿄 사람들의 단점이 모두 구현되고 있다고 말해도 좋다. 오래전 고故 기시다 류세이岸田劉生, 서양화가 군은 이주로伊十郎, 속요의 명창식 속요가 한물가고 고사부로小三郎식이 유행하는 것을 탄식했는데 도쿄 사람들은 아주 오래전부터 간사이의 악곡을 가져와 그것을 점점 더 경박스럽게 만들어버렸다. 마치 지금의 아메리카인이 구라파인의 뛰어난 자질을 비웃으며 세련미를 자랑하는 것과 마찬가지 심리일 수도 있는데, 그렇게 도쿠가와 시절에는 간사이의 묵직한 맛과는 다른 신선함, 물고기가 펄떡펄떡 뛰는 듯한 기운찬 감각이 담겨 있었는지 몰라도, 그것이 지금의 속요가 되고 보니 그런 신선함도 사라져 일종의 퇴폐마저 느껴진다. 퇴폐적이라 해도 독하고 느끼한 것이 삭혀졌다면 문학에서는 퇴폐파처럼 깊이도 드러날 테지만, 원래 붕어구이였던 것이 시간이 지나 그저 빠짝 말라비틀어졌을 뿐 색다른 맛이 있을 리 없다. 단 고사부로의 속요는 누가 뭐래도 세련미가 넘치며 도미만큼은 아니라도 글쎄 가자미 정도는 된다고 할까, 일단 도쿄 취향이 상승된, 섬약하지만 건강한 악곡이라 할 수 있겠으나 신나이부시, 도도이쓰, 속곡, 속가 같은 것에서 점점 안 좋은 방향으로 흐른다.

아버지가 고사부로의 도도이쓰를 즐겨 부르셨던 까닭에 이따금씩 잔치 자리에 불려다니던 일이 아직도 기억에 생생하다. 또한 기쓰노스케橘之介, 인기 여류 악곡사의 빼어난 음색과 시원시원한 가락은 귓가에 또렷이 남아 있는데 그런 특별한 경우를 제외하고는 게이샤를 불러 노는 자리에서 들은 도도이쓰를 떠올리면 나는 몸서리가 쳐진다. 그런 나도 도쿄에 살던 시절에는 가락에 자신이 있어 노는 자리에만 가면 무턱대고 샤미센 반주를 부탁했는데 그래도 도도이쓰만은 별로 부른 적이 없다. 은근히 비꼬는 듯해 내키지 않았던 것이다. 어차피 속요의 하나인지라 저속함이야 따질 것도 없었지만, 그 주제라는 게 결국 요시와라나 산야와 같은 유곽에서 일어나는 남녀 간의 치정, 그게 아니면 오쿠노쇼쿠한이나 야오마쓰 같은 요정에서 부르던 가락이다. 그것도 앞에서 당당히 부르는 게 아니고 그 허세 가득한, 개도 안 물어갈 농지거리를 하거나 말꼬투리를 잡고 이어가며 시시덕거리는지라 은근하다고 하면 하겠지만 전체적으로 깊이가 없고 빈약하다. 여기에 소리를 낼 때는 도쿄 사람만의 독특한 창법을 썼는데, 맑고 투명한 고음과 정곡을 콕 찌르는 가락, 가볍게 받아치거나 꺾는 가락, 또렷하고 시원시원한 발음만큼은 간사이 사람들이 흉내 내지 못하는 것이라 도쿄 사람들은 어딜 가도 그 목청을 뽐냈지만 나에게는 그 받아치거나 찌르는 게 왠지 아니꼽게만 들린다. 오사카 사람의 기다유도 창법이 부자연스럽지만 그래도 뱃속 깊은 곳에서 끌어올린 우렁찬 소리다. 누가 더 시끄러운가 하면 당연히 우렁찬 기다유 쪽이겠지만 어디까지나 당당하고 솔직담백하게 부르는 것이 가히 남성적이라 할 수 있는데, 도도이쓰나 속요의 명창이라는 사람들은 그저 맛깔스럽게 기교를 부리는 것이다. 게다가 그런 사람에 한해 자못 뽐내듯 가락을 꺾어가며 코끝으로는 가늘고, 여리고, 애달프기 그지없는 간드러진 소리를 낸다. 나는 그 소리를 들으면 이것이 사내대장부가 내는 소리인지 나라가 망하는 소리를 듣고 있는 건지 분간이 안 된다. 간사이 쪽에도 짧은 속요가 있어, 작부의 눈물과 이별과 홀로 잠드는 외로움을 노래한 것이

있지만 그 가사나 가락에는 깊은 유래가 있는데 멀리는 간긴슈閑吟集, 유행가요집. 1518나 마쓰노하松の葉, 가요집. 1703 시대부터 그 전통을 이어온 만큼 여린 가운데서도 애틋한 정서가 있고, 뼛속을 파고드는 한을 노래한, 결코 얄팍하게 기교나 부리는 싸구려가 아니다. 같은 간사이의 정경을 노래한 우타사와하우타의 일종에서도 요도노가와세淀の川瀬● 같은 걸 들어보면, 샤미센의 두 번째 줄 가락을 한 음 높여 '요~도~노' 하고 별안간 노래가 시작되는 것부터가 일단 요도의 경치가 아니다. 아무리 들어봐도 그것은 아야세 강綾瀬川, 사이타마 현에서 도쿄로 흐르는 강 아니면 이치카와市川, 도쿄에 인접한 시 언저리에 매서운 북풍이 휘몰아치는 정경이다. 그리고 스포츠머리의 형씨들이 대중목욕탕에서 고함칠 때 어울릴 만한 노래다.●● 원래 하우타는 약간 즉흥적인 노래로, 익히고 나면 재주껏 가락을 바꿔 부르는 게 생명인지라 스승을 모시고 배울 것까지도 없는데, 그것이 언제부터인가 우타사와라 불리면서 위엄을 갖추게 되었고, 시바파芝派라든지 도라파寅派 같은 파벌이 생겨나는 것을 보고 별일도 다 있다며 가소롭게 여겼으나, 요즘에는 그런 속요에까지 전통을 계승하는 종가가 있다고 한다. 시시한 구운 멸치를 금박 접시에 올려놓은 것과 뭐가 다를까.

—

이따금씩 아버지 이야기를 꺼내서 송구스럽긴 하지만, 내 아버

● 오사카와 교토를 잇는 연락선을 타고 요도 강 정취를 노래함.
●● 일본의 대중목욕탕에서는 문신을 한 사람의 출입이 금지되어 있기 때문에 종종 시비가 붙는다.

지가 어느 날 '광택을 죽인다'는 말을 듣고 와서는 "도쿄 사람 중에 광택을 죽인다고 말하는 놈이 어디 있어? 광택은 없애는 거지, 죽인다니 말이 돼?" 하는 것이었다. 아버지는 간장을 지룽이라 한다든지 절임을 짠지라 말하는 것도 몹시 싫어하셨는데 "지룽이라고 하지 말고 간장이라 말하라고. 지룽은 촌놈들이나 쓰는 말이야!" 하는 식으로 신경에 거슬렸던지 자주 이야기하시곤 했다. 그래서 말이지만 요즘 도쿄 사람들의 그런 점들이 아버지 세대의 토박이 입장에서는 어쩐지 촌스러워 보였던 것 아닐까.

메이지 시대에 에도의 정취를 느낄 수 있는 것은 린추_{林中}, 가부키 배우, 명창의 도키와즈_{常磐津節}, 가부키의 일종나 모쿠아미의 세상 이야기로 대표되는 상당히 깊이 있는 작품으로, 누가 뭐라 해도 지금처럼 얄팍하지 않다. 다시 말해 속요가 유행한다는 것은 타지 사람들이 지룽이나 짠지라 말하고 싶어하는 것과 일맥상통한다는 얘긴데, 예전 사람들은 과연 그런 것을 에도의 세련미라고 여길는지. 아마도 대부분이 "그런 건 촌놈들이나 배우는 거야"라고 빈정댈지 모른다. 모든 것에는 장점만 극단적으로 발달시키면 종국엔 단점만 남는 법, 무턱대고 체면만 차리거나 괜찮은 척했던 결과가 결국 그런 옹색하게 비틀린 것을 유행시키게 된 것이다. 그래서 나에게는 지금의 도쿄 사람 얼굴이 그 속요처럼 간드러지게 나약한 모습으로 보일 따름이다. 그들은 대개 눈치가 없거나 멋을 모르는 것을 일대 굴욕으로 인식하는 부류로, 철모르던 시절부터 해학에 능하고 눈치가 빠르지만 그들의 말에는 속요에서처럼 빈정거림이나 뼈가 있어 불쾌감이 느껴진다.

그러고 보니 긴자 주변에는 골방처럼 작은 카페가 줄지어 있는데, 그것이 바로 오쿠노쇼쿠한이나 야오마쓰를 대신하는 근대식 요정이었고, 도쿄 사람들은 여전히 그런 식으로 건방진 취향을 즐기고 있다. 악단을 갖추고 쿵작거리는 오사카식 카페도 저속하지만 그렇다고 그 요정 같은 걸 고급스럽다고 말할 수는 없다. 그것도 한두 군데가 아니고 무수한데 저마다 작은 모임의 단골들이 있다. 오사카식은 저속해도 규모가 큰 만큼 자본이 필요하지만, 도쿄의 카페는 기껏해야 테이블 대여섯 개를 늘어놓은 비좁은 공간에, 거의 돈도 들이지 않고 독특한 실내장식에 어두운 간접조명으로 조악한 부분을 가린 뒤 문학청년이 좋아할 만한 프랑스어로 간판을 달아놓으면 이것으로 제법 그럴싸하게 완성되니 새로운 가게가 도처에 우후죽순처럼 생겨났다. 쉬이 생기니 망하는 것도 순식간이었다. 무엇보다 알량한 푼돈으로 빤한 단골을 상대하는 장사라 잠시 손님의 발길이 끊기기라도 하면 금세 경영난에 허덕였다. 손님이나 경영자나 쉽게 싫증을 냈는데 그렇다고 그런 가게나 손님이 사라지는 것도 아니었다.

나는 이런 모습을 보면서 도쿄에서 다카라즈카_{효고 현에 있는 온천 관광지. 극장}처럼 대규모 경영이 이뤄지지 못하는 진짜 이유가 뭘까 하고 생각했다. 내가 기억하는 것만 해도 예전에 도쿄 무코지마에 다이요가쿠라는 식당과 오락장을 겸비한 온천 관광지가 있었고, 그 후에도 쓰루미에 가게쓰엔이 생겼는데 다이요가쿠는 금세 망해버렸고 가게쓰엔도 다카라즈카처럼 크게 성공하지는 못했다. 왜냐하면 도쿄 사람은 그런 입장료 제도나 많은 사람이 모여 신나게 노는 것을, 지식인층 체면에 말이 안 된다고 여겼기 때문이다. 겉치레에 숫기도 없는, 그러면서도 자기만 아는 그들은 통속

이나 저급이라 불리는 것을 혐오하고 무슨 연유에서인지 자신만의 작은 성지를 만들지 않으면 성에 차지 않아 했다. 그래서 그들은 자신들 취향에 맞는 조그마한 카페를 찾고 침침한 카페 구석에 앉아 눈에 띄지 않게 홍차나 칵테일을 마시며 여종업원을 상대로 시시덕대는 일을 즐기는 것이다. 그런 모던보이는 대개 양복을 빈틈없이 말쑥하게 차려입고 행동거지가 세련돼 절대 싸움을 걸거나 여자에게 치근대는 짓거리는 하지 않는다. 그들은 정중하고 예의 바르며 도회지 사람이라는 자부심을 코에 걸고 있는지라 상대하던 여종업원이 다른 테이블로 불려가더라도 참을성 있게 기다렸다가 이윽고 여자가 돌아오면 신이 나서 한없이 이야기를 쏟아내는데, 무슨 이야기인지 옆자리까지 들리는 일은 거의 없다. 그들은 낮고 조용한 목소리로, 그것도 최대한 말수를 줄여 뜸들여가며 느릿느릿 말한다. 도대체 그런 게 뭐가 재미있다는 건지, 무슨 할 말이 그토록 많은 건지 나 같은 사람은 알 턱이 없지만, 그것이 콧대 세기로 유명한 단주로일본인과 영국인의 혼혈 배우까지 데려다 돈을 벌겠다고 기를 쓰니 놀라울 따름이다. 그러나 가만 생각해보면, 원래 카페라는 것이 원수지간이라도 훤히 보이는 구조인지라 유곽보다 불편할 터인데 그런 곳에서 다른 손님 눈치를 봐가며 두 시간이고 세 시간이고 홀짝거리겠다는 심사가 애당초 쩨쩨하기 그지없는 이야기로, 무엇보다 저급한 걸로 치면 옛날 유곽에 드나들던 치들도 무색하게 만들어버린다. 도쿄 사람이라는 자들이, 그것도 혈기왕성한 젊은이란 사람들이, 마음가짐이 이토록 어릿하고 주눅 들고 꼬이고 시건방져졌다고 생각하니 만정이 떨어지는데 이것이 비단 젊은이들만의 이야기는 아니며 도쿄 사람 전체가 그렇게 기질이 주눅 들고 쩨쩨해지는 것 같다.

—

에도 가부키 십팔번十八番[•]으로 유명한 이치가와 종가의 비호 같은 연기에는 시바라쿠暫든 야노네矢の根든, 스케로쿠助六든 모두 용맹스런 호걸 이야기임에도 이제는 그렇게 대범하고 저돌적인 기상은 사라지고 진퇴하여 쪼그라든 것이 지금의 도쿄 사람이다.

한 오사카 사람이 말하기를 지난 다이쇼 11, 12년(1922, 1923) 경, 대지진이 나기 얼마 전 때마침 장사 일로 상경한 적이 있는데 영문은 알 수 없으나 어쩐지 도쿄 사람들 안색이 나빠 보여 영양실조에 걸린 듯 창백하고 생기가 없기에 이것은 뭔가 큰일이 닥쳐 도쿄가 망할 징조가 아닐까 하는 생각이 들었단다. 그런 식으로 대지진이 날 줄은 몰랐지만 왠지 모르게 그런 예감이 들었다고 한다. 확실히 도쿄 사람의 안색에 생기가 없는 것은 이 오사카 사람이 말한 그대로였고 나에게는 아직까지도 그것이 변함없이 느껴진다. 복구된 시가지의 번화한 풍경이나 새로 지은 국회의사당 건물과 관청 건물이 줄지어 들어선 장관을 본다면 이 도시가 우리 대제국의 뇌관이며 여기서부터 동아시아의 운명을 짊어질 위대한 힘이 발휘되고 있다는 것을 부정하고 싶지는 않지만 그러한 국가적 활동의 권력을 쥐고 있는 정치가나 사업가, 군인들은 실제로 타지방 출신이지 도쿄 사람들이 아니다. 이들이 공을 쌓고 이름을 떨치고 때로는 나라로부터 훈장을 받거나, 때로는 은행에서

• 7대 이치가와가 18편의 가부키를 선정해 발표한 것, 가부키오하코라고도 함.

주식이나 위로금을 받아 상당한 자산을 만들어 은퇴한 뒤 그들의 2세나 3세가 어른이 되면 이른바 도쿄 사람이 되는 것이다.

　가령 얼마 전 타계한 고무라 긴이치小村欣一, 외교관, 식민지 사무를 보는 척무차관가 그 전형적인 한 사람인데, 그는 스스로 제국 외교의 전선에서 활동하며 외교상 어떤 공적을 남겼는지, 부친 고무라 주타로小村壽太郞, 초대 척무차관의 혁혁한 공훈에 가려 알려지지 않은 것인지는 모르겠으나, 나는 그의 공적에 대해 들어본 적이 없다. 그것보다 그는 '후작侯爵'이라는 칭호를 받고 소설가나 배우를 돌보며 국민문예협회 같은 것을 만들어 예술가를 장려하는 일을 좋아했다. 본업인 외교관보다 그쪽이 적성에 맞는 듯 보였다. 단지 어설픈 의원 나부랭이가 재미 삼아 거든다고 쥐뿔이나 예술을 위한 일이 될 리는 없겠지만, 도쿄 사람 중에는 그런 식으로 도련님 소리를 들으며 잘 자란 '한량'이 많다. 그들은 먹고사는 데 지장이 없어 처세사회의 경쟁에서 싸워 이겨 출세하려는 투지가 없어도 평생을 그럭저럭 편하게 살 수 있었으니 가능한 한 맘 편히, 맛있는 것을 먹고, 재미있는 것을 보고 사는 것이 현명하다 여기는 향락주의자가 많았는데 학교 역시 처음부터 그런 생각으로 미학을 전공하거나 철학을 전공하거나, 음악학교 혹은 미술학교를 나오는 식으로 많은 문학예술에 관계된 지식을 쌓아 졸업 후에는 모교를 위해 용돈이나 버는 한직으로 들어가는 사람도 있는가 하면, 딱히 이렇다 할 직업 없이 빈둥거리는 사람도 있고 니무라 후작처럼 본업은 나 몰라라 하고 공연히 다른 일에 참견하는 사람도 있다. 내가 말하는 도쿄의 지식층이란 실로 이러한 이들이 자아내는 일종의 분위기를 말하는 것으로, 그들은 어딘가 예술적 성향을 지니고 있지만 본디 하나의 예술이 되었든 학문이 되었든 생애를 바칠 정도의 열정이 있는 것도 아니고 그저 여기저기 참견해 아는 체하는 게 전부다.

　이런 부류가 도쿄에 얼마나 될까 하는 것은 가부키, 도요 극장, 신바시 연무장같이 도쿄에서 내로라하는 극장에 가서 막간에 복도를 어슬렁거려보면 알 수 있다. 연령대는 서른 대여섯부터 쉰 대여섯쯤 되는 중년 혹은 노년의 신사로 대개는 짙은 감청색의 고상한 기모노를 입고 있는데 어떤 이는 그 옷 안에 영국제 낙타 셔츠를 보이게 입고 여송연을 물고 있으며, 어떤 이는 도포도 걸치지 않은 채 소매 속에 손을 찔러넣어 자못 한량 티를 내며 복도를 어슬렁거리거나, 때로는 도포를 걸치긴 했으나 어찌된 일인지 도포를 안 입은 이보다 품행이 훨씬 더 저급해 보이기도 한다. 왜냐하면 요즘 비단옷은 비싸면 비쌀수록 야들야들 힘이 없는데, 두어 차례 입으면 축 늘어져버려 겨우 몸에 익을 즈음이면 기묘하게 매무새가 흐트러지는 것이 흡사 건달인 양 모양새가 고약하다. 자고로 도포란 예전의 센다이히라처럼 단단히 여며야 그 멋이 사는데 요즘은 그 위상이 침선장이나 갖바치가 무릎에 대고 있는 천과 마찬가지로, 덧옷 대신 걸치는 것에 지나지 않아 자칫하면 오히려 비루해 보였다. 여기에 한술 더 떠 어떤 이들은 반드시 감청색 버선에 조리를 신고 있다. 극장 안이라 나막신을 신은 이도 없었지만 그런 고약한 차림새로 거대한 기둥과 두꺼운 벽으로 기하학적으로 꾸며진 근대 건축의 로비를 배회하면서 융단 위를 소리도 내지 않고 걷는 모습은, 당사자는 좋아서 하는 것이겠지만 마치 동네 양아치가 길을 잃고 헤매는 것 같아 볼썽사납기 그지없다. 이렇듯 어느 극장에 가봐도 이런 사람들이 항상 어슬렁대고 있는데, 그들은 하나같이 차림새와 기질이 엇비슷함에도 갈 때마다 새로운 얼굴을 만나게 되는 걸 보면 자못 이런 타입에 속하는 인간이 많은 게 틀림없다.

간사이에도 한량은 있지만 풍류객 타입 아니면 양갓집 서방님 타입으로 단순하고 확연한 데 반해, 도쿄의 근대적 한량이라는 치들은 복잡하면서 흐릿해서, 양서류적인 음흉함을 자아내며, 이는 제국 도시 특유의 산물이지 결코 교토나 오사카에서는 볼수 없는 종족이다. 그들의 직업은 옷차림으로는 판단이 안 선다. 상점 객주처럼 보이기도 하고 양갓집 후레아들 같기도 하며, 퇴직 관료처럼 보이다가도 사립대학 교수 같다가, 연예 기자인가 하면 예능인처럼도 보이기 때문이다. 요컨대 그들은 반은 예능인, 반은 학자, 반은 통인, 반은 비평가다. 그런데 이들은 모두 짜기라도 한 듯 안색이 나쁘다. 혈색이 좋지 못하다. 피부는 병자처럼 탄력이 없고 칙칙하며 창백한 얼굴을 하고 있다. 나는 여기에 크나큰 원인이 있을 거라 짐작하는데 그들은 표면적으론 유복할지 몰라도 오로지 부모에게 물려받은 재산에 의존하고 있어 그러잖아도 중산층이 되기 힘들어진 요즘 세상에서는 내심 장래가 불안할 것이다. 오사카 사람처럼 알아서 열심히 돈을 벌든지 아니면 구두쇠처럼 아껴서 살든지 둘 중 하나를 고르면 좋을 텐데, 체면치레에 사치스럽고 시건방진 그들은 땀 흘려 일하는 것도 같잖아 보이고 허리띠를 졸라매고 살 자신도 없으며 그저 생활을 엔조이 하려고만 한다. 그런 그들의 부엌을 들여다보면 대개는 형편에 맞지 않게, 해마다 재산을 조금씩 갉아먹으며 사치스런 생활을 하고 있다. 이렇게 살다가는 늙어서 먹고살 게 없어진다는 사실을 알고는 있지만 그들은 그런 사치스런 생활을 멈출 수 없는 것이다. 그들은 에도 특유의 느긋함과 돈에 연연하지 않는 태도로 하루하루를 보내며 전혀 그런 내색을 비치진 않으나 한번 그쪽으로 생각이 미치면 등골이 오싹해지는 때도 있을 것이다. 이쯤 되면 차라리 찰나주의, 한탕주의, 허무주의가 되어 하룻밤의 안일을 탐하며 자포자기하고는 생각 없이 돈을 쓰고 만다. 오래전 도쿄 토박이들이 그날 번 돈을 그날로 다 쓰고 말았던 것은 진취적이고 적극적인 정신에서 나온 것이라지만 오늘날 도쿄 사람들이 돈을 낭비하는 이면에는 내일은 어찌 될지 모르는 신세라는 망국적 비애가 담겨 있다. 하지만 나는 잘 안다. 그들은 얄팍하긴 해도 잘난 체나 허세도 그저 겉으로만 그럴 뿐 한 사람도 악한 이는 없다. 하나같이 정직하고, 꿍꿍이도 없고, 소심한 사람들뿐이다. 그들에게는 오랜 벗도 많을 테고, 나부터가 달랑 펜 하나 가지고 입에 풀칠하고 산다지만 만약 부모가 물려주신 재산이 있다면 그들과 마찬가지로 살았을 거라 생각되어 흉을 볼 처지도 아닌지라 남 이야기 같지 않은 탓에 더욱 슬퍼지고 만다. 오사카 만담에 긴키의 장인이 도쿄 토박이 장인을 치켜세워 돈을 쓰게 만들고 뒤에서 흉을 보는 이야기가 있는데 하루단지春團治, 오사카의 명문 만담 가문의 말을 빌리자면 간토 사람들의 한심할 정도로 얄팍한 점과, 간사이 사람들의 허술한 듯 보이나 빈틈없고 배짱이 두둑한 점이 절묘하게 대조를 이룬다는데, 생각해보면 웃을 일이 아닌 게, 요즘 도쿄 사람들도 종국에는 모두 내 아버지처럼 싸움에서 진 도쿄 토박이가 되는 것은 아닐는지. 그것이 나의 기우에 지나지 않는 것이라면 좋을 텐데 긴키 사람들이 하는 짓을 보면 수십만 자산을 가지고도 도쿄라면 200~300엔 정도 버는 월급쟁이 같은 생활을 하고 있다. 이자로 먹고사는 사람들은 지지리 궁상을 떨어가며 다만 얼마라도 가진 재산이 불어나기를 바라는 마음에 영화나 연극이라도 볼라 치면 조금이라도 비싼 공연은 이등석이나 삼등석으로 만족하고 만다. 도쿄의 돈 많은 한량들이나 즐길 법한 문화생활은 이곳에선 상당한 재력가만이 누리는 호사다. 노能, 일본의 전통 예능인 능악의 하나나 가부키 극이 도쿄를 제외한 다른 도시에서는 점차 인기를 잃어가고 있는 데 반해 도쿄에서는 제국의 도시답게 여전히 성황을 이루는 것은 이러한 낭비벽이 있는 시민들 덕이며, 우리 같은 사람의 소설을 사주는 단골 고객도 대부분이 그들이라고 생각하면 예술가 입장에서는 꼭 필요한 존재임에 틀림없지만, 긴키의 자본이 들어와 수천 명을 수용할 수 있는 대극장이 여기저기 늘어났고 나날이 번창하는 것만 봐도, 역으로 그들의 주머니가 점점 더 가벼워질 거라는 생각이 든다. 그들이 체면이라든지 색다른 맛이라든지 모던이나 시크라는 단어를 써가며 웃고 즐기는 사이에 단물은 타지방 사람들이 빼먹어버려 그들은 점점 더 가난해진다. 이러다가는 20~30년 뒤면 지금의 돈 많은 한량들이 또다시 몰락해버릴 테고 새롭게 찾아든 타지 사람들이 이윽고 2세대, 3세대의 도쿄 사람이 될 것이다. 그러니 이 도시가 어찌 차분하고 정적일 수 있겠는가.

—

이렇듯 낯빛이 좋지 못한 도쿄 사람들을 한켠에 두고 복구가 된 도시의, 블록을 쌓아놓은 듯한 마천루를 바라보고 있노라면 일종의 묘한 감정이 인다. 왜냐하면 지진 덕분에 거리가 훨씬 더 근사해진 것은 사실이지만 그로 인해 시민들의 핏기 없는 얼굴과 바람만 불어도 날아갈 듯한 얄팍함이 더욱 눈에 띄게 되었기 때문이다. 그러잖아도 근대 도시의 벌집 건축물은 인간을 벌처럼 작아지게 만드는데 원래가 저속하고 빈약한 그들은 자꾸 위로만 치솟는 대형 백화점이나 높은 빌딩에 눌려 그 파리한 얼굴이 더욱 창백해 보이고, 힘없는 목소리가 더욱 가늘어지고 있다. 옛 시인은 '나라는 망했지만 산천은 옛 모습 그대로'라고 노래했건만, 지금의 도쿄는 콘크리트 대교와 도로가 쓸데없이 견고해 사람은 길거리에 날리는 휴지 조각 같다는 느낌이 든다. 내가 지난날 「음예예찬」에도 썼듯이, 본디 일본인의 피부나 옷에는 나무 성질을 그대로 드러낸 예전 건축이 가장 적합하다. 돌이나 시멘트 덩어리를 쌓아올리고 현란한 타일이나 벽돌로 장식한 높고 화려한 건물은 역시 그것을 만들어낸 국민, 큰 몸집에 뼈대가 굵고, 버터나 비프스테이크를 먹으며 음역이 풍부한 목소리를 가진 인종에게나 어울릴 뿐 우리처럼 물에 밥 말아먹는 국민에게는 어울리지 않는다. 어쩌면 도쿄 사람들의 낯빛이 어두운 것은 그들이 속으로 품고 있는 근심 탓일 수도 있지만 또 하나는 서양화된 거리와 대조를 이루어 더 그렇게 보이는 것 아닐까. 다만 젊은 샐러리맨들이 일하는 상업지역에서는 근대적 오피스와 그들의 양복을 입은 모습이 조화를 이뤄 활기가 넘치지 않는 것도 아니지만 긴자나 마루빌딩의 상점가에 미투리나 조리를 끌고 걸어다니는 풍류객들의 칠칠맞은 꼬락서니를 보고 있자면 복구 담당 관청 공무

원들은 도쿄 사람을 더욱 존재감 없고 한심하며 저급하게 보이게 하려는 의도를 지니고 지금의 신시가지를 설계한 것은 아닐까 하는 원망이 든다.

특히 나는 그것이 여성의 용모와 깊은 관련이 있다고 말하고 싶다. 사람들은 흔히 도쿄 거리에 미인이 많다고 말한다. 오사카의 신사이바시나 교토의 교코쿠 주변을 어슬렁거려봐도 그런 미인을 만나지 못하는데 긴자 거리를 걷고 있으면 저절로 고개가 돌아가는 양장이나 기모노 차림의 미인이 지나다녀 누가 뭐래도 역시 도쿄는 도쿄다. 나도 그것에는 동감하는데 긴키에도 아름다운 부인과 아가씨가 없는 것이 아니지만 양갓집 규수처럼 한가로이 거리를 돌아다니거나 하진 않는다. 그래서 미인이 거리를 활보하는 것은 도쿄에서만 볼 수 있는 특색인데 내 눈에는 그녀들의 하늘하늘한 옷과 몸집이 주변 건물의 육중한 건축 자재에 눌려 보이곤 하는 것이다.

가령 대형 백화점 계단을 내려가다가 신여성과 맞닥뜨렸는데, 만약 그녀가 기모노를 입고 있다면 기둥이나 난간의 엄청난 굵기에 비해 그 면사인지 비단인지로 짠 소맷자락과 치맛자락이 힘없이 하늘하늘거려 가볍기 그지없게 느껴질 것이다. 그녀의 옷을 고르는 센스에는 아무 문제가 없다. 멋지게 차려입었고 색상도 잘 맞췄고, 시선을 어디에 둘지 핸드백을 어떻게 들지 하다못해 걸음걸이에까지 신경을 쓴 게 틀림없는 용모 단정한 차림이지만 그녀의 조그마한 펠트 소재의 미투리가 밟고 있는 견고한 바닥과 그녀의 등 위로 떡하니 버티고 있는 튼튼한 벽으로 시선을 돌리는 순간, 그녀라는 존재가 순식간에 보잘것없게 느껴지는 것을 부정할 수 없다. 그러한 느낌은 양장을 했을 때도 마찬가지인데 이 경우에는 걸치고 있는 비단의 보들거리는 느낌보다 그녀의 풍만하지 못한 육체의 왜소함이 더욱 확연히 드러나 보이는 것이다. 요즘 도쿄 여인들은 아메리카의 시골 어딘가에서 온 관광객들보다 훨씬 더 잘 차려입고 있어서 개중에는 파리나 뉴욕에 내다놓아도 부끄럽지 않을 인물도 있는 데다 몸매도 균형 잡혀 있긴 하나 안타깝게도 몸집이 몹시 작은 나머지 풍만함이 결여되어 있다. 세계적으로 마른 몸집의 미인이 유행이라지만 말랐다고는 해도 서양인들은 원체 키가 큰 데다 골격도 다부지고 어깨나 가슴, 허리 등에 적당히 살집이 있어 탄력이 느껴지는 반면 일본 여자들은 그것이 좀 빈약하다. 작은 방에 아기자기한 가구들 사이에서는 잘 드러나지 않는다고 해도 거대한 건축물 안에 들어가 있으면 그녀가 지닌 아주 약간의 풍만함조차 여지없이 압도당해버려 있는지 없는지조차 모를 정도다. 나는 예전부터 일본 여자들의 손은 서양인 이상으로 아름답다고 생각해왔는데 그런 장소에서 바라보면 그 손바닥이 나뭇잎처럼 얇고 볼품없어 오히려 일종의 연민과 경시 같은 것이 느껴진다. 각선미 역시 마냥 가냘프기만 한 것이 당장이라도 날아가버릴 듯해서야 성적 매력이 전혀 없지 않겠는가. 이렇듯 역시 주위의 규모나 견고함에 적당히 어울릴 필요가 있는데, 만약 그렇지 않다면 미인이면 미인일수록 우습고 불쌍하기 그지없으며 천박하다는 인상을 준다. 그래서 대도쿄의 근대적 풍관은 멋지긴 하나 그 경관이야말로 그곳을 방황하는 남녀의 무리를 외롭고 멋없으며 볼품없게 만든다고 여기는 것이 과연 나 하나뿐일까 싶다.

　이상으로 나는 고향 사람들에게 미움받을 각오로 온갖 흉을 다 봤다. 아마 내 친한 친구들조차 이것을 읽고 화가 날 수도 있겠지만, 그러나 원래 한번 시작하면 마음에도 없는 독설을 뿜는 것이 도쿄 사람들의 특징인지라 '다니자키가 또 시작했군' 정도로 웃고 넘어가줄 이 또한 없을 리가 없다. 무엇보다 나는 앞서 말한 이유로 도쿄를 싫어하게 됐지만 그것은 한편으로는 지금도 애착을 가지고 있다는 증거일지 모른다. 다시 말해 내가 봤던 흉은 미증유의 천재지변과 무례한 근대 문명이 자신의 고향을 황폐하게 만든 탓에 일가친척을 잃은 인간의 한일지도 모르겠다. 특히 내 눈에는 태어나 자란 고향 사람들의 비루한 삶만 눈에 보인 나머지, 시가지가 멋지게 변모한 기쁨보다 되레 속절없는 눈물만 흐르는 것이다. 나는 도시의 하늘이 가진 근엄한 궁릉과 고고한 용마루를 바라보며 '참으로 멋진 도시가 되었구나' 하는 생각과 동시에 자신의 고향이 언제부터인가 타인에게 점령당하기 시작했고 그들 식대로 개조되고 만 듯한 불만도 품게 되었다. 사실 요즘은 그 도시의 젊은 남녀가 쓰는 언어조차 가끔 다니러 가는 나에게는 들어본 적 없는 타국의 말처럼 낯설고 거칠며 차갑게 들린다.

　나는 「오사카와 오사카 사람들」에서도 간토와 간사이의 언어를 비교한 적이 있는데 그것에 대해 재차 장황하게 늘어놓지는 않겠지만 그래도 그 잘난 첫소리로 내뱉는 말이 무척이나 성급하고 조잡하며 어수선하다.

　예전에 오카 오니타로岡鬼太郎, 가부키 극작가 씨는 누나를 '누님'이라고 표현하는 도쿄 말은 없다, '누이'나 '자야'로 써야 한다고 했는데 내 학창 시절까지만 해도 정말 그랬다. 형도 마찬가지로 '형님'이 아니었다. '형'이나 '가형'이라고 불렀다. 파파나 마마는 논외로 치고 부모를 부를 때 극경칭을 쓰지 않았다. 나만 하더라도 부친을 '아버지'로 모친을 '어머니'로 불렀고 성인이 된 후에도 그 호칭을 썼기 때문에 메이지 시대의 도쿄 사람과 쇼와 시대의 도쿄 사람 사이에는 이러한 사소한 말투에까지 명료한 구분이 있었다는 것을 알 수 있다. 내 생각이지만 극경칭은 부유층 가정에서 흘러나온 말이 어느 사이엔가 저잣거리의 말투까지 몰아내버린 게 아닐까 싶다. 집사람을 '부인'이라 부르는 것 역시 부유층 언어로, 저잣거리에서는 큰 상점이라 해도 그냥 '안주인'으로 불렸다. 그래서 내가 중학교 때 '내가 집사람을 얻게 되면 안사람이라고 불러주었으면 좋겠어. 부인이란 말은 이상해' 하면서 저잣거리 아이들끼리 했던 말이 생각나는데, 이렇듯 저잣거리 사람은 부유층의 언어를 촌스럽고 간지러운 말이라며 경시했던 것이다. 하지만 지금에 와서는 더 이상 그런 말을 하는 이가 사라지고 없는데 '안주인'이라 불리는 것은 접객업을 하는 여주인을 부르는 말이 되었고 '부인'이라는 단어가 일반화되어버렸다.

언어의 변천은 어느 시대든 모든 장소에서 일어나는 것이니 그것을 가지고 이러쿵저러쿵 따진다면 할 말은 없지만 그래도 나에게는 그런 것이 다른 나라 사람들에게 자신의 고향을 빼앗긴 듯한 느낌을 더욱 증폭시킨다. 당연히 지금의 도쿄 말은 옛날과 비교해 경쾌함과 섬세함이 더해졌고, 어휘가 풍부해져 표현도 자유로워졌다. 그러나 멋 부리려다 되레 촌스러워지고 지식층인 척하려다 되레 품위를 잃고 만 게 아닐까. 특히 내가 강조하고 싶은 것은 여자가 남자 말을 쓴다든지, 번역 소설이나 신문 잡지에 실린 새 단어를 재빨리 응용한다든지 하는 것은 언제나 시골 출신이지 진짜 도회지 사람은 쉽사리 그런 엉뚱한 짓은 하지 않는다는 점이다. 파리 같은 곳에서도 화단畫壇에 새로운 바람을 일으키는 이는 항상 외국계 화가들이었지 진짜 파리지엥은 전통에 대한 집착이 강해 좀처럼 유행에 동요되지 않았다.

이미 긴부라銀ブラ●라는 말을 써가며 우쭐대는 것은 촌사람이라는 증거로, 도쿄 사람들이라면 '잠시 긴부라 하고 오겠다'는 말은 결코 하지 않을 것이다. 그냥 '긴자 거리 한 바퀴 둘러보고 오겠다'라든가 '산책하고 오겠다'고 말한다. 그 외에도 애주선동, agitation의 약어라든지 데마민중 선동책, Demagogue의 약어라든지 오르거조직책, organizer의 약어 같은, 외국인도 못 알아듣는 외국어 약칭은 아마 무산파노동자 계급을 위한 정당 작가나 신문 기자가 퍼뜨린 것으로 짐작되는데 그런 식으로 조악하고 단지 그럴싸하게 들리도록 툭 잘라먹은 말들이 떠돈다는 게 도쿄를 얼마나 뒤숭숭하고 불안하게 만드는지 모른다.

원래 도회지 사람은 말이 단정하고 정확하며 바르다는 것을 자랑으로 여기는지라 능숙하고 부드러우며 배려하는 표현을 쓰고자 노력하는 것이고 도쿄 말이 표준어가 된 것도 그런 장점이 있어서일진대 요즘처럼 엉망으로 에부수수해져버린 때에 어디에서 표준어의 품위와 권위를 찾을 수 있는지 묻고 싶다. 특히 내게 가장 에부수수하게 들리는 말은 '나 그딴 거 몰라'라든지 '야,

---

● 긴자 거리를 하릴없이 거닌다는 뜻의 신조어.

그 책 읽어봤어?'처럼 조사가 떨어져나간 것들이다. 종래의 도쿄 말은 조사나 전치사를 결코 빠뜨리지 않았다. 저잣거리 사람들이나 마부들조차 '나는'이나 '녀석은' '그는' 하는 식으로 주격조사 '은, 는'을 넣어 말했다. 싸울 때라도 '무엇을'이라는 뜻을 가진 '뭣이라고?'라고 말했다. '이놈'이나 '네 녀석' 같은 이인칭 대명사에는 종종 주격조사가 빠지는 일이 있었지만 일인칭과 삼인칭에서는 대개 조사를 넣어 말했다. 요즘엔 회화뿐 아니라 심지어 활자에도 조사를 생략하곤 한다. 이러다가는 언젠가 일본에 사는 젊은이들이 청나라 사람들이 말하는 것 같은 서툰 일본어를 쓰게 될 것이다. 하긴 옛날에는 시조나 시절가가 주로 화류계에서 시작되었던 것이 요즘엔 그 시작이 카페라고 한다. 그러니 상스럽고 촌티 나며 좀스러운 것도 이해는 간다지만 직업에 귀천이 사라진 것처럼 언어에도 구별이 사라진 지금, 그것이 삽시간에 전 계층으로 퍼져 귀족 여인네들의 고상한 말투와 하녀들의 말투가 짬뽕이 돼버렸다.

여기에 하나 더 꼴불견인 것은 요즘 부인들이 쓰는 말 중에 '그쵸'가 있는데 '그렇습니다'를 줄인 말로, 사실 '그쵸'라고밖에 달리 문자로 표기할 수도 없는 이상한 발음인 데다, 한 음절인지 두 음절인지 구분이 안 갈 정도로 모호하게 얼버무리는 것이다. 아마도 부유층에서 쓰이던 말투가 일반화된 게 틀림없는데 혀 짧은 소리처럼 애교가 있는 것도 아니고, 뭔가 제대로 발음하기 성가신 양 얼버무리는 통에 조신해 보이지도 않는다. 게다가 그것이 유한마담의 헤프고 방탕한 성격에 딱 맞는지라 더더욱 거슬린다. 이 또한 야태를 벗지 못했는데 옛날 사람들은 좀 딱딱하더라도

'그렇습니다' 하고 명확하고 예의 바르게 말했으며 그것이 거북하게 들리지 않도록 부드럽고 유창하게 발음하는 것이 자랑이라 대강 얼버무리며 눈가림하지 않았다.

　그러고 보니 요즘 도쿄 사람들은 비음을 쓰는 일이 늘었다. 나는 이것에도 뭔가 이유가 있을 거라고 생각한다. 원래 도쿄 말은 일일이 악센트가 없어서 전체적으로 억양이 세지 않고 매끄러운 것이 특색이지만 그래도 그 매끄러움 속에는 힘이 있었던 것 같다. 강담이나 만담에 등장하는 도쿄 토박이는 싸울 때 날카로운 첫소리로 상대를 몰아세운다. 그들은 오사카 사람처럼 굵고 탁한 목소리가 아니라 두성을 열어 날카로운 소리로 쉴 새 없이 퍼붓는 것이다. 하지만 요즘 도쿄 사람들은 그런 기백도 잃은 데다 말까지 김빠진 맥주가 돼버렸다. 그들은 어떤 상황에서도 아랫배에 힘을 주고 소리 내지 않으며 항상 코끝으로 가볍게 발음한다. 그래서 그들의 대화는 간사이 사람들과 비교하면 저음인 것이 특징이다. 이것은 여자보다 남자가 특히 더한데 그들의 농지거리나 상대를 꼬집는 말은 상당히 모호하게, 웅얼웅얼 얼버무려서 일부러 촌뜨기들이 알아듣지 못하도록 희롱하듯 말한다. 나는 이렇게 쓰면서 더욱 확신하게 되는데 도쿄 사람들에게 존재감이 없는 것은, 그들이 무언가 피폐하고 지친 듯 보이는 가장 유력한 원인의 하나는, 바로 그러한 목소리와 말투에 있는 것이다. 그들은 혈색도 그렇지만 무엇보다 발음과 말투에 생기가 없다. 요컨대 그 칼바람 불어대는 동네에서조차 추워 보이는 얼굴로 메마른 모기소리처럼 얇은, 더없이 불행한 목소리를 내가며 말하는 것이 지금의 도쿄 사람인 것이다.

끝을 맺으며, 나는 『주오코론』의 독자 여러분께 한마디 하고 싶다. 여러분 중에는 아직 도쿄를 단 한 번도 본 적 없는 청춘 남녀가 분명 적지 않을 것이다. 그러나 여러분은 소설가나 저널리스트의 펜 끝에서 미화된 제국 도시를 동경해서는 안 된다. 우리 일본 고유의 전통과 문화란 도쿄에서가 아니라 오히려 여러분의 고향에서 찾을 수 있다. 도쿄에 있는 것은 겉핥기식의 외국 문화이거나 기껏해야 300년 남짓한 에도 정서의 잔재에 지나지 않는다. 도쿄는 서양인에게 보이기 위한 현관일 뿐이며 우리 제국을 오늘에 이르게 한 위대한 힘은 그대들의 고향에 있다. 나는 왜 지방 사람들이 오로지 도쿄를 뒤쫓고 도쿄 방식을 배우려고 하는지 그 이유를 알 수 없다. 가령 오사카처럼 대도시의 젊은이들조차 도쿄라고 하면 대단히 좋은 곳이고 뭐든 도쿄가 최고라고 생각해 자신들의 언어나 습관을 부끄러워하는 경향이 있는 것은, 그들을 그런 식으로 비하시킨 것은, 과연 누구의 죄란 말인가. 요즘의 위정자는 곧잘 농촌이 황폐하게 변하는 것을 우려해 지방의 진흥을 외치지만 지금처럼 제국 도시의 외관을 장대하게 만들고 모든 제반 시설을 도심부로 집중시켜 농촌을 황폐하게 만든 절반의 책임은 이들 정치가에게 있지 않은가. 나는 지방의 부모들이 자녀를 도쿄로 유학 보내는 것에 대해서도 커다란 의문을 품고 있다. 물론 도쿄에는 훌륭한 교수와 학교가 있으며 다양한 교육 기관이 갖춰져 있다. 그러나 전도유망한 청년을 2세, 3세가 되도록 종용해 약삭빠르고 시건방지며 존재감 없이 경망스럽게 만드는 이유는 뭘까. 아무리 생각해봐도 도쿄는 소비자의 도시이며 향락주의자의 도시이지 패기 넘치는 남자들이 뜻을 펼칠 만한 곳은 아니다. 단지 문학예술만큼은 그렇지 않다고 말하는 이도 있는데 나는 여기에도 이의가 있다. 대개 우리 문학이 조악하고 얄팍한 것은 일단 도쿄를 중심으로 도쿄 이외에 존재하는 문단은 없다는 선입견 때문에 많은 문학청년이 도쿄에 있는 일류 작가나 문학잡지를 모방하기 때문이고, 그 풍조를 타파하기 위해서는 일본 땅에서 태어나는 지방 문학을 일으키는 수밖에 없다. 항상 생각하는 바이지만 현재는 동인잡지의 홍수 시대로 매달 갓 발행된 책자가 내게 배달된다. 실로 그 숫자와 종류는 대단한데 인쇄비와 종잇값만 해도 적잖은 경비가 들 거라 생각된다. 이것은 굉장한 낭비이고, 잡지의 대부분이 도쿄에 있는 출판사에서 나오는 데다 너 나 할 것 없이 모두 도쿄인의 감각으로 사물을 보고 쓴 것이다. 그들 중에는 다소의 당파가 있어 각자의 주장도 있겠지만 나 같은 사람이 보면 그들은 그저 도쿄의 인텔리 계층이 품은 하나의 색깔로 통일되어 있다. 그들의 관심은 도쿄 문화와 도쿄를 통해 수입되는 외국 사상에만 의지해 자신들의 고향인 천지산천과 인정 풍속은 안중에도 없는 것 같다. 그래서 만약 이들 문학청년이 그런 쓸데없는 짓을 할 시간이 있다면 도쿄에 올라와 고만고만한 당파를 만드는 것은 그만두고 고향에서 동지를 모아 소규모라 할지라도 지역 잡지를 발행해 특색 있는 향토문학을 일으키는 데 주력한다면 어떨까. 지금의 도시 중심주의를 버리고 지방의 인심을 그 땅에 정착시키기 위해서는 문학예술의 선구자 역할이 무엇보다 필요하지 않을까.

2부

유년
시절

지바 슌지千葉俊二. 1947~ . 일본 근대문학 연구가

고향은 파인巴人에게 어시럽혀서
그 옛날의 에도東京는 흔적도 없네.

1962년(쇼와 37) 「교토를 회상하며」에 인용된 다니자키 준이치로의 자작시 중 한 수다. 에드워드 G. 사이덴스티커Edward George Seidensticker, 일본학자이자 번역가가 스탠퍼드 대학에 초청되어 일본을 떠날 때 기념으로 색지에 적어 보낸 것이라는데『다니자키 준이치로 가집』에는 같은 시기에 지은 듯 보이는 다음과 같은 시도 적혀 있다.

고비키초木挽町도쿄의 옛 지명에
단주로와 기쿠고로가 살던 날의
메이지여
도쿄여

나의 부모여
니혼바시를 십자로
가르는 고가도로
도쿄의 하늘이 어지럽다

　1886년(메이지 19)에 니혼바시 가키가라초에서 태어난 다니자
키에게 있어 1923년(다이쇼 12) 간토 대지진과 1945년(쇼와 20)
전쟁 피해라는 두 가지 파괴적인 타격을 입은 뒤 복구된 도쿄는
이미 고향이라기보다 전혀 다른 낯선 풍경으로 보였을 것이다.
「도쿄 생각」에서도 '나는 도쿄 니혼바시 태생이지만 더 이상 지
금의 도쿄를 고향이라고는 생각지 않는다. 도쿄 사람에게 고향은
없다는 말이 있는데 참으로 말 그대로이다'라고 회상한다.
　실제로 「유년 시절」 집필 후인 1958년(쇼와 33)에 자신이 태
어나 자란 고향땅에 돌아와 쓴 「고향」이라는 글이 있는데 이것은
「유년 시절」에서 엿보이는 열정도 윤기도 없는 그저 덤덤한 것이
었다. '내게 있어 생가처럼 그리운' 장소라는 가이라쿠엔 자리에
가서도 이미 많이 변해버린 모습에 '내 유년 시절 꿈은 더 이상
어디에도 남아 있지 않다'며 '미나미카야바초 두 번째 집'은 '전차
가 다니는 길이 되어버렸다'면서 개탄한다(지금은 전차도 다니지
않게 되었다). 또한 '야쿠시도, 엔마도, 다이시도, 히에 신사, 가쿠
라도, 센겐 신사, 오키이나리 신사, 덴만구 등등이 작은 공원 정
도 되는 규모로 점재'하고 있었다는 가야바초 야쿠시도 경내'에
들어가서도 '이제 보니 경내가 무척 좁게 느껴진다. 나에게는 염
라대왕의 얼굴이 가장 기억에 남지만 그 엔마도는 흔적도 없이

사라졌다. 너무나 변해버린 야쿠시도와 히에 신사에 참배를 하고 사당 안을 들여다본다. 아무리 봐도 오래전 환영이 떠오르지 않는다'고 탄식하며 자신이 태어난 생가를 찾아 확인한 뒤에도 '왠지 고향땅에 왔다는 생각이 전혀 들지 않는다'고 말하고 있다.

「유년 시절」은 자신의 유년기 추억에 더할 나위 없는 애착을 보이며 열기를 뿜어내듯 이야기를 전개하고 있다. 그 곁에 이 「고향」 한 편을 두고 봤을 때 그 대조는 지극히 기묘하다. 다니자키에게 '고향'이란 「유년 시절」에도 많은 페이지를 할애하고 있는 부모님께 이끌려 구경 갔던 9대 단주로나 5대 기쿠고로가 활약하던 시절의 여전히 '그 옛날 에도의 흔적'이 남아 있는 메이지 시대의 도쿄였을 것이나. 니혼바시에노 고가노보로 인해 하늘이 가려져 그저 개천에 걸쳐진 다리 밑과 다름없는 삭막한 도쿄, 그 어디에도 이미 '고향'이라 부를 만한 게 없었을 것이다. 그것은 어디까지나 자신이 살아온 과거의 시간과 밀접하게 이어진 공간이었을 뿐으로 결국 다니자키의 추억 속에만 존재했다고 할 수 있다.

진나이 히데노부陣内秀信 1947~, 건축가이자 공학박사는 "일본의 도시 공간은 자연이나 지형과의 밀접한 관계 속에서 세워져 시민이 생각하는 도시 또한 그 안에서 신체 감각을 통해 다채롭게 형성되어왔다"(『도쿄의 공간인류학』)고 주장하며, 이것이 근대 도시계획에서는 정반대로 어디에도 있을 법한 균일 공간을 대량으로 만들어내며 오래전부터 함께하던 강과 연못을 매립한 결과 '인간적 삶과 연결된 기억이나 의미가 농밀하게 표현된 장소의 축적으로서의 도시'가 무시되어왔다고 지적하고 있다.

또한 마키 유스케眞木悠介, 사회학자는 '미국 원주민의 세계를 백인이 해체한 역사 속에서 백인에 의해 자행된 약탈과 살상 이상으로 자연을 파괴하고 땅에서 추방당한 것에 대해 그들이 품은 분노와 절망을 표현한 사실이 얼마든지 있다'(『시간의 비교사회학』)고 지적하고 '이들 토지=자연이야말로 그들의 모든 과거를 현재로 바꿔치기한 것'이었다고 말한다. 또한 클로드 레비스트로스1908~2009, 프랑스의 민속학자의 『야생의 사고思考』에서는 호주 원주민 마을에서 태어나 자란 민속학자 스트렐로Theodor George Henry Strehlow, 1908~1978가 지적한바, 그들에게는 토지 전체가 '오래전부터 있었고 지금도 살아 있는 하나의 족보와 같은 것'이라는 문구를 인용하고 있다.

다시 말해 스트렐로가 언급했듯 원주민에게 있어 산이나 강, 연못과 늪은 단순히 아름다운 경치에 머무는 것이 아니며 그들이 자신을 둘러싼 그러한 경관 속에서 경애하는 불멸의 존재(조상)의 공업을 읽어냄으로써 도시도 토지=자연과 마찬가지로 우리에게 미래, 과거의 시간이 퇴적되면서 우리 기억에 축적된 장소로 존재할 것이다. 이로써 우리는 이 세계에서 자신의 위치를 확인하고 스스로의 정체성을 확보할 수 있다. 이때 인간다운 삶과 연결된 기억이나 의미가 농밀하게 표현된 '장소'가 우리에게 지극히 중요한 의의를 갖게 되는데 다니자키가 이러한 장소에 상당히 민감한 작가였다는 사실은 「내가 본 오사카와 오사카 사람들」의 한 구절에서도 찾아볼 수 있다.

"간사이의 도시 가도를 걷다보면 내 유년 시절이 떠올라 그리움에 젖어든다. 왜냐하면 오늘날 도쿄의 저잣거리는 완전히 옛 모습을 잃고 말았지만 어디선가 닮은꼴을 한 도조 구조나 격자 구조의 집들이 줄지어 있는 것을 생각지도 못한 교토나 오사카의 구시가지에서 볼 수 있기 때문이다. (…) 교토의 무로마치 주변이나 오사카의 다니마치, 다카쓰, 시타데라마치 주변에 가면 도쿄도 옛날에는 이랬는데 하는 생각이 절로 들어 잊고 있던 고향을 찾은 듯한 기분이 든다. 실제로 도쿄도 예전에는 저렇게, 들어가는 입구는 좁으나 안으로 길쭉한 구조로 안채까지 길게 뜰이 있는 집이 많았다. 내가 가야바초에서 살았던 집도 그랬다. 여름이 되면 좁은 길목의 대나무로 만든 평상 위에서 이웃들과 밤늦게까지 이야기도 나누고 장기도 두었다. 그곳에는 그런 느긋한 정취가 오사카 같은 대도시에도 아직 남아 있다."

나니사키가 내시신을 쉬고, 태어나 사란 고향을 능지고 간사이로 이주했던 것도 이처럼 이른바 고향의 재발견이라고 해도 좋을 사정이 있어서였다. 그 뒤 다니자키는 두번 다시 도쿄로 돌아오지 않았지만 간사이로 이주한 뒤 다니자키 문학이 농익은 것은 유년 시절의 꿈과 무관하지 않다. 그것은 1931년(쇼와 6)에 발표한 「요시노쿠즈吉野葛」를 이 「유년 시절」에서 두 번이나 언급하면서 '그것은 내가 여섯 살 때 일로 어머니와 함께 본 단주로가 침에서 실을 뽑고 있는'이라는 대목과 '그 후 5년 뒤에 본 기쿠고로의 센본자쿠라에서 한층 강하게 영향을 받은 것이 틀림없'다고 말하는 데서도 잘 나타나 있다. 그렇다면 그 기억의 한결같음은 무엇에 의해 보증될 것인가. 그 기억을 잃었을 때 모든 것은 영원히 소실되어버리는 것일까. 만약 그렇다면 그 삶은 현재 살아 있는 순간마다 감촉으로 단편화되어 자기 삶의 연속성을 확인할 수 없는 것일 게다.

다니자키가 「유년 시절」을 집필한 것은 1955년(쇼와 30), 햇수로 72세 때의 일이다. 여기에 그려진 것은 메이지 20년대에서 30년대까지 소년의 눈에 비친 니혼바시를 중심으로 한 도쿄의 저잣거리로, 집필 당시에는 메이지 시대 도쿄의 모습은 이미 사라지고 없었다. 「고향」에서 볼 수 있듯 그가 태어난 고향도 자신의 기억을 붙잡아두지 못하고 지극히 서먹할 뿐이었다. 다니자키가 자신의 과거 기억을 문자로 기록하고 활자에 묶어두지 않는다면 그것은 영원히 사라지고 말 것이다. 삶의 연속성을 확인하기 위해서라도 다니자키는 그 과거의 기억을 문자로 남겨 어린 시절 자신의 눈에 비친 메이지 시대 도쿄의 저잣거리를 재현해두고픈 열망에 사로잡혔던 것은 아닐까. 그것이 다니자키에게 있어 「유년 시절」이 '단순한 회고록'에 그치는 것이 아니라 '지금 이렇게 변해 버린 도쿄의, 메이지 중엽의 저잣거리 정취'를 통째로 재현하는 형태로 만들도록 한 것이다. 그 때문에 다니자키는 '기억을 더듬어 조사하거나, 친인척이나 아는 노인, 소학교 시절의 옛 친구들을 찾아다닌' 것이다.

다니자키가 「유년 시절」을 쓰게 된 또 하나의 커다란 이유는 나카무라 미쓰오中村光夫, 평론가이자 작가의 『다니자키 준이치로논論』 때문이지 않을까 하는 생각을 조심스레 해본다.

나카무라 미쓰오의 『다니자키 준이치로논』은 1952년(쇼와 27) 10월 가와데쇼보河出書房 출판사에서 발행되었는데 이것은 다니자키를 다룬 최초의 본격적인 장편 작가론으로 빈틈없는 준비와 강인한 논리를 펼치며 예리한 분석과 엄격한 비판을 가차 없이 덧붙였다. 나카무라는 여기서 다니자키 문학의 두드러진 특징을 '정신의 소아성'과 '지적 불구'라 지적하고 '그에게는 적어도 지적인 의미에서 청춘은 없었다'고 말하며 '그의 작품은 감성에 눈뜬 것만 반복해서 집요하게 매달릴 뿐 청년기를 청년답게 만드는 지성의 각성 부분에서는 하등의 서술도 볼 수 없다'면서 그 청춘 결여 문학의 기형성을 날카롭게 지적했다. 또한 사토 하루오, 고바야시 히데오 이래 끊임없이 주창되어온 무사상의 작가가 다니자키 준이치로라는 점을 강조하고 그의 문학이 지닌 한계를 지적했다.

이에 대해 다니자키는 「나의 「유년 시절」에 대하여」에서 '내가 소설가로 지금까지 해온 작업은 처음 생각했던 것보다 훨씬 더 많은 부분에 내 유년 시절의 환경이 큰 영향을 미쳤을 터이다'라고 쓰고 있다. 또한 '나는 지금껏 내가 지금과 같은 인간이 된 이유가 청년 시절 이후의 학문이나 경험, 사회와의 접촉이나 많은 선후배, 혹은 벗과의 절차탁마에 의한 것이라고 생각해왔지만 오늘에 이르러 뒤돌아보니 다른 사람은 몰라도 내 경우에는 현재 내가 가지고 있는 것 가운데 대부분이 의외로 유년 시절에 이미 모조리 싹을 틔운 것으로, 청년 시절 이후에 내 것이 된 것은 그리 많지 않아 보인다'고 말을 잇고 있다. 이것은 틀림없이 나카무라 미쓰오의 다니자키론을 염두에 두고 쓴 것이라 여겨진다.

다니자키는 이 「유년 시절」을 집필함으로써 나카무라 미쓰오의 논리에 수긍하는 부분이 많음을 인정하면서도 청춘문학이 있다면 유년기 감성에 뿌리를 둔 문학이 있어도 괜찮지 않겠느냐는 반론을 에둘러 제기했다고 볼 수 있다. 「유년 시절」에는 조금 전의 「요시노쿠즈」뿐만 아니라 「소년」 「비밀」 「사랑에 눈뜰 무렵」 「오쓰야고로시」 「작은 왕국」 「어머니를 그리는 마음」 등의 많은 작품에 대한 언급이 있는데, 자기 문학의 원천으로 유년 시절을 강조하는 것은 적어도 나카무라 미쓰오에 의해 좋지 않은 가치밖에 부여받지 못했던 그 '소아성'을 있는 그대로 다니자키 문학 성립을 위한 전제 조건으로서의 적극적인 평가 기축으로 전환시키려는 시도였다고도 할 수 있다. 따라서 이것은 청춘의 내면극에만 초점을 맞춰 그곳에서 구축된 근대문학의 주류를 이루는 소설관에 대한 강렬한 안티테제가 될 수도 있다는 점을 간과해서는 안 된다.

사실 '필시 외조부는 페미니스트가 틀림없었으니 내게 여성 숭배 경향이 있는 것은 어쩌면 당연한 일인지도 모른다'와 같은 말을 비롯해 그 외조부가 만년에 신앙심을 품었던 마리아상, 지진을 싫어했던 어머니로부터의 영향, 어머니와 외삼촌과 함께 보러 갔던 단주로나 기쿠고로의 연극, 스이텐구의 시치주고 극단의 신악이나 메이토쿠 신사의 가쿠라도에서 본 차반, 이나바 선생님의 교육과 소년의 매일 같은 독서 등, 유년기의 추억을 이야기하면 할수록 그것들이 얼마나 깊게 다니자키 문학에 영향을 주었는지를 알 수 있을 것이다. 그러한 의미에서 이 「유년 시절」은 메이지 중기의 니혼바시 부근의 정취를 생생하게 묘사한 회상록일 뿐 아니라 다니자키 스스로도 말하고 있듯이 '그것은 메이지 시대에 도쿄의 저잣거리에서 태어나 그 시대의 도쿄가 지니고 있던 다양한 문화와 풍습을 보고 자라면서, 이윽고 그것을 바탕으로 소설가가 된 한 평범한 아이의 삶의 기록'이라고 할 수 있으며 다니자키 문학을 이해하는 중요한 자료가 될 것이다.

1998년 1월

*닭요릿집. 1760년에 개업. 아직도 성업 중이다.

닌교초

오칸논 법당卍

오칸논 법당卍

다니자키 상점

*서 자

*다니히데

시미즈야

다니자키 활판소

다니자키 마루큐 곡물거래소 상점

스와 대로

에도바시

가부토초

니쇼칸

니혼바시

증권거래소

요로이바시

가야바바시

가이운바시

야쿠시도

히에 신사

다니자키

니혼바시

가야바초

마루킨

메이토쿠이나리 신사

오키나이나리 신사

신바바시

사카모토 공원

★ 사카모토 소학교

가이라쿠엔

기요스바시

아메하시

마사고 극단

가키가라초 공원

다케우치

스이텐구

아리마 소·중학교

온나바시

도쿄 창고

나카스바시

*지금은 극단이 있던 자리에
비문을 새겨 흔적만 남아 있다.

도슈바시

신에이큐바시

에이큐이나리 신사

하코자키바시

다이에이 신사

다이코쿠

첫머리에

　언제부터인가 나는 내가 살아온 이야기를 가장 오래된 기억부터 차례대로 가능한 한 상세히 엮어보고 싶다는 생각을 하게 되었다. 늘 생각만 하고 있었을 뿐인데 지난해 『분게이슌주 文藝春秋』에서 한 해 동안 나를 위해 매달 적잖은 지면을 내주겠다 하여 드디어 소망하던 일을 어느 정도 이룰 수 있게 되었다. 여기서 '어느 정도'라 말한 것은, 원고를 쓰다보니 처음 생각보다 예상외로 늘어나, 먼 기억 저편으로 사라졌을 법한 것들까지 하나둘 떠오르는 바람에 주어진 기간 안에는 도저히 끝낼 수가 없었기 때문이다. 처음 계획은 유년 시절에서 중학교 2, 3학년 때까지 있었던 일을 모조리 쓸 요량이었는데 한 해 동안 쓸 수 있었던 건 겨우 소학교 졸업 무렵까지였고 심지어 여기저기 빠뜨린 것이 아주 많아 책 한 권을 더 만들 수 있는 분량을 가볍게 넘기고 있었다. 물론 나는 나머지 이야기도 쓸 기회가 있을 거라는 희망으로 훗날을 기약하고, 일단 『분게이슌주』에 발표했던 「유년 시절」을 한 권으로 엮어 내기로 했다.

독자 중에는 햇수로 일흔하나나 된 내가 네 살 때 기억까지 쓴 것을 보고 기억력이 대단하다며 칭찬하는 이도 있으나 원래 노인이란 바로 엊그제 일어난 일은 쉬이 잊어도 오래된 일은 의외로 기억하고 있는 법이다. 말은 이렇게 해도 솔직히 나 자신도 이처럼 많은 옛일을 기억하고 있을 줄은 몰랐다. 글을 써내려가면서 잊고 있던 기억이 자연스럽게 하나둘 떠오르기 시작했는데 아마도 이것은 나만 그런 게 아닐 거라 생각한다. 게다가 온전히 나 자신만의 기억으로 이것을 썼을 리가 없다. 기억이 가물거릴 때는 기억을 더듬어 자료를 찾거나, 친척이나 나이 든 분들 혹은 소학교 시절 옛 친구를 찾아다니며 물어보았다. 다행히 내 곁에는 여든한 살 되신 외삼촌과 나보다 여덟 살 많은 사촌누이가 살아 있어주었고(안타깝게도 이 사촌누이는 작년 봄, 외삼촌은 올봄에 이 책이 출판되는 것을 못 보고 돌아가셨다), 유치원 때부터 형제처럼 지내는 죽마고우가 한 명 있어 이들의 기억을 빌리는 일도 적잖았는데 그런 도움이 없었다면 이 책을 완성하지 못했으리라.

이 이야기는 메이지 중기에서 후기에 걸쳐 니혼바시日本橋를 중심으로 도쿄의 서민들이 모여 사는 마을을 무대로 삼고 있어 도쿄에서 태어난 옛 어르신들의 흥미를 끌었다고 보는데, 잡지에 연재 중일 때는 여기저기서 종종 정성이 가득 담긴 편지를 받곤 했다. 이 중에는 얼굴도 모르는 애독자를 비롯해 소학교 동창생, 나는 모르지만 나나 우리 집안에 대해 잘 아는 분 등 실로 많은 사람의 도움이 있었고, 특히 중학교 동창 이케다池田 씨는 닌교초 주변에서 있었던 이야기를 상세하게 적어 보내주었다. 오래전 미나미카야바초에서 쌀집 가게를 하던 가쓰미勝見 씨 댁 막내아들이 상세한 지도까지 그려넣은 편지를 보내주었으며 사카모토坂本 소학교 때 나보다 6년 앞서 학교를 다녔다는 모리이森井 긴이라는 분이 1학년이던 내 모습과 유모까지 기억하는 긴 편지를 보내준 것에 대해서는 벅찬 감동을 금할 길이 없다. 또한 도쿄대학 공학부 미쓰하시 데쓰타로 박사가 후쿠다 기요토가 쓴 『15인의 작가와의 대담』을 읽고 다니자키 집안 내력에 대해 알게 되었다며 내 외조부의 주인집 어른에 해당되는 후카가와 주물상 가마로쿠에 관한 여러 서적과 사진을 보내준 것도 이 이야기를 하는 데 간접적이긴 하나 주요 관련 기록으로 존중되어야 한다. 따라서 이들 기록은 일반 독자도 흥미를 가질 수 있을 거라 여기고 가장 흥미로운 것 10여 장을 선별해 각 장 끝머리에 첨부했다(문고판 생략). 또한 정확한 기재를 위해 노력했음에도 여전히 오류가 없다고는 장담할 수 없으니 지금이라도 오류를 발견하고 지적해주시는 분께는 깊은 감사의 뜻을 표하는 바다.

끝으로 『분게이순주』 연재 중 가부라키 화백이 매회 삽화를 그려주신 데 대해 진심으로 감사드린다.번역서에는 싣지 않았다. 솔직히 나는 19세기 말엽 도쿄의 풍경화에 정통한 화가는 이분밖에 없다고 생각해 삽화만큼은 그의 손을 빌리고 싶었지만 화백의 지위와 그가 고령임을 감안해 무리하게 부탁할 용기는 없었으나, 오히려 그는 이 이야기를 듣자마자 흔쾌히 허락해주었다. 이를테면 본문에 나오는 5대 기쿠고로의 심술궂은 표정, 이치카와 신조의 고치야마 삽화 등은 본문의 문장 이상으로 명배우의 살아생전 모습을 생동감 넘치게 묘사하고 있어 나 자신도 이 삽화를 보면

113

서 얼마나 옛 추억을 떠올렸는지 모른다. 또한 출판사 분게이슌주신샤는 이들 귀중한 원고를 전부 내게 기증해주어 이번에 이 모두를 복제해(화백은 마음에 들지 않는 작품을 다시 그려주었다) 이곳에 수록하도록 했으며 또한 이 인연으로 장정본 역시 가부라키 화백에게 부탁드리게 되었다. 덕분에 이렇게 멋진 책이 완성되어 기쁘기 그지없다.

교토 센칸테이에서
다니자키 준이치로 씀

내 가장 오랜 기억

　내 생각에 네댓 살쯤의 일이라고 여겨지는 기억이 몇 가지 있다. 하지만 그 옛 기억 속에 가장 오래된 것이 무엇인지를 결정하는 것은 그리 쉬운 일이 아니다. 보통은 다섯 살쯤부터 어느 정도 명확한 기억을 갖기 시작하는데 네 살 때 일을 기억하는 사람이 없는 것은 아니지만 그리 많지는 않다. 심지어 세 살 때 일을 기억한다고 하면, 위인전에 나오는 인물이 아닌 이상 실제로 그런 사람에 대해 들어본 적은 거의 없다. 그래서 나 또한 네 살 때 일이라고 우길 수 없는 노릇이긴 하나 아주 오래전 어머니 무릎에 앉아 인력거를 타고 간다神田의 야나기와라柳原에 있던, 그 무렵 흔치 않았던 붉은 벽돌로 지은 건물 앞에 내리면 사무실 칸막이 너머로 아버지가 앉아서 기다리고 있었던 것을, 그리고 어머니와 내가 사무실 바깥쪽에서 아버지를 향해 인사하던 일을, 희미하게나마, 그러나 결코 꿈이 아니었음을 기억한다. 특히 그 붉은 벽돌로 지은 건물 모양과 아버지의 표정, 사무실 칸막이와, 다다미

가 깔린 사무실로 오르는 문턱 그리고 날씨가 참 좋았다는 것 정
도인데, 부모님과 내가 어떤 옷을 입고 있었는지, 무슨 계절이었
는지는 전혀 기억나지 않는다. 그런데 어떤 연유에서인지 그곳이
간다의 야나기와라였다는 사실을 알고 있고, 그 야나기와라 건
물은 아버지가 점등업點燈社*을 하던 점포였다는 것도 알고 있었
는데 아마도 어머니나 유모의 이야기를 들었기 때문이리라. 하지
만 이날 어머니와 어디서부터 인력거를 타고 갔는지, 우리 모자
는 아버지와 야나기와라에 살았는데, 그날은 신사에라도 가려던
것이었는지, 가키가라초蠣殼町에 있는 외갓집에 다녀오는 길이었는
지, 이것이 내겐 오랜 의문으로 남아 있었다. 단지 야나기와라 집
에 대한 기억은 이렇듯 영화의 한 장면에 지나지 않을, 어느 한날
의 편린으로 각인되어 있어, 아마도 그것이 네 살 때 일이고 '내
가장 오래된 기억'이 아닐까 하고 여겨왔던 것이다.

그래서 나는 이번 「유년 시절」 원고를 쓰면서 현재 단 한 분 살
아 계신 외삼촌과, 얼마 전 돌아가신 사촌누이한테 묻기에 이르
렀는데, 야나기와라에 있던 집은 아버지가 사업을 하던 점포이지
살림집이 아니었다는 것과 당시 나와 부모님은 가키가라초 외갓
집에 살고 있었고 아버지가 야나기와라로 출근했었다는 사실을
알게 되었다.

가키가라초 외갓집에서는 어머니의 바로 아래 동생인 다니자키
규에몬이라는 외삼촌이 선대 규에몬인 외조부의 뒤를 이어 규에
몬이라는 이름을 물려받았기 때문에 우리는 그 집에 얹혀살고 있

• 전등이 없었던 시절 석유램프에 불을 붙이고 다니던 일.

었을 뿐이다. 외조부는 내가 세 살 때인 메이지 21년(1888) 향년 58세의 나이로 타계했고 할머니는 메이지 44년(1911)까지 사시다가 73세의 나이로 타계했다. 외조부가 적어도 한두 해만 더, 내가 희미하게나마 당시의 일을 기억할 수 있는 나이가 될 때까지만 살아 계셨더라면 얼마나 좋았을까라며 안타까워할 뿐이다.

내 기억은, 외조부가 이 세상을 떠나고 얼마 지나지 않아 시작된 것이다. 내가 외조부를 직접 겪진 못했지만 다니자키 집안을 혼자 힘으로 일으켜 세운 '훌륭한 할아버지'가 불과 얼마 전까지만 해도 살아 계셨고, 외조모는 당연히 가족 중 누군가가 말만 하면 외조부 이야기를 꺼냈기 때문에 나는 외조부가 어쩌면 집안 구석 어딘가에 조용히 숨어 살고 계실지도 모른다는 생각을 했다. 외조부는 당신이 살아 계실 때 태어난 나를 '준이치, 준이치' 하며 무척 귀여워했다고 들어서인지 그 '준이치'라고 부르는 소리가 어디선가 불현듯 들려올 것만 같았다. 외조부의 사진도 크게 확대해 걸어두었는데 그 모습이 항상 내 머릿속에 있어 보고 싶을 때면 언제든 불러낼 수 있었다. 훗날 나는 가와타케 시게토시 河竹繁俊 1889~1967, 일본의 연극학자가 쓴 『가와타케 모쿠아미河竹黙阿彌』라는 전기를 읽다가 책에 실린 모쿠아미1816~1893, 일본의 가부키 배우의 초상화를 보고 풍모나 풍채, 기모노를 잘 차려입은 모습까지 외조부와 몹시 닮아 흠칫했는데 그 시절 환갑에 가까운 노인들은 대개 생김새가 비슷했던 것인지도 모르겠다.

나를 둘러싼 다니자키 집안 사람들, 외조부모와 부모, 큰아버지 내외와 외삼촌 내외는 어떤 일에든 '외할아버지는 말이지' 하면서 훌륭했던 외조부의 행적을 본보기로 삼았다. 외조모와 어머니 말로는 외조부가 세운 계획은 뭐든 신기할 정도로 성공했다고 한다. '두고 봐, 머지않아 내가 마차를 타고 다니는 모습을 보게 될 거야' 하는 말을 자주 했다는데 아마 조금 더 오래 사셨다면 분명히 그리되었으리라는 데는 의심의 여지가 없다. 외조부는 후카가와深川• 오나기 강 근처에서 가마솥을 제조하는 '가마로쿠釜六'의 총책임자였다. 메이지 유신으로 주인 일가가 피난을 떠나게 되자 외조부가 가마로쿠를 맡게 되었고, 그동안 열심히 일해 시국이 잠잠해진 뒤 돌아온 주인에게 돌려주었더니 무척 감복해하더라는 일화도 있다.

그 후 우에노 전쟁••이 일어났고 난리 통에 시장 일대 땅값이 폭락하자 레이간 섬靈岸島에 있는 마나즈루칸이라는 여관을 100냥에 사들여 운영하다가 얼마 후 둘째 사위에게 넘기고, 니혼바시에 있는 옛 은화주조소 터에 집을 지어 활판 인쇄업을 시작하셨다. 내가 태어난 것은 이 '다니자키 활판소'라는 이와야 이치로쿠巖谷一六, 정치가이자 서예가의 예서체 간판이 걸린, 검은 옻칠을 한 도조 가옥•••이었다.

메이지 10년(1870)대 말에 활판 인쇄업을 시작했다는 것은 가마솥 제조나 숙박업 같은 구식에서 하이칼라로 전환했다는 말로 외조부는 당시 문명개화의 첨단을 걷고 있었던 것이다. 활판소에서 곧장 가키가라초 1정목丁目으로 나가면 그 당시 말로 '미곡상

• 목재상 등 일찍이 상업이 발달한 도쿄의 지역.

•• 1868년 보신 전쟁戊辰戰爭의 하나. 도쿄 우에노에서 벌어진 막부군과 신정부군 사이의 전투.

••• 벽을 흙과 회로 두껍게 바른 내화耐火 구조 가옥.

거리'가 있었는데 곡물거래소를 중심으로 양쪽에 곡물 매매업자들의 점포가 즐비하게 늘어서 있었다. 외조부는 큰딸 오하나의 남편인 큰사위를 양자로 삼아 다니자키 규베에谷崎久兵衛라고 이름 지어 분가시킨 뒤 거래소 건너편에 야마주⌃라는 간판을 내걸고 중개업을 하게 했는데, 우리는 2정목에 있는 외갓집을 '활판소'나 '본점'이라 불렀고 1정목에 있는 큰아버지 규베에의 집을 '야마주' 혹은 '쌀집'이라 불렀다. 그 외에도 요로이바시鎧橋 거리에 지금도 남아 있는 이초하치만銀杏八幡 신사 뒤편에 활판소 지점을 내고 '다니자키 지사'라는 간판을 내걸었다.

외조부가 특별히 미곡상 거리 주변을 골라 활판소를 시작한 것은 쌀값의 변동 시세를 매일 저녁 인쇄해 판매하면 돈을 벌 수 있을 거라 내다봤기 때문이다. 당시 신문은 그리 발전한 형태가 아니어서 석간신문 같은 게 있을 리 없었는데 외조부의 예상이 정확하게 들어맞아 다니자키 활판소는 '다니자키 물가'로 불리는 시세표 판매로 성황을 이뤘다. 즉, 외조부가 시작한 사업은 소규모 석간신문사 같은 것이었다.

외조부는 이외에 점등사라는 일도 고안해내셨다. 이 일은 인부를 고용해 시내 가로등에 불을 켜며 돌아다니는 것이었다. 시내라고는 해도 인부가 그리 많지 않았던 것으로 미루어 필시 서민들이 모여 사는 작은 동네 정도였을 것이다. 인부는 가능한 한 외조부와 연고가 있는 사람으로, 가령 시대를 잘못 타고 태어나 몰락한 무사나, 몰락하긴 했어도 신분이 명확한 이들을 고용해 그들을 점등부點燈夫라 부르며 옷깃과 등에 상호가 찍힌 웃옷과 잠방이로 된 작업복을 입혔다. 붉은 동그라미가 사방으로 빛을 발하는 모양으로 염색한 작업복이었는데 그 동그라미 안에는 '점등'이라는 글씨가 새겨져 있었다. 점등부들은 이런 차림으로 저녁 무렵이 되면 사다리를 둘러메고 거리로 나섰다. 그러고는 가로등 아래에 사다리를 놓고 올라가 유리문을 열고 석유등에 불을 붙이며 돌아다니는 것이었다. 일부에는 가스등이 설치되기도 했지만 극히 한정되어 있음을 간파한 외조부가 이 일을 시작했을 당시에는 가로등이 대부분 석유등이었다. 점등부는 아침에도 사다리를 둘러메고 나가 석유등 청소를 했다.

이 점등 사업은 외조부가 돌아가신 뒤 아버지가 맡아 했으나 경영 부진으로 남의 손에 넘어가버렸다. 하지만 활판소만큼은 외삼촌인 2대 규에몬이 뒤를 이어 당시에는 상당히 번성했다. 나는 소설가가 되고 나서 가키가라초의 장사꾼 집에서 태어난 사람이 무슨 연유로 문학을 하게 되었느냐는 질문을 받곤 했는데, 외조부가 세운 다니자키 활판소의 시세표 판매는 조금은 문필과 관련 있는 일이라 내게 어떤 영향을 주지 않았나 싶다. 나는 태어나자마자 밤낮으로 인쇄 기계의 요란한 소리를 들으며 자랐다. 게다가 매일 외삼촌이 거래소에서 시세 보고가 오는 것을 기다렸다가 시세표를 편집하는 모습을 눈치가 빠른 나이 때부터 지켜본 것이다.

인쇄를 하는 곳은 봉당이었고 외삼촌의 편집실은 안쪽 다다미방이었다. 외삼촌은 마당 쪽 툇마루 가까이에 책상을 놓고는 칠기로 만든 큼지막한 용지 궤짝을 옆에 두고, 매일 원고를 매만지거나 교정을 보곤 하셨다. 나는 그 무렵 외삼촌이나 인쇄공들이 문자를 얼마나 이해하고 있었는지는 알지 못한다. 하지만 어린 나

이에 후카가와의 거상이던 이와데 소베에巖出惣兵衛의 집에서 고용
살이를 했던 외삼촌이 고등교육을 받았을 리 없다는 점은 분명
했다. 이에 대한 기억은 아마 내가 열 살 무렵의 일로, 활판소 인
쇄장이 '叢'이라는 글자를 사전에서 찾아 종이에 쓰고는 후리가
나(음독)를 달아 "여어, 이보게들 이 한자를 아나? 이걸 구사무라
라고 읽는다는군" 하면서 젊은 인쇄공들을 불러 모아놓고 이야기
하는 것을 들은 적이 있다. 외삼촌의 학식도 이 인쇄장과 별반 다
르지 않았을 테지만 그래도 직업상 자연스레 문자를 가까이할 기
회가 많았기에 일반 상인들보다야 읽고 쓰는 것에 능숙했으리라.
나는 편집실 선반 위에 항상 『분게이구락부文藝俱樂部』 신간이 놓
여 있다는 사실을 알고 성인 소설 같은 것을 더러 몰래 읽으며
'소설이 이렇게 재미있는 거구나!' 하고 느끼고는 한없이 빠져들었
던 기억이 있다.

　내 천성 중에는 어쩌면 외조부의 피를 물려받은 게 아닐까 하
는 점이 또 하나 있다. 사실 외조부 규에몬과 외조모 후사 사이
에는 내리 딸 셋이 태어났고 그다음 아들 넷이 차례로 태어났는
데 외조부는 딸들만 예뻐하고 아들들은 냉대했다. 딸 셋 중에 둘
은 데릴사위를 얻었고, 아들은 장남을 제외하곤 모두 남의 집에
입양을 보냈다. 큰딸 오하나가 규베에와 결혼하자 사위를 양자로
삼고 야마주 상점을 내주었다는 것은 앞서 밝혔는데, 셋째 딸 오
세키 역시 규베에의 친동생 구라고로와 혼인시킨 뒤 구라고로를
데릴사위로 들였다. (둘째 딸 오한은 혼인하여 출가했으나 마나
즈루칸이라는 여관을 맡겼으므로 이 또한 완전히 출가외인이라
고 할 수는 없을 것이다.) 셋째 딸 오세키와 사위 구라고로가 바

로 내 부모님이다. 그래서 우리 형제들과 큰아버지 규베에의 자녀
들은 이종사촌이자 고종사촌이면서 아버지끼리 형제지간이고 어
머니끼리 자매지간이라는 아주 특별한 사이다. 외조부가 타계하
고 10여 년이 지나 다니자키 활판소는 외삼촌 2대 규에몬의 방
탕한 생활로 문을 닫게 되었고, 내 아버지 구라고로 역시 장사에
소질이 없어 물려받은 재산을 탕진해버렸다. 겨우 큰딸 오하나의
남편만이 곡물중개상을 하며 넉넉한 생활을 했는데 '어째서 외조
부는 딸들만 예뻐하고 아들들은 남의 집에 주었는지, 다니자키
집안이 망한 것도 다 이 때문'이라는 푸념을 할머니는 입버릇처럼
달고 사셨고 냉대받던 세 아들 역시 할머니나 우리 어머니에게
같은 원망을 늘어놓곤 했다. 외조부는 페미니스트가 틀림없는지
라 내게 여성 숭배 성향이 있는 것은 어쩌면 당연한 일인지도 모
르겠다.

　우리 아버지 구라고로와 큰아버지 규베에의 고향은 에자와江澤
라는 곳으로 다이쇼 시대(1912~1926)로 거슬러 올라가 설명하
자면, 스다초에서 만세이바시를 건너 시가지로 향하는 전차가 혼
고 3정목 쪽으로 꺾이는데, 그 모퉁이에 있는 '다마가와'라는 양
조장을 운영했다. 고방이 열한 채나 될 정도로 큰 규모였으나 내
가 이 사실을 알게 되었을 때는 이미 흔적도 없이 사라진 뒤였
다. 게다가 그 주변은 지진과 전쟁을 겪은 뒤 도로가 되는 바람
에 만세이바시의 위치도 바뀌었고 전차가 달리는 도로 역시 예전
과는 사뭇 다른 풍경이어서 지금은 집터가 정확히 어디였는지 알
수 없다. 규베에의 아명은 지쓰노스케였고 구라고로는 와스케로
다니자키 집안의 데릴사위가 된 후에도 두 사람은 물론 일가친

척 간에 '규베에'와 '구라고로'가 아닌 아명으로 불렸다. 나는 다니
자키 집안에 대해서는 외조부 이야기를 자주 들어서인지 친근함
을 느꼈지만 아버지 집안에 대한 이야기는 단 한 번도 들은 기억
이 없다. 큰아버지와 아버지는 친부모를 일찍 여의었기 때문에 기
억나는 것이 별로 없는 듯했다. 두 사람이 어렸을 때 후견인이던
사내가 사업을 엉망으로 경영하는 바람에 경영난에 허덕이게 되
었고 그토록 번성했던 다마가와 양조장도 점차 기울기 시작했다.
외조부는 다마가와 양조장에 자금을 변통해준 대가로 어린 큰아
버지와 아버지를 데려와 양자로 삼았다고 한다. 다마가와에 대해
아버지가 기억하고 있는 것은 악질 후견인에게 줄곧 구박을 받으
며 형과 둘이 기죽어 살았다는 것뿐이다. 나는 어린 마음에

　눈보라 속에 저 애도
　누군가의 자식이거늘
　머슴살이하누나
　　　　　ㅡ에도 시대의 무사 안도 노부토모의 어록 중에서

라는 시를 들으면 왠지 아버지의 애달픈 어릴 적 모습이 보이는
것만 같았다. 왜냐하면 아버지는 어릴 때 마치 머슴처럼 일해야
했는데 눈 오는 어느 날 술을 배달하러 갔다가 몸이 얼어붙어 걷
지 못하게 되자 발에다 오줌을 조금씩 싸서 녹이며 돌아왔다는
이야기를 들은 적이 있기 때문이다.
　지쓰노스케와 와스케는 열악한 환경에서 서로를 의지하며 살
다가 함께 양자로 들어왔기에 그 우애가 남달랐음은 어린 내 눈

에도 또렷이 남아 있다. 큰아버지는 우리 아버지를 '와스케'라 부르며 깍듯이 대우했고, 아버지는 큰아버지를 '짓쓰안'이라 부르며 따랐는데 이는 평생 한결같았다.

특히 동생인 내 아버지는 장인으로부터 받은 상속 이외엔 별다른 재산이 없었는데 하는 일마다 말아먹고 걸핏하면 형 '짓쓰안'에게 달려가 우는소리를 했지만 큰아버지는 그럴 때마다 마다 않고 아버지를 도와주셨다. 큰아버지는 아버지가 변변치 못해 외조모와 어머니를 실망시키는 것이 송구스럽기도 하고 안타깝기도 했을 것이다.

"지쓰노스케는 괜찮은데 와스케는 영 아니야. 어처구니없는 실수였다니까" 하고 외조모는 안 보이는 곳에서 불평을 늘어놓으셨다고 한다. 어머니는 겐지 원년(1864)생이고 아버지는 안세이 6년(1859)생으로 두 분은 다섯 살 터울이었는데 혼인을 한 것은 내가 태어나기 2, 3년 전이었다. 외조부는 내가 두어 살 때 우리 부모님께 니혼바시 아오모노초青物町(지금은 사라진 지명이지만 가이운바시 대로와 쇼와 대로가 교차하는 지점 부근에 있었다)에 건물 하나를 내어주고 양조 사업과 점등 사업을 차례로 경영하게 했지만 모두 경영 부진을 면치 못했고 그 사이 외조부가 타계하고 말았다. 내가 여섯 살쯤 되었을 때 아버지는 사업을 접고 딱히 직업도 없이 처남인 2대 규에몬의 집, 그러니까 외갓집에서 운영하는 활판소 안채에 방 한 칸을 빌려 어머니와 나와 셋이 살게 되었다.

아버지와 어머니

　한번 독립해서 나간 아버지가 처자식을 데리고 다시 외갓집으로 들어온 것은 사업에 실패한 것 외에 위장병으로 고생이 심했던 게 또 다른 이유이기도 했다. 어쩌면 사업 실패의 원인이 위장병이었는지도 모르겠다. 내게 아버지가 시마 온천으로 요양을 다닐 때의 기억은 없지만 그 자신은 힘든 시기를 보냈으리라 짐작된다. 왜냐하면 태어나 단 한 번도 도쿄를 벗어나본 적 없는 도쿄 토박이가 이제 막 혼인한 아내를 남겨두고 멀리 이름도 생소한 타지에서 마치 귀양살이와 같은 시간을 보냈을 테니 말이다. 나는 젊은 시절의 아버지가 수개월을 보냈을 시마 온천에 한번쯤 들러보고 싶다는 생각을 하면서도 지금껏 실행에 옮기지 못하고 있는데 교통이 불편했던 그 시절에 멀고 먼 타지로 요양을 보낸 것은 누구의 발상이었을까. 시마 온천이 위장병에 특효가 있다는 말은 못 들어봤는데 의학이 발달하지 못했던 시절에는 그곳도 구사쓰草津 온천●처럼 유명했었던 것일까.

이것은 순전히 내 억측이긴 하지만, 동네에서 미인으로 소문난 오세키를 아내로 맞이해 몹시 예뻐한 나머지 몸이 상해 잠시 건강이 회복될 때까지만이라도 젊은 부부를 떨어뜨려놓는 것이 좋겠다는 의견이라도 있었던 게 아닐까 싶다.

외조부 규에몬의 세 딸, 오하나와 오한, 오세키 자매는 모두 동네 청년들을 몸살나게 했는데 그중에서도 가장 인물이 뛰어났던 이는 막내 오세키이고, 다음이 둘째 오한, 마지막이 맏딸 오하나였다. 내 어린 마음에도 오하나 이모(이모이자 큰어머니)만 얼굴이 달랐는데 약간 사납게 생겨서 무서웠다. 아마 오하나 이모는 친탁을 했고 오한 이모와 어머니 오세키는 외탁을 한 듯싶다. 당시 저잣거리에서 인물 좋기로 소문난 세 자매는 목판화의 모델이 되기도 했는데 특히 내 어머니 오세키의 목판화는 그중 인기가 가장 많았다고 한다. 집에서 얼마 떨어지지 않은 곳에 살고 있던 야스다 유키히코1884~1978, 화가 씨 댁에서 그의 증조모의 목판화를 본 적이 있는데 우리 어머니의 목판화는 외삼촌이나 사촌에게 가끔 이야기로 전해 들었을 뿐 실제로 남아 있지 않아 안타깝다. 그리고 고아미초의 잡화상 집 아들이 어머니에게 반해 아내로 삼고 싶다고 청했으나 "내 딸은 시집보내지 않기로 했소. 대신 데릴사위를 들일 참이오" 하고 외조부가 거절하자, 그렇다면 지참금까지 가지고 데릴사위로 오겠다고 했다는 이야기도 들었다. 어머니의 미모에 대해 여러 번 언급했지만 어머니가 미인으로 보이는 것은 내 어머니라서일 게다. 그 누구든 자식 눈에는 어머

• 군마 현에 소재한 일본을 대표하는 유명한 온천.

니가 아름답게 보이기 마련일 테니. 어머니는 얼굴뿐 아니라 허벅지 살도 눈부시게 하얗고 살결이 보드라워 함께 목욕이라도 하는 날에는 저절로 탄성이 나오곤 했다. 빤히 쳐다보고 있으면 하얀 살결이 더욱 눈부시게 빛났는데 그때 그 하얗던 피부는 요즘 사람들과는 사뭇 다른 것이었다. 그 시절 여인들은 요즘처럼 외부 출입이 잦지 않은 데다 온몸을 거의 옷으로 가린 채 볕이 잘 들지 않는 안채에서 살았기 때문에 그토록 하얄 수 있었는지도 모른다. 어머니는 내가 스물예닐곱이 될 때까지 그렇게 하얀 살결을 간직하고 있었는데 메이지 44년(1911) 여름, 어머니가 목숨보다 소중히 여기던 딸이 병을 이기지 못하고 열여섯 꽃다운 나이로 세상을 뜨자 상심한 나머지 그야말로 폭삭 늙어 얼굴은 누렇게 뜨고 머리는 백발이 되었다. 그 시절엔 다 그랬겠지만 어머니는 겨우 150센티미터 될까 말까 한 자그마한 체구에 머리는 짙은 갈색이었는데 귀밑머리가 곱슬거리는 것이 옥에 티였다.

내가 기억하는 한 아버지는 메이지 30년대(1900년대 초) 큰아버지로부터 이세 신궁에 가서 참배하고 오라는 권유를 받았고 아마도 그때 이틀 밤인가 사흘 밤 정도 집을 비운 일 빼고는 단 한 번도 어머니 곁을 떠난 적이 없었다. 어머니가 먼저 세상을 뜨고 얼마 지나지 않아 아버지를 염려한 주위 분들이 후처를 들일 것을 권하자 아버지는 손사래를 치며 "30년이나 함께한 마누라에게 못 할 짓"이라며 불편한 심경을 드러내셨다고 한다. 어머니가 떠나고 두 해가 지나 아버지도 뇌일혈로 뒤를 이었는데 내 동창이자 아버지를 담당했던 스기타 나오키 박사가 어느 날 병실에서 "아버님이 성병에 걸렸던 적이 있나?" 하고 슬쩍 물어오자 마침 병실에 들른 외삼촌이 대뜸 "그런 적 없소" 하며 발끈하더니 "요시와라도쿄 소재의 유곽에도 가본 적이 없네" 하는 것이었다. 그렇다면 큰아버지가 이세 신궁에 데려간 것은, 시마 온천에서 요양을 했던 것 외에 여행다운 여행을 한 번도 해본 적 없고 세상 물정도 모르는 고지식한 아버지에게 조금이라도 바깥세상을 보여주고 싶었던 것이었을 텐데, 그 일생에 단 한 번이었던 기차여행, 그것도 단 사흘간 떨어져 있는 것조차 어머니는 마뜩잖아했다고 한다.

아버지가 한때 하는 일 없이 놀고 있었던 것은 시마 온천에서 돌아온 지 얼마 되지 않은 무렵으로 아직 충분히 낫지 않았기 때문일 것이다. 나는 시마 온천에 대해서는 기억나는 게 없지만 그 후 아버지가 오이소大磯, 가나가와 현의 휴양지로 요양을 갔던 일과 이때는 어머니와 함께였다는 것만큼은 어렴풋이 기억한다. 오이소는 당시 이토 히로부미의 별장이 있어 고위급 관료들의 휴양지로 이용되곤 했는데 서민들도 이를 흉내 내어 이곳을 찾았다. 그 시절 기차로 오이소까지는 두 시간 반 정도의 거리로, 시마처럼 후미진 시골 마을도 아닌 데다 고급 관료들이 찾는 호화스런 별장촌이라서 부모님은 이곳이 자못 마음에 들었던지 다녀온 지 얼마 안되어 또 가는 식으로 자주 가셨던 것 같다. 나는 유모에게 맡겨두고 한 번도 데려가주지 않았다. 젊은 부부가 놀러 가는데 내가 방해가 되리라는 건 당연지사이겠지만 나 역시 따라가겠다고 떼를 쓰거나 하지는 않았던 모양이다. 그도 그럴 것이 나는 엄청난 응석받이였지만 어릴 때부터 유모 품에서 잠들도록 교묘하게 길들여진 탓이기도 했다. 당시는 활판소도 상당히 넓었고 이층으로

128

이어진 층계가 여기저기 있어 서로 마주치지 않고도 생활할 수 있었기 때문에 나는 부모님 침실이 어디였는지 아직도 잘 모르겠다. 인쇄소 일꾼들이 밥을 먹는 작은 방에 딸린 층계를 올라 이층에 있는 10제곱미터쯤 되는 방에서 유모와 둘이 잤다. 나는 그때 일을 「어머니를 그리는 마음」이라는 글에서 다음과 같이 썼다.

　니혼바시에 살 때는 강보에 싸인 내가 유모 품에 안겨 막 잠들려는 순간 자주 그 샤미센 소리를 들었다. 유모는 항상 그 샤미센 곡조에 맞춰
　"튀김 먹고 싶어, 튀김 먹고 싶어."
하고 흥얼거렸다.
　"진짜 그런 것 같죠? 저 샤미센 소리를 듣고 있으면 튀김 먹고 싶어, 튀김 먹고 싶어, 하는 것처럼 들리죠? 그렇죠? 그렇게 들리지요?"
　그렇게 말하고는 유모는 품에 안겨 젖을 만지는 내 눈을 가만히 들여다보았다. 기분 탓인지는 몰라도 정말 유모 말대로 샤미센은 '튀김 먹고 싶어, 튀김 먹고 싶어' 하면서 구슬프게 노래하고 있었다. 유모와 나는 오랫동안 서로의 눈을 들여다보며 조용히 그 샤미센 소리에 귀를 기울이곤 했는데 인적이 끊긴 추운 겨울 밤길을 딸각 도르르, 딸각 도르르 나막신 소리를 내며 풍각쟁이는 닌교초에서 우리 집을 지나 미곡상米屋町 골목 쪽으로 사라져갔다. 샤미센 소리가 차츰 잦아든다. '튀김 먹고 싶어, 튀김 먹고 싶어' 하고 또렷하게 들리던 소리도 함께 잦아들며 바람이 불 때마다 잠시 들렸다가 사라지곤 했다.

"튀김…튀김 먹고 싶어…먹고 싶어 튀김…튀김…튀…먹…김… 먹…"

마지막엔 이렇게 끊길 듯 끊기지 않고 그저 희미해져갔다. 그래도 나는 터널 저편으로 자그마하게 사라져가는 불꽃을 바라보는 심정으로 귀를 쫑긋 세우고 있었다. 샤미센 소리가 사라져도 얼마간은 '튀김 먹고 싶어, 튀김 먹고 싶어' 하고 속삭이는 소리가 귓전에서 울렸다. '어라? 아직도 샤미센을 연주하고 있나? 아니면 잘못 들었나?' 혼자서 이런 생각을 하고 있노라면 나도 모르게 잠에 빠져드는 것이었다.

나는 유모를 '바야'라고 불렀다. 바야는 덴포 시대 (1830~1844)에 태어났고 이름은 '미요'라고 했다. 다니자키 집안의 위패는 시바 고칸司馬江漢, 에도 시대 화가이자 서양학자과 아쿠타가와 류노스케芥川龍之介, 1892~1927, 소설가의 묘가 있는 니치렌종 지겐 사慈眼寺라는 절에 모시고 있는데, 이 절이 지금의 소메이로 이전하기 전 후카가와에 있을 당시 절 앞에서 제수용 향과 꽃을 팔고 있던 바야를 외조부가 유모로 들였다. 내 동생 세이지도 바야가 키웠는데 유모가 필요 없어지자 집사 일을 하게 되었고 얼마 후 집사를 둘 수 없는 형편이 되면서 집안의 궂은일을 맡아 하다가 내가 열두 살 무렵 환갑의 나이로 세상을 떠났다. 가끔 나의 바야에 대한 기억이 어머니에 대한 기억보다 더 오래된 것이 아닐까 싶기도 하다. 적어도 야나기와라에서의 기억 외에, 내가 다섯 살 적 여행지에서 돌아오는 어머니를 맞을 때 바야는 나를 안고 복도까지 나갔는데 아마도 이것이 가장 오래된 기억 같다. 분명 아버지도 함께 돌아왔을 텐데 이상하게 아버지에 대한 기억은 없고 어

머니 얼굴만 기억난다. 그날은

"오늘은 어머님이 돌아오시는 날이에요."

라고 바야가 일러주어 아침부터 어머니를 기다리고 있었다. 어머니가 활판소로 통하는 문으로 들어와 또다시 안채로 향하는 좁은 문을 드르륵 열고 복도로 들어오자 나는 잡고 있던 바야의 손을 뿌리치고

"엄마."

하고 달려갔다. 이 순간의 기억은 야나기와라 때보다 더 또렷해 지금도 선명히 남아 있다. 이미 날이 저물어 격자문을 열고 들어온 어머니를 램프가 뒤에서 비추고 있었다. 나는 양팔을 벌려 어머니 허리춤에 매달렸다. 아마 내 키가 그 정도였으리라. 기차와 인력거에 지친 어머니의 윤기 없는 머릿결이 역광 때문에 삐죽하게 솟아 있는 것처럼 보였다. 어머니는

"준이치."

하고 부르며, 아니 더 정확하게 말하자면 그 당시 도쿄 사람들이 '준'이라는 단어를 '진'이라고 발음했기 때문에 어머니는 '진이치'라고, 아니 그것을 조금 짧게 발음해 '진치'라고 부르며 몸을 숙여 볼을 비볐다. 내가 다섯 살이었다면 어머니가 스물여덟의 일이다.

아버지와 어머니의 30년 남짓한 부부생활에서 두 사람이 가장 행복했던 것은 이때를 기점으로 앞뒤 몇 년간이라 짐작되는데 그 중에서도 오이소에서 보낸 시간이 가장 행복했던지 시간이 흘러서도 이때 일을 자주 떠올리시곤 했다.

당시 오이소에서 일류 료칸일본의 전통 숙박 시설으로는 도료칸, 쇼센카쿠, 군카쿠루, 쇼린칸 등이 있었는데 부모님이 머물렀던 곳은

쇼린칸이었다. 그곳에 가끔 오한 이모가 큰이모 애들을 데리고 찾아오곤 했다. 오한 이모는 동생을 보러 온다고는 했지만 속셈은 근처 도료칸에 묵고 있던 나카무라 후쿠스케를 보러 오는 것이었다. 이 후쿠스케는 훗날 5대 우타에몬이 되는데, 즉 지금의 우타에몬의 부친으로 그의 신들린 듯한 연기는 지금도 어르신들 사이에 자주 입에 오르내릴 정도이며, 딱히 요즘의 에비조^{유명한 가부키}^{배우}와 비교하는 것은 아니지만 현대의 영화 연극을 통틀어 그 어떤 명배우라도 감히 견줄 만한 존재가 아니었다. 내가 연극을 볼 수 있는 나이가 되었을 때에도 여자 역할을 했을 당시의 미모와 기품은 따를 이가 없었는데, 하물며 도료칸에 머물던 시절의 그는 우리 어머니보다 한 살 적은 스물 남짓이었을 테니 얼마나 많은 여인의 애를 태웠을까. 그가 해수욕장에 나타나기만 하면 여행객들은 모두 앞 다투어 해변으로 달려나갔다. 어머니도 물론 그중 한 명이었는데 가장 흥분했던 사람은 역시 이모 오한이었다. 어느 날 이모는 큰언니의 딸 오기짱과 함께 와서는

"제부, 이참에 숙소를 소료칸에서 도료칸으로 바꾸세요."
하고 자꾸 부추기는 것이었다.

"오세키, 그러자니까. 지금 도료칸에 방이 있는지 가보자."

이모가 부추기자 어머니도 동조했다. 그녀들은 방을 보러 간다기보다 후쿠스케의 방이 보고 싶었던 것이다. 아버지도 여자들 성화에 못 이기는 척 따라나서기는 했으나 공교롭게도 좋은 방은 모두 차 있었고 볕이 잘 안 드는 방밖에 남아 있지 않았다. 더구나 후쿠스케는 산책을 나간 뒤여서

"늘 가는 감주 가게에 갔을 거예요."

라는 말만 전해 들었다. 후쿠스케가 자주 가는 그 가게는 '시보미'라는 곳이었다. 네 사람은 그곳까지 가보았으나 애석하게도 후쿠스케와 만나지 못했다.

아버지는 그 당시 외갓집에 방 한 칸을 빌려 살고는 있어도 가진 재산이 있었기 때문에 외삼촌에게 그저 얹혀사는 것은 아니었을 게다. 그렇지 않고서야 어떻게 부부 동반으로 오이소까지 여행을 다녔겠는가. 게다가 외삼촌은 내 어머니보다 네 살 아래로 아직 장가를 가지 않아 함께 산다 해도 별로 부담스럽지 않았을 테고. 나만 해도 활판소가 외삼촌 집이라는 것을 알고 있긴 했지만 내가 태어나 자란 곳인 데다 나 말고는 어린애가 없었고 외조모와 외삼촌의 사랑을 듬뿍 받고 있어 마치 내 집처럼 여겼다.

잠시 활판소의 위치와 동네를 설명하자면 전쟁 전, 요로이바시 쪽에서 오는 전차가 스이텐구 신사 모퉁이를 돌면 닌교초 거리가 나오는데, 다시 고덴마초 쪽으로 뻗은 왼쪽 길—작년까지도 남아 있었던 감주 가게 건너편 시미즈야 서점과 도자기 가게가 있는 모퉁이를 돌아 오른쪽 두 번째 골목에서 서쪽 두 번째 집이었다. 이 감주 가게는 지금은 완구점이 되었고 도자기 가게는 주인이 바뀌어 '지토세'라는 반찬 가게가 되었는데 이층에 닭요릿집 '다마히데'가 이사 왔고 내가 태어난 활판소는 현재 공터로 남아 있다고 한다. 활판소 왼쪽 모퉁이에 지금 단팥죽 집이 있던 자리에는 떡집이 있었는데 아주 맛있는 생과자를 구워 팔았다. 활판소는 예전에 은화주조소였을 당시 사용했던 고방이 근처에 남아 있어 그것을 그대로 옮겨와 살림집으로 증축했다고 하는데 내가 태어난 고방이야말로 그 은화 통화 시대의 유물인 셈이다. 큰길에서 보면 이층 흙벽 건물 우측에 그 고방이 있었다. '다니자키 활판소' 간판이 걸려 있는 정문으로 들어가면 한가운데에 봉당이 있고 봉당 좌측이 인쇄 기계가 들어서 있는 인쇄소였고, 우측으로 디딤돌을 딛고 올라서면 오키나와 산 다다미를 깔아놓은 사무실이 있었다. 인쇄소나 사무실이나 길 쪽은 격자무늬 창이었고 창밖은 좌우 양옆으로 방화용 빗물을 받는 통이 있었다.

인쇄소에서 기계 소리가 가장 크게 들리는 것은 오후 2~3시경이었는데 3시가 넘으면 곡물거래소가 문을 닫아 4~5시쯤에는 활판소도 조용해졌다. 저녁을 먹고 나면 일꾼들은 말쑥하게 차려입고 어디론가 나갔으며 사무실에는 한두 명만 남아 있었다. 나는 그 시간을 노렸다가 안채에서 나와 일꾼들과 놀거나 창문 격자에 달라붙어 오가는 사람들을 구경했다. 격자의 간격은 다섯 살 난 내 얼굴이 들어갈까 말까 할 정도였다. 나는 차가운 격자 철봉에 볼을 대고 활판소 정면에 있는 이마세이라는 푸줏간 이층을 올려다봤다. 이마세이 서쪽에서 떡집 뒤편까지 이어진 골목 일대에는 오락장이 늘어서 있었다. 사람들이 '야바야바矢場矢場'• 라고 부르던 그 가게에는 놀이용으로 만든 작은 과녁과 활궁이 그저 장식용으로 놓여 있을 뿐 사실은 요즘 말하는 사창가 같은 곳으로, 창호지를 바른 문에 나 있는 손바닥만 한 유리창으로 여자들이 지나가는 남자를 부르거나 남자들이 안을 기웃거리는 모습은 활판소 창에서도 잘 보였다. 나는 오락장 여인들을 아름답다

• 활 쏘는 곳이라는 뜻과 함께 위험하거나 꺼림칙하다는 의미로 도둑 패거리나 협잡꾼 사이에서 쓰이다가 전쟁 이후 암시장에서부터 퍼지면서 요즘에는 '굉장하다' '매력적이다'라는 의미로도 쓰이게 되었다.

고도 못생겼다고도 여겨본 적은 없지만 남자들이 도무지 활 쏠 생각은 않고 그저 여자들과 시시덕거리는 것이 참으로 이상하기만 했다. 한번은 이런 일이 있었다. 어느 여름날 해질녘, 사방이 어슴푸레했는데 요염하게 유카타•를 입은 여인이 활판소 앞을 지나 오락장 골목으로 들어서자 한 남자가 따라붙더니 뒤에서 양팔로 여자의 허리를 살짝 감싸는 모양을 하고는 10미터쯤 걸어갔다. 나는 녀석이 뭔가 이상한 짓을 하려는 나쁜 놈인가, 곧 여자를 때리거나 포박하는 게 아닐까 하고 숨죽이며 지켜봤는데 남자는 여자가 알아차리기 전에 양팔을 거두더니 어깨를 움츠려 킥킥대면서 사라져버렸다.

• 여름에 입는 약식 기모노 혹은 실내복.

가키가라초와 하마초 사이

아버지가 세 번째로 업종을 바꿔 큰아버지 규베에와 같은 미곡상 중개인이 된 것은 내가 여섯 살 무렵이었다. 아버지처럼 고지식하고 외길밖에 모르는 사내가 어떻게 투기꾼과 같은 직업을 택했는지, 어차피 딱히 다른 것은 떠오르지 않았을 테니 막연하게나마 형 '짓쓰안'이 하는 장사를 자신도 하고 싶어진 게 아니었을지. 아버지는 얼마 안 가 미곡상도 문을 닫고 마는데, 더 이상 가키가라초나 가부토초에서 벗어나 살 수 없는 데다 평생 중개인다운 중개인 노릇도 못 하게 되었으니 어차피 이렇게 될 바에야 양주 수입상이나 점등사를 계속했더라면 어땠을까 싶다. 아버지가 시작한 미곡상은 마루큐라는 상호를 달고 야마주와 마찬가지로 가키가라초 2정목 미곡상 거리 뒷골목에 자리잡았는데, 친척들이 큰아버지를 이름 대신 야마주라고 불렀던 것처럼 아버지는 마루큐라고 불렀다. 그리고 그 호칭은 마루큐 상점이 망하고 나서도 계속되었다.

우리 식구가 외갓집인 다니자키 활판소를 떠나 하마초에 살림집을 마련한 것은 대략 이 무렵이지 않았나 싶다. 나는 그 집이 아담한 이층집이었다는 것과 격자무늬 쪽문이 큰길 쪽으로 나 있던 것, 봉당 시멘트 바닥에서 올라선 곳에 10제곱미터 조금 넘는 응접실이 있었던 게 희미하게 떠오르긴 하지만 그곳이 어디였는지는 도무지 기억나지 않는다.

나중에 생각해보니 그것은 간토 대지진이 일어나기 전 메이지 극단[•] 뒤편으로 후도신도를 하마초가시 방면으로 가다보면 있었던 것 같다. 하지만 그곳에서는 그리 오래 살지 못하고 미나미카야바초로 이사했기 때문에 하마초 집에 대한 추억은 거의 없다. 단지 어느 날 밤 내가 좁은 방에서 장난감 무기를 가지고 놀던 중 천장에 매달아놓았던 석유램프를 건드려 불을 낼 뻔했던 적이 있었다. 석유라서 물을 뿌려도 소용없다며 부모님이 허둥대는 사이, 불길은 점점 문 쪽으로 향했고 기어코 불이 나고 마는구나 라며 체념하고 있을 때 순식간에 바야가 방석에 돗자리를 말아 퍽 하고 덮어씌우자 불이 꺼졌다.

"준이치, 집에 불이 나는 건 문제가 아니야. 램프 아래서 그런 장난을 치면 온몸에 불이 붙어 타죽는다고."

어머니의 나무라는 소리에도 내 몸에 불이 붙지 않아서였는지 집이 불타버릴지도 모른다는 말은 그렇게 무섭게 느껴지지 않았다.

나보다 네 살 어린 동생 세이지에 관한 기억은 미나미카야바초

[•] 1873년 설립. 현재 가부키 외에도 현대극 공연과 콘서트홀로 이용되고 있다.

에 살던 시절부터라서 이때는 기억나는 게 없다. 바야는 이때도 여전히 나를 돌보는 유모였기 때문에 세이지가 태어났다 해도 어머니가 보았을 것이다. 나는 장남이기도 했거니와 우리 집이 유복했던 시절을 알고 있는 유일한 아이였고, 부족함 없이 자란 까닭에 형제 중에서 어리광이 가장 심했다.

아버지는 하마초 집에서 미곡상으로 출근했었던지 어머니와 나는 거의 매일을 가까운 거리에 있는 외갓집으로 놀러 갔고, 외조모나 외삼촌의 얼굴을 못 보고 지나는 날이 없었다. 후도신도에서라면 히사마쓰바시를 건너 헷쓰이가시의 간센도^{甘泉堂, 유명 화과자 상점} 앞을 지나든지, 가키하마바시를 건너 감주 가게 모퉁이 쪽으로 나오든지 해서, 닌교초 길을 건너갔을 것이다. 외갓집 안채로는 처음엔 활판소 정문을 통해 들어갔지만 언제부터인가 떡집 모퉁이를 도는 북쪽에 쪽문이 생겼다. 외갓집이 떡집을 서쪽과 북쪽에서 에워싸듯 증축했기 때문에 오가와 학교라는 임시 소학교 건너편에 좁은 골목으로 들어가 쪽문을 열면 항상 외조모가 화롯불 앞에 앉아 있는 안채로 바로 갈 수 있었다. 어머니는 화롯불을 사이에 두고 외조모와 마주 앉아 이런저런 세상 돌아가는 이야기를 나누셨다. 나도 그 옆에 앉아 밥을 먹고, 따끈한 물에 목욕을 하고 집에 돌아오는 일이 잦았다. 밥이라고 하니 떠오르는 추억 하나가 있다. 그 당시에는 온 식구가 커다란 식탁에 둘러앉아 밥을 먹는 것이 아니라 각자 따로 밥상을 차려주었는데 나는 바야가 차린 아이 생일상 같은 귀여운 상차림을 혼자서 받아 먹었다. 반찬으로는 요시초에서 산 검은콩과 강낭콩이 자주 올라왔다. 아버지도 미곡상에서 퇴근하여 돌아오는 길에 들러 따뜻한 물에 목욕하는 것이 일과처럼 되어 있었는데 나는 아버지와 목욕할 때 아버지 사타구니에 달린 물건이 징그러워 볼 때마다 무섭다며 울어댔다. 그러면 아버지는 얼른 수건으로 가리면서

"봐봐, 이젠 안 보이지?"

하며 나를 달래셨다.

외갓집에는 고방이 두 개 있었다. 하나는 앞서 설명한 은화주 조소에서 사용하던 고방으로 일층에 방을 들였고, 다른 하나는 외조부가 지은 것으로 본디 목적에 맞게 고방으로 쓰였다. 그곳은 외갓집에서 가장 안쪽 끝에 위치하고 있어 거기에 가려면 외조모가 계신 안방을 지나, 외삼촌이 서재로 쓰고 있는 방을 가로질러 이층짜리 행랑채로 이어지는 긴 복도를 따라가야만 했는데 물건을 들고 내갈 때 외에는 거의 출입하지 않았기 때문에 조용한 것이 마음에 들어 나는 이따금 몰래 그곳에 가서는 차가운 돌계단에 앉아 있곤 했다. 이곳까지 오면 인쇄소 기계 소리가 멀리서 어렴풋이 들려올 뿐 누구의 말소리도 들리지 않았다. 나는 검게 윤이 나는 여닫이문에 얼굴을 가져다 대든가 커다란 자물쇠가 달린 철망 문틈으로 안을 들여다보곤 했다. 그러면 고방에는 무엇이 들어 있는지 곰팡이 냄새에 섞여 사향이나 침향과 같은 기품 있는 향기가 은은하게 퍼져오는 것이었다.

고방 앞, 마루에는 행랑채로 이어지는 통로가 있었다. 행랑채 중 하나는 안채보다 나중에 필요에 의해 지어진 것으로 아담한 안뜰을 갖춘 이층집이었는데, 당시에는 아무도 살고 있지 않아 쥐죽은 듯 고요했다. 나는 그곳에도 몰래 숨어 들어가 발소리를 죽여가며 이층에 올라가보거나 아래층 벽장에 안치되어 있는

마리아상 앞에 한참을 서 있곤 했다. 그러고 보니 외조부가 만년에 외조모 몰래 기독교 신자가 되었다고 내게 말해준 사람은 누구였을까. 나는 외조부의 병이 위암이었다는 것과 벨츠 박사*가 이 집에 진료를 왔었다는 사실을 알고 있었는데 아마도 어머니에게 들은 게 분명하다. 최근에 외삼촌이나 사촌에게 들은 말로는, 외조부의 신앙이 니콜라이 교파에 속한 것으로 임종 예배를 드리러 온 목사와 니치렌종 스님 사이에 작은 실랑이가 있었다고 한다. 장례를 불교식으로 치를 것인가 기독교식으로 치를 것인가를 두고 가족들은 고민에 빠졌는데 결국 니치렌종의 신자 신분으로 지겐 사에 모시기로 했다. 어린 내가 그런 복잡한 내막이나 니콜라이 교파에 대해 알 리는 없었지만, 아기 예수를 안고 있는 성모마리아를 보면 아침저녁으로 외조모와 어머니가 불공을 드리던 불단**과는 또 다른 엄숙함이 느껴져 넋을 잃은 채 깊은 자애와 연민이 깃든 그 눈빛을 형용할 수 없는 경건한 마음으로 바라보며 한참 동안 그 곁을 떠나지 못했다. 나에게는 서양의 여신 앞에 두 손을 모은 외조부의 마음이 어렴풋이 이해가 되는 듯해 어쩐지 섬뜩하면서도 나도 언젠가 외조부처럼 되는 게 아닐까 하는 생각도 들었다.

행랑채에 와 있으면 아무리 바쁜 시간이라도 기계 소리가 들리지 않았다. 행랑채에 딸린 안뜰은 아주 작아서 바로 코앞이 담장이었는데 그 너머로 보이는 집에는 누가 살고 있었는지 인기척

• 1849~1913. 독일 의사로서 도쿄 의학교 교사로 독일 의학을 전수함.

•• 일본의 일반 가정에는 조상을 모시는 불단이 있다.

이 전혀 들리지 않았다. 그저 이층 방에서 안뜰 반대쪽으로 나 있는 창을 내다보고 있자면 이따금씩 뒷집에서 노래를 흥얼거리는 소리가 들려올 뿐이었다. 그 뜰은 행랑채에서 안채로 이어져 있어 징검돌을 따라 외삼촌 서재에 딸린 툇마루 앞까지 갈 수 있었는데 매년 12월이 되면 정원사가 와서 서리를 맞지 말라고 짚을 두르고 땅에는 솔잎을 깔았기 때문에 안뜰 풍경이 확 달라지는 것을 나는 흥미로워했다. 나는 항상 겨울이 되면 깔아놓은 솔잎 위를 맨발로 뛰어다니면서 안뜰과 행랑채 뜰을 오가며 놀았다.

날씨가 좋으면 바야는 나를 등에 업고 공양하는 날을 골라 절에 데려갔다. 집에서 가장 가까웠던 가쿠린 사覺林寺, 닌교초의 스이텐구 신사水天宮, 오칸논 법당大觀音, 구카이로 알려진 고보 대사弘法大師● 사원, 때로는 니혼바시 거리를 건너 서쪽 해안에 위치한 지장보살 법당에도 갔다. 그중에서도 오칸논 법당은 활판소와 같은 동네에 있었기 때문에 철모르던 시절부터 친숙했다. 지금은 그곳이 어떻게 변했는지 모르겠지만 옛날에는 큰길에서 조금 들어간 곳에 돌을 깔아 만든 길 양옆으로 센소 사淺草寺●● 입구에 있는 작은 상점들을 축소해놓은 듯한 완구점이 늘어서 있어 나는 그곳을 지날 때마다 떼를 썼고 돌아올 때면 내 손엔 늘 장난감이 들려 있었다. 어느 날 나는 한 가게에서 장난감 칼을 사달라고 졸랐지만 너무 비싸다며 바야는 사주지 않았다.

"준이치, 이건 다음에 어머니께 사달라고 하고 오늘은 다른 걸

● 774~835, 헤이안 시대 초기 불교인 진언종의 창시자.

●● 아사쿠사에 있는 도쿄에서 가장 오래된 절.

골라봐요."

"싫어, 싫단 말이야."

"준이치, 떼쓰면 못써요. 바야는 이렇게 비싼 물건을 살 돈이 없다고요."

"싫어, 싫다고."

내가 큰 소리로 울며 떼쓰자 가게 안에서 고양이 한 마리가 튀어나와 무슨 영문인지 내 얼굴을 향해 달려들더니 볼을 할퀴고 도망갔다. 그리 아픈 건 아니었지만 눈꺼풀에 할퀸 상처가 생겼고 나는 더 큰 소리로 울어댔다. 그러자 완구점 할머니는 안쓰럽다며 결국 장난감 칼을 싸게 해주셨다.

오칸논 법당에서는 이런 일도 있었다. 언제였는지 관음법당 용마루를 『핫켄덴八犬傳』에도 시대 후기 소설에 나오는 호류카쿠『핫켄덴』에 등장하는 상상의 건축물 지붕으로 바꾸고 등장인물을 인형으로 만들어 입장료를 받고 보여준 일이 있었다. 나도 어느 날 바야의 손을 잡고 관음법당 계단을 오르고 있었는데 무슨 일인지 위로 오르던 사람들이 줄줄이 연이어 황급하게 밑으로 내려오기 시작했다. 나와 바야는 어리둥절해 있다가 위에서 정신없이 내려온 사람들에게 밀려 아래층까지 내려와 닌교초 큰길까지 도망쳤다. 어째서 그토록 많은 사람이 황급하게 도망을 쳤는지 도무지 알 수 없었는데 나중에 들으니 인형이 저절로 움직이는 바람에 위에서 보던 사람들이 놀라 도망치게 되었다고 한다.

샤미센 시중을 들던 사내 미네키치를 살해한 게이샤 하나이 오우메가 '스이게쓰'라는 요정을 열었던 곳은 하마초의 어디였을까. 예전에 내가 『오쓰야 죽이기』를 쓸 때 신스케가 산타를 죽이는 장소를 오카와바타의 '호소카와 씨 저택* 앞으로 설정했는데 저택의 흙담이 강기슭을 따라 길게 이어져 있고 밤에는 뭔가 꺼림칙한 기운이 감도는 곳이라 나중에 어른이 되어서도 인상 깊게 남아 있었다.

오우메가 미네키치를 살해한 것은 메이지 20년(1887) 초여름으로 비가 부슬부슬 내리는 밤 11시경 흙담 근처로 미네키치를 만나러 왔다가 미네키치가 들고 있던 식칼을 빼앗아 그를 찌른 것이다. 우리 집이 후도신도로 이사 온 것은 그 사건이 일어나고 몇 년 뒤지만 내 어머니는 오우메를 그 전에 만난 적이 있어 얼굴을 알고 있었다. 오우메가 샤미센 가방 시중을 들던 남자를 죽여 세상에 알려지게 된 뒤 어머니가 말했다.

"정말 대단한 미인이었어. 가무잡잡한 피부에 배짱이 있는 게 이샤였지. 멋진 여자란 바로 그런 여자를 말하는 것 같아."

나는

"이 사람이 오우메란다."

하며 건네받은 사진을 다이쇼 12년(1923)에 일어난 간토 대지진으로 인해 소실되기 전까지 소중하게 간직하고 있었는데 역시 사진으로도 어머니 말이 납득될 정도였다. 사건 당시 스물네 살이던 오우메는 15년 정도 복역하고 나와 아사쿠사에서 단팥죽 집을 내고 게이샤를 계속했다고 하는데, 어느 날 나는 그녀가 활동사진 배우가 되었다는 소문을 듣고 내 기억에 오페라관 부근 어딘가를 일부러 찾아가보았다. 하지만 메이지 말기의 활동사진은

---

* 영주 호소카와 나리모리가 지은 저택.

화질이 몹시 거칠어 당시 내가 소장하고 있던 사진과는 전혀 딴 판이었다. 그 뒤 메이지 시대가 끝나고 다이쇼 시대로 바뀌고 나서도 무대나 영화에서 활약하는 오우메를 보았지만 연기는 차치하고라도 화류계 게이샤다운 배짱이 그만큼 넘치는 이를 만나본 적이 없다. 물론 내 억지일 테지만 나는 아무리 명배우의 명연기라 해도 그 한 장의 사진이 더 훌륭하다고 생각한다.

2대 다니자키 규에몬

2대 규에몬을 우리는 '활판소 외삼촌'이라 불렀는데 외삼촌의 아명이 쇼시치莊七라서 외조모나 부모님은 '쇼짱'이라고 불렀다.

참고로 당시 저잣거리에서는 아낙들을 '부인'이라든지 아이들을 '도련님'이나 '아기씨'로 부르지 않았다. 그것은 부유층에서 하는 습관이 언제부터인가 서민들 사이에서 유행하게 된 것으로 메이지 시대에는 대체로 '아주머니'로 불렀다. 또한 하녀들도 주인집 아이를 이름만 불렀다. 가령 누구든 나를 '준이치'라고 했지 '도련님'이라 부르는 사람은 거의 없었다. 부모님께 극경칭을 쓰게 된 것도 부유층 방식의 호칭을 따라 한 결과였는데 형이나 누나 역시 '형님'이나 '누님'이라고 했다. 그런데 전쟁이 일어나기 전부터 오와리초 모퉁이 핫토리 시계점 옆에 '미카와야'라는 식료품점을 하던 호사카 고지(지금은 긴자 상가회장을 맡고 있는데 이른바 긴자의 터줏대감이다) 씨가 옛날에 나와 중학교를 함께 다닐 적에 자주 하던 말이 있다.

"내가 결혼하면 사람들이 내 아내를 '안사람'이라고 불렀으면 좋겠어. '부인'이라 불리는 건 왠지 싫거든."

내가 중학교 4, 5학년이던 메이지 37, 38년까지는 저잣거리에 사는 사람들이 적어도 이런 부유층 방식을 촌스럽다며 우습게 여겨 호사카도 이런 말을 한 것 같은데 그 후 차츰 저잣거리도 부유층식 호칭이 휩쓸게 되었을 뿐만 아니라 어느 사이엔가 두 곳은 경계도 사라지고 말았다. 설마 요즘 같은 시대에 호사카는 자기 아내를 마누라라고 부르지는 못할 테지만 지난해 정월에 머리가 하얗게 새어버린 호사카를 만났을 때 물어보는 걸 깜빡 잊었다.

외삼촌 '쇼짱'이 아내를 맞은 것은 내 사촌누이가 간직하고 있던 사진으로는 아마도 내가 다섯 살 무렵으로 아직 하마초로 이사하기 전이었는데, 혼례가 치러지던 날 나는 활판소 저택에 등불이 밝혀지고 집 안 곳곳에 켜놓은 촛불이 빛나는 가운데 가마가 들어온 날 밤 광경을—나도 가문 문양이 새겨진 기모노를 입고 붉은 융단 위에 앉아 정면을 바라보며 기다리고 있자니 이윽고 많은 시종을 거느리고 신부가 들어왔던 것을 기억한다.

그때는 신전 혼례신사에서 올리는 혼례가 아니었기 때문에 우리 집안은 으레 햐쿠세키에서 예식을 올리고 피로연을 베풀었는데 외삼촌도 아마 그곳에서 혼례를 올렸을 거라 짐작되지만 나는 그날 밤 일에 대해 어렴풋한 기억만 있을 뿐이다. 하지만 이튿날 날이 밝자

"준이치, 행랑채에 가서 새색시를 보고 오렴."

하는 어머니의 말을 듣고 나는 새신랑 신부가 있는 방으로 가서

살금살금 미닫이를 열었다. 그 방은 성모마리아상이 놓여 있던 행랑채의 작은 방으로 새신랑 신부가 첫날밤을 보낼 수 있도록 마련되었던 것이다. 내가 문을 열자마자 마침 정면에 앉아 있던 신부가 쳐다보는 바람에 나는 필시 수줍고 겸연쩍어 어색한 표정을 지었을 테지만 그래도 호기심이 발동해 새색시 얼굴을 물끄러미 바라보았다. 새색시는 평범했지만 상당히 예뻐 보였다. 그녀는 금세 웃으며 말을 걸었는데 내가 쑥스러워하자 옆에 앉아 있던 외삼촌이 하하하 소리를 내어 웃더니 내게 무언가 말을 건넸다. 나는 더욱 쑥스러워져 어머니가 계신 안방으로 후다닥 도망치고 말았다.

그때 외삼촌은 스물셋, '오키쿠'라는 이름의 새색시는 스물둘이었는데 외삼촌은 이번이 두 번째 혼례라고 했다. 첫째 부인은 간다에서 부채 상점과 밀감 상점을 하는 집 딸이었는데 다른 남자가 있다는 것을 알고 외삼촌은 신혼 첫날밤 화가 나 이부자리를 들쳐 메고 혼자 이층으로 올라가버렸다고 한다. 그도 그럴 것이 그 여인은 재혼한 어머니가 시집올 때 데려온 딸로 전부터 행실이 바르지 않았는데 의붓아버지와 정을 통했다는 소문도 있었다. 그 여인은 샤미센 연주 실력이 대단했는데 소박을 놓겠다고 하니 열흘 내내 화가 나 샤미센을 연주하다가 스스로 집에서 나가버렸다. 짐작건대 얼굴을 따지는 외삼촌은 그 여인의 미모에 반해 그런 소문이 있다는 사실을 알고도 혼인한 게 아니었을까. 그리고 두 번째 신부를 맞이할 때도 얼굴이 반반한 여자를 고르고 골랐는데 길을 걷다가 반반한 여자만 보면 뒤따라갈 정도였으니 말이다. 그래서 이번에 혼인한 오키쿠라는 사람(내 사촌도 같은 이름

이었는데 우리는 사촌을 '오키짱'이라 불렀다)도 미인이었는데 이
제 와 생각해보니 그럭저럭 반반한 편으로 절세미인은 아니었다.
이 여인은 교바시 쇼겐가시에 있는 도쿄만 선박회사 사장 사쿠
라이 씨의 딸로, 사쿠라이 씨는 전 사장이 죽자 미망인의 후견인
이 되어 데릴사위가 된 인물로서 이번에도 외삼촌의 신부는 의붓
딸인 셈이었다. 그녀는 전 사장의 씨도 아니고 미망인의 조카뻘
되는 여자로 도쿄 근해를 드나드는 배의 선장 딸을 데려다 양녀
로 삼았다고 한다. 나는 단 한 번 어머니와 사쿠라이 씨 집을 방
문한 적이 있다. 방에서도 시나가와 쪽 바다가 보였는데 아마도
그 집은 같은 쇼겐가시에 있던 선박회사 부근이었던 것 같다. 사
쿠라이 씨는 긴 망원경을 가져와 보여주거나 정밀한 탁상시계라
든지 오르골이라든지 멋진 장식을 한 사진앨범 같은 소년의 마
음을 공상의 세계로 이끄는 듯한 진기한 물건을 꺼내 보여주었다.

오키쿠는 다마치의 밀감 상점 여자와는 달리 정숙한 여인이었
는데 외삼촌은 이 여인과도 그리 오래가지 못했다. 사달이 난 것
은 외삼촌이 기다유• 연습을 막 시작했던 무렵으로, 자주 드나들
던 스승의 집에서 오스미라는 게이샤를 알게 된 것이 그 발단이
었다. 나는 오키쿠보다도 오스미를 더 확실히 기억하고 있는데 오
키쿠가 평범한 미인이었다면 오스미는 개성이 뚜렷한 미인이었다.
게다가 오우메처럼 가무잡잡한 게이샤에 걸맞은 배짱 두둑한 여
자였는데 도대체 그 당시 이 동네에는 그런 미인들만 모아놓았던
것인가, 아니면 남자들이 그런 매력을 지니고 있지 않으면 받아주

• 이야기를 가락에 맞춰 낭창朗唱하는 것.

지 않았던 것인가. 사실 외조부 규에몬도 외조모 몰래 가키가라초 2정목 주변에 첩을 두고 있었다던데 외삼촌마저 기어코 오스미를 데려와 넘어지면 코 닿을 거리에 살림을 차리고 종국엔 외갓집으로 불러들여 본처와 함께 살게 했다. 그럼에도 오키쿠는 싫은 내색도 없이 조용히 참고 지내며 한동안 세 사람이 베개를 나란히 두고 잤다고 한다. 외조모의 잔소리도 한몫했거니와 외삼촌 역시 본처를 내쫓을 명분이 없어 그렇게 지내던 어느 날, 오키쿠의 친정에서 하인이 찾아와 오키쿠를 데려갔는데 그 후 영영 돌아오지 않았다. 외삼촌이 두어 번 하인을 보내 데려오려 했지만 사쿠라이 집안에서 문전박대를 당한 모양이었다. 오키쿠가 외삼촌과 살았던 기간은 3년 남짓, 둘 사이에 소생이라도 있었더라면 불행한 결말로 끝나지 않았을지 모른다. 그 후 오키쿠가 재혼했다는 이야기를 풍문으로 들었지만 어떻게 됐는지는 모른다. 내 어머니가 어느 날 밤 닌교초를 걷고 있는데

"형님."

하고 부르는 소리에 돌아보니 오키쿠가 서 있었고 칸델라휴대용 석유램프 불빛 아래 서서 이야기를 나누며 울었다는 말을 들은 게 마지막이었다.

다음 기억은 오키쿠가 시집오던 날이었는지 아니면 혼례 후 처음 맞는 명절이었는지 아무튼 그즈음에 사쿠라이 집안에서 보낸 혼수 일체가 도착하는 것을 본 것이다. 내가 그것을 기억하는 이유는 그 혼수가 대단히 값비싼 물건이었기 때문이다. 일꾼 여럿이 기름 먹인 천이 둘러진 가마에 싣고 온 것을 활판소 직원이 받아 안채로 옮겼는데 지금도 생각나는 것은 으리으리하게 큰 지붕

을 얹은 대궐 안에 다이리사마●를 비롯해 많은 히나인형●●이 안치되어 있었다. 나는 그렇게 호화로운 것은 짓겐다나十軒店●●●에서도 본 적이 없었다. 예로부터 간토 지방이든 간사이 지방이든 길흉을 따지는 집안에서는 지붕이 있는 히나인형 장식을 꺼려왔다. 대궐은 좋지만 지붕이 있는 물건을 집 안에 들이면 망한다고 해서 지붕을 떼어내고 장식했다. 양쪽 집안에서는 그런 말을 들어본 적이 없어서였는지, 아니면 미신 따위는 믿지 않아서였는지 모르겠지만, 불행히도 다니자키 집안은 그 미신대로 10년 뒤 몰락해버리고 말았다.

● 왕의 모습을 본떠 만든 인형.

●● 여자아이의 건강과 안녕을 기원하는 축제인 히나마쓰리에 장식하는 인형.

●●● 에도 시대부터 인형 가게가 모여 있던 도쿄의 지명.

미나미카야바초의 첫 번째 집

내가 하마초 집에 살았던 것은 겨우 몇 달 정도인데 메이지 24년(1891) 가을에 미나미카야바초 45번지로 이사했던 것 같다.

쇼와 28년(1953) 8월 2일 발행된 『개정판 도쿄도 구분도』의 주오구中央區 상세도를 보면 당시 미나미카야바초 부근에는 폭이 널찍한 도로가 나 있어 처음에 살았던 집이나 두 번째 집이 어디에 있었는지 정확하게 짚어내기 어렵다. 만약 직접 가서 둘러본다면 어디였는지 가늠할 수도 있겠지만 지금은 기력도 약해지고 다리에 힘도 없어 도저히 엄두가 안 난다. 달리 방도가 없으니 옛 지도와 요즘 지도를 비교해가며 설명하는 수밖에 없지만 그것도 여의치 않은 게 미나미카야바초라는 동네 이름도 사라졌고(지금은 '가야바초茅場町'로 바뀌어 번지와 호수를 매기는데 예전에는 번지밖에 없었다), 번지수도 달라진 데다 다리 위치도 변한 곳이 많아 어디에 기준을 두고 설명해야 좋을지 모르겠다. 옛날에는 요로이바시 대신 나룻배가 있었다는 이야기를 듣곤 했는데 지금은 강 하류에 가야바바시가 생긴 대신 요로이바시는 낡아서 철거된 상태라 외려 내가 태어나기 전과 같아져버렸다.

고아미초 쪽에서 예전의 요로이바시를 건너면 오른쪽이 가부토초 증권거래소이고 왼쪽으로 난 첫 번째 길을 오모테카야바초, 잇따르는 다음 길을 우라카야바초라 불렀다. 오모테카야바초 길을 남쪽으로 두어 정쯤약 200미터 가다보면 오른쪽 모퉁이에 나미카와라는, 자전거나 유모차를 제조해 판매하던 가게가 있었는데 그곳에서 꺾어져 우라카야바초 길로 나가는 골목, 동북쪽 모퉁이에 가쓰미라는 쌈지 가게가 있었고 그 건너편 동남쪽 모퉁이에서 동쪽으로 두 번째가 우리 집이었다. 만약 히에 신사나 덴만구나 야쿠시도藥師堂•가 지금도 예전처럼 남아 있다면 그곳에서 한 정 남짓한 곳이었는데 얼마 지나지 않아 우리 집 옆에 호메로라는 경양식 집이 생겼다. 이 호메로 경양식 집은 양식 반찬과 함께 쌀밥을 곁들여 도자기로 만든 찬합에 담아 팔던 원조집으로 이것을 '아이코 도시락'이라 불렀다.

가부토초가 가까워 이 아이코 도시락이 인기를 끌었고 오랫동안 장사가 잘되는 가게였는데 지금도 여전히 그곳에서 장사를 하고 있을는지. 어쨌든 우리 집이 45번지 모퉁이에서 동쪽으로 두 번째이고 호메로가 같은 모퉁이에서 남쪽으로 두 번째에 있었는데 가부토초에 오래 살았던 사람이라면 대강 짐작할 수 있을 것이다(훗날 호메로가 모퉁이로 이사 나왔다고 하는데 내가 살 때는 두 번째 집이었다). 건너편 쌈지 가게 옆은 '아시다'라는 성씨를

• 약사유리광여래藥師瑠璃光如來를 안치한 곳.

가진 사람의 집으로 돌담으로 둘러진 상당한 규모였으며, 나와 비슷한 또래의 사내아이가 살았다. 간사이 지방 사람이라는 소문이 있었는데 어느 날 그 집 아주머니가 놀러 와 어머니와 이야기하던 중 '뭐라도 해야 쓰겠소'라고 말하는 소리를 듣고는 여자가 '해야 쓰겠소'라는 말투를 쓰다니 하면서 이상하게 여겼다.

우리 집은 아시다 씨네 집처럼 으리으리하진 않았지만 하마초에 살 때보다 넓어진 데다 중급 상인 신분에 어울리는 외관이었다. 지금은 도쿄에서 그런 구조를 볼 수 없게 되었지만 교토의 기온祇園, 교토 중심부에 위치한 번화가에는 아직도 그런 구조의 가옥들이 남아 있다. 기온 거리에 늘어선 오차야게이샤의 가무를 즐기는 연회장 가옥이 그것인데 정면 외벽 전체에 나무를 세로로 지른 띠살을 넣고 그 한편에 같은 띠살무늬 출입구가 딸려 있는 구조로 우리 집이 오차야와 다른 점은 가게 입구에 거는 포렴을 걸지 않았다는 것뿐이었다. 당시에는 미곡상 거리의 중개업소 역시 모두 같은 구조로 지어졌는데 상점이든 가정집이든 서민들은 대문이 딸린 근사한 집에 사는 일이 없었다. 미닫이문을 열고 들어서면 안채까지 가로지르는 봉당이 있고, 마루로 올라서는 귀틀과 부엌이나 개수대가 있는 구조도 교토의 오차야와 똑같았다. 아니 교토에서는 보통 가정집이라도 이 구조가 그대로 남아 있는 곳이 있는데 살림하기에 불편하긴 해도 옛 생각이 절로 떠올라 그리울 때가 있다.

그건 그렇고 우리가 살던 그 집이 세를 들었던 것인지 주인집이었는지는 잘 모르겠다. 설사 세를 들었다 해도 레이간 섬으로 가는 큰길 모퉁이에 있었기 때문에 그렇게 싼 집은 아니었을 것이다. 아래층에는 가족이 생활하는 공간이 있었고 위층에는 손님을 맞는 응접실이 있었다. 그래서 아버지가 이따금씩 거래처 사람들을 초대해 접대하는 날에는 어머니가 곱게 차려입고 손님들을 맞이했다. 야쿠시도 경내에 구사쓰테이라는 요릿집이 있던 시절이라 아마도 그곳에서 배달시켜 먹었을 것이다.

가키가라초나 하마초에 살 때는 스이텐구 신사와 오칸논 법당이 멋진 놀이터였으나 미나미카야바초의 야쿠시도 경내에는 그보다 더 멋진 아이들의 천국이 있었다. 소라이祖徠, 에도 시대의 유학자이자 사상가와 기카쿠其角, 희극작가가 살았던 18세기 무렵에는 부근에 갈대와 억새풀이 무성하게 자라 있는 한가롭고 고즈넉한 곳이었다고 하는데 지금 생각해봐도 19세기 말까지는 편안하고 느긋함을 느낄 수 있는 곳이었다. 이곳에는 남쪽에서부터 덴만구天滿宮, 오키나이나리翁稲荷 신사, 센겐 신사淺間神社, 가쿠라도神樂堂, 신악을 연주하던 사당, 히에 신사日枝神社, 야쿠시도藥師堂, 엔마도閻魔堂, 다이시도大師堂 등 법당과 신사가 자리하고 있어 웬만한 작은 공원쯤 되는 규모로 지금의 가부토초, 당시 지명으로 사카모토초의 우에키다나 방면에서 들어오는 참선 길 외에도 이와 잇따르는 골목과 우라카야바초 길에서 들어오는 입구 및 호메로 앞에서 들어오는 입구, 기타지마초 대관저택 방면에서 들어오는 입구가 있었다. 신사나 법당 외에 호메로보다 더 오래된 서양식 요리점 야요이켄, 구사쓰테이, 추어탕 가게 마루킨, 미야마쓰테이, 가가와 등이 있었는데 날씨가 화창한 날에는 밖에 자리를 마련해 장사를 했고 엿 가게, 과자 가게, 떡 가게 앞은 항상 아이들로 붐볐다. 엿 가게나 떡 가게는 만들어놓은 상품을 파는 것 말고도 온갖 모양의 엿과 떡에 알록달록한 색소를 넣어 만드는 과정을 눈앞에서 보여주었기 때문에 아이들은 몇 시간이고 서서 구경하곤 했다. 나도 자주 떡 가게에서 떡으로 만든 잡탕찌개라는 것을 사먹었다. 잡탕찌개를 만드는 가게 아저씨는 우선 떡이 달라붙지 않도록 손끝에 기름을 바르고 하얀 떡을 냄비 모양으로 만든 다음 나무판 위에 놓고 생선이나 푸성귀, 어묵같이 찌개에 들어가는 재료를 떡으로 만들어 냄비 안에 넣어주었다. 마지막으로 꿀을 발라주면 완성인데 나는 이것을 사서 나무판만 빼고 냄비째 먹었다. 엿 가게도 엿을 불어 부풀리거나 온갖 모양을 만들어 보여주었지만 나는 떡 가게 잡탕찌개가 제일 좋았다. 물론 흑설탕을 굳혀 만든 눈깔사탕이나 막대과자도 좋아했다. 생각해보면 비위생적인 불량식품이었지만 그 당시에는 그런 것쯤 아무도 신경 쓰지 않았다.

센겐 신사의 사당은 후지 산을 상징하는 작은 언덕 위에 지어져 있었는데 아이들은 이곳을 오르락내리락하며 놀았다. 축제는 5월 그믐과 6월 초하루 이틀간 열렸고 그날 후지모데富士詣[•]를 하는 사람들에게 짚으로 만든 뱀을 삼나무 가지에 묶어 팔았다. 히에 신사는 고지마치麴町, 도쿄의 지명에 있는 것이 본궁인데 이곳에 제를 지낼 때 본궁에서 모시고 나온 신위神位를 모신 가마를 잠시 세워두는 곳이 있어 2년에 한 번 6월 15일이 되면 성대한 제례 행사가 있었지만 이곳에 참배하러 오는 사람은 드물어 항상 고즈넉했다. 나는 그보다 야쿠시도 옆에 있는 엔마도의 염라대왕이 항상 무서운 얼굴로 나를 노려보는 것 같아 무서웠다. 바야는

• 음력 6월 1일에서 21일 사이 후지 산에 올라 센겐 신사를 바라보며 참배하는 것.

"준이치, 거짓말하면 염라대왕이 혀를 뽑아버린대요."

라든가

"알았죠? 말 안 들으면 염라대왕한테 일러바쳐 혀를 뽑아버리라고 할 거예요."

하는데 나는 반신반의하면서도 어쩌면 그럴지도 모른다는 생각이 들었다. 바야의 말로는 요쓰야에 사는 염라대왕은 굉장히 무서운 염라대왕이라서 어느 날 부모님 말을 듣지 않는 말썽꾸러기를 한입에 삼켜버렸고, 그래서 그 염라대왕 입가에는 그 아이의 찢긴 옷자락이 늘어져 있다고 했다.

"참말이에요, 준이치. 거짓말이라고 생각되면 다음에 데려가서 보여드릴게요."

나는 바야가 그런 식으로 말하면 처음엔 겁주려는 거라 생각했다가도 점점 진짜 있었던 일처럼 여겨지는 것이었다. 그래서 야쿠시도에 놀러 가도 염라대왕이 있는 엔마도에는 가기 싫었지만 호기심이 발동해 참배하러 가지 않으면 성에 차지 않았다. 나는 벌벌 떨면서 염라대왕의 눈이 나를 노려보고 있지는 않은지 곁눈질로 봐야만 했다. 소학교에 다니면서부터는 글씨를 잘 쓰게 해달라고 항상 덴만구에 가서 빌었다. 다 쓴 필기구나 붓이 있으면 가지고 가서 덴만구 입구에 세워진 고마이누* 다리 사이에 끼워두었다. 그곳에는 늘 아이들의 필기구가 한두 개도 아니고 무더기로 쌓여 있었다.

• 사자와 개 모양을 한 전설 속의 동물.

메이지 24년(1891) 10월 28일 노비 대지진°은 도쿄에서도 그 진동을 크게 느낄 수 있었는데 이때는 미나미카야바초로 이사한 뒤였다. 기록에 따르면 메이지 시대에 발생한 지진 가운데 가장 큰 규모였다고 하니 간토 지방 일대가 상당한 여진을 느꼈을 것이다. 지진이 발생한 것은 새벽 6시 30분으로 아직 자고 있을 때였는데 지진을 무서워하는 어머니가 깜짝 놀라 일어나 나를 데리고 문밖으로 뛰어나가셨다. 아버지와 바야는 어디에 있었는지, 어머니는 무조건 나만 데리고 뛰어나간 건지, 자세한 일은 기억나지 않지만 아버지는 위급한 상황에서도 짐짓 점잖은 척 체면을 차리는 성격이라

"뭐야, 이 정도 지진 가지고 도망치는 녀석이 어디 있어?"

하며 아무렇지도 않은 듯 잠을 잤는지도 모른다. 어머니는 지진만이 아니라 벼락도 몹시 무서워했는데 그 당시 도시에 사는 여자들은 모두 그런 것에 대해 현대 여성들과는 달리 약한 모습을 보였고, 오히려 겁이 많다는 사실을 여성스러움이나 여성의 미덕으로 여겼다.

"당신이 무서워하니까 안 되는 거야. 애들까지 배워서 겁쟁이가 됐잖아."

아버지는 어머니를 붙잡고 타박을 주었는데 어쩌면 내가 지진이나 벼락을 무서워하는 것은 정말로 어머니 때문인 듯싶다. 벼락을 무서워하는 것은 열서너 살까지 계속되었고 그 뒤 자라면

° 지금의 기후 현 북부 및 아이치 현 서부 지역 미노美濃 와 오와리尾張에서 발생한 지진.

서 차츰 나아지긴 했으나 지진만큼은 일흔 노인이 된 지금도 완전히 극복하지 못하고 있는 걸 보면 어릴 때 어머니에게 받은 영향이 얼마나 큰 것이었는지 짐작할 만하다. 지진에 영향을 받게 된 것은 조금 전 이야기한 노비 대지진이 일어났던 여섯 살 때와 메이지 27년(1894) 6월 아홉 살 때로, 어린 나이에 두 번이나 큰 지진을 겪었고 그때마다 어머니와 단둘이 공포를 느꼈던 것이 원인이라 생각된다. 아홉 살 때 겪은 지진 이야기는 나중에 다시 쓰겠지만 여섯 살 때 것은 도대체 얼마나 큰 지진이었던 걸까. 내 희미한 기억에 의하면 그것은 아홉 살 때 것보다는 훨씬 덜했다는 느낌이 드니 아마도 작은 규모의 지진이 아니었을는지. 나는 지진 자체보다 어머니가 겁에 질려 허둥대는 모습에 덩달아 겁이 났다. 어머니는 정신없이 집 앞 큰길로 나와 가메지마 강 쪽을 향해 달렸고 나도 뒤따라 달렸다. 어머니는 잠옷 차림에 맨발로 뛰고 있었다. 그 당시 가메지마 강변에는 우리가 다니는 의원의 마쓰야마 세이지라는 의사가 살고 있었는데 어머니는 그곳 현관 앞까지 달려갔다. 그러는 사이 지진이 멈췄고 곧이어 바야가 뒤쫓아왔으나 어머니의 하얗고 조그만 발은 진흙투성이가 된 채 여전히 부들부들 떨고 있었다.

도쿄의 결혼한 여자들은 내가 미나미카야바초에 살던 때만 해도 이를 검게 칠하는 습관이 있었다. 나는 어머니가 놋쇠로 만든 그릇에 막대를 걸쳐놓고 그 위에 작은 항아리를 얹은 다음 무쇠를 우려낸 물을 머금어 물을 들이고 검은 액체를 뱉어내는 것을 여러 번 보았다. 무쇠를 우려낸 물은 특유의 강한 냄새를 풍기는데 치아를 물들일 때는 온 집안에 그 냄새가 진동했다. 그리 좋은 냄새는 아니었지만 그 후 한동안 맡아보지 못해서 그런지 그립기도 하다.

바야의 말로는 내가 여섯 살 때까지 젖을 떼지 못했다는데 나도 생각난다. 이 역시 미나미카야바초에 살던 때로 당시에는 이미 동생 세이지도 있었다. 나는 세이지가 젖을 먹은 다음 어머니 무릎에 앉아 젖을 만지작거리며 먹었다.

"아이고 창피해라."

하며 바야가 옆에서 놀리는데도 나는 계속 젖을 물고 있었고 어머니도 약간 겸연쩍어하며 젖을 물렸다. 젖이 맛있는 건 아니었지만 나는 따뜻한 어머니 품에 안겨 달큼한 젖 냄새를 맡는 게 좋았다. 내가 태어난 메이지 19년(1886)은 기록적인 폭염으로 노인들 사이에서는 두고두고 회자됐는데 그렇게 더운 여름날 게다가 7월 24일에 통풍도 잘 되지 않는 곳에서 태어난 때로 돌아가 젖내를 맡고 있으면 어머니가 배냇저고리를 입은 나를 안고 젖가슴이 땀으로 흥건해졌을 모습까지 절로 짐작되었다.

가야바초에 와서도 어머니나 바야와 함께 매일처럼 외갓집으로 놀러 가는 일상에는 변함이 없었다. 거리는 하마초에 살 때와 마찬가지로 한 마장쯤 되었다. 우라카야바초에서 가쓰미 상점 골목을 빠져나와 요로이바시를 건너 고아미초 쪽으로 좌회전해 얼마쯤 곧장 가다가 다시 우회전한 다음 미곡상 거리를 지나야 했다. 나와 바야의 걸음으로 15분쯤 걸렸는데 전차나 자동차 모두 없던 시절이라 해도 요로이바시를 넘을 때는 넓은 도로를 건너가야 해서 인력거에 치이지 않도록 바야는 몇 번이고 내게 조심하라고 일렀다. 당시 다리는 지면보다 한 단 높은 데다 경사져 있어 다리에서 달려 내려오는 인력거는 관성 때문에 급정거를 할 수 없었기에 의외로 위험한 곳이었다. 요로이바시는 그 무렵 흔치 않은 철교였고 신오바시나 에이타이바시는 낡은 목교 그대로였던 것 같다. 나는 오며 가며 다리 중간에 멈춰 서 니혼바시 강물이 흘러가는 것을 바라보곤 했는데 철교 난간 사이로 얼굴을 내민 채 다리 밑으로 보이는 수면을 바라보고 있노라면 강물이 흘러가는 게 아니라 다리가 움직이는 것처럼 느껴졌다. 나는 가야바초 쪽에서 건너와 상류인 가부토초 강변에 있는 시부사와 에이이치澁澤榮一•* 저택의 그림책에서나 나올 법한 건물이 늘 신기해 하염없이 바라보곤 했다. 지금은 그곳에 증권회사 빌딩이 들어섰지만 원래는 강가 절벽과 맞닿은 곳에 베니스풍의 행랑채와 원형 기둥이 있는 고딕 양식의 전당이 세워져 있었다. 메이지 중기, 도쿄 한복판에 이러한 이국적 정취가 물씬 풍기는 저택을 세운 것은 누구의 발상이었을까. 고아미초 강변에는 하얀 칠을 한 고방 몇 채가 늘어서 있었고 그곳을 돌아가면 바로 에도바시나 니혼바시가 있었는데, 그 저택만이 서양 풍경화처럼 이국적인 정취를 자아내고 있었다. 그렇다고 강이나 거리와 특별히 부딪히지 않고, 왕래하는 거룻배나 연락선이나 너벅선 등이 마치 곤돌라처럼 조화를 이루고 있다는 게 신기했다.

외삼촌은 본처가 도망가고 나자 결국 그것을 구실로 첩 오스

• 실업가. 제일국립은행, 도쿄증권거래소 등을 설립했다. 일본 자본주의의 아버지로 불린다.

미를 더욱 어여삐 여겼지만 외조모는 거리낌 없이 그녀에게 궂은 일을 시켰고 큰어머니와 어머니도 시누이 노릇을 하지 않았다는 보장이 없어 외삼촌은 꽤나 마음고생을 했을 것이다. 나는 하마초에 살 때와 마찬가지로 외갓집에서 자주 목욕을 하곤 했는데 어느 날 외삼촌과 함께 탕에 들어갔을 때의 일이다. 목욕탕 뒷문을 열고 오스미가 헉헉 숨을 몰아쉬며 들통 가득 물을 길어 개수대 사이에 내려놓고는 숨 고르기를 하며 "못 해먹겠어"라든지 "왜 이리 무거운 거야" 같은 말을 내뱉었다. 부엌일하는 하인들이야 노상 지고 나르는 들통이 그리 무거울 리 없겠지만 오스미의 가냘프고 연약한 팔로는 목욕탕 바로 뒤에 있는 우물에서 물을 길어 여기까지 들고 오는 게 어지간히 힘든 일이었음에 틀림없다. 외삼촌은 가엾어하면서도 뾰족한 수가 없으니 너털웃음과 함께 한두 마디 농담을 했다. 어린 나 말고는 보는 사람도 없었던 터라 오스미도 외조모나 어머니 앞에서 하던 것과는 딴판으로 막말을 했다. 기모노를 질끈 동여맨 것이 차림새만큼은 살림꾼 저리 가라였던 그녀의 몸짓이나 손짓에서, 나는 어머니나 큰어머니에게서는 볼 수 없었던 요염함을 보았고 게이샤는 역시 보통 여자와는 다르다는 것을 깨달았다. 그 후에도 나는 여러 차례 외삼촌과 함께 목욕을 했고 그때마다 내가 아직 어리다는 이유로 긴장을 풀고 속닥이는 모습을 보았는데 두 사람이 마음 편히 이야기를 나눌 수 있는 것은 이렇게 목욕탕에 있을 때뿐임을 어린 나도 이미 알고 있었다. 그리고 나는 외삼촌이 사람들 눈을 피해 오스미를 얼마나 어여삐 여기는지를 알고 있었는데 건방진 말이지만 왠지 애처롭다는 생각이 들었다. 내가 스물여덟 살 때 쓴 「사랑을 알 무렵」이라는 희극이 탄생한 것도 작업 중에는 미처 몰랐지만 나중에 생각해보니 오스미라든지 목욕탕에서 있었던 일들이 무의식중에 나타난 것 같다.

야나기바시柳橋, 유곽의 게이샤 이야기가 나왔으니 말인데, 내가 처음 야나기바시라는 지역에 가본 것은 그보다 조금 앞선 메이지 23년(1890)으로 아마 6월 10일일 것이다. 왜냐하면 그날이 외조부 규에몬의 3주기로, 우리 일가는 수십 대의 인력거를 타고 절에 제사를 드리러 갔다가 돌아오는 길에 야나기바시 가메세이에서 성대한 연회를 열었던 것이다. 그때만 해도 외삼촌은 성실했고 본처인 오키쿠를 잘 보살폈으며 선대로부터 물려받은 가업을 열심히 지키고 있었기 때문에 다니자키 일가는 전과 다름없이 잘 살았다. 아니 어쩌면 그때가 다니자키 활판소의 황금기였는지도 모른다. 나는 야나기바시에서 가키가라초로 인력거를 타고 돌아오는 길에 어머니 무릎에 앉아 이따금씩 뒤를 돌아다보며 다른 인력거들이 유곽 골목 모퉁이를 돌아 모습이 보이지 않게 될 때까지 쳐다봤는데 유곽에 드나드는 건축업자나 인부나 장인들이 술에 취해 인력거에서 떨어질 듯 고주망태가 되어 줄줄이 실려나오는 것을 보면서

"저것 봐, 뒤에 또 있어. 또 나온다."
하면서 어머니와 얼굴을 마주보며 재미있어하던 것을 기억한다.

사카모토 소학교

소학교에 입학하기 전에는 얼마간 교바시에 있는 오기시 유치원에 다녔다. 왜 그곳에 다녔는지, 언제부터 언제까지 다녔는지, 어차피 오래 다니지는 않았을 거라 생각하지만 정확한 기억은 없다. 하지만 미나미카야바초는 가메지마 강을 끼고 교바시와 인접해 있어 레이간바시를 한 번 건너면 바로 레이간 섬이었기 때문에 그 유치원은 지리적으로 아주 가까운 곳에 있었다. 게다가 레이간 섬을 넘어 왼쪽으로 조금만 가면 가메지마 강이 니혼바시 강으로 흘러드는 지점에서 두어 번째 집, 미나토바시 쪽 강변에 어머니의 둘째 언니인 오한이 시집간 마나즈루칸이 있었는데 그곳에는 나와 동갑인 사촌과 그 형제자매들이 있어 어쩌면 그 집 사람들에게 유치원에 대한 정보를 들었을 것이다. 내가 집에서 유치원까지 가는 데는 다리에서 왼쪽으로 가지 않고 곤냐쿠 섬까지 가는 경로를 택했기 때문에 마나즈루칸에 들르는 일은 거의 없었지만 한두 번쯤 도시락을 잊고 가는 바람에 바야와 둘이서 점심을 얻어먹은 적은 있었다. 그때 사촌들과 만났었는지는 기억나지 않지만 오한 이모 외에 오마스라는 집사가 나를 챙겨주었다.

그 당시 유치원에서는 아이들에게 무엇을 가르쳤는지에 대해 내가 기억하는 것은 천황 탄생 기념일에 합창을 했다는 것과 가늘게 자른 대나무를 완두콩에 끼워 삼각형이나 사각형 같은 입체 모형을 만들며 놀았던 것 정도다. 천황 탄생 기념일에 불렀던 노래 가사에 '오늘은 11월 3일 아침, 아침 해에 빛나는 욱일기가 집집마다 펄럭인다'는 구절이 있었는데 그 가사가 '오늘같이 좋은 날은 천황이 탄생하신 기쁜 날'로 바뀐 게 언제부터였는지는 모르겠다.

이 오기시 유치원에 다닐 때였는지 사카모토 소학교에 들어간 후였는지, 어느 날 밤 레이간 섬에 불이 나 마나즈루칸의 딸 둘이 우리 집으로 피난을 왔다. 큰불이 아니어서 금세 자기 집으로 돌아가긴 했지만 언니가 열 살 정도, 동생이 예닐곱으로 어른처럼 수건을 머리에 두르고 긴 소매를 펄럭이며 도망쳐온 모습이 왠지 야시시하면서 가련해 보여 오늘 밤만이라도 재워주었으면 하고 바랐다.

내가 니혼바시 구 사카모토초 28번지에 있는 사카모토 소학교에 입학한 것은 메이지 25년(1892) 9월, 2학기가 시작되고 나서인데 여기에는 까닭이 있었다. 어차피 나는 늦은 92년생이니 학령 미달로 요즘식으로 따지면 이듬해에 입학해야 했지만 당시에는 그런 법이 없었거나, 혹은 있었다고 해도 그리 대수롭지 않았을 터였다. 나 말고도 늦은 92년생들이 입학한 사례가 많았고 그 중에는 여섯 살 난 어린애도 있었다. 게다가 내가 학교에 가는 것을 싫어했기 때문이기도 하다. 나는 응석둥이로 자라 또래보다 어눌하고 늦된 편이었는데 부모님이 학교에 보내려고 갖은 애를 썼지만 결코 통하지 않았다. 어머니와 바야는 그런 나를 '울안의 호랑이'라며 놀려댔는데 나는 사실 말 그대로 집안에서는 아무도 감당 못 하는 고집쟁이에 말썽꾸러기였지만 집 밖으로 한 발짝만 나서면 어머니 치마폭에 숨는 겁쟁이였다. 그 당시 거리에는 우렁찬 목소리로

　"집안에 골칫덩이 없나요."

소리치면서 다니는 장사꾼이 쥐약을 팔며 지르는 고함에 바야가

　"준이치, 거봐요, 골칫덩이를 찾고 있어요."

하면 나는 진짜로 말 안 듣는 아이를 잡으러 온 줄 알고 잔뜩 겁을 먹었다. 하인들을 애먹이는 도련님이었지만 의외로 부끄럼을 잘 탔고 겁도 많은 데다 처음 보는 사람 앞에서는 한마디도 못 하는 아이였다. 나는 외갓집에 놀러 가는 것조차 바야가 같이 가지 않으면 절대 혼자 갈 엄두를 내지 못했다. 만약 가는 길에 잠시 잠깐이라도 바야가 보이지 않는다 싶으면 금세 큰 소리로 울먹이며 바야를 찾았고 유치원에 다닐 때도 바야가 교실 안까지 들어와 한시도 눈을 떼지 않고 옆자리에 꼭 붙어 앉아 있지 않으면 바로 울음을 터뜨렸다. 하지만 소학교에서는 안 될 말이었다. 이제는 유치원에 다닐 때처럼 할 수 없으니까 그런 줄 알아라. 2~3일 정도는 바야가 따라갈 테지만 교실 안까지 들어갈 수는 없으니 억지로 떼를 썼다가는 선생님께 혼날 거라며 부모님께서 타일렀지만 나는 2학기가 될 때까지 학교에 가지 않겠다고 떼를 썼다.

나는 가키가라초에 살 때부터 닌교초 부근을 특별히 좋아했는데 소학교라고 하면 아리마 학교밖에 아는 데가 없었다. 당시 닌교초에서 나카노하시로 들어가면 종이를 만드는 유코샤라는 제지 공장이 있었는데 커다란 벽돌 굴뚝에서는 시커먼 연기를 온종일 뿜어냈고 누더기나 종이 쪼가리 같은 것을 용해하는 듯 퀴퀴한 냄새가 주변에 진동했다. 나는 그 냄새를 맡을 때마다 공장 옆에 있는 아리마 학교 학생들이 얼마나 힘들까를 상상하곤 했다. 그러곤 언젠가 나도 그 냄새를 맡아야만 한다는 강박에 시달렸는데 막상 사카모토 소학교에 가보니 미나미카야바초에서는 이곳이 훨씬 더 가까운 것이었다. 사카모토초는 나중에 가부토초에 합쳐져 지명이 사라졌지만 소학교만큼은 원래 이름 그대로 남아 있어 니혼바시에 사는 주민들은 잘 알고 있을 것이다. 당시 우리 집에서는 야쿠시도 경내를 가로지르든지 대관저택 쪽으로 나와 요로이바시에서 사쿠라바시로 향한 도로를 서쪽으로 넘어가면 북쪽에 화원이 있었고, 남쪽에는 사카모토 공원 길을 끝까지 가서 은행나무가 있는 오하라이나리 신사 앞으로 나와 모미지가와 강변, 그 무렵 기리가시 강변으로 부르던 길을 남쪽으로 걸어갔다. 소방서 정문 옆에는 니혼바시 큰길로 통하는 신바하시가 있었다. 학교 남쪽에는 미쓰이 물산이 있었는데 그 모퉁이를 돌아 북쪽에는 은행집회소가 있었다. 나를 데리고 입학 수속을 한 사람은 아버지였는데 그때까지 학교를 싫어하던 내가 어떻게 9월부터 학교에 다닐 마음이 생겼는지, 아마 글도 모르고 셈도 할 줄 몰랐기 때문에 나 자신도 불안했던 모양이다.

교장 선생님은 기시 고키라는 분이었고, 1학년 남자반 담임을 맡고 있던 선생님은 이나바 세이키치라고 했다. 교장 선생님은 내가 재학 중이던 메이지 32년(1899) 나카지마 교토쿠 선생님으로 바뀌었는데 이 두 교장 선생님에 대해서는 딱히 쓸 게 없다. 이나바 선생님은 나에게 상당히 큰 감화를 준 분으로 아마 내 생애를 통틀어 은사님들 가운데 이분만큼 내게 큰 영향을 미친 스승도 없을 텐데 그것은 나중에 내가 고등과정* 1학년 때 다시 이나바 선생님이 담임을 맡고 나서의 일로, 처음엔 심상과정 1학년 2학기 때부터 3학기까지 7개월간 담임이었을 뿐 다음 학년부터는 노카와 긴에이野川間榮라는 선생님으로 바뀌었다.

심상과 때 나는 이나바 선생님께 인정받기는커녕 입학 첫날부터 속을 썩이는 학생이었다. 나는 소학교에 들어가서도 유치원 때와 마찬가지로 바야가 곁에 없으면 울고불고 야단이었다. 교실 안에 유모가 들어와 함께 있는 것을 선생님이 허락하지 않았기 때문에 바야는 할 수 없이 복도에 서서 언제든 내가 볼 수 있도록 창문에 얼굴을 내밀고 있었다. 어느 날, 수업 중에 비가 내리기 시작하자 바야는 내가 잠시 보고 있지 않은 틈을 타 우산을 가지러 집에 갔는데 바야가 사라진 것을 알아차린 내가 갑자기 울음을 터뜨린 것이었다. 나는 이나바 선생님의 말리는 손을 뿌리치고 교실을 뛰쳐나와 복도가 떠나가도록 울어대며 쏜살같이 교문을 빠져나온 뒤, 겉옷을 뒤집어쓰고 빗속을 달려 집으로 돌아왔다. 물론 나 말고 그런 응석을 부리는 학생은 없었기에 내 존재는 학교에서도 소문이 났다. 나는 다른 아이들보다 값비싼 옷을 걸

---

* 학교 교육법이 시행되기 이전의 교육제도 과정 중 하나. 심상과와 고등과로 나뉨.

치고 있었는데, 일단 교사나 일반 학생들의 차림새에 대해 설명하면 다음과 같다.

교사들은 평소 양복 차림으로 가끔 기모노를 입고 오기도 했다. 양복을 입은 모습은 아주 엉성했는데, 풀 먹인 칼라에 커프스를 하고는 있었지만 조끼와 바지 사이가 벌어져 그 사이로 와이셔츠가 튀어나와 있는 교사도 많았다. 그런 교사들은 대부분 멜빵이나 벨트를 하는 것이 아니라 문양이 들어간 감색이나 흰색, 혹은 자주색 끈을 허리춤에 묶고 있었다. 구두 대신 삼실로 엮은 끈목을 바닥에 댄 미투리나 바닥에 널조각을 댄 미투리를 신던 분도 있었다. 이나바 선생님은 나름 단정하게 차려입는 편이었지만 그래도 양복에 미투리를 신고 오는 일이 자주 있었다.

선생님 댁은 다마치 사거리에서 시나가와 쪽으로 신바시에서 철도마차를 이용할 수 있었지만 매일 아침 걸어서 출근했다. 선생님은 기모노도 즐겨 입었는데 나중에는 양복보다 훨씬 더 자주 입었다. 모직 상의에 가는 줄무늬가 들어간 비단바지를 입고 있었지만 도포를 걸치고 있는 모습은 본 적이 없다. 그런 차림을 한 날은 반드시 맨발에 미투리를 신었는데 선생님의 발은 보통 사람보다 커서 아홉 치약 275센티미터 가까이 되는 듯 항상 새끼발가락 하나가 미투리 밖으로 삐져나와 땅바닥에 닿아 있었다. 심지어 그 새끼발가락은 보통 사람의 약지손가락만 했다.

학생들은 모두 기모노를 입었는데 남자아이는 소맷자락이 없는 통소매를 입었고 도포를 걸칠 수도 있었다. 잘사는 동네에서는 어땠는지 모르겠지만 저잣거리 소학교에서는 계집아이들이 도포를 걸치지 않은 약식 복장을 했고 사내아이들은 옷이 더러워지지 않도록 덧옷을 둘렀다. 그때는 열악한 환경 때문에 귀에서 고름이 흐르거나 누런 코를 흘리는 아이가 많았는데 개중엔 아이들의 누런 코를 풀어주는 교사도 있었다. 사내아이들은 짙은 감청색이나, 감청색 바탕에 흰 점이 들어간 무명옷을 많이 입었고 조금 여유 있는 집 아이는 황색 바탕에 줄무늬가 들어가거나 광택이 나는 비단옷 혹은 여름에는 얇은 비단옷에 셋타•를 신고 딸깍거리는 소리를 내며 걸었다. 보통은 도치리멘이라는 비단으로 짠 허리띠를 맸지만 혼치리멘이라는 비단으로 빡빡하게 짠 허리띠를 올이 눈에 띄지 않게 검게 물들여 매고 다니는 아이도 있었다. 어느 날 나는 혼치리멘으로 두껍게 짠 허리띠를 매고 바야 등에 업혀 길을 가고 있었는데 뒤에서 도둑이 다가와 날카로운 칼로 비단을 툭 끊어 훔쳐서는 도망가버렸다. 필시 눈에 잘 띄는 흰색 비단을 매고 있었기 때문이다. 당시 나는 배우처럼 잘 차려입고 다녔는데 그쪽으로는 학교에서도 눈에 띄는 아이였음에 틀림없다. 어머니는 내게 항상 멋진 옷을 입히고 싶어했고 마침 그럴 기회가 찾아왔다.

"애야, 오늘은 멋진 기모노를 입혀줄게."

하며 어머니가 두꺼운 종이에 싸두었던 기모노를 서랍장에서 꺼내와 속옷부터 전부 새로 갈아입혔다. 그러자 차가운 비단 옷감이 살에 닿아 온몸에 소름이 돋았는데 이를 표현할 길이 없었다. 어머니는 나를 똑바로 세우고는 속곳, 속바지, 아랫도리, 윗도리 순으로 곱게 지어진 옷을 하나하나 입히고는 깃을 단단히 여며

• 대나무 껍질로 만든 신발, 밑바닥에 가죽을 대고 뒤꿈치에 쇠붙이를 박은 것.

모양을 잡아 끈으로 고정한 다음 연둣빛 각대[•]를 허리에 감아 매주었다. 이들 속곳이나 각대는 어린이한테 맞는 크기로 만들어놓았을 뿐 무늬나 매무새는 어른들이 나들이 갈 때 입는 것과 같아 기분이 몹시 좋았다. 하지만 나보다 더 좋아한 사람은 어머니였다. 어머니는 나를 이리저리 돌려세워가며 흐뭇하게 바라보셨다. 내가 사카모토 소학교에 입학하고 처음 맞는 공휴일이 11월 천황 탄생 기념일이었기 때문에 어머니는 미리 마련해두었다가 입혀주셨던 것이다. 어떤 옷이었는지는 기억에 없지만 매듭무늬가 새겨진 옷감에 도포에는 흑칠자 문양이 있었던 것 같다. 물론 그날은 통소매가 아니라 소맷자락이 넓은 기모노 위에 고급 옷감으로 만든 도포를 입었고, 하얀 사슴 가죽 끈에 왕골로 짠 미투리를 신고, 바야에게 삼실로 끈목을 댄 실내용 조리를 들려 기념식장으로 향했다. 운동장에 들어서자 학교 친구들이 몰려와 근사한 내 차림새를 보고 야단법석을 떨었다.

"덕, 복, 행, 가난뱅이, 부자, 갑부, 산증……"^{••}

하면서 세는 아이도 있었다. 이윽고 기념식이 시작되었고 전교 학생들이 열을 지어 식장으로 입장하려 할 때, 나는 제 버릇 개 못 주고 바야와 함께 들어가겠다고 떼를 썼다. 이나바 선생님은 말할 것도 없고 다른 반 선생님들까지 번갈아 복도에 나와 어르고 달랬지만 그러면 그럴수록 나는 이층 난간에 달라붙어 꿈쩍도 안 했다. 그런 와중에 내 팔을 잡고 억지로 잡아당긴 선생님

• 각띠, 벼슬아치가 예복에 두르는 띠를 통틀어 이르던 말.
•• 에도 시대 노래집에 수록된 말로 대나무 마디를 세는 말이지만 옷가지를 셀 때도 쓰인다.

이 있었으니, 그로 인해 내 울음소리와 비명 소리는 더욱 커졌다. 나는 그 선생님 손을 세차게 뿌리치고 식장 밖으로 뛰쳐나가고 말았다.

식장이 있던 장소는, 이층 정중앙에 천황의 사진이 걸려 있던 강당이 아니었을까 싶다. 신바하시를 서쪽에서 건너오면 바로 눈앞에 보이는 정문 위에, 산조 사네토미三條實美, 정치가이며 작위는 공작가 휘호한 사카모토 소학교(小學校가 아니라 小學黌라고 돼 있었던 것 같다)라고 적힌 현판이 걸려 있었는데, 현판 바로 아래에 그 강당이 있었다. 내가 그날 떼를 썼던 것은, 평소와 다름없는 교실이라면 창밖에 있는 바야를 확인할 수 있었지만, 그 강당에는 전교생이 줄지어 서 있어 바야를 볼 수 없었기 때문이다.

나는 모처럼 멋진 기모노를 입고 나가서 결국은 모두가 퇴장할 때까지 복도에서 바야에게 딱 들러붙어 있었다. 그리고 국화 모양으로 생겨 안에는 팥소가 들어 있는 백설고 과자를 다른 학생들과 똑같이 받아서 돌아왔으나 어머니와 바야가 계속해서 나를 '겁쟁이'라고 놀린 것은 말할 것도 없다. 그럼에도 내 겁쟁이 버릇은 그 뒤 얼마간 고쳐지지 않았는데, 이듬해 정월 신년 행사에서도, 2월 건국기념일에도, 3월 개학식에서도, 아마 천황 탄생일과 마찬가지로 한바탕 소란을 떠는 바람에 전교생에게 웃음거리가 되었고 선생님들을 난처하게 만드는 주인공이었다. 그리고 4월 신학기가 시작되었지만 보기 좋게 낙제를 해서 1학년을 다시 다녀야만 했다.

노카와 선생님

메이지 26년(1893) 신학기가 시작되면서 새로 담임을 맡은 분은 노카와 긴에이 선생님이었다. 이 선생님은 오카야마 현 출신이라 오카야마 사투리를 썼다. 아버지에게 담임이 노카와 선생님으로 바뀌었다고 했더니

"闇榮이라고 쓰고 '긴에이'라고 읽는 건가? '안에이'라고 읽는 건가?"

"긴에이라니, 마치 안마사 이름 같군."

하며 중얼거리셨다. 예전에는 제법 어려운 한자를 이름에 쓰는 경우가 많았는데 신문을 겨우 읽을 수 있는 아버지는 물론이거니와 대개의 사람이 '온화할 은閣'자를 모른다고 해도 그리 이상한 일은 아니었다. 아마 지금도 읽지 못하는 사람이 대부분일 것이다. 나는 나중에 고등과에 올라가 과외로 한자를 배우러 다녔는데 그때 처음으로 『논어』 제10편 향당의 '與上大夫言, 闇闇如也'(여상대부언, 은은여야)와 제11편 선진의 '閔子侍側, 闇闇如也'(민

자시측, 은은여야)라는 글귀에서 이 한자를 발견했다. 내 이름 潤
一郎에서 '潤'이라는 한자도 『대학』의 '富潤屋德潤身'(부윤옥덕윤
신)에서 따온 글자일 것이다. 그건 그렇다 치고 내 이름은 대체
누가 지어준 것일까? 나는 그만 부모님께 여쭤보는 것을 깜박하
고 말았다.

　이나바 선생님은 오차노미즈 사범학교 출신이었지만 노카와
선생님은 소학교 교사 정규과정을 이수하셨는지 모르겠다. 이 선
생님은 일본화를 제법 잘 그렸는데 이쪽이 본업이라고 하니 다른
학과는 한자 교육이었을 수도 있다. 그래도 이나바 선생님은 오
차노미즈를 갓 졸업한 신참내기 교사였던 데 반해 노카와 선생님
은 서른 살 전후로 세상 물정에 밝은 사람이어서 아이들을 잘 다
뤘다. 그래서 조금씩 학교가 무섭지 않다고 여겨진 덕도 있지만
나는 노카와 선생님이 담임을 맡으면서 더 이상 울보가 아니었고
바야 없이 혼자서도 학교에 다닐 수 있게 되었다. 국어와 산수, 그
리고 다른 과목도 성적이 좋았다.

　노카와 선생님이 이나바 선생님한테
　"이보게, 저 아이는 머리가 나쁜 게 아니라네. 응석둥이로 자라
서 고집이 센 것은 맞지만 터득이 빨라 성적도 꽤 우수해. 잘 가
르쳐보게. 언젠가 저 애가 최고가 될 테니."
하고 말했다는데 장담한 대로 나는 이듬해 3월, 수석으로 2학년
에 올라갔다. 개학식 당일에는 1학년 남학생 대표로 전체 학생의
수료증을 받은 데다 우등생에게 주는 표창이라든지 부상으로 학
용품 따위도 받아 들고 1년 전과는 딴판으로 의기양양해져 집으
로 돌아왔다. 어머니는 곧바로 나를 데리고 외갓집과 미곡상으로

달려가 외조모와 외삼촌 내외에게 상장과 학용품을 보이며 자랑하셨다.

나는 노카와 선생님 덕분에 내 자신이 다른 학생보다 우수한 아이라는 것을 알게 되었고 지금껏 품어왔던 열등감을 떨쳐버릴 수 있어서 이후로는 더 이상 바야의 치마폭에 숨거나 하지 않았다. 그렇다고는 해도 여전히 혼자서 멀리 가지는 못했지만 닌교초, 요시초, 오사카초, 가메지마초, 핫초보리, 하코자키초—적어도 이 정도 범위 안에서는 혼자 돌아다녔고 여기저기서 열리는 행사에도 놀러 갔다. 어머니는

"위험한 곳에 가면 안 돼, 모르는 아저씨가 말을 걸어도 상대하지 말거라."

이르고는 용돈을 달라고 하면 대개 2전짜리 동전 한 닢을 쥐여주셨다. 여전히 덴포 시대 동전이 유통되던 시절이라 2전짜리 밑으로도 1전이나 5푼 따위의 동전이 있었다. 웬만해서는 5전짜리나 10전짜리 은화는 받아본 적이 없다. '낯선 아저씨'에게 납치당하는 것도 당시에는 흔한 일이어서 '괴한이 아이를 데려갔다'는 말도 자주 들렸다. 나는 하마초에 살 때 벌건 대낮에 수상한 사내가 내 또래로 보이는 아이를 입에 재갈을 물려 들쳐 업고 달려가는 것을 본 적이 있다. 어쩌면 내가 착각하고 있는 것인지 몰라도 어쨌든 나한테도 낯선 아저씨가 두어 번 말을 걸어온 적이 있다. 두 번 다 스이텐구 신사의 공양일이었고 대낮이었는데 하굣길에 외갓집에 들렀다가 닌교초 쪽 길로 오던 중 시미즈야 서점 모퉁이를 미하라도 쪽으로 1정(약 100미터)쯤 왔을 때였다. 한쪽에 노점상이 빼곡히 늘어선 좁은 도로였는데 혼잡함을 틈타 슬쩍 내

옆으로 다가온 누군가가 귀에 입을 가까이 대고

　"도련님."

하며 다른 사람들에게는 들리지 않을 간사스러운 목소리로 속닥였다.

　"도련님, 좋은 곳에 데려다줄 테니 저를 따라오세요. 맛있는 것도 배불리 먹을 수 있고 갖고 싶은 건 뭐든지 다 사줄게요."

　어머니가 줄곧 일러주던 말투와 완전히 똑같아 나는 즉시 이것이구나 하고 알아차렸다. 이렇게 사람이 많은 곳에서 사내가 내게 해코지를 할 수 없다는 것을 알고 있었기에 무섭지는 않았다. 만일 나를 억지로 끌고 가려 한다면 큰 소리로 도움을 청하면 그만이었다. 나는 어떤 말에도 절대로 사내의 얼굴을 보지 않았고 그렇게 한마디 대꾸도 없이 뒤도 안 돌아보고 왔던 길로 되돌아갔다. 활판소에 도착해 그 이야기를 하자

　"아이고 유괴가 맞군, 맞아. 항상 오늘처럼 해야 한단다."

하고 어머니가 말하셨다. 두 번째도 스이텐구 신사에 참배를 다녀오던 길이었는데 활판소에 거의 다다랐을 무렵 낯선 사내가

　"도련님."

하고 뒤에서 부르는 것이었다. 그 간사스러운 목소리나 말투가 지난번과 비슷해서 어쩌면 같은 인물일 거라는 생각이 들었다. 만약 그렇다면 그 사내는 나를 노리고 있었다는 이야기지만 이번에는 활판소 앞이라 좀더 침착할 수 있었다. 괴한은 아이를 인질로 삼아 금품을 요구하거나 예쁘장한 아이들은 멀리 떨어진 곳에 팔아넘긴다는데 나를 노린 것이라면 무슨 목적이었던 걸까. 그 당시 곧잘 활판소에 놀러 가 있던 내게 어느 날 젊은 인쇄공

이 식자 작업을 하면서

"준이치 도련님은 나중에 멋진 사내가 될 거예요. 10년만 지나 보세요. 여자가 줄줄 따를 테니."

하며 사뭇 진지한 얼굴로 말한 적이 있다. 어린아이였던 나는 그것이 무엇을 의미하는지 몰라 기분 좋을 것도 없었지만 그 말이 머릿속 어딘가에 들러붙어 있다가 이따금씩 생각날 때가 있다. 유년 시절 여자들에게 인기 있었던 경험은 없지만 그 당시 도쿄는 사쓰마薩摩● 출신이 세력을 넓히고 있을 때라 미소년 취향●●이 유행해서 그런지 사내아이들이 따라다니는 일은 더러 있었다. 그것은 내가 이나바 선생님께 유급을 당해 또다시 1학년으로 돌아갔던 아홉 살 무렵이었다. 건국기념일이나 천황 탄생일, 아니 아마도 건국기념일이었던가보다. 바야가 축제가 열리는 거리 풍경을 보여준다며 학교에 와서 나를 데리고 니혼바시 큰길 쪽으로 나가려던 참이었다. 마을 축제가 열리는 날이니 예의 가문이 새겨진 기모노를 곱게 차려입었을 터다. 그 차림새가 눈에 띄었던지 신바바시를 건너자 참하參賀●●● 행렬로 보이는, 금술 휘장을 단 예복 차림의 당당한 풍채를 자랑하는 중위나 대위 정도로 보이는 군인이 큰길 쪽에서 나오더니

● 가고시마 현 서부, 막부와 메이지 시대 정치권력의 중심.

●● 사쓰마에서는 젊고 아름다운 청년이 인기가 있었다. 이는 용맹스런 무사가 많았던 사쓰마에서는 전쟁 경험이 적은 어린 병사가 용사와 몸을 섞어 정자를 받으면 강해진다는 속설이 있었기 때문이다. 또한 여성은 월경과 출산으로 인해 부정한 존재로 여겨져 전시 중에는 관계를 갖지 않았기 때문이라는 속설도 있었다. 『고지키』를 보더라도 동성애에 대해서는 관대했음을 알 수 있다.

●●● 궁에 들어가 축하의 뜻을 표하는 의식.

"얘야!"

하고 나를 불러 세우고는

"내가 안아서 데려다주지."

하며 느닷없이 안아 올리더니 다리 중간에서 방향을 바꿔 니혼바시 쪽으로 걷기 시작했다. 깜짝 놀라 바짝 붙어 따라오는 바야에게

"걱정 마시게, 곧 돌려줄 테니."

하더니 한 손으로 나를 가볍게 감싸 안고 그 길로 니혼바시 큰길을 지나 고후쿠바시에 도착했다. 그가 우러를 정도로 장정인 데다 심지어 얼큰하게 취해 붉어진 얼굴에 수염까지 덥수룩한 군인이었으니 바야도 어쩔 수 없었을 것이다. 안겨 있는 나도 어안이 벙벙하고 무서워 울음조차 나오지 않았다. 상대는 훌륭한 장교라 아이를 유괴하거나 하지는 않을 것임을 알고 있었지만 나를 어디까지 데려갈 작정인지 도무지 알 수가 없었다. 애가 타 안절부절 못하는 바야에게 또다시 걱정 말라며 군인은 주머니에서 명함을 꺼내 건넸다. 그러고는 내게 넌지시 무슨 이야기를 했는데 나는 너무 무서운 나머지 어서 도망쳐야겠다는 일념으로 묻는 말에 그저 고개만 끄덕였다. 고후쿠바시를 건너 지금의 마루노우치 빌딩가, 당시 미쓰비시가하라를 가로질러 결국 오호리바타까지 와버리고 말았는데 바바사키몬 파출소 부근에서 군인은 나를 내려놓고 오줌을 누기 시작했다. 하지만 뒤쫓아올까봐 도망칠 용기도 내지 못하는 우리 곁으로 순사가 다가와서는 작은 소리로 물었다.

"저 군인은 아는 사람이오?"

우리에게는 신이 주신 기회였다. 일을 다 본 군인이 순사 앞으

로 다가와 고압적인 태도로 한두 마디 하는가 싶더니 두 사람 사이에 언성이 점점 높아지기 시작했다. 나와 바야는 그 틈을 타 허둥지둥 도망쳤다. 바야와 내가 군인에게 끌려다닌 것은 두 시간 정도였다. 바야는 집에 돌아오자마자 어머니에게 자신이 부주의한 탓에 큰일을 치렀다며 심려를 끼쳐 죄송하다고 몇 번이고 고개를 조아리면서

"그 군인은 이런 분이셨습니다."

하더니 받았던 명함을 내밀었다. 그 명함은 찬장 서랍에 오랫동안 있었는데 어느 틈엔가 사라지고 말았다. 확실하게 기억해둘걸 하며 이제 와 후회가 되지만 아무튼 '육군 ○병 ○위 노즈 진부'라고 쓰여 있던 것은 기억난다. 노즈라고 하면 그 유명한 노즈 장군•의 친척이 틀림없다고 아버지가 말했다.

• 청일전쟁에서 큰 활약을 한 노즈 미치쓰라野津道貫는 사쓰마 번 출신으로, 귀족원 의원, 교육총감, 제4군 사령관을 역임했다. 형은 육군 중위 노즈 시즈오野津鎭雄다.

어릴 적 동무

이쯤에서 어릴 적 동무들이나 소학교를 함께 다녔던 동무들에 대한 이야기를 할까 한다. 도쿄 사람들은 고향이 없다고들 말한다. 말이 씨가 됐는지, 내가 소학교에 다닐 무렵의 동무들은 간토 대지진과 제2차 세계대전이라는 난리를 연이어 겪은 뒤 전국으로 뿔뿔이 흩어졌다. 살아는 있는지, 어디서 무엇을 하는지, 소식을 아는 이는 겨우 두세 명밖에 안 되지만 곰곰이 생각해보면 그 난리 통에 두세 명이라도 소식을 전하고 사는 게 신기할 따름이다. 쇼와 12년(1937) 10월 도쿄 니혼바시 구청에서 발행한 『개정판 니혼바시 역사』에 따르면 사카모토 소학교는

'메이지 6년(1873) 3월, 가부토초 외 25개 지역 유지 협의를 통해 기부금으로 소학교를 건설하기로 함에 있어, 정부로부터 국유지였던 구마모토 번 저택을 하사받아 회의소로 정하고, 사카모토 28번지(현재 가부토초 19번지)의 1650제곱미터500평 대지와 건물을 매각하여 교사로 변경함. 이를 제일대학구 제일중학구 1번 소

학교로 칭하고 5월 7일을 기하여 개교했음.'

이라고 기재되어 있으며 '학교 교육에 관한 제도 발표 후 구내에 설립된 첫 공립 소학교'이며 '당시 아동 수 36명'이라 기재되어 있으니 내가 입학했던 메이지 25년(1892)을 한참 거슬러 올라가 20여 년 전에 세워진 학교이므로 교사도 그 사이 몇 번이고 개축되거나 증축되었음을 알 수 있다. 그래봤자 저잣거리에 있던 소학교라, 졸업생 중에는 부잣집 자제가 상당수 있었지만 정치가나 학자, 황족이나 관료 집안 자제는 거의 없었다. 단시 내가 몇 학년이었는지는 확실치 않지만 지진학자인 오모리 후사키치 박사가 본교 졸업생 자격으로 어느 날—아마도 그가 학위를 받은 날이었든지 미국 유학에서 돌아온 때였을 것이다—운동장에 전교생이 모인 자리에서 훈화를 했던 적이 있다. 그 외에 세상에 이름을 알린 인물로는 이와야 사자나미산진嚴谷漣山人•이 주재하는 『쇼넨지다이小年時代』에 와라베에라는 필명으로 청소년 소설을 기고하던 호리노 요시치라는 인물이 다일 것이다. 호리노 씨는 니혼바시 구레마사초(현재 주오 구 에도바시 3정목 부근, 지요다바시 거리에서 야에스바시 거리 사이의 쇼와 거리 주변)에 분로쿠도라는 출판사를 가업으로 물려받아 경영하고 있었는데 기고가이긴 했어도 글로 입에 풀칠하는 여느 글쟁이와는 다른 부류였다. 그의 가업은 본래가 분전••으로 구레마사초의 분전이라 불릴 만큼 전통 있는 유명한 가게였는데 당시 가업을 물려받아 경영하

• 1870~1933. 본명은 이와야 스에오. 작가이자 아동문학자이며 시인.

•• 연지와 백분 등을 팔던 가게로 지금의 화장품 가게.

고 있던 요시치 씨는 일찍이 센류川柳, 에도 중기에 성립된 운문 장르에 심취해 교노와라베에라는 호로 겐유사메이지 시대 문학 결사 동인들 사이에서도 잘 알려진 인물이었다. 기무라 쇼슈 씨의 『쇼넨분가쿠시小年文學史』에 따르면 '당시 히가시나카, 정확하게는 구레마사초 일대는 오래된 점포가 즐비하게 늘어서 있어 어느 곳보다 고색창연함을 뽐냈다. 빽빽하게 들어선 상점 가운데 유일한 서점이었던 '분로쿠도'는 폭이 1미터가 넘는 창을 유리로 제작해 자사에서 출판한 미려한 책들을 솜씨 좋게 진열해놓아 당시로서는 대단히 세련된 곳으로 알려졌고, 당시 와라베에는 자신이 집필한 『니혼고다이바나시日本五大噺』*, 『곳케이루이산滑稽類纂』**이라는 책을 발행하면서 이윽고 업계에도 이름을 알리게 되지만 어디까지나 취미에 불과할 뿐, 본인 말에 따르면 "청춘은 다시 돌아오지 않아, 젊을 때 떠들썩하게 놀아야지" 하면서 장부에는 먼지가 가득했다'고 하는데, 이 사람도 학교 기념일 같은 때에는 이따금 참석해 아이들에게 이야기를 들려주곤 했다. 그야말로 에도에서 대대로 내려오는 객주를 물려받은 인물답게 비단옷을 근사하게 차려입은 늠름한 사내대장부로서 아무리 봐도 문인다운 풍모는 찾아볼 수 없었지만 나는 오래전부터 소설가를 동경해왔던 터라 그가 학교에 온다는 소식을 들으면 아침부터 들떠 있었다. 나는 와라베에를 보고 싶은 마음에 히가시나카 거리로 나가 분로쿠도 앞을 서성이곤 했다.

• 일본을 대표하는 옛날이야기 다섯 편을 와라베에가 새로이 쓴 책.
•• 와라베에의 희곡집.

그렇다. 잊고 있었는데 2대 이치카와 사단지市川左團次, 가부키 배우—고故 다카하시 에이지로 씨도 한때 사카모토 소학교에 적을 둔 적이 있다. 당시는 1대 사단지가 생존해 있어 2대 사단지는 '보탄'이라 불렸다. 그는 교바시 신토미초 부근에 살았기 때문에 쓰키지에 있는 분카이 소학교가 가까웠을 텐데 어째서 사카모토 소학교에 다녔던 걸까. 나보다 여섯 살이나 위였는데 어쩌면 내가 소학교 심상과정을 다닐 때 그는 고등과정을 다녔는지도 모른다. 어쨌든 재학 중에 만난 적은 없지만 '사단지의 아들이 입학했는데 다른 아이들이 배우 아들이라 놀리자 울면서 집에 갔다'며 학교에 전설처럼 남아 있는 이야기를 더러 들었을 뿐이다. 훗날 2대 사단지와 알게 되어

"사카모토 소학교에 다닐 때 그런 일이 있었다면서요?"

하고 묻자

"그건 터무니없는 소문이오. 울면서 집에 가다니 말도 안 되오."

하며 펄쩍 뛰었다. 이외에도 대장대신경제부 장관에 해당되는 관직이나 궁내성 장관을 지낸 적이 있는 고故 이시와타 소타로도 사카모토 소학교 출신으로서 나와 마찬가지로 이나바 선생님의 제자였는데 한참 선배여서 일면식은 없었다. 나는 심상과정 1학년 때 낙제해 처음 1학년 동창생과 두 번째 1학년 동창생이 있는데 이나바 선생님이 담임을 맡았던 것은 잠시 동안이었고 모두에게 울보라 놀림받았기 때문에 같은 반에 누가 있었는지는 기억나지 않는다. 노카와 선생님이 담임을 맡고 처음으로 많은 친구가 생겼으며 60여 년이 지난 지금까지도 친분을 유지하고 있는 이는 메이지 17년(1884)에 개업해 전쟁이 일어나기 전까지 번창했던 도쿄의

원조 청요릿집 가이라쿠엔의 주인 사사누마 한 명뿐이다. 그러나 그 외에도 이름이나 얼굴, 혹은 일어났던 일을 떠올리자면 요로이바시 아래 강에서 수상생활을 하던 뱃사공의 아들 고지마라는 아이가 있었다. 내 초기 작품 『소년』에 '……함께 뛰놀던 가체공방 고키치나 뱃사공네 뎃코에게 들키지 않게'라는 문장과 『어머니를 그리는 글』 중에는 '……요로이바시 뱃사공의 아들 뎃코는 어떻게 되었을까. 어묵 가게 신코나 신발 가게 고타로, 녀석들은 아직도 어울려 다니며 담배점방 이층 방에 모여 매일매일 연극놀이를 하고 있을까'라는 문장이 있는데 그 '뱃사공의 아들 뎃코'의 모델이 되기도 했다. 뎃코는 요로이바시 밑 선착장 기슭에 매어놓은 배에서 살았고 매일 선착장에 걸쳐져 있는 널빤지를 건너다니며 학교를 다녔다. 한두 번쯤 나는 그 아이의 '집'에 놀러 간 적이 있는데 배라고는 해도 물 위에 떠 있을 뿐 움직이지 않아 오로지 살림집으로서의 역할만 하고 있었다. 그래서 지붕은 항상 거적으로 덮여 있었고 풍로나 솥단지 같은 것이 뱃머리 쪽에 나와 있었는데 그 애 어머니가 그곳에서 무언가를 끓이고 있었다. 뎃코가 이끄는 대로 거적 안으로 들어가보니 돗자리를 깐 방이 있었고 화로나 찬장 같은 것이 놓여 있는 모습은 여느 가정집과 다를 바 없었다. 그래도 가끔 다리 밑으로 증기선이 지나가며 만들어내는 일렁임이 물 위에 떠 있다는 것을 증명이라도 하듯 동체가 조금 흔들리면서 국그릇에 담긴 국이 기울어지기도 했다. '뱃사공 아들 뎃코' 외에도 '가체공방 고키치'라든지 '어묵 가게 신코' 역시 분명 여기에 해당되는 인물이었다. 가체공방은 요로이바시 거리를 사카모토 공원 쪽으로 가는 길 우측 꽃집에 있었고, 유키우치라는 성씨를 가진 사람이 살았는데 내 소설에 등장하는 소년 고키치의 '幸'이라는 한자나 가키우치 같은 이름도 여기서 따온 것이다. 나는 이 집에도 뎃코 등과 함께 갔으며 이층 방에서 연극을 하면서 놀았다. 어느 날 뎃코가 아주 강한 인간이 되어 사람들을 칼로 찔러 죽이는 역할을 했는데 그때 분노에 차 이글거리는 얼굴 표정은 아이지만 대단했다고 기억한다. 어묵 가게도 가이운바시 부근이었는데 그 집의 신코라는 아이는 어땠는지 기억이 나지 않는다. 마찬가지로 가이운바시 부근에 도시락 반찬 재료를 다듬는 시바가키라는 곳이 있었는데 그 집 장남이었던 도쿠타로라는 아이가 나와 동급생으로 그 애 동생은 내 동생 세이지와 동급생이었다. 재작년(1954) 8월 세이지가 아타미에 들렀는데 시바가키 댁 둘째가 와세다 대학으로 자신을 찾아왔더라는 이야기를 들었다. 그렇다면 장남 도쿠타로도 아직 건재할 거라 짐작되지만 정작 세이지는 그에 대해 묻는 것을 깜빡했다고 했다. 우리 집에서 가장 가까이 살았던 친구는 야쿠시도 경내를 우라카야바초 쪽으로 빠져나온 곳, 미나미카야바초 28번지나 29번지에 있었던 실 가게 아들로 마루야마 긴타로라는 아이였는데 이미 수십 년 전에 타계했다는 소식을 전해 들었다. 그리고 가메지마초 대관저택―현재 주오 구 가야바초 2정목 일대, 전차가 지요다바시에서 레이간바시 쪽으로 가는 도로 남쪽 부근이 대관저택이 있던 자리다. 『니혼바시의 역사』에 따르면 이 주변은 '교호 시대(1716~1735)에 무가지_{무사와 그 가족이 살던 토지}를 하급 무사의 합숙소로 변경했다'고 하는데 오래전 핫초보리에서 가메지마초, 기타지마초 일대에 하급 무사나 하급 관료가 살았던 까닭으로 내가 아직 어렸을 적에는 이런 직업을 가진 사람이 몇몇 살고 있었다. 예전에는 '핫초보리나리'라고 해서 사람들이 벌벌 떨 정도로 막강한 힘을 지녔던 그들조차 그때는 마을 사람들과 마찬가지로 아무런 힘도 없었지만 그래도 어디까지나 무사라는 신분인지라 다소 구舊막부 시대의 여세가 있었다. 대관저택이라 함은 바로 그들의 저택이 있던 토지를 일컫는 명칭으로 한쪽은 미나미카야바초, 다른 한쪽은 가메지마초에서 기타지마초에까지 걸쳐 있었으며 예전에 부친이 하급 무사를 지냈던 와키타라는 성을 가진 동급생이 있었다. 나보다 두 살 많았다는 것은 곧 여섯 살에 입학했다는 이야기인데 그 당시에는 위법이 아니었던 것인지, 혹은 무사 집안 아들이라 특별대우를 받았던 것인지는 잘 모르겠다. 이 집도 우리 집과 가까워 자주 놀러 갔는데 한눈에도 여느 집과는 다른 긴 판자 울타리가 둘러져 있었고 대문도 평소에는 잠가둔 채 출입을 금했던 것 같다. 나는 항상 판자 울타리 너머에서 '누구누구야' 하고 불렀다. 그러면 안에서 그 아이가 나와 푸성귀 장수나 생선 장수가 드나드는 쪽문을 열어주었다. 단층집에 높은 대청마루가 있고, 방도 많아 보였는데 상당히 훌륭하고 멋진 집으로서 하급 무사도 옛날에는 대단했다는 사실을 알게 되었다. 얼마 후 돌아가시긴 했지만 그 애 아버지는 항상 안채에 계셨다. 그가 위세를 떨치던 시절에는 죄인들을 이 저택으로 끌고 와 간단한 문초 정도는 하지 않았을까. 만卍자 문양이 들어간 문은 아니지만 문초를 할 때 썼을 법한 오시라스御白洲, 흰 톱밥을 깔아 죄인을 문초하던 곳가 깔린 정원에 방이 있었고 그곳 툇마루에서 한 단 한 단 밑으로 내려올 수 있도록 구마가이진야熊谷陣屋나 사네모리 이야기實盛物語 같은 유

185

명한 가부키 작품에서 봐왔던 계단이 있었다. 뒤뜰에는 텃밭 같은 것도 있었다.

오한 이모가 시집간 마나즈루칸 주인이 예전에 이 와키타네 옆집에 살았던 까닭에 나는 이모로부터 이 집안에 대해 가끔 들을 수 있었다. 이모 말에 따르면 와키타의 부친은 이세 지방 출신으로 하급 무사 시절에 미쓰이 일가三井, 이세 지역 출신으로 일본 3대 재벌가와 끊으려야 끊을 수 없는 관계였다고 한다. 미쓰이 일가는 무슨 일이 있어도 영원히 와키타를 버릴 수 없는 이유가 있다는 것이다. 나와 동급생이던 아이는 넷째 아들이었는데 위로 형이 셋, 누나가 둘 있었다. 그 애 어머니는 고지마치에 사는 장인의 딸이라고 들었는데 무사 집안으로 시집온 뒤에는 '아주머니'가 아니라 '부인'이나 '마님'으로 불렸다. 형들은 물론 누나들까지도 동생 이름에 경칭을 붙이지 않았다.• 그뿐 아니라 말투라든지 집안 분위기나 행동거지가 저잣거리 사람들과 달리 뭔가 기품 있어 보였는데 심하게 고상을 떤다든지 일부러 간드러지는 목소리로 지나치게 공손한 단어를 쓰는 모습이 요즘으로 치면 '내숭'을 떠는 사모님인지라 이모는 이 부인을 그다지 좋게 말하는 법이 없었다. 이모는 그 댁 남편이 이세 지방 출신이라 모든 것에 무서울 정도로 검소하게 살았다고 말하는데 화장실에는 두루마리 휴지 대신 신문지를 잘라 걸어놓았다고 한다. 내 친구였던 넷째 아들도 부친의 고향인 이세와 인연이 있어서였는지 훗날 이세의 큰 부잣집

• 자기와 같은 공동체에 속하는 모든 사람을 대외적으로 지칭할 때 겸양어를 쓰는 일본의 언어 예절 중 하나.

양자로 들어가 지금껏 잘 살고 있다는데 나와는 연락이 끊긴 지
오래다.

작은 왕국

그 외에 우리 동급생 모두에게 강한 인상을 남긴 '놋산'이라는 아이를 빼놓을 수 없다. 본명은 시노다 겐타로였는데 놋산은 시노다라는 성씨 때문에 붙여진 별명으로 우리 모두는 그를 일종의 위엄에서 오는 두려움과 경외심으로 놋산이라 불렀다. 놋산은 이발소 아들이었는데 집은 사쿠라바시로 가기 전에 단조바시 쪽으로 휘어지는 모퉁이 어딘가로 교바시 구 혼핫초보리 부근이었을 것이다.

훗날 나는 이 소년을 모델로 『작은 왕국』이라는 소설을 썼는데 그것을 읽어본 적이 있는 독자라면 소설 속에 등장하는 '누마쿠라'라는 아이를 떠올리면 된다. 이 소설은 도쿄 외곽 시골 마을의 한 소학교에서 일어난 일을 다루고 있으며, 누마쿠라는 그 마을 제사製絲 공장으로 흘러들어온 일꾼의 아들로 전학생 설정이라든지 실제와는 달리 조금 과장된 곳이 있긴 해도 누마쿠라가 반에서 패권을 잡고 동급생들에게 스탈린처럼 위력을 떨치던 모습은 바로 놋산을 그대로 옮겨다놓은 것이다.

　가령 담임선생님 가이지마가 어느 날 점심시간에 운동장에 나가보니

　"때마침 자신의 담당 학급 학생들이 두 조로 나뉘어 전쟁놀이를 하고 있었다. 그뿐이라면 특별히 이상할 것도 없지만 그 두 조로 나눈 모습이 아무래도 기묘한 것이었다. 학생은 전부 50명인데 갑조는 40명이고 을조는 겨우 10명 정도였던 것이다. 갑조 대장은 예의 약국집 아들 니시무라였는데 말이 된 아이들 위에 올라타 줄곧 아군을 지휘했다. 을조 대장은 의외로 전학생 누마쿠라 쇼키치였다. 누마쿠라 역시 말 위에 올라타 평소 과묵했던 모습과는 달리 눈을 부릅뜨고 목청을 높여 적은 군사들을 독려해가며 진두에 서서 원수의 무리 속으로 진격해 나아갔다. 그러자 니시무라가 이끄는 대군은 삽시간에 누마쿠라의 소수 병력에 쫓겨 마구 대열을 벗어나더니 우왕좌왕하며 도망치기 시작했다. 아무리 누마쿠라가 이끄는 을조가 힘깨나 쓴다는 아이들로만 구성됐다고는 해도 니시무라의 군대가 힘없이 무너지는 것을 보니 참으로 한심하게 여겨졌다. 특히 그들은 누구보다도 누마쿠라를 두려워했다. 누마쿠라가 말을 타고 한번 달려들면 그들은 갑자기 갈팡질팡하며 변변히 싸우지도 못한 채 도망쳐버렸다."

라는 대목을 읽으면 나는 어린 시절 사카모토 소학교 운동장 광경이 바로 어제 일처럼 저절로 떠오른다. 이 가운데 사실과 다른 것은 놋산 누마쿠라를 전학생으로 만든 것뿐이다. 갑조가 40명이고 을조가 10명이었다는 것도 사람 수를 늘렸을 뿐 비율은 다르지 않다. 이어서 이런 것도 쓰여 있다.

"그런데도 누마쿠라는 완력을 쓰는 게 아니라 그저 종횡무진으로 적군을 돌파하면서 말 위에서 호령하며 몰아붙이는 것뿐이었다.

'좋아, 한 번 더 하자. 이번엔 내가 일곱 명으로 싸우지. 일곱이면 충분해.'

이렇게 말하고는 누마쿠라가 자기편에서 세 명의 용사를 적에게 내어주고 다시 싸우기 시작했는데 여전히 니시무라의 군대는 처참히 깨지고 말았다. 세 번째 싸움에서는 일곱을 다섯으로 줄였다. 그럼에도 누마쿠라의 군대는 맹렬하게 싸워 결국 승리를 거두었다."

"다시 말해 그(누마쿠라)는 용기와 관대함과 의협심이 강한 소년이었고 그것이 그를 차츰 학급 전체를 제패하는 지위에 올려놓은 것 같다. 단순히 힘으로만 치자면 그보다 더 센 아이들도 있었다. 씨름을 시키면 오히려 니시무라가 이길 정도였다. 하지만 그게 싸움이라면 이야기가 달라져 누마쿠라는 막강해진다. 완력 말고도 늠름함과 위엄이 온몸에 가득 차 상대의 담력을 단번에 집어삼켜버린다. 니시무라가 골목대장일 때는 쉽게 넘어오지 않던 우등생 나카무라나 스즈키도 누마쿠라에게는 가장 충실한 부하가 되어 줄곧 그에게 노여움을 사지 않도록 아부를 떨거나 치켜세웠다. 어쨌든 그런 이유로 현재 누구 하나 누마쿠라에게 대항하려 하지 않았다. 모두들 진심으로 그 애를 따랐다. 가끔 짓궂은 명령도 하지만 누마쿠라가 하는 일은 대부분 정당했다. 그는 그저 자신의 패권이 확립되었다면 그뿐으로 그 권력을 남용하는 일은 거의 없었다. 가끔 부하 가운데 약한 아이를 괴롭히거나 비열

한 짓을 하는 녀석이 있으면 더없이 엄한 벌을 주었다. 그래서 겁쟁이 아리타 도련님은 누마쿠라 천하가 된 것을 누구보다 감사하고 있었다."

골목대장 니시무라가 누구였는지는 생각나지 않지만 여기에 묘사된 누마쿠라 소년의 행동은 다름 아닌 왕년의 시노다 겐타로, 즉 놋산의 모습이라고 해도 과언이 아니다. 소설『작은 왕국』에서는 누마쿠라가 교사였던 가이지마보다 차츰 지배력을 더 갖게 되면서

"동급생 인명부를 만들어 매일 학생들의 말과 행동을 관찰해서는 그만의 기준으로 일일이 엄격한 점수를 매겼던 것이다. 출석, 결석, 지각, 조퇴―와 같은 것이었는데 선생님이 하는 것처럼 권위를 가지고 장부에 세세하게 기록했다."

"결석한 아이에게는 그 이유를 제출하라고 한 뒤 따로 비밀 탐정을 풀어 과연 그 이유가 진짜인지 아닌지를 뒷조사했다."

"선생님이 뽑은 급장은 거들떠보지도 않고 대신 힘세고 심술궂은 아이에게 감독관을 시켰다. 대통령 누마쿠라를 보좌하는 역할도 생겼고 일처리를 하는 졸병도 생겼다."

라는 대목도 놋산과 거의 다를 바 없다. 규율은 엄격히 지켜졌고 학생은 수업 중에도 떠들지 않았는데 '누군가 실수라도 할까봐 전전긍긍'이었다는 장면은 노카와 선생님도 소설 속 가이지마 선생님처럼 놀라움을 금치 못했다. 가이지마 선생님은 반 분위기가 확 달라진 것에 놀라며

"우리 학급 학생들이 요즘 들어 왜 이렇게 착해진 거죠? 여러분이 무척 얌전해져서 선생님이 감동받았어요. 감동받다가 너무

놀라 간 떨어질 뻔했네요."

라는 문장처럼 노카와 선생님도 같은 말을 했다.『작은 왕국』의 아이들은 '언젠가 선생님께 칭찬받을 거야' 하고 내심 기대하고 있었기 때문에

"가이지마의 농담에 학생들은 모두 소리를 내어 웃었다."

는 대목처럼 '시노다 왕국'의 우리도 그랬다.

"여러분이 이렇게 얌전하다니 선생님은 정말 우쭐해지네요. 요즘엔 다른 선생님들 사이에서도 여러분 칭찬이 자자해요. 어쩌면 이렇게 의젓할까 하고 이 학급 학생들은 학교의 모범이라고 교장 선생님까지도 자랑스러워했어요. 그러니 여러분도 그렇게 알고 한 때로 끝나는 게 아니라 이대로 지속해서 이 명예를 땅에 떨어뜨리지 않도록 해야 해요. 선생님을 놀라게 해놓고 작심삼일로 끝나지 않도록 당부해요."

이 대목도 가이지마 선생님이 말한 그대로 노카와 선생님도 말했다. 다만 누마쿠라는 이 말을 듣고 피식 웃는 것으로 표현했지만 놋산은 으쓱해져 우리를 바라보며 회심의 미소를 지었다. 누마쿠라는

"사각턱에 피부도 검고 엄청 큰 짱구머리에 군데군데 부스럼이 있었는데, 우울한 눈빛에 두툼한 어깨를 가진 뚱뚱한 소년"

이라고 썼지만 놋산은 두루뭉술하게 살찐 아이이긴 했어도 부스럼 같은 건 없었다. 사각턱에 피부도 검었지만 '우울한 눈빛'은 아니었다. 그리고 쾌활하다 할 정도로 밝은 성격도 아닌 그저 뭔가 묵직한 느낌의 소년이었다.『작은 왕국』에서는 이윽고

"누마쿠라는 훈장을 만들었다. 완구점에서 사온 납으로 만든

훈장에 고문관에게 가장 어울리는 칭호를 붙이게 한 다음, 공로가 있는 부하에게 수여했다. 훈장을 담당하는 역할 하나가 더 생긴 셈이다."

라는 대목과

"누군가를 재무장관으로 임명해 화폐를 발행하면 좋겠다는 제안을 받아들여 양주 가게 아들 나이토라는 아이가 재무장관이 되었다. 당분간 그의 임무는 학교가 끝나면 자기 집 이층에 틀어박혀 두 명의 비서관과 함께 50엔에서 10만 엔짜리까지 지폐를 인쇄하는 일이었다. 완성된 지폐는 대통령에게 전달되었고 '누마쿠라'라는 도장을 찍으면 비로소 효력이 발생했는데 모든 학생이 대통령으로부터 직책에 맞는 봉급을 받았다."

라는 대목을 보면 '시노다 왕국'의 재무장관은 가이라쿠엔 집 아들 '겐노스케'였던 것 같다. 우리는 활자와 인주를 가지고 매일 겐노스케네 방에 모여 금액에 따라 크기를 달리한 종이에 지폐를 인쇄했다. 『작은 왕국』에서는

"이렇게 제각기 재산이 생기자 아이들은 너 나 할 것 없이 그 돈으로 각자 가지고 있던 소지품을 사거나 팔기 시작했다. 누마쿠라는 재산이 많으니 부하들로부터 원하는 물건을 마음껏 사들였다. 아리타 도련님은 얼마 전 아버지가 도쿄에서 사다주신 공기총을 50만 엔에 팔라고 하자 어쩔 수 없이 넘겨주고 말았다."

라는 대목은 놋산의 왕국에서도 얼추 비슷한 일이 있었는데 시노다 대통령도 가끔은 누마쿠라 대통령에 뒤지지 않을 폭력을 행사했다. 그러나 '공터나 교외 풀숲'에 '모두 모여 장터가 생겼다'라든지 '부모님께 용돈을 받은 아이는 그 돈을 모두 물건으로 바

꿔서 장터로 가져가지 않으면 안 되었다'라든지 '대통령이 발행하는 지폐 외에 다른 화폐를 절대 사용할 수 없었'는데 누마쿠라의 '지폐만 가지고 있으면 용돈은 부족함이 없을' 정도였다든지 하는 식으로 아이들이 '장터에서 사고파는 물건들은 상당한 범위에 걸쳐' 있었다는 대목은 전부 소설 속에만 존재했던 것으로 놋산 왕국에서는 그렇게까지 크게 번지지는 않았다. 따라서 소설에서는 가이지마 선생님이 생활고에 시달리다가 정신이 이상해져 누마쿠라에게 지폐를 건네받는 장면이 있지만 노카와 선생님에게 그런 일은 없었다.

아무튼 그 후 놋산이라는 아이는 어떻게 되었을까. 우리가 소학교를 졸업할 무렵에는 이미 학교를 떠난 뒤였다고 생각되는데 도중에 학교를 그만두고 아버지 일을 돕게 된 것은 아니었을지. 겨우 열 살배기 아이들 세계에서 일어났다고는 해도 한 학급의 학생 전원을 그렇게 심복으로 만들어 통제했다는 것은 아무나 할 수 있는 일이 아니었을 텐데, 이발소 집 아들이라서 상급 학교에 진학도 못 하고 그대로 아버지 뒤를 이어 이발사로 살아가고 있는 것일까. 동창들은 훗날에도 놋산을 떠올리며

"지금 생각해도 놋산은 대단한 아이였어. 그런 녀석이 영웅호걸이 되어 어느 날 갑자기 나타날지도 모르지."
하는 이야기를 자주 하곤 했는데 결국 세상에 묻힌 것 같다며 어디로 갔는지, 무얼 하고 사는지 더 이상 말하는 이가 없었다. 아직 살아 있어도 좋은 나이일 텐데 말이다. 마지막으로 가이라쿠엔의 사사누마에 관해서는 할 말이 무척 많은 관계로 훗날 새롭게 이야기를 풀어볼 참이다.

청일전쟁 전과 후

청일전쟁은 메이지 27년(1894) 7월, 풍도해전이 발단이 되어 일어났는데, 우리는 이미 미나미카야바초를 떠나 가키가라초의 미곡상 뒷골목에 있는 마루큐 상점에서 살고 있었다. 아마도 아버지가 하던 중개 일이 잘 풀리지 않아 살림을 줄여 상점에 딸린 방으로 이사를 간 것 같다. 말하자면 이때부터 가세가 기울기 시작했는데 어린아이였던 나는 아무것도 몰랐었다. 상점에는 점장이나 일꾼들도 있었고 부엌에는 바야와 하녀가 있었는데도 집은 부모님과 우리 형제가 살기에 비좁지 않을 정도였다.

우리는 이 집에서도 그리 오래 살지 못하고 한 해 정도 지나자 정말로 폭삭 망해버려 미나미카야바초의 두 번째 집인 56번지, 메이토쿠 신사 골목으로 이사 가야 했는데 미곡상 시절에 떠오르는 것 중에는 바로 그해 여름, 지난 노비 지진보다 훨씬 더 큰 지진이 났던 일이다. 메이지 시대를 통틀어 도쿄에서 일어난 지진 중 가장 큰 규모였다고 하는데 메이지 27년(1894) 6월 20일이었으니 청일전쟁이 일어나기 한 달 전으로, 청나라 군대가 인천에 상륙하고 오토리 게이스케가 서울로 출발하는 등 한반도가 전운에 휩싸였을 때였다.

지진이 일어난 것은 오후 2시경, 거래소는 오후 장이 한창일 때라 미곡상 거리에는 상점 안이고 밖이고 매매인들로 북적이고 있었다. 나도 마침 학교에서 돌아와 부엌에서 팥빙수를 먹고 있었다. 지진을 느끼자 나는 재빨리 밖으로 뛰어나왔다. 야마주 상점이 있는 큰길에 비하면 뒷길은 폭이 좁았기 때문에 나는 양쪽에서 집들이 무너질까봐 겁에 질려 정신없이 큰길로 나와 활판소 쪽으로 꺾이는 넓은 사거리 중앙에 섰다. 그러자 전부터 함께였던 것일까, 아니면 나를 뒤쫓아왔던 것일까, 어머니가 나를 꼭 끌어안고 있었다. 처음에 격렬했던 상하 움직임은 이미 멈춰 있었지만 지면은 여전히 크고 느리게 줄렁이고 있었다. 우리가 끌어안고 있는 지점에서 한 정약 100미터 정도 떨어진 닌교초 큰길이 높이 솟아올랐다가 밑으로 가라앉는 것처럼 보였다. 내 머리는 어머니 어깨보다 아래에 있었기 때문에 옷섶이 벌어진 틈으로 하얗게 드러난 가슴이 내 눈앞을 가로막고 있었다. 그런데 나는 분명히 팥빙수를 먹고 있었고, 지진과 동시에 그것을 내던지고 문밖으로 달려 나왔을 텐데 그 사이 무슨 일이 있었던지 오른손에 습자용 붓을 꼭 쥐고 있었다. 그리고 사거리 한복판에 서서 부둥켜안고는 나는 어머니 가슴에 검게 먹칠을 하고 있었던 것이다.

사거리에서는 마루큐 상점과 활판소가 비슷한 거리에 있었는데 지진이 나자 어머니는 집으로 가지 않고 내 손을 잡고 곧장 외조모가 있는 활판소로 향했다. 3년 전 10월 28일 아침, 우라카야바초 큰길을 맨발로 달려 마쓰야마 의원 현관에 다다랐을 때의 기억이 선명하게 떠올랐다. 이번에도 어머니는 활판소 마루턱에 앉아 흙투성이가 된 발을 들통에 담그고 씻었다. 외조모는 집이 흔들리는 사이 부엌 창문 아래에 웅크리고 있었다는데 우리가 도착했을 때는 늘 앉아 계시던 화로가 있는 방으로 돌아가 간신히 진정된 상태였다. 그때 또다시 집이 흔들리기 시작해 우리 셋은 황급히 부엌으로 피했다.

"여진이라 다행이야. 이번엔 진짜 큰 지진이 난 줄 알았어."

외조모는 이렇게 말하고는 안세이 2년(1855) 10월 지진이 났던 날 밤의 일을 이야기하기 시작했다. 그것은 덴포 10년(1839)생인 외조모가 열일곱 살 때 일로 밤 10시경이었는데 잠이 많을 나이라 외조모는 지진이 난 줄도 모르고 자고 있었으며, 잠에서 깨자 집이 폭삭 내려앉아 머리맡에 있던 호롱불은 꺼져 있었지만 다행히 창이 가까이 있었다고 한다. 외조모는 창으로 기어 나왔으나 다른 집들은 한 채도 남김없이 무너졌는데 가족들이 외조모를 찾느라 큰 소동이 벌어지던 중이었다고 한다.

조선에서는 동학도들에 의한 봉기가 거세지고 친일파 김옥균이 상하이 호텔에서 암살당한 것이 이 무렵 아니었을까. 무슨 연유에서인지 나는 이상하게 김옥균 사건을 기억하고 있는데 이것이 전쟁의 도화선이 될 거라는 기사가 보도되면서 세상이 쉴 새 없이 떠들썩했기 때문이라 짐작된다. 아마 그해 가을 나는 단고 자카인형극이 성행했던 곳에서 국화 인형으로 김옥균 암살 장면을 만들어 걸어놓은 것을 본 것 같다. 전쟁은 8월에 선전포고가 있고 이듬해 4월에는 끝났으니 생각해보면 무시근한 전쟁이었던 것 같다. 하지만 나는 이 전쟁을 하는 이유를 납득할 수 없어 어느 날 아버지께 그 까닭을 물었다. 아버지는 저녁 식사를 하시다가

"그래, 이 애비가 아주 쉽게 설명해주지. 이리 와보렴."

하고는 나를 밥상 옆에 앉히고 반주를 걸쳐가며 일장 연설을 시작하셨다. 그러나 솔직히 설명이 몹시 어려워 이해할 수 없었다. 내가 가장 이해하기 힘들었던 것은 조선에서 일어난 동학당 봉기에 왜 일본 군대가 출동해야 했는가, 심지어 조선에까지 가서 중국 군대와 싸워야 할 이유가 무언가 하는 것으로, 도무지 이해할 수가 없었다.

닌교초의 서점 시미즈야에서는 이 무렵 한창 전쟁화를 걸어두고 팔고 있었다. 화가는 주로 미즈노 도시카타, 오가타 겟코, 고바야시 기요치카 세 사람이었는데 사내아이라면 어느 것 하나 갖고 싶지 않은 것이 없었지만 결코 사줄 리 없다는 것을 알았기에 매일 가게 앞에 서서 눈을 빛내가며 바라보곤 했다.

성환역충남의 철도역, 청일전쟁 당시 최초의 육탄전이 일어난 곳에서 용맹을 떨친 나팔수 시라카미 겐지로가 전사하는 장면, 하라다 주키치原田重吉, 청일전쟁 참전 일본 병사의 현무문청일전쟁 때 전투가 벌어졌던 평양성 북성의 4대문의 하나 돌파, 북양제독 정여창丁汝昌, 청나라 해군제독, 청일전쟁 황해전투에서 패한 뒤 자결함이 독을 마시고 자결하는 장면, 이토 히로부미와 무쓰 무네미쓰陸奧宗光, 외교관, 정치가가 이홍장李鴻章, 청나라 말기의 대신으로 양무운동과 19세기 후반 청나라에서 일어난 중국 근대화운동의 제창자이 탁자를 사이에 두고 담판하던 장면 등은 지금도 생생한데 그중 미즈노의 그림을 가장 좋아해 점포 앞에 걸린 그림을 기억했다가 집에 돌아와서는 따라 그려보곤 했다. 나는 활판소 외삼촌이 새로운 그림이 나올

때마다 수집해두는 것을 보고 한껏 부러워했었다.

아버지의 장사 수완이 형편없어 겨우 입에 풀칠하고 있던 마루큐 상점마저 문을 닫아야 할 지경에 이른 것은 메이지 27년 (1894)인지 28년(1895)인지 확실치 않지만 집안에 변화가 있었던 것만큼은 기억하고 있다. 야마주 집안은 점점 잘살게 되었고 활판소도 외삼촌의 경거망동으로 예전처럼 위세를 떨치지는 못해도 아무튼 큰 탈 없이 선대의 가업을 이어가고 있었는데 우리 집만 유독 장사를 계속할 형편이 못 되었던 것이다. 앞으로는 무슨 일이 됐든 친척들에게 민폐 끼치는 존재가 된다는 사실을 누가 굳이 설명해주지 않아도 어린 나는 저절로 깨닫고 있었다.

어머니는 당시 마루큐 상점이 어떻게든 장사를 이어가고 있을 때, 셋째 사내아이를 낳았는데 태어나자마자 지바 현에 있는 법화경으로 유명한 나카야마 마을로 입양을 보냈다. 어머니가 자기 자식을 입양 보낸 것은 그때가 처음으로 그 뒤 계집아이 둘마저도 입양을 보내 결국 세 명의 자식을 남에게 주게 된 셈이지만, 셋째 아들을 입양 보낼 때만 해도 처음이라 상당히 괴로워했음은 짐작이 가고도 남는다. 나카야마에서 양부모 될 사람들이 와서 그 아이를 인력거에 태우고 가는 것을 울며불며 한참을 뒤쫓으면서 헤어짐을 가슴 아파했더라는 이야기를 훗날 어머니께 들은 적이 있다. 하지만 그렇게까지 가슴 아파하면서 제 자식을 남에게 보낼 필요가 있었을까. 양육비를 보내는 한이 있더라도 유복하게만 자란 자식들을 보내는 것이 형편상 더 나은 일이라 생각했던 것일까. 아무튼 그 생각을 해낸 분은 아버지였을까, 어머니였을까. 혹시라도 아버지가 다니자키 집안은 대대로 아이를 입양 보내는 관습 때문에 외조부도 아들 셋을 입양 보내지 않았느냐며 어머니를 설득한 것은 아닐는지.

어찌 됐든 간에 나는 그 후에도 활판소 외삼촌과 야마주 상점 큰아버지가 계셔주었던 덕에 내내 보살핌을 받으며 오다이바로 개펄낚시를 간다든지, 강에 배를 띄우고 불꽃놀이를 구경한다든지, 때로는 단주로나 기쿠고로가 나오는 가부키를 보러 가기도 하면서 아무런 부족함 없이 자랐지만 친척들이 선심을 쓰지 않는 이상 우리 가족끼리 놀러 가는 일은 거의 없었다. 아주 오랜 기억 중 가장 즐거웠던 일은 항상 센소 사에 공양을 드리러 가는 날이면 파노라마*나 료운카쿠12층 전망대나 하나야시키일본에서 가장 오래된 유원지를 구경하고 장난감을 샀던 것인데 센소 사 상점가에 있는 만바이라는 음식점에서 저녁을 먹고 나면 종업원이 작은 등불을 들고 배웅 나와주었던 일, 집에 오는 길에 뒤돌아보면 낮에는 그토록 사람들로 북적이던· 아사쿠사 일대가 어느새 캄캄한 어둠에 싸여 인적이 끊겨 있던 일 등으로, 그리고 보니 바야와 둘이 철도마차를 타는 날은 만바이에 가거나 그 주변에서 저녁을 먹는 날이었다.

참고로 나는 아버지와 단둘이 무언가를 먹으러 갔던 기억이 의외로 많은데 아버지는 일명 맛의 명가라 불리는 가게를 꿰고 있을 정도로 식도락가였다. 어느 해 봄, 벚꽃이 흐드러지게 핀 날 아버지와 함께 무코지마 둑길을 산야 나루터까지 걸어간 적이 있

• 반원형의 배경에 풍경화를 그리고 전면에 입체적인 모형을 놓아 관람자에게 높은 곳에서 바라보는 것과 같은 느낌을 주는 장치.

는데 예까지 왔으니 주바코에 가보자고 하시면서 나룻배를 타고 주바코까지 갔다. 나는 그때 주바코라는 가게를 알게 되었는데 그 주바코가 지금은 아타미로 옮겨 장사를 한 지도 20년이나 되었다고 하니, 구보타 만타로久保田萬太郎, 소설가이자 극작가와 소학교 동창인 지금의 가게 주인 오타니 씨는 5대째 사장으로 내가 아버지와 산야에 있던 가게에 갔던 것은 선대가 경영하고 있었을 때인 것이다.

긴자의 덴킨에도 여러 차례 갔는데 지금도 기억나는 것은 일하던 하인들이 그때까지도 상투를 틀고 있었던 모습이다. 그 무렵 덴킨에서는 술안주로 오징어젓갈이 나왔는데 아버지는 내게 아이들이 먹는 게 아니라고 했지만 태어나 처음으로 살짝 혀로 맛을 보니 뭐라 형용할 수 없는 복잡한 감칠맛이 느껴졌다. 그리고 초기 소설 『비밀』에도 묘사했듯이 함께 후카가와의 하치만사마에 참배를 하고 돌아오는 길에 나룻배를 타고 가서 후유키 시장의 명물 메밀국수를 사주겠다는 말에

"고아미초나 고부나초 주변 풍경과는 전혀 달리 폭이 좁고 낮은 둑에 강물이 불어난 강"

을

"장대로 두세 번 바닥을 밀어 건너는"

작은 나룻배를 타고 강을 건너 그 유명한 후유키 시장에 간 적이 있다. 이리야의 나팔꽃을 보고 오는 길에 사사노유키에서 아침을 먹고 돌아오는 일도 있었는데

"이 집은 두부는 맛있는데 쌀이 나빠."

하고 아버지가 말하셨다. 네기시에 오카노라는 상당히 멋진 정원

을 갖춘 요릿집이 있었으며 그곳에도 두어 번 갔던 기억이 있는
데 그것은 단고자카의 국화를 보러 갔다가 들른 것인가 싶으며,
그렇다면 어머니도 함께였지 않았나 싶다. 원래는 단팥죽 집인데
다른 요리도 있어 손님으로 북적였고 정원은 고노하나엔古能波奈園
이라 불렸는데 석가산이나 폭포, 연못과 바위가 어우러진 풍경은
참으로 훌륭해 연극이나 그림으로만 보던 지체 높은 집안의 안뜰
에라도 간 듯, 꿈을 꾸는 것만 같았던 기억이 희미하게 남아 있다.

미나미카야바초의 두 번째 집

    나는 서른 살 때 처음으로 혼조에 집을 한 채 마련했고, 도쿄 인근 도시를 시작으로 오사카, 교토, 주고쿠 지방까지 서른 번 가까이 이사를 다니며 전전했는데 이것 역시 어쩌면 아버지의 영향일지도 모른다. 아버지도 나만큼은 아니지만 내가 알고 있는 것만 해도 10여 차례 이사를 다니셨다. 내 경우엔 지진이라든지 전쟁 같은 외부 영향을 받았던 것이지만 아버지는 형편상 도쿄의 니혼바시와 간다 사이를 이곳저곳 옮겨다녀야 했다. 그중에서 가장 오래 살았던 곳은 미나미카야바초의 두 번째 집으로 내 유년 시절 가장 많은 시간을 이곳에서 보냈다.

    두 번째 집은 56번지로 처음 살았던 45번지 집과 그리 멀지 않은 곳이었다. 우라카야바초의 큰길 사거리에서 처음에 살았던 집 앞을 레이간 섬 쪽을 향해 두어 정약 200미터 가면, 오른쪽 54번지에 메이토쿠이나리明德稲荷라는 가쿠라도제사 음악을 연주하는 곳가 딸린 작은 신사가 있는데 그 신사 뒤편에 대관저택으로 빠지는 골목길이 있었고 그 길 중간쯤 동쪽으로 그 집이 있었다. 당시에는 그런 골목길에 나이 든 노인, 첩, 상인, 일꾼, 건달들이 살고 있었 으며 우리 집은 그렇게 다닥다닥 붙어 있는 집들 사이에서 어쨌 든 단독주택으로 밖에서 안을 들여다볼 수 있는 구조는 아니었 다. 그리고 그 집 뒤로 하나 더 있는 뒷골목은 우리 집 쪽문 부근 에서 끝났는데 그곳에 목수 가족이 살고 있었다. 우리 집은 가세 가 기울어 세를 사는 처지로, 동생 세이지의 말로는 월세가 8엔 50전이었다고 한다. 그 당시치고는 월세가 지나치게 비싼 게 아니 었나 싶지만 어쩌면 몇 년 뒤 올린 금액일지도 모르겠다.

집은 골목을 향해 작은 쪽문이 나 있었고 그곳을 열고 들어가 면 왼쪽은 두터운 흙벽이고 오른쪽은 판자 울타리였다. 그 사이 에 깔린 징검돌을 밟고 통로를 따라 끝까지 들어가면 또다시 격 자문이 나오는데 문을 열고 들어서면 시멘트를 깐 봉당이 있고 마루턱 유리문에는 창호지가 두 장 발려 있었다. 그 문을 열면 현관도 없이 불쑥 다실이 자리하고 있었고, 이층 구조인 고방을 개조해 만든 15제곱미터쯤 되는 안방과 6~7제곱미터짜리 식모 방이 전부인 집이었다. 그러나 소박하긴 해도 팔손이나무나 남 천이 심긴 정원을 곳간방과 다실이 둘러싸고 있었으며, 정원에서 쪽문을 도는 시냇물이 만들어져 있었다. 그리고 10제곱미터짜리 다실에서는 화로를 사이에 두고 왼쪽 정원으로 향한 자리는 아버 지가, 오른쪽 벽 찬장이 놓여 있는 쪽은 어머니가 앉는 자리였는 데, 밤에는 부모님이 안방으로 들어가시고 나와 세이지가 다실에 서 잤으며 식모 방에서는 바야가 잤다. 훗날 큰딸 소노가 이 집에 서 태어났지만 그때까지 우리 다섯이 살았다.

이곳에 이사하고 얼마 후, 아직 한 달도 채 안 되었을 무렵으로 아버지는 또다시 하릴없이 집에서 빈둥거리고 계셨는데 어느 날 오후, 느닷없이 건달처럼 보이는 사내 대여섯이 우르르 몰려와 화로 앞에 앉아 있던 아버지 앞에 죽 늘어서더니 털썩 주저앉는 것이었다. 어머니는 재빨리 안방으로 들어가버렸고 바야는 차와 연초함을 들여놓고는 식모 방으로 숨어버렸지만 나는 어린아이니 설마 해코지를 당하지는 않을 거라 여기고 무서워도 설마 싶어 상황을 지켜보았다. 그러자 대장처럼 보이는 사내가 곰방대를 뻑뻑 빨더니 으름장을 놓는 목소리로 뭔가 담판을 지으려는 모습과는 달리 아버지는 난감한 듯 미간을 잔뜩 찌푸리고 앉아 세상에서 가장 불쌍하게 보일 정도로 다 죽어가는 얼굴을 하고는 그저 나 죽었소 하는 식으로 고개만 떨어뜨리고 있었다. 상황이 이렇다보니 상대편 대장도 어이가 없었던지 두세 마디 욕을 퍼붓고는 불과 10여 분 만에 우르르 자리를 박차고 나가버렸다. 필경 아버지는 빚이 있는 채로 가키가라초 상점 문을 닫았고, 화가 난 중개인들이 혼쭐을 내줄 참으로 그런 사람들을 보낸 것인데 아버지의 당황해하는 꼴이 몹시도 순순한 것을 보고 그냥 돌아가버린 것이다. 어머니가 안방에서 나와서는 아무리 그래도 그렇지 사내대장부가 뱃심도 없냐, 한심해서 잠자코 볼 수가 없다, 금방이라도 울 것 같은 꼴을 하고 있으니 '뭐야, 다 죽어가는 꼬락서니는' 하면서 가버린 게 아니겠느냐, 기가 막히면서도 지긋지긋하다는 듯 말했다. 바야도 부엌에서 무서운 사람들이라며 소매로 눈물을 찍어내고 있었지만 아버지의 이 '다 죽어가는 얼굴'은 결코 연극이 아니라 진심으로 미안해하는 마음이 그대로 우러나왔을 뿐이라 건달 대장도 달리 뾰족한 수는 없었을 것이다. 나도 그 뒤 수십 년간 어머니가 기가 막혀 진저리치던 아버지의 그 얼굴을—'뭐야, 다 죽어가는 꼬락서니'라며 건달들에게 욕을 먹었던 기죽은 얼굴을, 같은 일이 반복될 때마다 보게 되었다.

그 당시 나는 여전히 활판소에서 목욕을 하고 돌아오곤 했는데 밤에는 저잣거리라도 가로등이 적어서 꽤 음산했다. 혼자서 가키가라초에서 돌아오던 중 날이 저물면 재빨리 뛰어서 지나야 할 곳이 몇 군데 있었다. 캄캄하고 인적이 드문 으슥한 곳에서는 미소년을 노리는 서생 타입의 사내가 서성이며 기다리고 있던 적도 있다. 나는 예의 장교 사건 이래, 나보다 나이 많은 남자를 경계하는 습관이 생겼는데 청일전쟁 때문에 이 무렵 갑자기 미소년 취향이 번지면서 사쓰마 사투리로 미소년을 일컫는 '니세상'이라든지 '요카치고'라는 말이 도쿄에서도 쓰이게 되었다. 그래서 전쟁 전에는 사내아이에게 비단옷을 입히는 일이 많았던 반면 전쟁 이후에는 실리주의와 강인함을 지표로 삼으면서 대개의 어린 아이가 감청색 무명옷이나 감청색 바탕에 흰 점이 찍힌 무명옷을 입게 되었는데, 자신보다 어린 아이들을 괴롭히는 불량소년들은 그들만의 복장이 있어 어두운 곳에서도 금세 알아볼 수 있었다. 그들은 반드시라고 해도 좋을 만큼 흰색으로 두껍게 짠 엄청 긴 끈이 달린 검정 무명에 가문이 새겨진 것이나 감청색 도포를 입고 있었다. 그리고 그 도포 끈 끝부분에 매듭을 만들어 등 뒤로 한 번 돌려 목에 걸고 다녔다. 으슥한 곳에서 매복하고 있을 때에는 얼굴이 노출되지 않도록 도포를 뒤집어쓰고 그 위를 끈으로 감아서 검은 두건을 만들었는데 흰색 끈이 더욱 선명하게 보였다.

지금 생각해보면 그들은 그런 복장을 하고 연약한 아이들을 괴롭히는 걸 재미있어했을 뿐이지 진짜 범죄를 저지르려 하진 않았던 듯하다. 나는 가끔 그런 불량배들이 길을 가로막으면 재빨리 상점가로 도망치거나 숨이 턱에 차오를 때까지 뛰어서 집으로 돌아왔는데 그래봤자 뒤에서 휘파람을 불거나 기묘한 소리를 지를 뿐 집요하게 쫓아오거나 하진 않았다.

길은 가키가라초보다 요로이바시 부근이 더 음산했다. 오모테카야바초에는 고방 건물이 많았고 우라카야바초에도 상점다운 상점이 없었던 탓이기도 했는데 그나마 우라카야바초 거리에는 메이토쿠 신사로 가는 길목에 도쿄 전등사 배전소가 있었던 덕분에 그 주변만은 밝아서 근처까지만 오면 안심이 되었다. 배전소도 회사 안에만 전등을 켜놓아 안은 밝았던 반면 밖에는 유난히 밝은 전구를 밝혀놓은 전봇대가 딱 하나 서 있을 뿐이긴 했다. 배전소 앞에는 큰 개천이 있었는데 밤새도록 웅웅거리며 돌아가는 기계 소리가 끊이지 않았고 하얀 증기가 뭉게뭉게 개천 쪽에서 피어오르고 있었다. 배전소 앞을 지나기만 하면 집까지 남은 거리는 반 정(약 50미터)쯤이었는데 마지막으로 한 군데 무서운 곳을 지나가야만 했다. 그곳은 메이토쿠 신사를 끼고 큰길로 나가는 모퉁이로, 여우 신을 모시는 사당이 가장 안쪽에 있었고 사당 앞에는 가쿠라도가 세워져 있어 더욱 섬뜩했다. 이 여우 신은 매월 8일이 공양일이라 그날만큼은 가쿠라도에서 신악을 울리는 잔치를 열어 떠들썩했지만 평소에는 인적이 드물고 참배객도 없었다. 신사도 아주 자그마해서 이따금 한 달에 몇 번인가 소복 같은 신의神衣 차림에 외굽 나막신을 신고 머리를 길게 늘어뜨린 신관처럼 보이는 사내가 어디선가 나타나 잠시 예를 올리고 사라질 뿐 아무도 살고 있지 않았다. 게다가 그 가쿠라도는 지면보다 훨씬 더 높게 지어져 있어 밑으로 사람들이 지나다닐 수도 있었는데 밤에는 그 가쿠라도 그림자가 더욱더 시커멓게 보여 괴한이라도 숨어 있지 않을까, 도깨비 같은 게 튀어나오진 않을까 잔뜩 겁에 질려 그곳을 지날 때는 눈을 질끈 감고 뛰다시피 했다. 때로 캄캄한 암흑 속에서 어렴풋이 소리가 들리거나 가쿠라도 안쪽에서 희뿌연 것이 번쩍 빛나거나 느닷없이 뒷덜미가 서늘해지는 등 온 신경을 곤두세우고 있어서인지 온갖 게 해괴하게 보여 온몸에 소름이 돋았다.

집에 있을 때에도 해가 지고 나면 몹시 적막했다. 이즈음 민가에서도 전등을 켜는 집이 점점 늘고는 있었지만 만사가 구식인 우리 집에서는 나중에 간다로 이사하기 전까지 석유램프를 썼고 모두가 잠자리에 들 시간에는 안방에만 호롱불을 밝혀두고 있었다. 나는 매일 해질녘이 되면 램프를 닦아야 했는데 내가 정말 싫어하는 일이었다. 석유램프라고는 해도 무명 끈처럼 납작하고 얇은 심지에 석유가 스며들면 그 끝에 불을 붙이는 간단한 것이었는데 아직 공기램프°가 나오기 전이었다. 그래서 램프를 닦으려면 먼저 덮개를 열고 후 하고 입김을 불어넣었다. 그다음 둥글게 만 천을 작대기 끝에 달아 덮개 안쪽을 닦았다. 덮개는 대개 아랫부분이 불룩해서 여러 번 문질러 닦아야 했다. 그러고는 가위로 심지를 가능한 한 삐뚤빼뚤해지지 않도록 평편하게 일자로 잘랐다.

° 램프 둘레에 구멍으로 공기가 통하게 해 밝기를 세게 한 석유램프.

왼쪽을 너무 많이 잘라서 수평을 맞추려고 오른쪽을 자르면 또 너무 많이 잘라 다시 왼쪽을 자르는 식으로 아무튼 이것이 의외로 시간을 잡아먹었다. 심지를 잘 자르지 않으면 세모나고 삐죽한 불꽃이 올라온다든지 덮개가 그을리거나 깨져버렸다. 마지막으로 유리로 만든 연료통에 석유를 채우고 겉은 걸레로 닦았다. 손재주가 없던 나는 램프 하나 닦으면서 손이나 옷소매, 무릎까지 아무튼 온몸이 기름범벅이 돼버리곤 했다. 무엇보다 램프로 사고를 친 일 때문에 간이 작아진 탓에 더더욱 시간이 걸릴 수밖에 없었다.

때로 밤늦게까지 부모님이 돌아오시지 않으면 세이지와 바야와 나 셋이서 집을 지켰다. 필시 가키가라초에서 이야기를 나누시느라 늦든지 아니면 먼저 잠자리에 든 아버지를 두고 어머니가 대중목욕탕에 가셨기 때문이다. 저잣거리에 사는 사람들은 대부분 대중탕을 이용했는데 잘사는 집이 아니면 집에 목욕탕이 없었기 때문이다. 우리 친척 중에는 활판소에만 목욕탕이 있었고 야마주처럼 미곡상 거리 최고 부자라도 큰아버지를 비롯해 가족, 일꾼 할 것 없이 전부 공중목욕탕—이때는 '목간탕'이라 불렀다—엘 갔다. 우리 아버지는 대포 한잔 걸치고 하는 아침 목욕을 즐기셨기 때문에 이전부터 목간탕을 이용했는데 56번지로 이사 온 뒤부터는 어머니까지 목간탕을 이용하시면서 결국 목욕을 하러 활판소에 가는 사람은 나뿐이었다. 목간탕은 대관저택 바로 근처에 있었으며 어머니가 가는 시간은 항상 밤 10시경이었다. 왜냐하면 부부가 함께 저녁을 먹으며 보내는 시간이 아주 길었기 때문이다. 아버지께 한 곡조 뽑아달라 청하면 아버지는 더

할 나위 없이 기분이 좋아져 눈을 지그시 감고 몸을 좌우로 흔들어가며 창가를 구성지게 뽑기 시작했다. 게이샤가 나오는 술집에 가면 반드시 도도이쓰都々逸, 에도 말기에 도도이쓰가 집대성한 정형시를 낭창하시던 아버지였는데 나는 외삼촌이 부르는 기다유義太夫, 샤미센 음악에 맞춰 시를 읊는 것의 총칭보다 아버지의 도도이쓰나 하우타端唄(속곡)의 노랫말이 더 좋았다. 원래 창가를 어깨너머로 배운 데다 외우고 있는 것도 그리 많지 않았던 아버지는 술이 얼큰해지면 항상 '흐트러진 귀밑머리鬢のほつれ'와 '몰래 한 사랑忍ぶ戀路'을 낭창하셨다. 더 이상 아는 게 없어지면 기다유, 기요모토清元, 도키와즈常磐津, 나가우타長唄, 가부키 연주 음악. 속요같이 속요든 속가든 닥치는 대로 한 소절씩 부르셨는데 곁에서 듣고 있던 나는 커서 어른이 되면 나도 저런 노래를 부르고 싶다는 생각을 했다. 어머니는 아버지가 흥에 겨워 도를 넘는다 싶으면

"이제 그만하세요, 옆집에서 뭐라 하겠어요."

하고 나무라듯 말하셨다. 옆집이란 뒷골목에 사는 목수네를 일컫는 것으로, 아버지가 앉아 있던 뒤쪽 창 너머 판자 울타리에서 3척도 안 되는 거리였다. 그 집에서도 가끔 젊은 무리가 모여 그야말로 쩌렁쩌렁 울리도록 나무꾼 노래를 부르곤 했다. 아버지는 실컷 노래를 부르고 나면 그대로 쓰러져 잠이 드셨다, 고 생각하는 순간 엄청나게 코를 골기 시작한다.

"여보, 이런 곳에서 주무시면 감기 들어요."

하며 어머니는 솜옷을 덮어주셨고 결국에는 팔다리를 잡고 일으켜 세워 질질 끌면서 안방으로 옮겼다. 어머니는 그렇게 아버지를 눕히고 나서야 이윽고 목간탕엘 가셨는데 가끔 바야도 함께 데리

고 갔다.

"준이치, 이불 속에 들어가도 되는데 진짜로 잠들면 안 돼, 알았지?"

하고는 어머니는 나가버렸다. 바야는 되도록 빨리 씻고 먼저 돌아왔지만 어머니는 아주 오래 걸려 보통 한 시간이 지나도 돌아오지 않았다. 나는 자꾸만 어머니가 기다려지는 데다 천장에 매달린 램프도 환하게 비추고 있어 마음이 불안해서였는지 좀처럼 잠을 이루지 못했다. 밤이 점점 깊어지면서 배전소에서 들려오는 윙윙거리는 기계 소리가 점점 가까이 다가와 밤새도록 귓가에서 맴돌았다. 어머니는 아직 안 오시나, 씻을 데가 어디 있다고, 하면서 나는 모퉁이를 돌아오는 발자국 소리에 귀를 기울이고 있었다. 인적이 끊긴 거리에 가끔 딸깍거리는 나막신 소리가 들려왔다. 나는 딸깍이는 발자국 소리에 온 신경을 곤두세우고 있었는데 이윽고 멀리서 처음에는 희미하게 한 발 한 발 고대하던 어머니의 나막신 소리가 들려왔다. 아무리 멀어도 자식은 그것이 어미의 발자국 소리라는 것을 금세 알아챘다.

"준이치, 아직 안 자니?"

하고 어머니는 이불 속에서 눈을 뜨고 있는 나를 들여다보셨다. 램프 아래 서 있는 어머니의 얼굴은 쌀겨주머니로 한 시간이나 반질반질하게 닦아서인지 발개진 볼이 환히 빛나고 있었다.

한밤중에 변소에 가는 일은 거의 없었지만 어쩔 수 없을 때는 벌벌 떨면서 가야만 했다. 변소는 아래층 방 툇마루를 거쳐 막다른 곳까지 가야 했는데 불빛이라곤 부모님이 계시는 안방에서 새어나온 호롱불이 희미하게 툇마루를 비추고 있을 뿐 세상은 칠

흑처럼 캄캄했다. 나는 볼일을 보고 손을 씻을 때가 가장 무서웠다. 왜냐하면 집 안에 세면대가 없던 시절이라 손을 씻으려면 마당에 있는 세숫대야에 물을 받아야 했기 때문이다. 어느 집이나 툇마루 덧문에는 세면대 근처에 작은 문이 하나 있었는데 그곳을 열고 바가지에 손을 뻗어 물을 퍼서 써야 했다. 물을 푸다가 마당의 짙은 어둠이 별안간 눈에 들어오면 내 두려움은 도둑을 만나는 것보다 도깨비불이 달려들지는 않을까, 여우나 너구리가 둔갑해 튀어나오지는 않을까 하는 쪽이었다.

당시 외조모와 어머니한테 후카가와에 있는 오나기 강 다리 근처에 너구리가 돌아다니며 사람들을 골탕 먹인다는 이야기를 자주 들었는데 그중에서도 요괴가 중으로 둔갑했다는 이야기가 가장 무서웠다. 너구리가 부른 배를 두드리는 것도 요괴라는 이야길 들었는데 실제로도 아주 멀리서 통통거리며 배를 두드리는 소리를 두어 번 들은 적이 있다. 그래서 여우나 너구리 같은 미물들이 인간을 홀린다는 것을 설마 하면서도 믿었고, 또 무서워했다.

어느 날, 한밤중에 어머니가 변소에서 뛰쳐나와

"여보, 여보."

하고 다급한 목소리로 아버지를 부르셨다. 나도 그 소리에 잠이 깨어 아버지와 어머니가 툇마루에서 무언가 속닥이는 소리를 잠결에 들은 적이 있다. 말인즉 어머니가 변소에 들어가려 하자 수상한 사내가 아래에서 기어 나오는 바람에 깜짝 놀라 뛰쳐나왔다는 이야기였는데 아버지가 변소를 살펴보니 그런 사내는 없었다. 어머니는 밑에서 손이 불쑥 나왔다고 하면서 아버지께 설명하려 애썼지만 정작 중요한 대목에서는 소리를 낮추는 바람에 들리지 않았다. 어쨌든 수상한 그림자는 어머니가 놀라 소동을 피우자 도망쳐버렸는데 아무래도 좀도둑과는 뭔가 다른 것 같다는 이야기였다. 이윽고 부모님은 안방으로 사라지셨고 바깥도 잠잠해져 나는 뭔가 미심쩍었지만 이내 잠이 들고 말았다.

다음 날 나는 학교에서 돌아오자마자 어젯밤 일이 여전히 자글거려 간밤에 무슨 일이 있었냐고 세이지에게 물으니 세이지는 잠자코 가방에서 석판을 꺼내 석필로 재빨리 그림을 그려 보여주고는 얼른 지웠다. 그것은 변소 밑에서 팔 하나가 올라와 있는 그림으로 다섯 손가락이 무척 인상적이었다. 아무튼 왜 그런 곳에서 팔이 나왔으며 순식간에 사라진 것일까, 나는 도무지 이해할 수 없었는데 이제 와 생각해보면 변태 성향의 사내가 장난을 친 게 아니었을까 싶다. 세이지 또한 바야에게 이야기를 들어서 알고 있었던 것일 게다.

이렇게 쓰고 보니 세이지가 아직 소학교에 입학하기 전의 일이 틀림없고 그렇다면 내가 열하나나 열두 살쯤이었던 것 같다.

가이라쿠엔

자, 지금부터 잠시, 훗날 나와 깊은 관계를 맺게 되는 가이라쿠
엔의 사사누마 겐노스케 씨와의 교제에 관해 이야기하려 한다.

가도카와에서 발행된 『쇼와문학전집』에서 내 글에 첨부된 사
사누마 씨가(이하 존칭 생략) 「나의 벗 다니자키를 말한다」라는
제목으로 쓴 글을 보면

"나는 다니자키를 처음 만났을 때를 지금도 기억하고 있는
데…… 소학교 입학식이었는지 그다음 날이었는지, 다니자키가
석판에 무사 그림을 그리고 있었어요. ……다니자키가 여덟 살이
고 내가 일곱 살 때 일이죠."

"……그것을 지우고는 이번엔 젊은 여자를 그리기 시작했어요.
다니자키는 무사 그림이나 여자 그림을 자주 그리곤 했죠."
라고 적고 있다. 그러고 보니 쉬는 시간에 교실 책상에 앉아 석판
에 무사 그림을 그렸던 기억이 난다. 여자들 그림은 기억에 없지
만 사사누마가 그렇게 기억하고 있다면 아마도 여자 그림도 자주

그렸을 것이다. 그리고 얼마 안 돼 청일전쟁이 일어났고 나는 전쟁화에 빠져 군함 종류나 군복 계급장 같은 것을 눈여겨봤다가 그것들을 자세하게 그리는 것을 좋아했다. 사실 사사누마와 내가 한 교실에서 공부한 것은 사카모토 소학교에 들어가기 한두 해 전으로 레이간 섬 유치원에 다닐 때부터였다. 둘이 같은 시기에 같은 유치원에 다녔다는 것은 나중에 이야기를 하다가 알게 된 사실로 당시에는 서로 모르는 사이였다. 사사누마는 소학교 입학식 즈음에 나를 알았다고 하는데 안타깝게도 나는 정확한 기억이 떠오르질 않는다. 사사누마에 관한 가장 오래된 기억은 어느 날, 노카와 선생님이 결석을 했는지 구로다 선생님이 대신 체조 시간에 들어온 적이 있었다. 구로다 선생님은 학생들에게

"너, 이리 좀 와봐라."

하면서 가장 먼저 사사누마를 가리키며 교단 쪽으로 불러 세웠다. 그러고는

"너."

하면서 나를 불러 사사누마와 함께 나란히 서게 했다. 그런 뒤 자신도 교단에서 내려와 사사누마가 입고 있는 옷과 내가 입고 있는 옷을 벗겨 그것을 높이 들어 학생들에게 잘 보이도록 했다.

"여러분, 선생님이 사사누마의 옷과 다니자키의 옷을 들고 있으니 자세히 보세요. 이렇게 손에 들어보니 사사누마의 옷은 가볍고 다니자키의 옷은 무거워요. 가벼운 것은 명주실로 짠 것이라 비싸고, 무거운 것은 무명으로 짠 것이라 쌉니다. 하지만 튼튼한 것은 가격이 싼 무명입니다. 그러니 여러분은 조금 무겁더라도 무명 기모노를 입도록 하세요. 집에 돌아가면 선생님이 이렇게 말

했다고 어머님께 말씀드리세요."

　구로다 선생님은 그렇게 말하고는 우리에게 옷을 돌려준 뒤 자리로 돌려보냈다. 내가 무명옷을 입게 된 것은 앞서 밝힌 대로 청일전쟁이 시작된 후였으니 구로다 선생님이 우리 둘의 옷을 비교하며 학생들에게 훈계한 것은 2학년이나 3학년 때 일일 것이다. 아마도 그때는 학생들 중 이미 무명옷을 입은 아이가 명주옷을 입은 아이보다 많았을 텐데 그중 사사누마는 청요릿집 외동아들로 값비싼 옷을 입고 있는 것이 어쩌다 선생님 눈에 띄었던 것 같다. 나는 칭찬을 받았지만 구로다 선생님이 옷을 돌려주자마자 눈물이 터졌다. 그것은 나 자신도 예상치 못했던 눈물로 무에 그리 슬펐던 건지 나 자신에게 한 방 얻어맞은 기분이었다. 하지만 불과 한두 해 전만 하더라도 유복했던 내가 지금은 가난한 집 아들이 된 것이다. 내가 무명옷을 입고 있는 것은 세태가 그러하기도 했지만 딱히 명주옷을 입을 형편이 못 되었기 때문이라는 것을 문득 깨달았기 때문이리라. 다시금 애지중지 보살핌을 받던 시절로 돌아가고 싶다는 생각이 예상치 못했던 일로 불쑥 눈물이 되어 샘솟은 게 아닐까 싶다. 그날 집에 돌아와 학교에서 있었던 일을 어머니께 말하자 세상에 어떻게 그 많은 학생 앞에서, 그것도 하필 우리 아이 옷차림을 사사누마와 비교했는지, 하지 않았어도 되었을 일이라며 어머니는 구로다 선생님을 원망하셨다.

　하지만 그 일이 인연이 되어 나는 사사누마와 친하게 지내게 되었고 그 뒤로 그 친구 집에 자주 놀러 갔다. 그 무렵 사사누마의 집은 '가이라쿠엔'이라고 해서 도쿄에서 단 하나밖에 없는 유명한 청요릿집으로 장소는 니혼바시 가메지마초 1정목 29번지,

지조바시라는 다리 모퉁이에서 두 번째 집이었다. 원래 가메지마 강에서 흘러나와 그 다리 밑으로 흐르던 실개천이 훗날 암거 공사_{도랑이나 개천을 덮는 공사}로 지조바시는 땅속으로 묻혔고 모퉁이에 있던 하시즈메라는 의원도 사라진 뒤 가이라쿠엔이 들어서게 된 것이었다. 이 가이라쿠엔은 사사누마의 아버지 사사누마 겐고 씨가 메이지 17년(1884) 주인이 된 이래 60년간 번성했지만 제2차 세계대전 중이던 쇼와 19년(1944) 3월에, 시내 고급 요릿집을 일시적으로 폐쇄한다는 명이 떨어져 문을 닫을 수밖에 없었는데 그 뒤 그 문을 다시 연 일은 없었다. 그 이름을 기억하는 사람도 많겠지만 나에게는 더더욱 인연이 깊은 집이라 그 유래를 조금 기록해보려 한다. 슌요도_{春陽堂}에서 발간된 이시이 겐도 씨의 『메이지 사물 기원』 음식편에 「도쿄 청요릿집」이라는 항목이 있는데 메이지 16년(1883) 10월 30일 『가이카 신문』에

"니혼바시 가메지마초에 누각을 건설하고 가이라쿠엔이라 이름 지어 청요릿집을 열겠다는 계획 아래 자본금 3만 엔, 주식 조직으로 국성야_{國性爺}●의 대사는 아니지만 돼지곰국, 양 묵, 쥐 튀김 같은 것을 실컷 먹을 수 있을 것이다."

라는 기사가 실렸다고 적고 있으며

"도쿄의 유일한 청요릿집"이라든가 "나이쇼 4~5년(1915~1916)까지는 도쿄에 청요릿집이 겨우 몇 군데밖에 없었지만 5년 뒤에는 각지에 소규모 요리점이 조금씩 늘어나기 시작했다."

고 적고 있다. 가이라쿠엔에 관해서는 『니혼바시의 역사』에 기록

● 명나라를 부흥시킨 정성공_{鄭成功}을 가리키며 가부키로 만들어져 큰 인기를 얻음.

되어 있는 것도 이와 별반 다르지 않지만 사사누마의 말에 따르면 메이지 16년(1883), 나가사키에서 통역관을 지낸 요 소노지와 야나기야 겐타로, 니혼바시의 과자점 '오키나도'의 시모무라 등 주로 나가사키 출신들이 발기인이 되었고 시부사와 에이이치, 오쿠라 기하치로, 아사노 소이치로 등이 주주가 되어 처음에는 회원 조직으로 발족했다. 이어 사사누마의 아버지가 지배인을 맡게 되었는데 이듬해인 메이지 17년(1884)에 양도받아 주인이 되었고 일반인들에게도 개방하게 되었다고 한다. 그래서 개업 당시에는 상당한 경영난을 겪으며 사사누마의 어머니가 남모르게 전당포를 드나들었다는 이야기도 있는데 내가 사사누마와 처음 만난 그때는 개업 후 10년이라는 세월이 흘러 나날이 번창하고 있을 시기였던 것이다.

사사누마의 집에 가려고 대관저택 큰길에서 지조바시를 지나 모퉁이를 돌면 2, 3정 밖에서도 청요리 특유의 냄새가 풍겨왔다. 그 당시 도쿄에서는 거의 맡아보지 못했던, 예의 이국적인, 심지어 참을 수 없을 만큼 군침이 도는 그 냄새는 순식간에 소년의 식욕을 자극했고 나는 매일 이런 음식을 먹을 수 있는 사사누마가 부럽기 짝이 없었다. 사사누마의 몸에서는 청요리가 손에든 옷에든 배어 있어 학교에서도 냄새가 났다. 참고로 가이라쿠엔의 주방에서 일하는 이들은 스사키에 있는 유곽에 가더라도 무슨 일을 하는 사람인지 모두 알아챘다고 한다. 우리는 학교 점심시간이나 운동회, 소풍 같은 때에 항상 사사누마와 도시락 반찬을 나누어 먹었다. 사사누마가 도시락 반찬으로 자주 싸오던 것은 돼지고기 완자, 돼지갈비찜, 완사이라는 중화풍 오믈렛과 고라이라는 중화풍 튀김 등이었는데 사사누마는 이런 음식을 하도 먹어서인지 우리가 가져온 연어구이나 생선조림, 곤약조림 같은 것을 먹으며 좋아했다. 그래서 운동회 같은 날이면 으레 사사누마의 도시락을 기대하곤 했다,

가이라쿠엔이 그즈음 도쿄에서도 몇 안 되는 훌륭한 청요릿집으로 이름을 알리게 된 데는 여러 요인이 있겠지만 나는 그중에서도 사사누마의 어머니, 사사누마 도라는 인물의 공이 가장 컸다. 세상에는 진정한 가치를 인정받지 못해도 인덕을 지닌 사람들이 있는데 분명 사사누마의 어머니도 그런 사람이었다. 그녀는 흔히 볼 수 있는 예리하고 기지가 뛰어나며 빈틈없는 여주인장은 아니었다. 덩치만큼은 주인장답게 펑퍼짐하니 살집이 있었고 심한 사투리가 남아 있어 여전히 촌스러웠는데 마냥 순하다는 것 말고는 평범해서 일하는 사람들에게 잔소리 한마디 하지 않았고 그저 온종일 사무실 화로 앞에서 긴 곰방대로 담배를 피울 뿐이었다. 그런데도 많은 사람이 그녀 앞에만 서면 저절로 고개가 숙여지는 것이었다. 그녀는 첫눈에도 자비로움이 넘쳐흘러 다른 사람의 불행을 그냥 두고 보지 못할 것 같은 진심이 담긴 풍모를 갖추고 있었다. 아무리 나쁜 사람이라도 그녀에게는 덤비지 못할 것 같은 감화력이 그녀의 얼굴에 있었다. 사사누마 겐고 씨는 가이라쿠엔과 인연을 맺기 전까지 여러 차례 사업에 손을 댔고 번번이 실패하면서 인생의 쓴맛을 본 사람으로 마흔 살에는 다리에서 투신자살을 하려고도 했다는데 중년으로 접어들며 마지막 운이 트인 것은 바로 부처님과 같은 부인의 인덕이 크게 작용했기 때문이리라.

가이라쿠엔 번창의 또 다른 이유는 뭐니 뭐니 해도 다른 곳에서는 맛볼 수 없는 청요리가 도시 사람들 입맛에 맞았던 것이라고 할 수 있다. 특히 그것은 원래 나가사키 사람들에 의해 기획된 것이라 순수한 중화요리라기보다는 나가사키 현에서 발전한 일본식 중화요리에 가까워 일종의 창작 요리라 불러야 마땅했다. 실내는 일반 가정식 요릿집과 별반 다르지 않은 좌식으로 중앙에 나가사키에서 공수해온 붉은 청나라 식탁을 두었고 손님은 방석에 앉아 식사를 하게끔 꾸며져 있었다. 훗날 본격적인 중화요리가 인기를 끌면서 가이라쿠엔도 시대에 맞게 중국인 주방장을 영입했고 실내도 중국식으로 꾸며 본격적인 중화요리를 만들게 되었지만 옛날을 기억하는 사람들은 역시 예전의 청요리풍 일본 요리를 그리워했으며 방석에 앉아 식사할 수 있기를 원했다.

　메이지 시대에는 콜레라가 자주 발생해 한때는 시체를 치우는 일에 골머리를 앓았던 적도 있는데 그런 역병이 유행할 때마다 시내 요릿집에는 손님의 발길이 끊겼지만 가이라쿠엔만큼은 여전히 손님으로 북적였다. 게다가 일본 요리점과는 달리 게이샤를 부르지 않는 영업 방식이 어느 면에서는 훨씬 더 이익이었다. 그 당시에는 정당 회합에 적합한 200~300명의 인원을 수용할 수 있는 요정이 드물어 매년 의회가 열리는 계절이 오면 연일 각종 정치계 연회가 가이라쿠엔 누각에서 열렸다. 가이라쿠엔은 게이샤를 부르지 않기 때문에 자연스럽게 미모가 출중한 여종업원을 고용했으며 시바 공원의 고요칸과 마찬가지로 이것이 인기 비결 중 하나가 되었다. 이 때문에 가이라쿠엔에서 일하는 여종업원은 고위 관료의 잠자리 시중을 든다는 터무니없는 소문도 있었지만 그것이 뜬소문에 불과하다는 것은 누구보다 내가 잘 알고 있었다. 하지만 아직까지도 미모가 출중했던 여종업원을 여럿 떠올릴 수 있을 정도다. 그중에도 총책임자였던 오이토라는 여인은 유명했다. 니혼바시 토박이로 고요산진紅葉山人, 메이지 시대의 문호로 본명은 오자키 고요다 작품의 애독자이기도 했던 그녀는 가메지마초에 있는 전당포 집 딸이라고 들었는데 기요가타 화백의 그림에 자주 등장하는 미인처럼 청초할 뿐 아니라 재능 또한 뛰어났다. 사사누마의 어머니가 덕행을 쌓은 너그러운 부인이었기에 한편으로는 더더욱 오이토와 같은 똑 부러지는 책임자의 존재가 필요했으며, 이 두 사람의 콤비는 종업원 관리에도 소홀함이 없어 덕분에 장사도 잘되었던 것이라 여겨진다. 그러나 오이토에게는 사사로운 염문이 있었는데 당시 경시청 총감이던 아무개 씨와 그렇고 그런 사이라든가, 사사누마의 집 서생으로 사사누마의 먼 친척뻘 되는 아무개 씨와 정을 통한 사이라든가 하는 소문이 없지 않았다.

오랜 기간 동안 꽤나 많은 여종업원이 이곳을 거쳐갔는데 하나같이 성실하고 근면했으며 몸가짐이 정숙한 여인들로서 인생을 망치거나 첩으로 산다는 이야기는 거의 들어보지 못했다. 내가 예전에 '요릿집 최고'라는 칭호를 바친 부인처럼 나중에 팔자를 고친 사람도 있는데 훌륭한 기술을 가진 장인에게 시집가 지금도 잘 살고 있다고 한다.

솔직히 이렇게 말하는 나도 결혼까지 하려던 여자가 둘 있었다. 한 명은 아직 어머니가 생존해 계실 때의 일로 제2차 『신시초新思潮』문예잡지에 「기린」이나 「호칸幇間」 등을 쓰던 시절이었는데 사사누마의 도움으로 어느 날 나는 가이라쿠엔에 어머니를 모시고 가 넌지시 그녀를 보인 다음 사사누마를 통해 내 뜻을 전했지만 단칼에 거절당하고 말았다. 두 번째 여자는 내가 첫 부인과 헤어진 직후로 오래전부터 마음에 두어왔던 터라 오카모토 집에서 호쿠리쿠를 거쳐 도쿄로 가 사사누마 부인을 만나 털어놓았더니 그녀는 바로 얼마 전 다른 곳으로 시집을 갔다는 것이었다. 부인이 내 마음을 몰랐던 것도 아니면서 시집가기 전에 슬쩍 언질이라도 주지 그랬느냐며 나는 크게 절망에 빠져 부인을 원망했던 적도 있었다. 어쩌면 부인은 내 행실이 못 미더운 나머지 그녀가 불행해질 것을 염려해 냉큼 시집을 보내버렸던 게 아닐까 싶다. 그건 그렇고 나를 버리고 다른 데로 시집갔다던 그녀는 그 후 이혼을 하고는 지금도 도쿄 외곽 어딘가에서 혼자 살고 있다는 이야기를 풍문으로 들었는데 이미 예순을 훌쩍 넘긴 마당인지라 그녀의 여생이 행복하기만을 멀리서 바랄 뿐이다.

겐노스케

　가이라쿠엔 도련님 사사누마는 사사누마 겐고 씨와 사사누마
도 부인 사이에서 태어난 외동아들로 겐노스케라고 한다.

　그는 긴시보리에 있는 제3중학교에 입학한 뒤로는 뒤룩뒤룩 살
이 쪄 돼지라고 놀리는 동급생들 사이에서 '꿀꿀이'라는 별명으로
불리면서 소학교 친구들이나 심지어 제수씨까지도 그를 꿀꿀이라
고 부르게 되었지만 사실 소학교 때는 '겐'이라 불렸다. 나는 지금
그를 '가이라쿠엔 도련님'이라고 썼고 사실 도련님이기도 했지만
전에도 말했듯 당시 서민들 사이에서는 아이에게 도련님이라는
호칭을 쓰지 않았기 때문에 가이라쿠엔 일꾼들도 도련님 대신 겐
이라고 불렀다. 단지 여느 집과 달랐던 점은 겐네 식구들도 일꾼
들 이름을 함부로 부르지 않아 주방장이나 여종업원들에게도 '짱'
이나 '상'을 넣어 존칭을 썼다는 것이다. 요릿집이니 당연한 일이었
겠지만 나는 겐이 여종업원 총책임자였던 오이토를 '오이토 짱'이
라 부르는 것을 듣고 처음에는 조금 이상하게 생각했다.

소학교 때 성적은 대개 내가 1등, 겐이 2등이었다. (나중에 나보다 공부를 잘하는 아이가 둘이나 더 생기는 바람에 내가 3등이 되었고 겐이 4등이었던 때도 있었다.) 겐은 평균점수가 나보다 아래였지만 어떤 과목에서는 월등한 점수를 받아 어른들을 놀라게 했다. 그의 장점은 추리능력으로, 산수는 만점이었지만 작문에는 소질이 없어 국어 과목에서는 문법 해석만이 유일한 자랑이었다. 겐의 추리력에 감동받은 적이 여러 번 있다. 몇 학년 때였는지 아무튼 어느 날 겐노스케네 집에 친구 두세 명이 모여 『쇼넨지다이』인지 뭔지 하는 어린이 잡지를 보고 있는데 수수께끼 문제가 나왔다.

"요시쓰네^{源義經, 헤이안 시대 무사}와 벤케이^{弁慶, 헤이안 시대 승병으로 요시쓰네의 호위 무사}가 아타카 관문 근처에 당도해보니 한 계집아이가 갓난아기를 업고 놀고 있었다. 벤케이가 그 아이 곁으로 다가가 형제가 몇이냐고 물었다. 그러자 계집아이는

'아버지 자식이 다섯, 어머니 자식이 다섯, 합쳐서 여덟.'
이라고 대답했다. 벤케이는 문제를 풀 수 없었지만 요시쓰네에게는 간단했다. 그 이유는 무엇일까?"

그러자 겐은
"별거 아니네."
하면서 해답을 알 수 없어 머리를 맞대고 고민하고 있는 우리에게
"그건 그 계집아이의 어머니에게, 데려온 자식 셋이 있었기 때문이야. 아버지에게도 아이가 셋 있었는데 새어머니가 세 명의 자식을 더 데려온 거지. 그리고 아버지와의 사이에서 자식 둘이 더

태어나 여덟이 됐지만 아버지 자식은 다섯, 어머니 자식은 다섯이라는 계산이 나오는 거야."

하고 설명했지만 우리는 한참 동안이나 이해하지 못했다. 겐은 요시쓰네였고 우리는 벤케이였다는 이야기다. 또 이런 일도 있었다. 어떤 잡지에

  "버섯꾼아 코앞에 가루타"•

라는 문구가 실려 있었다. 우리는 그것을 보고도 무슨 뜻인지 몰라 갸웃거리고 있는데

  "그건 이런 뜻이 아닐까?"

  겐이 말했다.

  "시조에 맞는 종이 패를 찾으면 '여기 있다!' 하면서 먼저 찾은 사람이 손으로 종이 패를 짚잖아. 그런 것처럼 버섯꾼이 바로 코앞에 나 있는 버섯을 발견해 '여기 있다!' 하면서 따듯이 아마 종이 패를 짚을 때 하는 말과 모양새가 닮아서 '코앞에 가루타'라고 한 게 아닐까?"

  이때도 겐의 비상한 머리에 모두가 놀랐던 것은 두말할 나위 없다. 원래 겐은 문학적 재능이 없었지만 이 경우에도 그의 추리 능력은 증명되었던 것이다.

  추리능력은 아니지만 이런 일도 있었다. 늘 내가 가이라쿠엔으로 놀러 가곤 했는데 더러는 겐이 우리 집에 놀자며 오는 일도 있었다. 우리 집은 비좁기 때문에 겐은 안으로 들어오지 않고 대문 밖에서

• 시조를 적은 종이 패를 여러 장 바닥에 늘어놓고 짝을 찾는 전통 놀이.

"준이치."

하고 부르면 내가

"겐노스케네 놀러 갔다 올게."

하면서 어머니께 말씀드리고 나왔다. 어머니는 내가 온종일 가이라쿠엔에서 놀면서 폐를 끼친다며 미안해하셨던 차라

"어쩔 수 없지 뭐. 매일매일 겐노스케네 집에 폐만 끼쳐서 어쩌누. 가끔은 겐한테도 우리 집에 놀러 오라고 해서 뭐라도 대접하고 싶지만 사는 형편이 이러니."

라는 소리를 입에 달고 사셨는데 그러던 어느 날

"준이치."

하고 밖에서 겐이 나를 부르는 소리를 듣고는

"애야, 오늘은 겐을 데리고 들어오거라. 어미가 한번은 만나서 고맙다는 말을 전하고 싶어한다고 하고."

어머니는 몸소 대문 앞까지 나와 자꾸만 사양하는 겐을 억지로 비좁은 방으로 안내하고는 방석을 내어주셨다.

"겐아, 집 안이 누추해 미안하구나. 매번 준이치가 놀러 가서 성가시게 구는 것 같은데 정말이지 이 아이는 사양할 줄을 모르니 모쪼록 겐이 집에 돌아가거든 집안 어른께 잘 말씀드려주겠니? 이 어미가 한번 찾아가 인사를 드려야 할 텐데."

어머니는 때마침 미하시도인가 어딘가에서 파는 과자가 있던 것을 꺼내와 차를 권하고는 겐과 이런저런 이야기를 나누었는데 내가 이상하다고 느낀 것은 어머니와 이야기를 나누는 겐의 말투가 이미 어른의 말투였던 점이다. 두 사람의 이야기를 눈을 감고 가만히 듣고 있으면 그 누구도 어린아이와 어른의 대화라고는 상

상하지 못할 정도로 누가 들어도 어른들이 만나 날씨 이야기로 시작되는 인사나 세상 돌아가는 이야기를 하고 있다는 생각이 들었다. 겐은 나를 전혀 거들떠보지도 않고 '애들은 가라' 하는 식으로 어머니를 붙잡고 가이라쿠엔의 요리 재료 손질법이나 영업 방침 같은 것을 묻는 대로 서슴없이 대답했는데 그 응대 솜씨가 가히 입이 떡 벌어질 정도였다. 나는 이렇게 애늙은이 같은 모습을 처음 봐서 그런지 왠지 또 다른 겐을 만난 것만 같았다.

"겐은 영특하기도 하지."

하면서 어머니도 혀를 내둘렀다.

원래 요릿집 아이들은 주방장이나 종업원에게 일찍부터 온갖 지혜를 배운 덕에 응수에 능하다고는 하는데 더욱이 겐은 어른 같은 소년이었으니 보통 소학교에 다니는 아이들이 꿈에도 생각 못 했던 세상살이에 관한 온갖 일을 우리에게 가르쳐주곤 했다. 아기가 어디에서 나오는가 하는 비밀을 아마 소학교 2학년이던 때에 알려준 이도 겐이었다. 우리는 겐에게 처음 그 이야기를 들었을 때는 너무나 상상 밖이라 아무도 믿으려 하지 않았을 정도다. 그 시절엔 일반적으로 성교육을 시키지 않았기 때문에 시집 갈 나이가 다 된 처녀라도 그 방면에는 지식이 없는 경우가 흔했던 까닭에 우리가 겐의 말을 반신반의했던 것도 당연하다. 여담이지만 어머니 친구 한 분은 초산을 겪으며 '엉뚱한 곳'에서 나오더라는 말을 했을 정도였다니 어머니는 이 말을 할 때마다 어이없어하셨다.

여기에 더 어이없는 이야기를 던지자면 겐은 메이지 42년 (1909) 11월, 그가 스물세 살이 되던 해에 당시 가녀린 열일곱 살 소녀를 아내로 맞이했는데 그 기요(우리는 기요 상이라 불렀다) 씨도 혼인을 하고 2년 뒤 큰딸을 낳기 일주일 전까지 아이는 배를 가르고 나오는 것이라 믿었다고 한다. 기요 씨 말에 따르면 아이를 낳을 때는 가르는 신과 꿰매는 신이 나타난다고 한다. 가르는 신이 먼저 배를 갈라 아이를 꺼내면 꿰매는 신이 배를 꿰매준다는 것이었다.

"그렇다니까요, 다니자키 씨. 정말 아무것도 모르는군요."

하며 기요 씨는 시집오기 전에 누가 이야기해줬는지 정색을 하고 그렇게 말하는 것이었다.

"농담이죠? 진짜 그렇게 생각하는 거예요?"

"어머, 농담이라니요. 다니자키 씨. 아이를 낳을 때 배를 가르는 신과 꿰매는 신이 내려온다고요."

"됐어, 그만해. 멍청한 소리 그만하라고."

사사누마는 웃으며 기요 씨를 나무랐지만 나는 어쩌면 농담을 하는 게 아니다, 그녀는 정말 그렇게 믿고 있는 건지도 모른다고 느껴져서 나중에 슬쩍 사사누마에게

"이보게 자네, 정색을 하는 걸 보니 기요 씨는 정말 모르고 있는 것 같네."

"설마, 그럴 리가."

"아니, 그렇지 않다니까. 혹시 모르니 슬쩍 떠보는 게 어떤가?"

그날 밤 사사누마는 '가르는 신과 꿰매는 신'에 대해 오이토에게 말하고 새색시가 진짜로 그렇게 믿고 있는지 슬쩍 떠보라고 했는데 결과는 내 짐작이 맞았던 것으로 드러났다. 이것으로 나는 유년 시절 성교육을 시켜준 겐에게 빚을 갚은 셈이다.

겐의 성교육은 차츰 발전해 우리 사이에서 '비상용 광주리 놀이'라는 것을 하게 되었다. 그즈음 가이라쿠엔에 예전엔 중국식이었지만 지금은 고방으로 쓰고 있는 상대적으로 큰 방이 하나 있었다. 나중엔 이 고방도 좌식 방으로 개조해 사용하게 됐지만 우리가 어렸을 때는 그저 크고 썰렁하기만 했으며, 이곳에는 청요리에 필요한 상어지느러미나 해삼 말린 것을 저장해두어 건어물 냄새가 코를 찔렀다. 바닥은 나무로 되어 있었고 아무것도 깔려 있지 않은 상태로 군데군데 연회에 사용되는 장방형 테이블이 쌓여 있거나 오래전 중국식 방에서 사용하던 식탁이 있었다. 우리는 겐에게 이끌려 그 방에서 실로 많은 것을 하면서 놀았다. 테이블을 여러 개 늘어놓고 무대를 만들어 놀았던 기억도 있다. 전쟁놀이를 하면서 폭죽을 터뜨린 적도 있다. 그러던 어느 날, 누구 생각이었는지 기생놀이를 하게 되었다.

비상용 광주리는 그 당시에는 집집마다 한두 개씩 없는 집이 없었다. 대나무로 성기게 짠 큼지막한 장방형 광주리로 불이 나면 뭐든 손에 잡히는 대로 광주리에 쑤셔넣고 도망치려고 만든 것이다. 그래서 만일을 대비해 언제든 꺼내 짊어질 수 있도록 눈에 잘 띄는 곳에 두었는데 가이라쿠엔에서는 그 고방 안 식탁 위에 두 개가 놓여 있었다. 그래서 우리는 그 비상용 광주리를 기생방으로 꾸몄다. 그리고 서너 명이서 번갈아 한 명은 손님이 되고 다른 한 명은 상대역으로 정해 광주리 안에 베개를 나란히 두었다. 겐과 나도 몇 번이나 손님이 되었다가 기생이 되었다가 했다. 기껏해야 둘이 마주보고 잠시 몸을 누이는 것뿐, 그 이상 아무 짓도 않다가 또 다른 둘과 바꾸는 식이었다. 역할을 하지 않을 때는 광주리를 올려다보며 키득댔다.

　이 비상용 광주리 놀이는 아마 겐이 스사키 주변에 있는 윤락가에 대해 주방장으로부터 들은 것이 시초였다고 생각되는데 이 무렵 우리는 이 놀이를 더할 나위 없이 재미있어하며 매일 기생놀이를 하고 놀았다. 우리는 이 기생집에 '비상용 광주리'라는 이름을 붙여 '얘들아, 오늘도 비상용 광주리하고 놀자'라는 식으로 말했다. 그 무렵 소학교가 요즘과 비교해 얼마나 느긋하고 순진했었는지를 알 수 있는 한 예로 이런 일도 있었다.

　어느 날 겐과 내가 교실 구석에서 비상용 광주리나 기생 이야기를 하며 속닥이고 있는데 옆에 있던 학생들이 모두 우리 쪽을 보고는 뭔가 비밀스레 이야기를 나누더니 웃기 시작했다. 그러자 칠판에 필기를 하고 있던 노카와 선생님이

　"무슨 일이지? 너희 무슨 이야기를 쑥덕이고 있는 거야?"

하면서 뒤돌아보셨다. 그러자 짓궂은 한 녀석이

　"선생님, 사사누마와 다니자키는 호색한이래요."

라고 말하는 바람에 모두가 일제히 웃음을 터뜨렸다.

　"그래? 사사누마와 다니자키는 호색한이로구나."

하고 노카와 선생님은 웃으며 말하셨다.

　"네, 맞아요. 쟤네 둘은 맨날 야한 이야기만 해요."

　"그래, 그렇구나. 자 그럼 칠판에 그렇게 적어놓아야겠는걸."

　그러고는 하얀 분필로 진하게

　"사사누마, 다니자키, 호색꾼."

이라고 쓰셨다. 교실은 또다시 웃음바다가 되었다. 나는 그때 노카와 선생님이 호색한을 호색꾼이라고 썼던 것을 지금도 뚜렷이

기억하는데 요즘 초등학교에서 선생님이 칠판에 그런 것을 적는 다면 학생보다 선생님이 먼저 처벌받을 만한 일일 게다. 그날 이후 겐과 나는 아예 호색한으로 낙인찍혀버렸는데 어느 날 구로다 선생님이 아시카가 요시미쓰足利義滿, 무로마치 시대의 장군의 초상화를 가지고 역사 수업을 하면서

"이 사내는 눈꼬리가 처진 게 여자를 밝히게 생겼죠?"
하니까 학생들이 또다시 겐과 나를 보며 웃었다. 그리고

"쟤네 둘도 여자를 밝혀요."
하면서 구로다 선생님께 일러바치고 말았다. 노카와 선생님은 호색한 건으로는 특별히 혼내거나 하지 않으셨지만 다른 사건으로 우리에게 훈계한 적이 있다. 그 무렵 노카와 선생님은 하야부사초에 있는 참모 본부 뒤쪽 막다른 골목에 사셨는데 겐과 나는 대관저택 하급 무사의 아들 와키타를 불러내 일요일 날 두어 번 놀러 간 적이 있다. 물론 그때는 니혼바시에서 하야부사초까지 걸어갔는데 선생님 댁에서 나와 걷다보면 배가 고파져 뭔가 사먹고 싶어지는 것이었다. 겐이 없으면 먹을 것을 파는 곳에 들어갈 용기도 없었을 테지만 항상 겐이 앞장서 들어갔기 때문에 와키타와 나는 뒤에서 슬금슬금 따라 들어갔다. 아마 처음 한두 번은 하야부사초에서 고지마치 큰길로 향하는 모퉁이 메밀국수 집에 먹으러 갔던 듯하며 점점 배짱이 생겨 나중엔 튀김요릿집까지 들어가 당당하게 튀김 백반을 먹었다. 와키타는 대단한 집안 아들이라 집에 돌아가 어머니께 그 이야기를 했다가 혼이 났고 며칠 뒤 우리 셋은 노카와 선생님께 불려갔다.

"너희는 아직 소학교 학생이라고. 아버지나 어머니와 함께 가

는 것은 좋지만 아이들끼리 메밀국수 집이나 튀김요릿집 같은 곳에 가면 안 돼. 이번엔 그 버릇을 단단히 고쳐야 할 게다."

노카와 선생님은 그렇게 말씀했는데 누군가 선생님께 일러바친 것인지, 아니면 선생님이 그 근처에 사니까 누군가 선생님께 주의를 준 것인지, 아니면 우리 중 누군가가 작문 시간에 적은 것인지, 아직도 모르겠다. 또 이런 일도 있었다. 미나미카야바초 야쿠시도 경내에 단팥죽이나 엿을 파는 노점상이 있었는데 어느 날 겐은 그곳에서 신기한 것을 봤다고 했다.

"준이치, 이리 와봐, 재미있는 거 보여줄게."

겐은 나를 불러 엿 파는 포장마차로 끌고 가서는

"엿장수 아저씨, 그거 좀 보여주세요."

라며 다른 아이들에게 들키지 않게 작은 소리로 말했다. 엿장수 아저씨는 말없이 겐을 힐끗 노려보았다. 그러고는 짐짓 시치미를 떼더니 슬쩍 주위를 살피고는 다른 아이들이 가고 없는 틈을 타 포장마차 밑에서 커다란 대합조개를 꺼냈다.

"다른 사람들이 오기 전에 얼른 봐야 해. 이번만이야."

이렇게 말하고 엿장수 아저씨는 재빠르게 조개껍데기를 열더니 순식간에 닫아버렸다. 눈 깜짝할 사이였지만 그 안에는 엿으로 정교하게 만들어진 여자와 남자가 부둥켜안고 있었다. 이런 이야기를 쓰면 겐과 내가 상당한 불량소년처럼 여겨질지 모르겠으나 결코 그렇지 않았다는 것을 두 사람의 명예를 위해 말해두려한다. 기생놀이도 지극히 어린아이다운 호기심에서 흉내 낸 것뿐이지 가이라쿠엔 주방장 아저씨가 기생집에 여자를 사러 가는게 무슨 뜻인지도 몰랐다. 대체로 도시 아이들은 눈치가 빨라서 남녀 관계에 대해 곧잘 아는 체하지만 실제 경험은 오히려 시골 아이들이 더 빠르다. 사실 겐과 내가 여자를 처음 안 것은 스무 살이 넘어서였다. 학교에 이케다 선생님이라고 학생들이 가장 무서워하는 엄격하고 잔소리 많은 선생님이 계셨다. 이 선생님이 어쩌다 노카와 선생님 대신 수업에 들어왔을 때의 일이다. 오늘은 이케다 선생님이라는 말에 교실 안은 쥐 죽은 듯 조용했고 기침 소리 하나 들리지 않을 정도로 숨죽이고 있는데 갑자기 겐이

"으아앙."

하고 큰 소리로 울기 시작했다.

"사사누마, 무슨 일이야?"

"으아앙, 엉엉."

겐은 계속해서 울었고 뭐라 알아들을 수 없는 말로 울부짖으며 가방을 들고 일어섰다. 가방에선 물이 줄줄 흐르고 있었다.

"이게 뭐야?"

"엉엉, 오줌 싸버렸어."

무서운 선생님이 온다는 말에 겐은 오줌을 참고 있다가 더 이상 참지 못하고 가방 안에 오줌을 싸고 말았던 것이다.

"멍청아! 빨리 집에 가서 옷 갈아입고 와!"

겐은 한 손으로 옷깃을 잡아 올리고 다른 한 손으로는 가방 안에 들어 있는 오줌이 쏟아지지 않도록 조심스레 들고 더 큰 소리로 울면서 교실에서 나갔다.

평소에 영특했던 겐을 생각하면 그 한심한 꼴이 무척이나 우스꽝스러웠기 때문에 우리는 모두 배꼽을 쥐고 웃었다.

신악과 차반

지금은 도쿄에 있는 신사에 가쿠라도를 두고 있는 곳이 거의 없는 데다 심지어 제사나 공양일에 신악을 연주하는 행사는 완전히 자취를 감추었다. 하긴 요즘 아이들에게 그 시절의 신악을 보여준다고 해도 재미없다며 따분하게 여길 테지만 이 나이가 되니 닌교초나 가야바초의 한가로운 봄볕 아래 얼간이나 못난이 탈을 쓰고 피리와 북소리에 맞춰 소박한 춤을 추던 그 시절 신악 분위기를 어떻게 하면 다시 만날 수 있을까 하며 간절히 그리워진다.

영화나 종이인형극이 없던 옛날에는 아이들에게 그런 것 말고는 달리 볼거리가 없었다. 그것도 매일 하는 것이 아니어서 공양일이 되기를 기다렸다가 가는 것이었다. 우리 집 근처에는 같은 동네에 메이토쿠 신사, 준코 신사, 이초하치만, 스이테구와 같은 곳에서 한 달에 한 번씩은 신악이 연주되었다. 지금도 기억나는 것 가운데 가장 많이 본 것은 여자 가면을 쓴 배우가 고대 의상을 입고, 방울을 들고 딸랑거리며 춤을 추던 것과, 얼간이와 못난이 탈을 쓰고 익살맞게 춤을 추던 것, '샷쿄石橋 전통 가면극의 하나에 나오는 사자처럼 하얗고 풍성한 갈기에 여우 탈을 쓴 채 번쩍거리는 금박 의상에 통 큰 바지를 입고 추는 춤과, 그 여우에게 얼간이와 못난이가 들러붙어 아등바등대다가 결국 여우에게 홀려 웃음거리가 되는 것과, 여우 대신 청귀와 적귀가 나타나 얼간이와 못난이를 으르는 것이 있다. 이외에도 더 많이 있을지 모르겠지만 일반적으로는 대강 그런 종류가 많았다. 원래는 대사를 하지 않고 피리나 북, 징의 삐리리라든가 쿵더쿵 쾅, 쿵쿵 하는 소리에 장단을 맞춰 춤과 동작을 하는 게 보통인데 그러면 아이들이 재미없어하니까 가끔은 대사가 있었다. 청귀나 적귀가 사람을 으를 때는 대개 무슨 말인지 대사를 하곤 했는데 도깨비 탈을 쓰고 하는 거라 소리가 울려서인지 묘하게 소름끼치게 들려서 진짜 도깨비가 하는 말 같았다. 그러나 유치하고 고아스러운 신악도 지금 생각해보면 나름대로 정취가 있었는데 여기서 내가 말하는 신악은 매년 5월 5일 스이텐구 신사의 가쿠라도에서 치러지는 시치주고 극단의 신악이다.

보통은 신악을 니주고 극단25극단, 주된 연주곡이 25곡이라 붙여진 이름이라고 칭하지만 이 시치주고 극단 행사 때 하는 신악은 내가 알기로는 1년에 단 한 번 스이텐구 신사의 가쿠라도에서만 볼 수 있었다. 이 신악은 여느 신악과는 달라 수준 높은 일종의 고대연극과도 같은 풍성한 내용을 담고 있었다. 구태여 예를 들자면 교토의 미부 사壬生寺 불교사원으로 991년 창건의 미부 해학극과 닮아 있지만 전혀 다른 점도 있다. 미부 해학극은 어디까지나 연극인 반면 가쿠라도에서 하는 것은 신악이다. 미부 해학극은 도쿠가와 시대를 배경으로 서민적 소재를 다뤘지만 시치주고 극단은 『고지키古事記』•
나 『니혼쇼키日本書紀』••를 근거로 한 역사물이 대부분이었다.

예전에 내가 봤던 것 가운데 가장 오래된 시대를 배경으로 한 것은 아오키 시게루靑木繁. 메이지 시대의 서양화가의 작품으로도 유명한 '와다쓰미노이로코노미야아오키 시게루의 1907년 작품의 전설─『니혼쇼키』 제2권 신화에 나오는 '호스소리노미코토'와 그의 아우 '히코호호데미노미코토'(『고지키』에서는 제15권에 나오는 '호데리'와 '호오리')의 이야기다.

"형 호스소리노미코토는 바다의 선물을 받고 '우미노사치히코'라 불리게 되었고, 아우 히코호호데미노미코토는 산의 선물을 받아 '야마노사치히코'라 불리게 되었다. 그런데 형은 바람이 불거나 비가 올 때마다 고기를 잡지 못해 손해를 입었다. 아우는 바람이 불거나 비가 와도 동물을 잡을 수 있어 손해를 보지 않았다. 이에 형이 아우에게 묻길 시험 삼아 너와 내가 서로 장소를 바꿔 사냥을 하지 않겠느냐고 했다. 아우가 승낙하자 형은 아우의 활과 화살을 가지고 산으로 들어가 들짐승을 잡고, 아우는 형의 창을 가지고 바다로 들어가 물고기를 잡았으나 두 사람 모두 아무것도 잡지 못하고 빈손으로 돌아왔다. 형은 아우에게 활과 화살을 돌려주며 자신의 창을 달라고 했다. 그러자 동생은 창을 바다에 빠뜨렸다며 용서를 구하지만 형은 막무가내였다. 아우는 자신

• 고대 일본의 신화·전설 및 사적을 기술한 가장 오래된 문헌.

•• 일본 나라 시대에 쓰인 일본의 역사서.

의 검을 녹여 새로 수천 개의 창을 만들어 바치나 형은 이를 싫다 하고 계속 화를 내면서 자신의 창을 가져오라고 했다. 아우는 바다로 가 파도를 헤치며 찾아다녔으나 찾지 못해 고개를 떨어뜨리고 한탄에 빠져 있는데, 기러기가 덫에 걸려 괴로워하는 것을 보고는 가여운 마음에 풀어주었다. 그러자 얼마 지나지 않아 한 노인이 나타나 대나무로 작은 배를 만들어 히코호호데노미코토를 태우고는 바다 한가운데로 떠워 보냈다. 배는 절로 바다 속으로 가라앉기 시작하더니 황천길을 지나 바다 신이 사는 궁전에 도착했다. 그때 바다 신은 직접 마중 나와 그를 데리고 궁전으로 들어가 바다표범 가죽을 여러 겹으로 깔아 그 위에 앉히고는 진수성찬으로 대접했다. 아우는 형의 창을 잃어버려 곤경에 처한 사실을 바다 신에게 모두 털어놓았다. 바다 신은 그를 궁전에 머물도록 한 뒤 딸 도요타마 공주를 아내로 맞이하게 했다. 아우와 공주는 서로가 끔찍이 아끼며 살았는데 어느새 3년이라는 세월이 흘러 아우도 그만 육지로 돌아가야 할 때가 오고 말았다. 바다 신이 바다에 사는 모든 물고기를 모아 하나씩 조사하니 잉어목 한 마리에 아우가 잃어버린 형의 창이 걸려 있었다. 바다 신은 그 창을 아우에게 돌려주며 이르기를, 네가 고향에 돌아가 형을 만나거든 '오오치 스스노미치 마지치 우루케치'라고 주문을 외운 뒤 돌아서서 이 창을 던져주어야 한다. 또한 밀물구슬과 썰물구슬이라는 두 개의 구슬을 주며 이르기를 만약 형이 높은 곳에 밭을 갈면 자네는 낮은 곳에 밭을 갈고, 형이 낮은 곳에 밭을 갈면 자네는 높은 곳에 밭을 갈거라. 이렇게 말하고는 악어들을 불러들여 이번에 하늘 신의 손자가 육지로 돌아가는데 너희 중 한 명이 그 일을 해야 하니 얼마나 걸릴까를 물었다. 때마침 악어 한 마리가 나서더니 자신은 하루 안에 할 수 있다고 아뢰어 아우가 그 악어를 타고 육지로 올라오게 되었다. 형은 창을 돌려받았지만 전보다 더 심술궂게 아우를 괴롭혔다. 아우는 이때다 싶어 바다 신이 일러준 대로 형이 괴롭히자 밀물구슬을 꺼냈다. 그러자 순식간에 밀물이 몰려와 형이 물에 빠져 죽게 생기니

"살려줘, 내가 잘못했으니 용서해줘."

라며 울부짖었다. 아우는 형이 비명을 지르는 것을 기다렸다가 썰물구슬을 꺼냈는데 또다시 순식간에 썰물이 되어 바다가 잔잔해졌다. 이런 일이 종종 일어나 형은 점점 쇠약해졌고 아우에게 항복하여 그의 종이 되고 말았다.

도요타마 공주는 바다 신 궁전에서 아우의 씨를 받아 잉태했기에 '이것은 하늘 신의 자손이니 바다에서 낳을 수 없사옵니다. 반드시 육지에서 아이를 낳아야 하니 바닷가에 아이를 낳을 집을 짓고 기다려주세요'라는 전갈을 아우에게 보냈다. 그러고는 직접 큰 거북의 등에 올라타고 동생 다마요리 공주와 함께 바다 위로 빛과 함께 나타났다. 아우는 바닷가에 가마우지 깃털을 엮어 아이를 낳을 집을 짓고 있었는데 지붕이 채 엮이기도 전에 아이가 태어나고 말았다. 이로 말미암아 태어난 아기의 이름을 지붕이 완성되기 전에 태어난 아이라는 뜻의 '우가야후키아에즈노미코토'라 지었다."

스이텐구 신사의 시치주고 극단 신악에는 이런 식의 소재가 많았다. 무대도 다른 가쿠라도보다 크고 넓었는데 무대와 분장실 사이에 통로도 있었다. 신악의 종류는 대개 다른 신악과 마찬가

지로 단조로웠던 듯한데 탈이나 의상이 꽤 멋진 데다 소도구를 많이 사용했다. 가령 히코호호데미노미코토는 활과 화살을 가지고 등장했다. 그리고 완전 무언극으로 배우들은 춤과 몸동작만으로 연기했는데 미리 내용이나 제목에 대한 설명이 없어 대부분의 관객은 어느 시대 이야기인지 어떤 내용인지도 모르고 그저 배우가 연기하는 동작이나 연주되는 음악을 거의 의미도 모른 채 그저 보고 듣고만 있었다. 물론 나도 나중에 역사나 전설에 관한 책을 읽고부터 그때 그 내용이 무엇이었는지 알게 됐지만 어린 마음에도 뭔가 깊은 감동을 전하는 그것이 아마도 일본이라는 나라의 태곳적 신들과 그 자손들의 이야기라는 것은 어렴풋이 느낄 수 있었다.

여기서 나는 주로 『니혼쇼키』와 『고지키』에 기록된 것을 근거로 우미히코야마히코 이야기를 기술했는데 시치주고 극단의 신악에서 이 이야기를 전부 공연한 것은 아니다. 내가 뚜렷하게 기억하고 있는 것은 아우가 활과 화살을 가지고 등장하는 장면, 형이 아우를 괴롭힐 때 아우가 밀물구슬과 썰물구슬을 차례로 꺼내던 장면, 형이 바다에 빠져 허우적거리던 장면, 형이 아우 앞에 무릎 꿇고 항복하던 장면 등으로 대나무로 엮은 배나 악어, 큰 거북이가 나오는 장면이나 바다 신, 도요타마 공주, 다마요리 공주가 나오는 장면 혹은 아기가 태어나는 장면 같은 것은 정말 공연을 했던 것인지 어떤지 기억이 나지 않는다.

천황이 살해당하는 장면은 노나 희극, 혹은 가부키에서도 찾아볼 수 없었지만 스이텐구 신사 신악에서는 이런 공연을 한 적이 있다. 그것은 마요와오眉輪王, 3세기 말~8세기 초, 고후 시대의 황족가 안

239

코 천황安康天皇, 제20대 일본 천황이 자고 있는 곳에 숨어들어 칼로 천황의 목을 베는 장면으로 나는 그것을 별다른 의심 없이 보았다.

역사에 따르면 안코 천황은 오쿠사카 황자를 죽이고 그의 아내 나카시 공주를 자신의 아내로 삼아 황후 자리에 앉히지만 나카시 공주는 오쿠사카 황자와의 사이에 마요와오라는 자식이 있었다. 마요와오는 적의 자식이었지만 어머니가 황제의 성은을 입은 까닭에 죽음을 면하고 궁중에서 자라게 되었다. 어느 날 안코 천황이 산속 신사에 행차했다가 누각에서 연회를 베풀게 되었는데 술에 취해 황후에게

"짐은 황후를 사랑하지만 마요와오 때문에 불안하구려. 언젠가 그 아이가 자라서 제 아비를 죽인 것이 짐이라는 사실을 알게 된다면 기필코 원수를 갚으려들 테지. 짐은 항상 그것이 마음에 걸린다오."

하고는 천황은 황후의 무릎을 베고 잠이 들었다. 그때 일곱 살이었던 마요와오는 누각 아래에서 우연히 그 이야기를 엿듣게 되는데 천황이 잠자는 틈을 노려

"순식간에 차고 있던 칼을 빼서 천황의 목을 베고 쓰부라노오호미의 집으로 도망쳤다"(『고지키』)라고 쓰여 있다.

나는 이 신악을 또렷이 기억하고 있는데 나카시 공주가 천황에게 무언가를 애원하는 모습이나 천황이 황후의 무릎을 베고 자던 모습, 일곱 살짜리 마요와오가 칼을 쥐고 덜덜 떨면서 천황에게 다가가는 모습 등 역사 그대로였다.

그리고 훗날 덴지 천황이 되는 황자 나카노오가 정전에서 이루카소가노 이루카蘇我入鹿, 7세기 황족, 정치가를 처형하는 장면을 본 적이

있는데 이것이 내가 기억하는 시치주고 극단 신악 중에서 가장 대작이었다.

『니혼쇼키』 제24권 고교쿠 천황皇極天皇, 35대·37대 여천황. 천황을 두 번 지냈다이 서술된 부분의 천황 4년 6월, 삼한에서 사신이 오자 황자가 이 기회를 이용하려고 마음먹고 은밀하게 구라야마다를 불러 삼한에 공물을 헌상하는 날, 그 표문을 천황 앞에서 읽는 역할을 명하고, 표문 읽기가 끝나기를 기다려 재빨리 황자 편에 선 사람들이 일어나 이루카를 베어버리자는 모의를 한다. 거사 당일 고교쿠 천황은 정전으로 행차했고, 나카노오 황자가 그 곁을 지켰다. 황자의 신복이었던 가마타리藤原鎌足, 황족, 정치가. 일본 최대의 씨족인 후지와라 가문의 시조는 이루카가 의심 많고 주위를 경계하는 성격이라 밤낮으로 칼을 차고 있다는 것을 알고 광대를 시켜 그를 방심하게 만들었다. 이루카가 이 계략에 보기 좋게 걸려들어 이윽고 웃으며 차고 있던 칼집을 풀어놓자 구라야마다는 얼른 나가 표문을 읽기 시작했다. 나카노오 황자는 대궐 경비대를 시켜 대문 열두 곳을 일제히 걸어 잠그라며 단단히 이르고 외부 출입을 봉쇄한 뒤 황자 자신도 긴 창을 들고 은밀한 곳에 숨었다. 가마타리와 그 무리가 활궁을 들고 황자를 호위했다. 또한 아마를 시켜 검궤에서 두 개의 검을 꺼내 사에기와 가쓰라기아미타에게 주며 반드시 주저 말고 죽이라고 명했다. 이들은 밥을 물에 말아 먹고 있었는데 너무나도 엄청난 일을 도모한다는 공포에 밥알이 목에 걸려 토하는 이도 있었다. 가마타리는 그것을 보고 독려하며 단단히 주의를 주었다. 구라야마다가 계획대로 표문을 읽었고 끝날 때가 되어가도 이들이 좀처럼 움직이려 하지 않자 식은땀을 줄줄 흘리더니 목소리를 떨면서 손까지 떨기 시작했다. 이루카가 수상쩍게 여기며 덜덜 떠는 연유를 묻자 구라야마다가 답하기를 천황이 계신 앞이라 몹시도 황송하여 자신도 모르게 진땀이 난다고 했다. 가쓰라기는 거사를 도모하기로 했던 무리들이 이루카의 위엄에 압도당해 머뭇거리고 있자 '에잇' 하는 소리와 함께 불시에 튀어나와 검으로 이루카의 머리와 어깨를 내리쳤다. 놀란 이루카가 일어서려 하자 무리가 검을 휘둘러 그 다리에 상처를 냈다. 이루카가 쓰러지면서 천황 앞으로 다가가 머리를 조아리고 하는 말, 하늘이 내려주신 황자야말로 하늘의 뜻을 받들어 대업을 이어가실 분입니다, 제가 지은 죄가 없다는 것을 부디 통촉하여주옵소서 하고 아뢰니, 천황이 크게 놀라 황자에게 자초지종을 물었다. 황자가 땅에 엎드려 아뢰기를 이루카는 하늘이 내려주신 종실을 남김없이 멸하고 천황의 자리를 어지럽히려 했는데 어찌하여 그런 자에게 천자의 지위를 물려주려 하시나이까 하고 고하자 천황은 벌떡 일어나 침전으로 들어가버렸고 사에기와 가쓰라기아미타는 또다시 이루카를 수차례 검으로 베었다. 때마침 비가 내렸고 빗물이 대궐 마당에 넘쳐흘렀다. 사람들은 멍석과 창호지로 이루카의 주검을 싸서 감추었다. 총총.

이 장면은 이곳에 쓴 내용만으로도 천황, 황자, 이루카, 가마타리 외에 8명의 인물이 더 등장하는데 그 밖에 천황 곁에서 시중을 드는 자라든지 삼한에서 온 사신이 나오지 않았나 싶다. 게다가 내용이 상당히 극적이며 변화무쌍한 동작이 많아 연극에 버금가는 재미가 있었다. 아마 이루카가 검에 맞았을 때 삼한에서 온 사신이 뒤로 벌러덩 자빠지는 바람에 허리를 다쳐 기어서 퇴장하는 장면이 있었던 듯한데 어쩌면 사신이 아니라 다른 배우였는지도 모르겠다.

들자 하니 닌교초의 스이텐구 신사에서는 중지되었던 시치고산의 신악을 부활시켜 지난해(1955)부터 새로이 단장한 가쿠라도에서 5월 5일에 거행하고 있다고 한다.

아쉽게도 작년 5월에는 내가 교토에 있었기 때문에 절호의 기회를 놓치고 말았지만 만약 언젠가 이루카의 무대를 다시 볼 기회가 생긴다면 금방이라도 60년 전의 환영이 눈앞에 떠오를 것이다.

신악 이야기는 이쯤에서 마무리 짓기로 하고 이제 차반 이야기를 할까 한다. 내게 있어 차반 역시 신악과 마찬가지로, 아니 어떤 의미에서는 신악 이상으로 강한 인상이 남아 있다고도 할 수 있다.

참고로 내가 말하는 '차반'이란 정확하게는 '차반쿄겐'을 일컫는데 신무라 박사의 『지엔辭苑』1943년 발행된 사전에

"그곳에 있는 온갖 것을 재료로 손짓 발짓으로 익살스러운 행동을 연기하는 '해학 희극.'"

이라는 것이 『다이겐카이大言海』•의 해설보다 더 명확하게 요점을 정리한 것 같다.

지금은 오사카에서 유행했던 니와카 같은 즉흥 해학극도 거의 사라지고 없으며 도쿄의 차반도 점차 사라지고 있다. 단지 오사카에는 '즈루야 단주로' 같은 니와카 전문 배우, 이른바 니와카 극단이 있어 메이지 시대에는 도쿄까지 진출한 바 있는데 차반은

• 일본어 학자 오쓰키 후미히코가 메이지 시대에 편찬한 일본어 사전.

연극을 좋아하는 풋내기들 집단으로, 예능이라 불릴 만한 재주도 없어 실없는 놀이에 불과했다. 그들은 어떤 회합 같은 자리에서 연기하는 일도 있었지만 내가 자주 봤던 것은 매달 8일 밤 메이토쿠 신사의 가쿠라도에서 열리는 차반이었다. 메이토쿠 신사에서는 공양일에 신악을 봉헌하는 일도 있었지만 대개는 매달 차반을 공연했던 것이다. 출연자는 직업이 제각각이었던 듯하지만 그래도 단장처럼 보이는 사내는 '스즈메'라는 예명도 있었고 제자들 사이에서는 사부님으로 불렸다. 스즈메의 본명과 본업에 대해서는 기억나는 게 없지만 제자 한 명 중 머리에 다는 꽃 장식을 만드는 하나킨이라는 장인이 있었으며 그 사람에게도 고하나라는 제자가 있었다. 하나킨에게는 대장장이와 조초라는 다른 제자도 있었다. 대장장이는 가이라쿠엔에 드나들던 기와 장인과는 형제 사이로 대장장이라 불리는 것을 보니 대장간에서 일하는 장인이었던 것 같다. 하나킨도 꽤 인기가 많은 편이었지만 대장장이는 당찬 연기와 몸짓, 대사를 읊는 것이 남다르게 뛰어났기 때문에 여자들 사이에서는 가장 인기가 많았다. 나중에 이 사내는 연극을 본업으로 삼고 '바이시'라는 이름으로 가부키 극단에서 단역을 맡고 있다고 들었다.

도쿄에는 스즈메렌 말고도 극단이 많았지만 우리 동네에는 이런 극단이 없었다. 나는 아주 가끔 이런 극단이 우리 동네까지 와서 준코 신사에서 공연을 하는 건 알았어도 다른 곳에서 공연하는 것은 본 적이 없다. 그리고 다른 신사에서는 항상 공양일에 단조로운 신악만 연주했다. 그래서 나는 메이토쿠 신사 근처로 이사 온 뒤로는 스이텐구 신사의 시치주고 극단과는 다른 보통 신악이 차츰 지루해져 매달 8일이 되는 것을 기다렸다가 대장장이나 하나킨을 보러 갔다.

신악이 낮에 열려 해질녘에 끝났던 반면 차반은 저녁부터 시작해 밤 9시나 10시, 어떤 때는 11시까지 하곤 했다. 신악과는 달리 차반은 어른이 봐도 재미있어 요즘의 만담처럼 구경꾼들로 붐볐다. 그렇다고는 해도 가야바초나 가메지마초, 레이간 섬 주변에 사는 한가한 사람들이 보러 왔기 때문에 많아봤자 100여 명에 불과하지 않았을까. 날이 저물고 사방이 어두워지지 않으면 기분이 나지 않아 사람을 모으려고 북을 치기 시작하는 것은 오후 6시 무렵이었다. 그때가 되면 가쿠라도 무대 뒤편에 사다리를 걸치고 배우들이 줄지어 올라가곤 했다.

"저기 스즈메렌이 올라갔어."

"저건 조초잖아!"

"저게 고하나구나."

하며 아이들이 수군대면서 사다리 쪽으로 몰려들었다. 개중엔 사다리를 올라가 막이 쳐진 대기실 안쪽을 들여다보는 이도 있었다. 이른 시간이라 사람이 많이 모이지 않았을 때에는 재미있는 연극을 하지 않았다. 간단한 연극이나 만담 같은 걸로 시작해 차츰 무게 있는 희극이 올랐다. 처음에는 진지한 가부키로 시작해 도중에 갑자기 익살스러워지는 분위기는 오사카의 니와카와 비슷했지만 나는 이로 인해 여전히 진짜 극장에서 하는 수많은 가부키가 있다는 사실을 알게 되었다. 가령 『게이안타이헤이키慶安太平記』남북조 시대를 배경으로 한 역사문학 작품, 전40권 중에서 마루하시추야에도 시대의 무사를 그린 연못가, 『덴카차야노아다우치敵討天下茶屋聚』의

각설이 움막, 『우쓰노미야도게馬紅葉宇都谷峠』의 분야 살인, 『오한초에몬お牛長右衛門』의 동반 자살, 후쿠오카미쓰기, 사노지로자에몬의 식어버린 사랑에서 백인 참수까지, 단시치쿠로베에의 기혜이지 살인, 『주신구라忠臣蔵』의 3막, 5막, 6막, 7막, 『돈도로 대사』善福寺의 다른 이름의 오유미가 나오는 막, 『가사네』 이야기라든지 『요쓰야 괴담』 『야지와 기타』의 시오이 강, 아카사카 가로수 길, 무덤 등등, 그 56번지 집에는 5, 6년 정도 살아서 본 것 중 조금만 이야기해도 이 정도가 된다.

나는 항상 저녁밥을 천천히 먹고 극이 본격적으로 시작될 때를 기다렸다가 집을 나섰다. 무대에는 배경 같은 무대장치도 없었고 소도구도 별로 사용하지 않았다. 스즈메렌과 또 무언가가 적힌, 축하 매듭으로 장식한 주황색 막이 드리워져 있을 뿐이었다. 가발도 무명으로 만든 것이라든지 종이를 덧대 만든 것이 많았는데 점점 화려해지더니 진짜 가부키처럼 의상도 근사해졌다. 원래 차반이라서 해학극을 주로 해야 하지만 나중에는 꼭 그렇지만도 않아 「쓰치구모土蜘蛛」요괴를 퇴치하는 가면음악극 같은 훌륭한 작품도 무대에 올랐다. 「오한초에몬」은 처음부터 우스꽝스러웠는데 남자 주인공 조에몬 역을 맡은 배우보다 키 큰 남자가 여자 주인공 오한으로 나와 모슬린 소재의 기모노를 입고 조에몬에게 업혀가는 장면은 보기만 해도 웃겨서 구경꾼들은 배꼽을 잡았다. 그리고 조에몬이 등에 업힌 오한이 아이를 가진 것을 알아채고 "이럴 수가, 가이타이(잉태)했구려" 하니 오한이 "얼마에 가이타이(사시겠소)?" 하고 묻자 "오백에 가이타이(사겠소)"라면서 동음이어로 농을 주고받는다. 조에몬이 "여행길에 하룻밤 신세지고…… 칠삭

둥이가 생겼네"라고 말하자 "열 달 채워 흘리기도 하죠"라며 오한
도 받아친다. 마침내 조에몬이 화가 나 등에 업고 있던 오한을 내
동댕이쳐버린다.

「야지와 기타」 같은 소재가 차반으로는 안성맞춤이었는데 온
갖 방법을 다 동원하는 바람에 구경꾼들의 주머니가 가벼워지기
일쑤였다. 시오이 강 장면에 나오는 이야기다. 홍수로 다리가 떠내
려가자 사람들은 걸어서 강을 건널 수밖에 없게 되었다. 그때 야
지와 기타는 강가에서 이누이치와 사루이치를 만나게 된다. 가위
바위보에서 진 사루이치가 이누이치를 업고 건너려는데 둘 다 장
님이라는 사실을 안 야지와 기타는 두 사람을 속여 사루이치에
게 업혀 강을 건넌다. 원문 『히자쿠리게膝栗毛』나그네에서는 강 건너
주막에서 이누이치와 사루이치가 술을 마시고 있는데 또다시 야
지와 기타가 들어와 옆에서 몰래 술을 받아 마시는 가운데 차반
에서는 술 대신 진짜로 깨소금에 버무린 나물에 밥을 먹는다. 나
는 야지와 기타가 장님이 먹고 있는 밥그릇을 빼앗아 모락모락
김이 나는 갓 지은 밥을 한입에 털어넣거나 깨소금에 버무린 나
물을 집어 입을 쩍 벌려 먹는 장면을 보고 입맛을 다셨던 것이
생각난다.

누가 어떤 역을 했는지는 거의 기억나지 않지만 시오이 강 장
면에서 기타는 하나킨이었던 것 같다. 대장장이가 했던 배역 중
에서 가장 기억에 남는 것은 단시치쿠로베에다. 가발과 의상을 모
두 제대로 갖춰 제법 근사했는데 기헤이지에게 이마를 칼로 베이
자 손으로 이마를 짚어본 뒤 피를 보고는 깜짝 놀라 "이놈이 감
히 사나이 면상에!" 하면서 낯빛이 변하는 장면, 이것은 대장장이

가 가장 잘하는 연기였던지 나는 많이 본 것처럼 느껴졌다. 기혜이지를 죽이는 연기도 마치 진짜 연극에서 하는 것처럼, 차마 눈 뜨고 못 볼 정도로 잔혹했다. 옛날에는 주신구라에서 요이치베에를 살해하는 장면도 요즘처럼 단번에 죽이는 게 아니라 민요 구절에도 나와 있듯 "여봐라, 이 영감탱이야"로 시작해 "아니, 돈은 필요 없소"라든지 "준비한 주먹밥입니다" "귀는 먹먹하고 눈은 흐리멍텅"이라든지 하면서 주절주절 대사를 읊어대다가 벌러덩 자빠뜨리고는 사다쿠로가 올라타 천천히 배를 갈라 숨통을 끊었는데 차반에서도 하나도 빠짐없이 그대로 연기했다. 구경꾼들도 흔해빠진 해학극보다는 격투나 살인을 진짜처럼 보여주는 단막극을 공짜로 볼 수 있어 좋았고 배우들도 그 편이 훨씬 더 몰두할 수 있어 점점 차반이라는 것을 잊고 피 냄새 나는 살인극을 일부러 선정적으로 보여주게 되었다. 공연작도 가부키에서 가져온 것으로는 모자라 장사극*을 흉내 내 당시 세간을 떠들썩하게 했던 흉악범이나 독살 사건을 극화해 사람의 손발을 묶거나 목을 조르거나, 시체를 묻기도 하고 권총을 쏴서 화약 냄새를 풍기거나 선지를 온몸에 덕지덕지 묻히거나 하는 잔혹한 장면이 매번 하나둘씩은 꼭 등장했다.

메이지 30년(1897) 봄, 오차노미즈에서 오코노 살인 사건이라는 유명한 사건이 있었던 것을 나와 비슷한 나이의 노인이라면 아마 기억할 것이다. 그것은 신주쿠에 사는 노리요시라는 마흔한 살의 후쿠시마 현 사람이 푼돈을 벌기 위해 작부로 일하던 내연

• 메이지 중기 자유당과 청년들이 민주화 사상을 퍼뜨리기 위해 만든 연극.

녀 오코노를 4월 6일 비샤몬의 공양일 밤에 살해하고 신원을 알아보지 못하도록 얼굴에 난도질을 한 뒤 시체를 발가벗겨 밧줄로 묶고 가마니에 넣어 간다 강에 빠뜨렸던 일이다. 하지만 가마니는 5척도 못 미친 곳에서 발견되었고 순식간에 떠들썩해진 가운데 노리요시는 얼마 못 가 체포되었다. 신문이 이 사건을 대대로 보도한 것은 두말할 나위 없지만 당시 난도질당한 오코노의 손바닥만 한 얼굴 사진은 배우나 게이샤의 사진과 함께 곳곳에서 팔렸던 터라 나도 스이텐구 신사 공양일에 종종 노점에 걸려 있는 것을 본 적이 있다. 오코노는 노리요시보다 한 살 어린 마흔 살이었는데 "눈썹을 민 자리가 푸르스름"•해 "이제 막 돋아난 잎사귀 같은 청초함"이 있었다고 전해지면서 이것을 장사극으로 만들지 않을 리 없었고 이윽고 같은 해 6월, 이이 요호와 야마구치 사다오가 합동으로 이끄는 극단에서 「평판」이라는 제목으로 각색해 「지옥 순례」와 함께 이치무라 극단에서 상영되었다. 나는 이때 상영된 것을 보지 못했지만 야마구치 사다오가 노리요시 역으로, 가와이 다케오가 오코노 역으로 나왔으며, 오코노가 부부 싸움을 한 뒤 작부였던 본성을 드러내면서 요시노리에게 악행을 저지르는 장면이 굉장히 잘 묘사되었다는 것을 극을 좋아하던 활판소 외삼촌에게 들었다. 아마 그로부터 한 달쯤 지나서였을까, 스즈메렌의 한 극단이 메이토쿠 신사 가쿠라도에서 야마구치와 가와이의 연기를 흉내 내 이 사건을 무대에 올렸다. 이때 누가 노리요시 역을 했는지는 기억나지 않으나 오코노 역은 이름을 잊었어도 극

• 당시 결혼을 하면 눈썹을 미는 풍습이 있었다.

단 최고의 여장 배우였기 때문에 얼굴만큼은 또렷이 기억한다. 각진 사각형 얼굴에 대단한 미모는 아니었지만 하얀 살결이 고왔고 몸짓에는 일종의 요염함이랄까 여성스러운 분위기가 풍겨나는 사내였다. 이야기는 노리요시에게 동정적이었던 데 반해 오코노를 철저하게 질 나쁜 신경질적인 여자로 그려, 도저히 살의를 느끼지 않을 수 없는 구성으로, 오코노가 사내에게 독이 올라 욕설을 토해내며 앙칼지게 저주를 퍼붓는 모습은 가와이와 어찌나 똑같이 연기했던지 참으로 훌륭했다. 요시노리는 더 이상 참지 못하고 기어코 오코노의 목을 졸라 살해한다. 그리고 죽은 오코노의 얼굴에 칼로 난도질하는 모습도 실감났지만 머리채를 잡아 구경꾼들에게 보이기까지 했다.

지금 생각해보면 어떻게 그런 작품을 신성한 가쿠라도에서 당당하게 할 수 있었는지 의아한데 오코노의 사진마저 아무렇지도 않게 가게 앞에 걸려 있었던 시절이니 그럴 수도 있었으리라 짐작된다. 무대는 우라카야바초 큰길과 접해 있었는데 가메지마 강을 건너 에이타이바시로 가는 중요한 지점에 위치해 있어 낮에는 마차가 빈번하게 왕래해도 소름끼치는 살인극이 상영되는 기간의 밤에는 을씨년스러워 인적이 드물었고 주위는 깊은 어둠에 갇혀 희미하게 도쿄 전등사의 배전소 입구 전봇대에 전등이 하나 켜져 있을 뿐, 밖에는 배전소 앞 개천에서 예의 하얀 증기가 뭉게뭉게 피어오르고 있었다. 게다가 그렇게 캄캄한 어둠 속에서 가쿠라도의 좁은 무대만이 눈에 띄게 밝았다. 거기에 유혈이 낭자한 여자 얼굴이 허공을 노려보며 떠 있었다. 가쿠라도 아래 모여 있던 구경꾼들 사이에서 순간적으로 공포에 질린 외마디 비명이 흘러나왔지만 그래도 무섭다고 돌아가는 이는 없었다. 모두들 숨죽이고 보고 있을 뿐이었다. 이치무라 극단의 무대보다는 관객석과의 거리가 가까워 바로 눈앞에서 연기가 펼쳐졌기 때문에 야마구치나 가와이가 연기할 때 이상으로 괴이하게 느껴졌는지도 모른다. 마지막으로 노리요시가 그 시신을 아래에 내려놓고 두 다리를 새끼줄로 꽁꽁 묶는 장면에서 막이 내렸다.

밝혀두건대 메이토쿠 신사에서 상연된 차반은 스즈메렌 극단만의 독특한 형태로 다른 차반은 훨씬 더 멋스럽고 담백한 것이었다. 스즈메렌 극단도 처음엔 마찬가지였지만 차츰 이상한 쪽으로 흘러가더니 결국 괴이해져버렸는데 좋든 싫든 나는 열 살 무렵부터 열대여섯 살이 될 때까지 매달 8일에 있던 공양일에 우라카야바초의 밤거리에서 괴이한 악몽을 보았던 것을 결코 후회하지 않는다.

오사카의 즈루야단주로 극단이 도쿄에 온 게 언제였는지 정확하진 않지만 어쩌면 나는 메이토쿠 신사의 차반보다 먼저 니와카를 봤을 수도 있다. 당시 가키가라 연안을 에이큐바시에서 가와구치바시 쪽으로 가는 길목에 유라쿠칸이라는, 간다의 긴키칸錦輝館, 1891~1918, 영화관 같은 고급스런 극장 건물이 있었는데 내 기억엔 어머니와 외삼촌과 함께 그곳에서 즈루야단주로를 봤던 것 같다. 상연작 「신레이야구치 와타시神靈矢口渡」에서 돈베에 역을 맡았던 단주로가 익살스런 몸짓을 섞어가며 요소요소에 진지한 연기를 펼친 것이 꽤 멋져 보여 가부키 배우인지는 몰랐지만 어린 마음에도 감동을 받았다. 이때는 유라쿠칸처럼 극장과 연회장을 합쳐놓은 것 같은 장소가 적었기 때문에 이곳에서는 철마다 보기 드문 흥행작들을 상영했는데 내가 그림자 인형극과 활동사진을 처음 본 것도 이곳이었다. 하세가와 뇨제칸長谷川如是閑, 저널리스트이자 사상가의 사형이기도 한 고 야마모토 쇼게쓰山本笑月, 신문 기자, 에도와 메이지 문화 연구자의 저서 『메이지 세상 백화明治世相百話』에 의하면 도쿄에 활동사진이 처음으로 상영된 것은 메이지 30년(1897) 2월경, 가부키 극단에서였다고 한다. 유라쿠칸에서 상영한 것도 그로부터 얼마 지나지 않아서였을 것이다. 아무튼 간단한 실사물인지 눈속임인지 필름 한 통의 양끝을 이어 같은 장면을 반복해서 보여줬는데 지금도 또렷이 기억나는 것은 해안에 성난 파도가 밀려왔다가 사라지는 장면과 개 한 마리가 뛰어다니며 짖는 장면, 멀리 평원에서 콩알만 한 작은 크기에 일렬로 서 있는 말 무리가 관객석을 향해 일직선으로 질주하는데 점점 형체가 커지더니 눈앞에까지 육박해 스쳐지나가고 또다시 다음 말 무리가 멀리 지평선 위에 나타나는 장면이 반복되었다. 프랑스 어딘가의 옛날 신교도 박해나 혁명운동을 상징하는 듯한 장면도 기억나는데, 귀족 부인처럼 생긴 여자가 형장에 끌려나와 장작더미를 쌓아놓은 단상에 세워지고 화형에 처해지는 장면에서 불길이 활활 타올라 여자는 화염에 휩싸였고 연기가 사라진 뒤에는 시신도 아무것도 없이 깨끗하게 타버린 장면이 계속 반복되었다. 그리고 메피스토펠레스 파우스트에게 영혼을 산 악마처럼 생긴 악마의 좌우에 벌거벗은 듯한 두 남녀가 서 있었고 악마가 그중 한 사람을 불러 도마처럼 생긴 탁자 위에 눕힌 뒤 카본지 같은 검고 번쩍거리는 커다란 종이로 전신을 두르고는 뭔가 주문을 외우자 종이에 싸여 있던 미녀의 몸이 허공으로 떠올랐고 소매에서 불꽃이 일더니 몽땅 타버리는 장면을 반복하는 것 등등이었다.

　외조부가 어느 날 밤 산유테이 엔초三遊亭圓朝, 유명한 만담가의 공연을 보러 외출하셨다가 돌아오는 길에 스이텐구 신사 뒷길에서 강도를 만나 새파랗게 질려 돌아왔다는 이야기를 나는 오래전 어머니로부터 들은 바 있는데 엔초도 자주 유라쿠칸에 왔다고 하는 걸 보니 외조부가 겪은 그 일은 유라쿠칸에 다녀오는 길에 당한 일임에 틀림없다. 어쨌든 스이텐구 신사 뒷길이 얼마나 외진 곳이었는지 짐작이 간다.

단주로, 5대 기쿠고로, 7대 단조, 그 외의 추억

　가부키에 관한 가장 오래된 기억은 메이지 22년(1889)이던 네 살 때 아사쿠사 도리고에의 나카무라 극단에서 6월 23일부터 7월까지 상연했던 단주로의 「나치노타키치카이노몬가쿠那智瀧祈誓文覺」다. 내 먼 기억 속에서 사라지고 있는 것 중 무대 하나 가득 폭포가 떨어지는 영상은 언제 어디서 봤는지 오랫동안 기억해내려 애썼는데 얼마 전 우연히 엔도 씨를 만나 이야기하다가 어쩌면 그것은 도리고에 극단의 연극일 거라는 말을 듣고 다무라 나리요시田村成義 1851~1920, 가부키 극단장의 『가부키 연대기歌舞伎年代記』가부키 상연작을 연도별로 정리해놓은 것의 총칭를 찾아보니 과연 거기에 있었다. 그때 첫 번째 극이 「몬가쿠文覺」1139~1203, 무사, 훗날 승려가 됨였고 중간에 「고코로노나조추기노에아와세意中謎忠義畫合」, 두 번째가 「요코시마다카노코노후리소데橫島田鹿の子の振袖」였다고 하는데 하나도 기억나는 게 없다. 아니 몬가쿠 역을 맡았던 단주로의 얼굴이나 목소리조차 기억에 없지만 폭포수가 흘러내리던 무대에 막이 내려오던 순간만큼은 기억하고 있다. 나카무라 극단은 시대의 흐름을 따라 사루와카 극단, 도리코에 극단을 거친 유서 깊은 극단이었는데 메이지 26년(1893) 1월, 화재로 13대 나카무라 간자부로가 사망하는 바람에 결국 사라져버렸던 까닭에 나는 아마 이때 단 한 번 간 게 처음이자 마지막이었을 것이다.

다음은 이듬해인 메이지 23년(1890) 5월 22일부터 신토미 극단에서 당대 최고의 명배우 삼인방이었던 단주로, 기쿠고로, 사단지, 일명 '단키쿠사'가 출연하는 「간진초勧進帳」*를 보았다. 나는 다이쇼 12년(1923)에 일어난 간토 대지진 때까지 신토미초에 남아있던, 섬은 벽면에 비스듬하게 기와를 붙이고 이음새에 하얀 회반죽을 바른 건물 안에도 들어가봤는데 이것은 비교적 또렷하게 기억하고 있다. 하지만 그날 첫 상연작은 우에노 전쟁을 소재로 한 「사쓰키바레우에노노아사카제皐月晴上野朝風」였고 마지막은 「오미겐지센진야카타近江源氏先陣館」라고 하는데 중간에 했던 「간진초」 외에는 생각나지 않는다. 배우도 단주로가 벤케이 역을, 1대 사단지가 도가이시카와 현 남부를 지배하던 영주 역을 맡았던 것은 기억나는데 『가부키 연대기』에 의하면 5대 사단지가 요시쓰네 역을 연기했다고 기록되어 있다. 그리고 이때 1대 간지로初代中村雁治郎 1860~1935, 오사카 출신의 가부키 배우가 처음으로 도쿄로 올라와 가부키 극단과 신토미 극장에서 활동했다고 하는데 동지의 첫 무대에 어떤 게 좋을지 머리를 맞대고 의논한 결과 「오미겐지」의 모리쓰나헤이안~가마쿠라 시대의 장수 역을 맡기기로 하고 '환영의 뜻으로 단주로와 기쿠

• 위험에 처한 요시쓰네를 벤케이가 기지를 발휘해 구하는 이야기.

255

고로 두 명의 배우에게 보좌역을 맡기고 전단지까지 만들자 간지로는 크게 기뻐하며 도쿄에서의 첫 무대에 가부키계의 두 거성이 위신을 세워주니 이처럼 명예로운 일은 없을 거라고 오사카의 후원회에까지 보고하며 신바람이 났는데 막상 단주로와 기쿠고로가 말다툼 끝에 절연을 선언해버리자 제아무리 대단한 간야_{勘彌,} 유명한 극단 기획자라도 무척 당황하여 이제 와 취소할 수는 없으니 두 배우에게 인사만이라도 나와달라 설득해야 했다'는 기록이 『가부키 연대기』에 남아 있다.

다섯 살 때 극을 봤던 기억은 이것 하나뿐이지만 그 이듬해인 메이지 24년(1891)에는 3월과 6월, 11월에 가부키 극단에서 그리고 6월에는 고토부키 극단에서 관람했는데 이 사실도 『가부키 연대기』에서 확인했다. 가부키 극단에서 3월에 본 1막은 「부유노 호마레슛세카게키요_{武勇譽出世景淸}」였고 2막이 「아시야도만오우치카가미_{蘆屋道滿大内鑑}」로, 서막은 조루리_{淨瑠璃,} 가면음악극의 하나인 「고소데모노구루이_{小袖物狂}」가 상연되었는데 이치카와 곤주로_{市川權十郎,} 가부키 배우(가와라자키 곤주로_{河原崎權十郎} 1954년생가 아니다)가 야스나 _{安倍保名,} 헤이안 시대 점성술사 역으로 나왔다. 그것은 지난해 신토미 극단 이후 겨우 열 달 정도밖에 지나지 않았지만 1막과 2막에서 인상에 남는 장면이 많은 걸 보니 다섯 살에서 여섯 살 사이에 기억력이 가장 좋았던 것 같다. 나는 오와다 다케키_{大和田建樹 1857~1910,} 시인, 작사가, 국문학자의 『일본 역사담_{日本歷史譚}』에서 겐페이 시대•를 배

• 1072년경~1185, 미나모토와 다이라 가문이 세력을 다투던 시대.

우기 전까지 아쿠시치 뵤우에카게키요悪七兵衛景清●라는 인물이 있었다는 것을 일찍이 이 작품을 보고 알았다. 이 작품은 지카마쓰 몬자에몬近松門左衛門, 에도 시대 가부키 작가이 쓴 『슛세 가게키요』를 근거로 후쿠치 오우치福地櫻痴 1841~1906, 정치평론가, 극작가가 각색하고 모쿠아미가 각본을 써 5막으로 완성시킨 것이었는데 단주로가 연기한 가게키요가 요리토모를 죽이려고 도다이 사東大寺, 나라 시대의 불교 사원에 대불을 안치하는 건축공으로 위장해 잠입했다가 하타케야마 시게타다畠山重忠, 헤이안~가마쿠라 초기의 무사에게 발각되는 장면, 대불의 연꽃 장식이 보이는 무대에서 잡히는 장면, 감옥을 부수고 나와 아코야의 형 주조를 죽이는 장면 등은 어렴풋하게나마 떠올릴 수 있다. 아코야가 가게키요의 외동아들 이시와카를 데리고 감옥으로 찾아가는 장면은 기억나지 않지만 가게키요가 주조를 밟고 서서 '염라대왕 앞에서 기다려라'라고 외치는 장면은 단주로의 명연기가 소년의 가슴에도 진한 감동을 줬던지 그 뒤로도 오랫동안 이 대사를 잊지 않았을뿐더러 걸핏하면 '가게키요가 나가신다' '염라대왕 앞에서 기다려라' 하면서 단주로를 흉내 내곤 했다.

지카마쓰의 『슛세 가게키요』 원문에 기요미즈 사의 관음이 가게키요를 대신해 서 있는 대목이 있는데 '자세히 보면 지금까지는 가게키요의 목으로 보였던 것이, 불현듯 찬란한 빛이 혁혁하더니 천수관음으로 변하는 억겁의 신비가 또 있으랴'라고 쓰여 있으며 이 장면도 조금 변형시켜 천수관음을 모셔둔 주자불상을 모셔두는 방이나 집 안에서 전기를 이용해 광선이 뻗어나오게 했던 것을

● 겐페이 전투에서 활약한 후지와라 가게키요의 별명으로 용맹하다는 뜻.

기억한다. 하지만 내게 무엇보다 감명 깊었던 것은 마지막 막에서 가게키요가 미나모토의 은혜에 무릎을 꿇고 앞으로 너에게 활을 겨누지 않으리라, 너를 볼 때마다 복수의 마음을 품는 것도 필경 두 눈이 있어서일 게다 하면서 스스로 단도를 뽑아 양쪽 눈을 찌르는 장면이었다. 그때 단주로는 계단에 앉아 고개를 숙이고 눈을 찔렀다. 그리고 스스로 장님이 되어 피눈물을 흘리며 걷다가 부딪히기를 반복하더니 미나모토 앞을 휘청거리며 사라져갔다.

나는 이것을 누구와 함께 봤을까. 틀림없이 어머니가 데려가주셨을 테지만 그 외에 아버지가 있었는지 활판소 외삼촌이 있었는지는 기억에 없다. 가게키요가 왜 스스로 눈을 찔렀는지는 어머니가 설명해주셨기 때문에 알았겠지만 이런 것을 용케도 기억 저편에 남겨두고 있다는 것은 그것이 옛날 영웅들에게 일어났던 범상치 않은 일들을 보여준 데다 말로만 듣던 나라奈良의 대불 장면이 있었던 것, 그리고 또 하나는 어린 가슴에 깊이 남을 정도로 호소력 짙은 단주로의 연기력 때문이 아니었을까. 두 번째 「아시야도만오우치카가미」 역시 전부터 구즈노하 여우 이야기를 어머니로부터 들었다.• 어머니는 원래 단주로가 연기하는 구즈노하가 '그리우면 찾아오라'는 시를 적을 때 아기를 안고 붓을 입에 물고 쓰는 장면이 있어 그것을 기대하고 가셨는데 내가 봤을 때는 손으로 쓰고 있어서 살짝 실망했다. 나는 훗날 마흔이 넘어 오사카의 분라쿠 인형 극단에서 생각지도 못했던 분고로文五郎, 오사카 출신

• 전설 속에 등장하는 여우 구즈노하를 소재로 한 가부키나 인형극을 통칭하는 말로도 쓰인다.

의 인형 조종사가 조종하는 구즈노하를 보고 아주 오래전의 단주로 생각이 나면서 내 귓가로 살며시 다가와 '봐봐, 저것은 이러이러해서 그런 거야' 하며 속삭여주던 어머니 모습까지 떠올라 회한에 젖게 되었는데 내가 쇼와 6년(1931)에 쓴 「요시노쿠즈」가 어머니와 함께 봤던 단주로의 구즈노하에서 영감을 받았다는 사실은 두말할 나위 없다.

같은 해 6월의 가부키 극단은 첫 상연작으로 「가스가노쓰보네春日局」도쿠가와 이에미쓰의 유모, 두 번째로는 「반즈이초베에幡随長兵衛」에도 시대 사람으로 협객의 원조라 불리는 인물를 상연했는데, 단주로가 가스가노쓰보네와 도쿠가와 이에야스와 조베에를 연기했던 장면이 뜨문뜨문 기억이 난다. 「가스가노쓰보네」에서는 슨부●에서 매사냥을 하는 장면으로 여행자 차림의 가스가노쓰보네가 소나무 밑동에 앉아 쉬고 있던 것이 어렴풋이 생각나며, 이에야스를 연기할 때는 대전 앞에서 이에야스가 다케치요이에미쓰의 아명와 구니치요다다나가의 아명를 대하는 태도에 차별을 두어 구니치요를 상좌에서 내려오게 한 뒤, '너도 먹고 싶으냐?' 물으며 과자를 던져준다.●● 이에야스에게 혼쭐이 난 구니치요가 상좌에서 내려와 넙죽 엎드려 바닥에 떨어진 과자를 주워 먹는 장면이 몹시도 가여웠던 게 기억에 생생한데, 그 당시 구니치요 역을 맡았던 긴노스케라는 나와 비슷한 또래의 사내아이는 과연 어떤 배우가 되었을까. 「반즈이초

● 시즈오카 현의 지명, 이에야스가 슨부 성을 건립함.
●● 도쿠가와 히데타다는 병약한 다케치요보다 늠름한 구니치요를 후계자로 삼고 싶어하나 결국 유모 가스가노쓰보네와 이에야스의 계략으로 다케치요가 후계자로 낙점된다. 훗날 다게치요와 구니치요는 후계자 싸움의 대명사가 된다.

베에」는 목욕하는 장면밖에 기억나질 않는다. 단주로는 물론, 주로에몬에도 시대 호위 무사의 대표적 인물을 연기했던 곤주로의 목소리까지 들리는 듯하다. 이 목욕하는 장면은 나중에 기치에몬도 수차례 연기하는데 단주로는 마지막 장면에서 기치에몬과는 달랐던 것 같다. 단주로는 목욕탕에 벌러덩 누워 태연하게 주로에몬의 창에 찔리는 데까지 연기했다. 주로에몬이 조에몬의 몸에 올라타 창으로 가슴을 찔러서 힘껏 돌리는 장면에서 막이 내렸다.

같은 6월, 7대 단조가 아직 구조가부키의 명가 이치카와의 양자가 되어 세습받은 이름으로 활약하던 시절의 뱃사람 역할을 보러 고토부키 극단에 간 적이 있는데 아마도 어머니와 함께였을 것이다. 첫 번째 상연작은 「요시다고덴」이었고 두 번째가 「아타리마토가미노카케가쿠」였다고 하는데 기억이 나질 않는다. 중간에 「센본자쿠라」•에서 뱃사람 긴페이로 위장한 다이라노 도모모리헤이안 시대 장군 역할을 맡은 구조와 다른 것은 희미하게나마 기간(이 기간은 지금 다가노조가부키 배우의 부친이었을까?)의 사가미고로요시쓰네를 잡으러 온 사무라이를 연기했던 것만 기억난다. 나는 구조의 연기가 얼마나 훌륭한 것이었는지는 몰랐지만 그래도 이때 도모모리가 화살에 찔린 채 갑옷을 입은 유령처럼 분장한 것이라든지 몸에 닻줄을 감고 바위 위에서 거꾸로 몸을 던지는 모습은 정말로 처참해 보였기 때문에 가이라쿠엔이나 친구네 집에서 이따금씩 마분지로 만든 갑옷을 입고 닻줄을 감은 도모모리가 되어 놀았다. 그러고 보니 단조의 그 특이했던 쉰 소리는 어린 구조 시절부터 났는데 그

• 다이라 가문과 미나모토 가문의 전쟁 후를 그린 이야기.

260

것은 누군가가 수은을 먹여서 그렇다는 소문이 항간에 떠돌았으나, 그 후 강산이 두 번이나 바뀌고 또다시 고비키초의 무대에서 그의 연기를 봤을 때 나는 무엇보다 그 목소리가 반가웠다.

11월, 가부키 극단은 첫 번째로 「다이코군키 조선편」•, 「복수극 다카다노바바」에서 단주로는 히데요시와 기요마사히데요시의 가신와 장군 요지베에사실은 조선인 김명석 역을 맡았다. 가장 인상 깊게 남은 것은 지휘선 안이 아수라장이 되는 장면, 많은 사람이 요지베에에게 목숨을 잃고 바다로 떨어지는 장면, 히데요시가 배를 잃고 암초 위로 도망가는 장면, 그곳에 요지베에가 뒤쫓아오는 것을 히데요시가 검을 빼 베어버리는 장면 등등으로, 단주로가 여기서 동시에 히데요시와 요지베에로 분했다는 것은 내 기억에 뭔가 착오가 있는 듯하다. 「다카다노바바」에서는 야스베에 한 사람에게 사무라이 여럿이 당하는 장면이 기억나는데 야스베에 역은 5대 단주로가 연기한 줄 알았지만 사실은 곤주로였다는 것을 『가부키 연대기』를 보고 알았다.

메이지 24년(1891)에는 이렇게 자주 보러 다녔지만 이듬해인 25년(1892)에는 5월 28일부터 가부키 극단에서 하는 「사카이의 북」을 보는 데 그쳤다. 단주로가 사카이 다다쓰구도쿠가와의 가신 외에도 야오조가부키의 명가로 9대까지 명맥을 이음 시절에 활약하던 배우가 도리이 다다모토로 나왔는데, 배우가 누구인지는 몰라도 하급 무사가 몰려오는 군인들을 보고 놀라 허둥지둥 사다리를 내려오는 장면이 재미있었다는 기억밖에 없다. 그다음 26년(1893)에도 3월

• 도요토미 히데요시의 조선 출정기로, 조선 출정을 부정적으로 그렸다.

에 가부키 극단에서 오랜만에 단주로와 기쿠고로 두 배우를 봤을 뿐이다. 이때 첫 상연극은 「아즈마카가미하이가」였고 중간에 단주로의 「가가미지시_{鏡獅子}」궁녀의 몸에 전설 속 동물의 혼이 쐰 이야기, 두 번째가 「구로테구미스케로쿠」였는데 두 번째는 전혀 생각이 나지 않는다. 나는 여덟 살이었고 역사나 지리에도 다소 관심을 갖기 시작한 무렵이라 즈루가오카 신궁 앞에서 후쿠스케가 분한 사네토모_{가마쿠라 막부 3대 장군}를 기쿠고로가 분한 구교_{가마쿠라 시대 승려}가 죽이는 장면 같은 것은 유심히 봤을 것이다. 나는 후쿠스케의 미모와 기품에 대해 어머니께 자주 들은 덕에 그토록 아름다운, 가마쿠라의 최고 권력자를 연기하는 사람이 아무리 연극이라고는 해도 구교에게 목이 잘려 나뒹구는 것을 보고는 불쌍해서 가슴이 아파 죽을 뻔했다. 세이세이엔의 『메이지 연극사』에 따르면 이 연극으로 호쿠조 요시토키로 분한 단주로는 '은근히 구교를 선동해 사네모토에 대해 살의를 느끼게 하는 부분과, 즈루가오카 신궁에 참배객으로 가는 척하면서 꾀병을 부려 배를 쥐어 잡고 뛰어가는 장면에서 뒤를 돌아다보고는 안심하고 배를 쥐고 있던 손에 힘을 빼는 대목과, 또다시 배를 잡고 무대 뒤로 사라지는 대목'에서 명배우의 진면목을 보였는데 그것이 '이른바 내면 연기로 훌륭하게 소화해냈다'고 적고 있지만 나는 구교로 분한 기쿠고로가 깃발을 들고 나타난 것과, 사네토모로 분한 후쿠스케가 주검이 되어 무대에 쓰러져 있던 것과 구교가 다가와 그 잘린 목을 들어 올리는 것을 기억할 뿐 그 당시 단주로는 전혀 눈에 들어오지 않았다.

훗날 6대 기쿠고로에 의해 부활되어 엄청난 호평을 받은 「가가

미지시」는 그 당시 오우치가 속요를 「가가미지시」로 각색한 것이라는데 '젊은 여인으로 분해 펼친 연기력이 갈채를 받았다'는 단주로의 이 역할은 이윽고 6대까지 전승되었다. 또한 단주로가 두 딸을 출연시킨 것도 이때로 세이세이엔은 단주로가 '자신의 장녀와 차녀를 출연시켰다'는 것에 대해서도 '가부키 극에 여배우를 출연시키는 전례를 만들었다'고 했으며 『가부키 연대기』 또한 '이것이 일본 대극장의 남녀 합동극의 시초'라고 적고 있는데 나도 두 딸이 부친과 함께 춤을 추던 것을 또렷이 기억하고 있다. 그리고 내 기억이 맞는다면 당시 단주로가 맡았던 정령이 작은 정령들을 향해 뭔가 '우우'라든지 '아아'라든지 했던 것 같다.

이듬해 메이지 27년(1894)에는 『가부키 연대기』를 참고하면서 생각해봐도 그 어떤 연극을 본 기억이 떠오르지 않는다. 단지 11월 1일부터 청일전쟁을 그린 「해군육군 연승 일장기」가 가부키 극단에 올랐고 단주로가 외교관 오모리 역을, 기쿠고로가 병사 하라다 주키치 역을, 엔노스케의 뒤를 이은 2대 단지로가 청나라 장수 서정연을, 4대 마쓰스케가 대원군 역을 맡아 연기했는데 그때 단주로와 기쿠고로의 연기는 사진 세 장이 나란히 동네 서점에 걸려 있었던 것밖에 기억나지 않는다. 짐작건대 당시 우리 집은 수년 전부터 가세가 기울기 시작해 예전처럼 가볍게 연극 같은 것을 보러 다닐 여유 따위 없었을 것이다. 물론 어머니만은 활판소 외삼촌을 따라 연극을 보러 다니기는 했지만 내가 함께 가는 일은 차츰 줄었다. 『가부키 연대기』에서는 그 당시 가부키 극단의 입장료가 상등석2인1조이 4엔50전, 고등석이 3엔50전, 일반석이 2엔50전, 뒷자리는 일인당 35전, 3층 자리는 일인당 20전이었다고 기록하고 있는데 우리는 항상 다른 좌석보다 조금 높은 고등석에서 관람했던 탓에 내가 어릴 때는 괜찮았지만 키가 크면서 다른 사람들에게 방해가 되었기 때문일 것이다.

나는 어머니와 함께 미나미카야바초 집에서 쓰키지 쪽으로 인력거를 타고 가면서 느꼈던 가슴 설레는 기분을 떠올린다. 어머니는 메이지 초기에 신시마하라라는 유곽이 있던 신토미초를 여전히 시마하라라고 부르셨는데 사쿠라시를 건너 당시 신토미 극단이 있던 시마하라를 지나 쓰키지바시를 가기 직전에 쓰키지 강변을 타고 오른쪽으로 꺾어 가메이바시쯤 오면 조금씩 가부키 극단의 독특한 지붕이 모습을 드러냈다. 가부키 극단이 창설된 것은 메이지 22년(1889)이니 겨우 4, 5년밖에 지나지 않았을 때였다. 극장으로 연결된 전용 휴게 찻집이 열한 곳 있었는데 개장 중에는 꽃무늬 장막을 늘어뜨려놓았고 우리는 항상 기쿠오카라는 찻집에 인력거를 댔다. 그리고 찻집에 들어가 숨 고를 틈도 없이 재우치는 여종업원에게 떠밀려 발을 미투리에 끼워넣는 둥 마는 둥 극장 안으로 들어가야 했다. 미투리를 벗고 극단 통로를 걸으면 반질반질하면서도 발바닥에 느껴지는 감촉이 묘하게 차가웠다. 대체로 옛날 극장은 나무문을 열고 들어가면 공기가 싸늘했는데, 옷깃과 소매로 들어온 차가운 바람이 화한 박하처럼 목덜미와 겨드랑이에 스며들었다. 그래도 그 싸늘함은 어쩐지 이른 봄날의 햇살을 닮아 있어 오슬오슬해도 상쾌했는데 '벌써 막이 올랐어'라는 어머니의 재촉에 나는 서둘러 통로를 뛰어갔다.

연극이 끝나 다시 인력거를 타고 돌아오는 길에는 때로 비가 내렸던 기억이 있다. 비 오는 밤일수록 연극이 인상에 남아서였을까. 인력거에는 청요릿집 식탁보 같은 기름종이로 두른 바람막이가 비를 막아주었는데, 그 기름 냄새와 어머니 머리에 바른 기름 냄새 그리고 달달한 옷감 냄새가 캄캄한 인력거 안에 가득 고여 있었다. 그 냄새를 맡으며 바람막이 위를 톡톡 때리는 빗소리를 듣고 있노라면 그날 무대에서 본 배우들의 환영과 음성, 연주 음악이 또다시 캄캄한 어둠 속에서 재연되는 것이었다. 특히 어머니와 비슷한 연배의 여자가 충절이나 정조를 지키기 위해 자결한다든가 남편에게 죽임을 당하거나 자식과 생이별하는 장면을 본 날에는 내 어머니가 만일 그런 처지에 놓인다면 어떻게 할까, 어머니도 충절과 정조를 위해 나를 버리거나 죽일 수 있을까와 같은 생각을 하면서 인력거를 타고 흔들흔들 돌아오곤 했다.

메이지 28년(1895)에는 어쩐 일인지 아카사카에 있는 엔기 극단에서 하는 연극을 보러 갔다. 6월 8일부터 상연했으며 첫 상연극이 「사라야시키皿屋敷」*, 두 번째가 「고치야마河内山」**로 신조, 엔조, 소메고로, 메도라 같은 이류 배우들의 연극이었는데 아마도 활판소 외삼촌이 신조를 좋아해서 갔던 듯싶다. 9대 단주로의 뒤를 이을 자는 신조밖에 없다는 평판이 자자했기 때문에 나도 호기심에 따라나섰지만 솔직히 그 이유는 알 수 없었다. 나는 「사라야시키」는 전혀 기억하지 못하지만 「고치야마」의 마지막 장면에 고치야마가 하나미치***에 불쑥 나타나 "어리석은 놈" 하고 소

---

* 접시를 깬 죄로 죽은 하녀가 귀신이 되어 우물 안에서 밤마다 접시를 센다는 이야기.

** 도쿠가와를 둘러싸고 벌어지는 이야기로 고치야마는 등장인물의 이름이다.

*** 분위기를 고조시키기 위해 관객석 사이에 설치한 무대.

리치는 것이 스승인 단주로와 똑같았다는 것 그리고 어머니와 외삼촌은 물론이거니와 가까이 앉아 있던 사람들이 모두 감탄하던 모습은 기억하고 있다.

이듬해인 메이지 29년(1896)에는 정월 초엿새부터 메이지 극단에 5대 기쿠고로가 장편 「센본자쿠라」 중 「미치유키하쓰네노타비道行初音旅」•에 나왔다. 가부키 극단도 같은 달 하순부터 단주로의 「지신카토」••와 「도조 사道成寺」를 상연했는데 평소 단주로가 속해 있던 나리타 극단을 숭배해 기쿠고로의 연극은 싫다던 외삼촌이 어떻게 메이지 극단에서 공연을 보게 된 것일까, 아니면 설 명절이 끝나기 전에 어머니와 나에게 공연을 보여주려 했던 것인지도 모르겠다. 한 극단은 기쿠고로 일가 외에도 5대 소단지와 5대 우타에몬이 다다노부와 여우와 곤타 역을 맡고 가쿠한 역을 기쿠고로가, 고킨고 역을 소단지가, 요시쓰네와 오사토 역을 후쿠스케가, 야스케에 역을 기쿠노스케가, 야우에몬 역을 4대 마쓰스케가, 시즈카 역을 에이자부로 시절의 선대 바이코가, 곤타의 아들 역을 우시노스케 시절의 6대 기쿠고로가 연기했는데 5대 기쿠고로와 후쿠스케와 에이자부로를 제외하고는 이번 『가부키 연대기』를 대조해보고 나서야 그 당시 맡았던 역할을 처음 알게 되었다. 특히 어렸을 적의 6대 기쿠고로가 곤타의 아들 젠타로 나왔었다니 감개가 무량하다.

그러나 이때는 단주로가 없었기 때문에 열한 살 소년이었던 나

• 다다노부가 노모의 병환으로 귀향한 사이 여우가 다다노부로 둔갑해 요시쓰네의 애인 시즈카와 요시쓰네가 숨어 있는 요시노로 가는 이야기.

•• 가토가 도요토미 히데요시에게 충성하는 이야기.

에게도 5대 기쿠고로의 연기가 더욱 매력적으로 느껴졌다. 평론가 스기 간아미杉贋阿彌는 당시 『마이니치 신문』에 '올봄 메이지 극단의 첫 해학극으로 명배우 오노에 기쿠고로는 다다노부와 곤타와 여우라는 1인 3역을 맡아 장안이 떠나가도록 평판이 자자하니 다른 크고 작은 극단들이 이 때문에 모조리 낭패를 보겠구나'라면서 자세한 비평을 실었는데 이것을 읽어보면 떠오르는 이야기가 있어 몇 가지 인용해보고자 한다. 먼저 곤타 역에 관해서는 '이것은 지금까지 볼 수 없었던 당대 최고의 (…) 오랜만에 진짜 곤타를 봤다'고 적고 '곤타가 예의 한쪽 팔을 옷에서 빼 어깨를 드러내고 객석과 가까운 곳에서 돌멩이를 집어 잣밤나무에 던져 떨어지는 열매를 삿갓에 담는 장단은 전년도보다 훨씬 더 현실감이 넘쳐 연기라고는 생각하기 힘들었다. (…) 고킨고가 옷을 벗고 팔꿈치를 드러내려 하면 재빨리 왼쪽 다리로 방해하는 모습은 그림으로도 표현할 수 없는 아름다움이었다. (…) 궁녀가 이야기하는 장면부터 분위기가 확 달라져 재미있어졌는데 아들 젠타에게 도박하는 모습을 흉내 내는 대목을, 전년도 협회 상연에서는 귀족들에게 도박 장면을 보이는 것이 무례하다는 의견이 제기돼 하지 못했기 때문이다. 이번에는 양해도 구하지 않고• 이 대목을 해서 큰 호응을 얻었는데, 퇴장할 때 젠타를 업긴 했으나 손으로 엉덩이를 받치는 것이 귀찮은 듯 팔짱을 끼고 대롱대롱 매달고 퇴장하는 것은 누구의 발상이었을까'. 그리고 초밥집 장면에서는 '추운데 옷을 벗고 분장용 피를 묻히고 기나긴 이야기를 연

• 이 당시에는 장면에 따라 객석의 고위층에게 양해를 구하고 연극을 했다.

기한다는 것은 노인의 몸으로는 꽤나 힘들었을 거라며 후원자들이 걱정을 했다. 다다노부에 대해서는 '신사 앞의 북 연주는 보기 드물게 좋았다'고 말하고 '에도 시대의 목판화를 그대로 재현한 것처럼 뾰족한 머리에 얼굴에는 시뻘건 불덩어리무사나 귀족을 뜻하는 분장를 그리고 수레바퀴 가문이 새겨진 옷을 걸어 끈으로 동여맨 채 맨발로 나왔다. (…) 무대로 나오더니 시즈카를 지키려고 막아선 도타의 허세를 보고 호탕하게 웃는 대목과 싸움 장면에서는 군더더기 없는 움직임을 보였다'고 적고 '퇴장할 때 갑옷을 들쳐 메고 예의 팔을 내저으며 기세등등하게 걷는 일명 여우걷기 연기는 이번 상연에서 으뜸이었다. 도망가는 장면과 침소 장면은 어차피 이 장면에는 미치지 못했으며 특히 여우걷기 연기는 다른 명배우도 선보이는 기술이기는 하나 온몸이 여우의 혼령이 쓰인 듯 좀처럼 인간이라고는 믿기 어려웠다'고 했다. 침소 장면에서는 '북소리에 맞춰 어디선가 들려오는 차르랑차르랑하는 소리에 관객이 두리번거리는 사이 다다노부가 재빨리 정면에 있는 계단에서 나타나 가만히 앉아 있는 모습이 정말 멋졌다. 북소리에 맞춰 조용히 "다다노부인가?" 하고 묻자 놀라는 기색도 없이 "대답할 이유가 있는가?" 하고 말꼬리를 흐리는 모습도 인간이 아닌 듯했는데 시즈카가 재차 사람이냐고 묻자 힘없이 계단을 내려가 사라져버렸다. 다다노부가 사라지자마자 바로 위에 있던 문에서 달려가는 여우의 모습이 호화 의상을 걸치고 나온다는 소문대로 우리가 멀리서 봐도 모직으로 잘 만든 여우털이 정교하고 아름다워 실로 놀라움을 금치 못했다. 어미 여우와 헤어져 슬퍼하는 장면에서는 관객 모두 눈물을 흘렸는데 참으로 신들린 연기가 아닐 수 없었다. 이처럼 두 번째는 역시 아래쪽 통로와 울타리를 넘어 모습을 숨기는 장면, 세 번째는 또다시 북소리에 이끌려 생각지도 못한 곳에서 나타나 요시쓰네에게 북을 받고 용기를 얻어 난간을 넘어 달려가는 장면으로서 호평을 받았다. 북을 들고 관객을 향해 보이고는 무대 밖으로 사라질 때까지의 신들린 연기는 감탄이 절로 나올 정도로 이처럼 훌륭한 연기를 한 배우는 이전에도 앞으로도 없을 것이다. 이렇듯 최고의 칭찬을 연발하면서 『와세다문학』은 우리에게 옛 가부키가 정말 재미있는 극이라고 설명하는 가운데 결코 아무 근거 없이 찬사를 열거하는 게 아니었다. '칭찬하면 아부한다 하고 비난하면 욕을 한다 하니 평론도 쉬운 일이 아니다'라고 적고 있다.

　내가 이렇듯 간아미의 평을 길게 인용한 것은 멋대로 왕년의 추억에 빠지고 싶어서가 아니라 다른 이유가 있어서다. 그 이유란 연극뿐 아니라 음악이나 영화도, 가능하면 어릴 적에, 되도록이면 최고 수준의 예술을 봐두어야 한다는 것이다. 부모도 아이가 고급 예술을 이해하지 못할 거라든지 아깝다는 식으로 생각할 게 아니라 이왕이면 좀더 훌륭한 것을 보게 해주어야 한다. 어른이 보고 아는 것이라면 대개 아이들도 알기 때문에 이해하지 못할 거라는 것은 착각이다. 혹 아이의 수준을 넘어서는 것이라 해도 그것이 일류라면 어떤 형태로든 가슴속에 흔적을 남기기 때문에 훗날 반드시 그 감동이 되살아날 것이다. 위에서 인용한 간아미의 한마디 한마디는 모두 내가 기억하고 있는 장면인데 가령 잣밤나무 장면에서 곤타가 돌을 던져 잣밤을 떨어뜨리는 몸짓, 아들 젠타에게 노름을 가르치는 손짓 같은 것은 그 후에도 계속해서 생각나곤 했다. 고킨고의 팔꿈치를 발로 막는 장면에서의 아름다운 선과 멋진 동작을 아이들이라고 모를 리가 없었다. 젠타에게 노름을 가르치는 장면은 이해가 잘 되지 않았지만 객석 여기저기서 웃음이 터져나왔기 때문에 대충 감으로 무슨 뜻인지 알 수 있었다. 초밥집 장면에서는 아비가 찌른 칼에 맞아 피를 철철 흘리던 모습이 잊히지 않는데, '날도 추운데 어깨를 드러내고 피투성이 분장을 했다'고 간아미가 적은 부분을 보니 외삼촌과 극장에 갔던 것이 1월이었고 몹시 추웠던 것이 떠올랐다. '노인의 몸으로는 꽤나 힘들었을 거라며 후원자들이 걱정을 했다'는 말로써 기쿠고로가 당시 53세였음을 알게 되었지만 옛날 사람치고는 그렇게 나이 들어 보이지 않았다. 무명천으로 만든 복대를 두르고 있었지만 웃통을 벗어 상반신을 드러냈을 때 그 몸은 아직 탱탱하게 탄력 있어 보였다.

침소에서 다다노부가 여우로 둔갑하는 장면, 여우가 가끔 생각지도 못했던 곳에서 나타났다가 사라지는 장면, 난간을 넘나드는 장면 같은 것은 동화적 요소가 다분해 아이들이 좋아했고 나역시 엄청나게 감탄하면서 봤다. 위에서 나는 요시노쿠즈에 대해 이야기했는데 그것은 내가 여섯 살 때 '어머니와 함께 봤던 단주로의 칡잎에서 실을 빼고 있다'만이 아니다. 그 후 5년이 지나 본 기쿠고로의 센본자쿠라에서 더욱 강한 영향을 받은 게 틀림없으며 만약 그것을 보지 못했다면 아마도 그런 환상을 키우지는 못했을 것이다. 나는 그 옛 작품 중에서 오사카 출신의 쓰무라라는 청년의 입을 빌려 다음과 같은 것을 말하고 있다.

'나는 줄곧, 만약 그 연극에서처럼 자신의 어미가 여우였으면

하는 바람에서 아베 소년을 얼마나 부러워했는지 모른다. 어미가 사람이라면 더 이상 이승에서 만날 희망이 없지만 여우라면 언젠가 어미의 모습을 빌려 나타날지 모르기 때문이다. 어미를 잃은 아이가 이 연극을 보면 누구라도 그런 생각을 품게 될 것이다. 그러나 센본자쿠라의 도망자 이야기라면, 어미-여우-미녀-애인이라는 연상이 훨씬 쉬울 것이다. 여기서는 부모도 여우, 자식도 여우인 데다 시즈카와 다다노부 여우는 주종관계이면서도 겉으로는 연인끼리 도망치는 모습으로 꾸미고 있다. 그 때문인지 나는 이 무용극을 즐겨 봤다. 그리고 나 자신을 다다노부 여우에 빗대어 부모 여우의 가죽으로 만든 북소리에 이끌려 수련장에 핀 꽃들을 헤치고 시즈카의 뒤를 따르는 내 모습을 상상하곤 했다. 나는 적어도 춤을 배워 무대 위에서만큼은 다다노부가 되고 싶다는 생각을 할 정도였다.'

바이코는 에이자부로로 불리던 소년 시절에, 부친이 다다노부 역할을 맡고 자신은 시즈카 역을 맡았는데 침소 장면에서 북을 제대로 못 친다며 '그렇게 치면 여우가 등장할 수 없잖아!' 하면서 아버지가 무대 밑에서 노발대발 화를 내며 좀처럼 무대로 나오지 않자 무척 당황스러웠다고 회상했지만, 간아미는 도망치는 장면을 '에이자부로의 시즈카는 능히 가락을 맞추니 그 장단은 아직도 잊히지 않는다'고 평하고 있다.

센본자쿠라 4막* 도피 장면에서 '에이자부로의 시즈카 역은 능

• 가와쓰라호겐야카타川連法眼館, 요시쓰네 일행이 숨어 있던 주지승 가와즈라 법안의 거처.

히 가락을 맞췄는데 아직도 눈에 선하다'고 간아미는 말하고 있다. '도구막무대와 객석을 나누는 천에 여우 떼를 설치하고 가쿠한이 도구막을 잘라버리고 여우를 베자 객석 여기저기서 비명 소리가 끊이지 않았다'고 기록하는데 나는 이때 언월도假月刀, 날 끝이 초승달 모양을 한 칼를 허리에 비스듬히 차고 있는 가쿠한의 모습이 그날 기쿠고로의 연기 중에서 가장 멋있었다고 생각한다. 그리고 여기에 귀여운 새끼 여우 인형이 많이 나왔었다. 제2차 세계대전이 일어나기 얼마 전이었던가 나는 실로 오랜만에 이 장면을 도모에몬이 연기하는 것을 본 적이 있는데, 그 시원시원하던 기쿠고로와 전혀 다른 모습에 엄청난 환멸을 느꼈다. 게다가 이지적인 근대의 가부키 무대에서는 새끼 여우 따윈 등장하지 않았다. 다치바나야와 초밥집 장면의 곤타도 더 이상 풀을 쑤어 만든 가짜 피를 사용하지 않게 되었다. 이것도 시대가 변했으니 어쩔 도리가 없는 이야기이지만 역시 가부키의 참맛은 세월과 함께 사라지고 있는 듯하다.

에이자부로의 시즈카도 아름다웠지만 기품으로 따지면 4대 후쿠스케의 요시쓰네를 따를 자가 없었다. 다무라 나리요시는 당시의 후쿠스케를 '요시쓰네 전문'이라 불렀는데 당시 우리 같은 소년들이 꿈에 그리던 요시쓰네가 그림에서 튀어나왔다면 바로 그런 모습이지 않았을까. 훗날 야스다 유키히코가 「기세 강의 진」에서 맡았던 요시쓰네를 제외하면 그렇게 아름다운 요시쓰네는 본 적이 없다. 하긴 그것은 아직 후쿠스케라는 이름으로 활동하던 시절에 연기한 요시쓰네로 그가 5대 우타에몬이 되고 나서 선대 고시로나 엔노스케의 간진초에 나왔던 그는 이미 무척 늙어 있었다. 나는 오래전 오이소의 쇼린칸에서 어머니와 마나즈루칸 이모와 사촌누이 오기짱이 당시 스물여섯 살이었던 후쿠스케에게 열광했던 까닭을 그 메이지 극단 춘절기 상연에서 처음으로 이해할 수 있었다. 그래도 초밥집에서 오사토를 연기했을 때는 요시쓰네를 맡았을 때처럼 감명을 받지 못했다. 물론 오사토도 얼굴이 아름다웠지만 어찌된 일인지 맨발에 분칠을 하고 있지 않은 듯, 날이 추워 발이 얼어서 벌게진 것이 신경 쓰였다. 얼굴이 저렇게 하얗다면 발에도 분칠을 하지 그랬나 하고 어린 마음에 옥에 티처럼 눈에 거슬렸다.

그해 4월 30일부터 가부키 극단에서 단주로, 기쿠고로, 4대 시칸(4대 후쿠스케의 양부), 후쿠스케가 첫 상연극으로 「후키쿠사헤이케모노가타리富貴草平家」*, 두 번째는 「도토야노 차완」**, 중간에 단주로 주연의 「스케로쿠」에 시칸芝翫, 3대 우타에몬이 이큐 역으로, 후쿠스케가 스케로쿠의 애인 역으로 나왔는데 나는 이것이 보고 싶어 안달났지만 결국 못 가고 매일 서점에 걸린 스케로쿠의 인쇄물을 보며 지내야 했다. 인쇄물에서는 단주로의 스케로쿠나 후쿠스케의 아게마키보다 시칸이 연기하는 수염 난 이큐의 벌건 얼굴이 가장 인상에 남았는데 사실은 스케로쿠 이상으로 첫 상연극이었던 「후키쿠사헤이케모노가타리」가 보고 싶었다.

나는 오와다 다케키의 『역사담』을 읽고 겐페이 시대 이야기에 상당한 관심을 갖게 되었으며, 다이라노 기요모리平淸盛, 헤이안 시대 장

• 부귀초(후키쿠사)는 모란의 별칭으로서 부유한 집안을 빗댄 말로 극에서는 다이라 일가를 일컬음.

•• 무로마치 시대에 전해진 고려 도자기의 일종.

수, 사이코 법사西光法師, 승려, 속명은 후지와라 노리미쓰, 다이라노 시게모리平重盛, 기요모리의 아들, 후지와라노 나리치카藤原成親, 정치가 등이 나오는 무대는 무조건 근사할 거라 여기고 있었다. 그러던 중 우연히 같은 해 단고자카에 인형극 무대가 세워졌고 단주로가 사이코 법사로, 곤주로가 나리치카 역으로, 주샤가 기요모리 역으로 나온다고 적혀 있는 것을 보고는 그 연극을 놓친 일이 더욱 안타까웠다.

메이지 30년(1897) 4월에는 가부키 극단에서 「오토코다테하루사메가사侠客春雨傘」•라는 해학극과 「와다갓센온나마이즈루和田合戦女舞鶴」••를 보았다. 세이세이엔青青園, 의사, 예인은 그 당시 극평을 『와세다 문학』에 싣고 '단주로의 젊은 오구치 교우暁雨 역은 적절하지 못했으니 명배우도 세월을 이길 수 없는가보다'라고 평했는데 나 역시 마찬가지 생각을 했다. 그러나 나는 그 장면에서 교우가 쓰리가네를 향해 "지독한 냄새군"이라며 단주로 특유의 낭랑한 목소리로 외치던 부분이 마음에 들어 자주 흉내 내곤 했다. 이 '지독한 냄새군'이라는 대사는 선대 에비조나 기치에몬이 교우 역을 연기할 때는 생략되었으나 선대 간야가 데이코쿠 극장에서 연기할 때 부활했던 것으로 기억된다. 그리고 그것은 아직도 내 귓가에 쟁쟁히 남아 있는 단주로의 거침없고 힘찬 목청을 따라가지 못했던 것 같다. 간야의 교우 역은 6대 기쿠고로, 에비조 때는 지금의 사단지였는데 둘 다 나빴을 리는 없지만 그래도 단주로 때 야오조가 연기한 즈리가네 역이 최고였다. 싸움에 지고 의기소침

• 가부키 통인 인물 오구치 교우를 모델로 한 작품.

•• 가마쿠라 시대의 여장부 이야기.

해진 즈리가네가 옷자락을 걷어 올려 허리춤에 지르고 맨발로 교우의 뒤를 따르는 장면과, 할복 장면에서 교우와 마주했을 때 침울해하던 표정, 담배를 피우려다 담배쌈지를 잃어버린 것을 깨닫고 화가 난 표정을 지은 것 등은 진짜 피부로 느껴졌다. 기쿠고로는 데이코쿠 극장에서 그 역을 맡았을 때 힐난을 받거나 협박장이 날아와 애를 먹었다던데 줄거리 자체가 시대와는 맞지 않아 기쿠고로와 사단지는 연기하기 쉽지 않았을 거라 짐작된다. 아마도 초연 당시의 야오조가, 단주로를 기용하면서 후끈 달아오른 열기 덕분인지 가장 훌륭했던 것 같다. 세이세이엔은 '야오조의 즈리가네는 풍채도 좋고 배도 나와 좋았지만 할복하고 나서 너무 힘이 없었다'고 말하는데 소년이던 나에게는 할복하고도 그 정도면 충분하다고 느껴졌다. 즈리가네가 할복하자 교우 역의 단주로가 "아까운 사내를 잃었구나" 하는 대사와 함께 막이 내려졌는데 그걸로 충분한 감동을 받았다. 오카모토 기도岡本綺堂, 근대문학가, 극작가의 『메이지 극담 램프 아래에서』에도 이 당시 일을 기록하고 있는데 '단주로의 교우 역이나 야오조의 즈리가네 역은 호평을 받아 근래에 다시없을 대성황을 이뤘다'고 적고 있으며 '교우가 자노메 우산•을 쓰고 나와 당시 시중에 자노메 우산이 유행했다'고 말한다.

다음 상연극이었던 「와다갓센온나마이즈루」에 대해서도 나는 많은 추억을 가지고 있다. 첫 번째는 우시노스케라는 예명을 쓰

• 중앙과 둘레를 감색·적색 등으로 칠하고 중간은 백색 따위로 하여 큰 고리 모양의 무늬를 놓은 우산.

던 시절의 6대 기쿠고로에게 처음으로 관심을 갖게 된 것이다. 우시노스케는 그 전년도에도 센본자쿠라에서 곤타의 아들 젠타로 나왔는데 그것은 나중에 연대기를 보고 알게 된 사실로, 5대 기쿠고로에게 나보다 한 살 많은 우시노스케라는 귀여운 예명을 가진 아들이 있다는 점을 알게 된 것은 단주로가 맡았던 여장부 한가쿠의 아들 이치와카 때가 처음이었다. 이치와카는 소년이면서도 갑옷을 두르고 전쟁터에서 용감하게 싸우고 있었다. 그 밖에 사사키 쓰나와카마루와 지바 스케와카마루 같은 어린 무사들과 대담을 나누는 장면이 있었는데 나는 내 또래이면서도 멋진 투구와 갑옷을 입을 수 있는 아역 배우들이 부러워 죽는 줄 알았다. 단주로의 한가쿠에 해당되는 기록은 '각본은 종래의 『와다갓센온나마이즈루』 그대로인데, 적진 돌파 장면에 나오는 한가쿠는 하나로 묶은 머리에 띠를 두르고, 전투복과 갑옷토시를 하고 가죽장화를 신어 옛날 전쟁 의복 차림을 재현해 관객을 놀라게 했다. 이를 두고 사내인지 계집인지 구별할 수 없다며 빈정대는 사람도 있었다'. 그리고 '기모노를 입은 가냘픈 여인이 휴지를 문에 대고 미는 장면에서 단주로의 아주 사실적인 연기가 때로 일부 관객의 비난을 사기도 했는데 이는 사실에 충실해 풍속을 재현하려는 연기 버릇 중 하나로, 교우의 호평에 반해 한가쿠 역은 엄청난 혹평을 받았다'고 적고 있으며, 나도 사실적 묘사가 뭔지 자세히는 모르지만 안 그래도 외모가 딸리는 단주로가 그 분장을 했을 때는 역시 조금 추악해 보였다. 그리고 언제나 연기력 덕분에 실제보다 몸집이 커 보였는데 이때는 몹시 작아 보였다. (어쩌면 일부러 여성스러움을 강조하기 위해 몸을 움츠리고 연기를 했는지도 모르겠다.) 이와 관련해 일찍이 6대는 단주로의 「도조 사」에서의 연기를 '처음 등장한 순간에는 참으로 못난 얼굴이라고 생각했으나 춤을 추기 시작하자 얼굴 따위는 보이지도 않았고 그저 근사한 여자로만 보이는 것이었다'라고 평했는데 한가쿠의 경우도 그랬다. 이치와카의 자해 장면에서 기모노를 입은 자태는 그 툭 튀어나온 눈과 두툼한 입술 따위를 깨끗이 잊게 만들었다. 문밖에서 이치와카가 '나무아미타불' 하며 염불을 외우는 것을 듣고 소리 내어 울음을 터뜨리고 마는 장면은 단주로가 아니면 불가능한 연기라고 느꼈다. 나는 그 후 분라쿠 극단의 인형극 외에는 한동안 이 해학극을 본 적이 없는데 몇 년 전 타계한 바이교쿠가 연기하는 것을 오랜만에 보고 다시금 단주로의 연기를 떠올릴 수밖에 없었다. 바이교쿠도 훌륭한 배우였지만 그때 무대는 예전 단주로의 것과 비교하면 심심했다.

4월에 가부키 극단에서 이치와카 역을 맡은 6대 기쿠고로를 본 나는 그로부터 두 달 뒤 뜻하지 않게 가키가라초 길에서 분장을 하지 않은 그를 만날 기회가 있었다. 그것은 같은 해 6월 28일로 그의 의형인 기쿠노스케가 타계, 30일 장례 행렬이 신토미초에 있던 자택에서 출발해 사쿠라바시와 요로이바시, 닌교초를 지나 다이운 사라는 절로 향하는 길목에서였다. 장례 행렬이 지나는 길은 이미 알려져 있었기 때문에 배우들의 얼굴을 보려고 너나 할 것 없이 달려나와 길을 메웠고 나 역시 요로이바시 거리에 있는 미하라도 근처에 서서 행렬이 오기를 기다렸다. (내가 설마 결석하고 보러 갔을 리는 없기에 그날은 아마도 일요일이었거나 늦은 시각에 장례식이 치러졌을 것이다.) 나는 장례 행렬에 반드시 우시노스케가 있을 거라 기대했는데 예상대로 그는 중절모를 쓰고 가문이 새겨진 상복 차림으로 인력거를 타고 있었다. 나는 이미 열두 살이었기에 예전에 입었던 근사한 기모노는 입을 수 없었지만(내가 입던 옷은 모두 동생 세이지가 물려받았다) 나도 잘살았을 때는 저렇게 멋진 기모노를 입었는데 하면서 우시노스케의 모습을 보며 철없던 어린 시절이 떠올라 회한에 젖고 말았다.

기쿠노스케의 장례식이 끝나고 열흘쯤 지난 7월 9일 만담가로 유명한 이치카와 신조가 타계했다. 그리고 그 장례 행렬도 닌교초를 지났다. 세이세이엔의 『연극사』에 따르면 신조는 본래 다야스 집안의 침선장 아들로 무사 역할이나 충직한 역할 말고도 정사 장면이나 여인 역할까지 능숙하게 해내는 것은 동문 야오조에 뒤지지 않는 까닭에 자연스레 야오조의 호적수였다고 한다. 게다가 야오조가 춤에는 젬병이었지만 신조는 그 방면에도 뛰어나 춤사위나 대사가 차지고 풍성했으며 단주로를 닮은 음성이 낭랑하고 달변가인 데다 심지어 글재주도 뛰어나 『고가라시』라는 소설을 출간하기도 하고, 잡지에 기고도 했다. 또한 야다 게이야矢田恵哉, 사기류파 해학극의 대가에게 연기를, 이치카와 만안市河萬庵, 서예가에게 서예를, 나카노 기메이中野其明에게 회화를 배워 세쓰도雪童라는 예명으로도 활동했다. 다방면에 재능을 보이던 그는 고전이든 신작이든 가릴 것 없이 각본 해석에도 능해 사실상 차기 단주로라는 장밋빛 미래가 약속된 배우였지만 안타깝게도 마흔을 넘기지 못한 채 세상을 떠나고 말았다. 스승이었던 단주로도 그의 죽음을 애도하며 "근대화에 맞춰 가부키도 변화해야 한다는 내 개량 의견•은 끝난 것 같다. 내가 나오는 곳에서는 다른 배우들도 조심했지만 각기 단독으로 연기할 때는 제 맘대로 했다. 그것을 참고 함께해 준 것이 고故 신조다. 그는 최고의 배우였다. (…) 신조가 살아 있다면 나의 개량주의가 내가 죽어서까지 이어졌을지 모른다"고 말했고, 신조 자신도 그런 포부가 있었던지 "차기 단주로가 될 자는 나다"라며 큰 소리 쳤으며, 항간에서는 그에게 '10대 단주로'라는 별명을 붙여주었다. 나는 그가 메이지 28년(1895)경, 엔기 극단에서 야오조와 불꽃 튀는 연기를 벌이던 시절에 아마 두세 번쯤 구경을 갔었고, 그는 안구 질환으로 붕대를 감고 무대에 서기도 했는데 앞서 말한 「고치야마」 말고는 기억에 남아 있는 것이 하나도 없다. 『가부키 연대기』에 '생전에 교도직 중강의**였으므로 유해는 전통 의상으로 입관하여 신전식을 치르고 야나카 공동묘지에 매장했'고 기록하고 있는데 그토록 유명한 배우였음에도 신전식 장례가 쓸쓸하기 그지없었을뿐더러 참석자도 손에 꼽을 정도였다. 항간에는 그의 빠른 출세에 반감을 품고 질투하던 사람이 많았으며 그 자신도 재주를 자만했다고 하니 어쩌면 이러한 면이 원인이 되었는지도 모르겠다. 리엔梨園이라는 가부키 세계에서 히시다 슌소菱田春草, 일본화의 혁신에 공헌한 화가라고도 할 수 있는 신조의 안구 질환은 메이지 26년(1893)경에 발병하여 점점 더 악화되는 바람에 적십자병원과 대학병원에 진료를 다녔는데 명의 스

• 연극개량운동. 메이지 시대에 가부키를 근대사회에 어울리는 내용으로 각색하자는 움직임이 일어났고 단주로가 앞장서 실천하면서 후세 가부키 근대화의 초석이 되었다.

•• 국민의 교화를 목적으로 종교인 외에도 하이쿠 시인, 만담가 등에게 임명한 직책.

크리바ⱼₗₗᵢᵤₛ Julius Karl Scriba, 일본 최초로 두개골 절제술을 행함의 치료를 받고 호전되는 듯했으나 3년 뒤 단주로의 「시게모리칸겐」에서 무네모리를 연기할 즈음 지병이 재발해 쓰러지고 말았다. 장례식 날 몰려든 구경꾼들은 "신조의 병은 그냥 눈병이 아니라고. 그건 매독 때문이야" 하고 수군댔는데 그는 요코하마의 여각 객주 니시무라의 첩이었던 오카모토 미쓰의 총애를 받다가 훗날 그녀의 양자가 된 이력을 지니고 있으니 어쩌면 그 소문이 사실이었는지도 모른다.

같은 달 11일부터 가부키 극단에서 기쿠고로가 모쿠아미 원작의 「고자루시치노스케」에 나왔는데 보러 가지는 않았지만 줄거리가 잔혹한 데다 야비하고 외설스럽다는 이유로 『지지호도時事報道』를 시작으로 신문마다 비난과 공격을 퍼부었기 때문에 일주일 만에 경시청에서 상연 중지를 명했고, 활판소에서는 어머니와 외삼촌이 만나기만 하면 그 이야기를 했다. 그리고 11월에는 가부키 극단에 「진세쓰 유미하리쓰키」와 「시헤이코나나와라이」가 올려져 단주로가 다메토모와 시헤이를 연기한다며 외삼촌이 어머니와 나를 두고 혼자 보러 갔다가 전단지를 가지고 돌아오셨다. 그리고 보니 메이지 26년(1893)에는 가부키 극단 입장료가 3엔50전이었던 것이 "이번엔 이것저것 쓰고 나니 20엔이나 들었어. 이젠 연극도 함부로 못 가겠군" 하면서 외삼촌이 투덜댔던 것은 아마도 메이지 30년(1896)경이었을 것이다. 아마 그 때문이었는지 이듬해 봄 공연에는 이류 극장인 나카스 마사고 극단에 갔다. 첫 상연극은 「시라누히」, 중간극의 상편이 「게이세이타다노리」이고 하편이 「야마토바시」, 두 번째 상연극은 「오시즈레이조」에서 다다노리와 레이조를 가키쓰로 부르던 시절의 15대 우자에몬, 노부타카와 오시즈를 도쓰쇼 시절의 선대 소주로가 연기했는데 아직 둘 다 연기가 미숙하긴 했어도 젊은 혈기가 절정을 이뤘던 때라 그 싱싱하고 아름다운 모습에 푹 빠지고 말았다. 『가부키 연대기』는 한 해 전 마사고 극단에서 상연한 가키쓰에 대해 '눈에 띄게 성장한 가키쓰의 「오비야」와 「다케몬」에서의 훌륭한 연기는 백부 기쿠고로를 그대로 빼닮았다'고 평했는데 아마 이 무렵부터 연기를 인정받기 시작한 모양이었으나 처음엔 외모 때문에 인기를 끌었던 게 아닌가 싶다. 이즈음이었는지 혹은 이보다 조금 지나서였는지 어느 날 내가 가이라쿠엔에서 나오자 문 앞에는 인력거를 타려는 가키쓰가 있었고, 세상에 이렇게 아름다운 남자가 있을까 싶어 넋 놓고 바라보던 사이 인력거에 올라타는 그의 옷깃이 젖혀지면서 백옥같이 하얗고 늘씬한 종아리가 살짝 보였는데 다리가 어찌나 아름다웠던지 깜짝 놀란 적이 있다. 하지만 가키쓰는 호탕하고 시원시원해서 미인 역할보다는 다다노리나 레이조가 더 잘 어울렸고 도쓰쇼는 통통해서 노부타카보다는 오시즈 역이 더 어울렸다. 대체로 도쓰쇼 집안은 모두 요염한 매력이 있어 지금 소주로의 엔쇼 시절도 여자가 따라오지 못할 정도로 요염했고, 지금의 6대 가키쓰 역시 부친과 증조부의 영향을 받았는데, 그 옛날 「오시즈레이조」의 시인의 집 장면에서 4대 가키쓰는 온몸에 요염함이 흘렀다. 극 중에서 레이조는 일본 최고의 미남, 오시즈는 일본 최고의 미인이라는 설정이었는데 가키쓰와 도쓰쇼에게 더없는 역할이었으나 의리를 지키려는 레이조가 생이별을 한 뒤 쓰러져 흐느끼던 오시즈의 처연한 자태는 소년의 가슴에도 오랜 세월 잊지 않을 감명을 주었다. 어머니도 그 장면은 훌쩍이며 보셨다. 그리고 우리는 무슨 까닭에서인지 마지막 장면을 남겨두고 자리에서 일어났는데 "이쯤에서 가면 더 이상 울지 않아도 돼"라며 어머니는 안심이라도 된다는 듯 말하셨다. 굳이 말하자면 내가 어릴 적부터 지금까지 무대 위에서 본 여자 역 가운데 그 요염함만큼은 도쓰쇼를 따를 이가 없었노라고 장담할 수 있다.

이 밖에도 단주로의 돈베에 역이나 바타라이의 미쓰히데 역을 기억하고 있지만 언제 어디서 봤는지는 잊고 말았다. 어쨌든 연극 이야기가 지나치게 길어져 일단 여기서 마무리를 지을까 한다. 게다가 그 뒤 얼마 지나지 않아 활판소도 망해서 외삼촌은 더 이상 우리를 극장에 데려갈 수 없었고 어머니와 둘이서 겨우 만담을 들으러 가곤 했을 뿐이다. 그러던 중 메이지 35년(1902), 아버지가 결국 파산했고 나는 열일곱 살의 나이로 쓰키지세이요켄(장소는 교바시 구, 우네메초)에 입주 가정교사로 들어가게 되어 그 뒤 몇 년 동안은 매일 그리운 가부키 극단 앞을 지나기만 했을 뿐인 터라 당연히 단주로와 기쿠고로의 마지막 4, 5년 동안의 연극은 볼 수 없었다. 그리고 메이지 36년(1903) 2월에는 5대 기쿠고로가, 9월에는 9대 단주로가 세상을 떠났으며 가부키는 한동안 침체기를 맞았다. 그러나 나는 활판소 외삼촌에게 받은 많은 보살핌 중에 5대와 9대의 연기에 대해 배울 수 있었던 것을 무엇보다 자부한다. 그것이 감수성 풍부한 소년으로 자라는 데 얼마나 큰 기여를 했는지 모른다는 것을, 나는 여기서 재차 강조하고 싶다. 외삼촌은 자기 누이의 자식이라서가 아니라 내가 연극의 참맛을 이해하고 있다는 것을 알고 나를 기쁘게 해주시려던 것이었다고, 지금도 그렇게 생각하고 있다.

유년에서 소년으로

아버지가 미곡상 거리에서 마루큐 상점을 하던 시절에 셋째 남동생이 태어났지만 다른 집으로 입양 보냈다는 것은 앞서도 언급한 바 있다. 그 후 미나미카야바초의 두 번째 집으로 이사하고 한두 해쯤 지난 메이지 29년(1896) 장녀 소노가 태어났다. 큰 딸이었기 때문에 아무 데도 보내지 않고 집에서 키우게 되었다. (그 뒤로 계집아이 둘이 연이어 태어났고 마지막으로 슈헤이라는 막내 남동생이 태어났지만 계집아이 둘은 남의 집으로 보냈다.) 어머니는 그때 서른셋으로 삼재였는데 젖이 돌지 않아 나는 줄곧 콘덴스트 밀크 심부름을 다녀야 했다. 당시에 모유를 대체할 수 있는 것으로는 지금도 판매되고 있는 독수리표 콘덴스트 밀크가 유일했는데 사람들이 밀크를 멜키라고 발음하던 것이 굳어버려 그냥 멜키라고 하면 독수리표 연유라고 알아듣던 시절이었다. 그 당시 니혼바시 거리 서쪽으로 오쿠라라는 양주점이 있었으며, 나는 매번 그곳까지 연유 심부름을 다녀야 했다. 아기에게는 찻숟가락 하나 정도 양의 진한 연유를 미지근한 물에 희석해서 먹였는데 나는 가끔 어머니 몰래 통 속에 들어 있는 걸쭉한 연유를 그대로 퍼 먹었다. 지금 먹어도 꽤 맛있지만 그때는 더 맛있었기 때문에 이렇게 맛있는 게 또 있을까 하고 생각했을 정도였다. 심지어 자주 먹으면 들킬까봐 바닥이 드러날 때까지 진짜 두세 번만 훔쳐 먹느라 그 귀중한 한 숟가락을 천천히 음미하면서 빨아먹었다.

그 양주점에는 멜키 말고도 단사리별시럽이나 보르도 적포도주 심부름을 갔었다. 단사리별은 약에 섞어 마시기 위해서였고 포도주는 아버지가 가끔 청주 대신 마셨던 것 같다. 아버지는 예전에 아오모노초에서 양주점을 했던 경험이 있어 그 시절 포도주, 브랜디, 리큐어, 베르무트, 셰리주 등 고급 양주에 관해 정통했기 때문에 오래전 익숙했던 그 술이 문득 떠올라 마시고 싶어졌을 거라 생각되지만 또 하나는 청주보다 양주가 더 위생적이라 몸에 좋을 것이라 여겨지던 시절이었다는 이유도 있다.

그 외에도 나는 다른 심부름으로 니혼바시 쪽에 갈 일이 많았다. 지물포점 하이바라는 그 당시에는 가이운바시 거리에 있었는데 축의금이나 조의금을 보낼 일이 있을 때마다 그 가게에 노리이레가미풀 먹인 종이나 끈 장식을 사러 갔다. (노리이레가미는 스기하라 종이를 말하는데 간사이 지방에서는 노리이레가미라고 하지 않는다. 도쿄에서는 노리이레가미를 그냥 '노리이레'라고 하며 지금도 사용하고 있다.)

건어물 가게 야마모토나 다랑어포 가게 닝벤, 차를 팔던 야마모토야마 같은 곳에도 자주 갔는데 병과자(요즘 도쿄에서는 병과자를 생과자라고 하는데 예전에는 병과자라고만 했다)는 어머니가 미하시도 상점 것만 고집해서 항상 고아미초까지 가야만 했다. 그 가게는 지금도 원래 있던 자리에 있는데 예전에는 입구가 요로이바시 거리 쪽으로 나 있지 않고 남향이었던 듯하다. 병과자를 사러 들어가면 주인이었는지 지배인이었는지 앞치마를 두른 사내가 나와서 과자를 담아주던 것을, 그가 서른가량 된 얼굴이 길고 피부가 하얀 사람이었던 것을 아직도 잊지 않고 있다. 그리고 요시초에 있는 사루야에는 양치대오리나무 끝을 잘게 쪼개어 부드럽게 만든 막대기와 이쑤시개를 사러 자주 갔었다. 요시와라 같은 유곽에서는 내가 대학에 들어갈 무렵까지 칫솔을 쓰지 않고 한사코 양치대오리를 사용했는데 여느 가정집에서도 34~35년 전에는 마찬가지였다. 그래서 매일 아침 이를 닦으면 입안에 양치대오리 부스러기가 한가득이었다.

니혼바시 부근에는 스와라야, 오쿠라, 스잔도, 마루젠, 하쿠분칸과 같은 출판사가 있었는데 열서너 살 때부터는 부모님이나 큰아버지께 받은 용돈을 모아 읽지도 않으면서 어려운 책을 사러 갔다. 어느 해인가 『쇼넨지다이』 임시 증간편이 소매점에 진열될 때까지 기다리지 못하고 하쿠분칸에 직접 사러 간 것이 처음이었는데 발행처에서 소매도 한다는 것을 그때 처음 알게 되었고 그 뒤로는 데이코쿠 문고의 『핫켄덴』, 속 데이코쿠 문고 『다이헤이키』도 일찌감치 사러 갔으며, 그 1000쪽에 달하는 두꺼운 가죽 양장본을 손에 넣고는 왠지 스스로가 멋져 보여 가슴 설레어 하며 집으로 향하는 길목에서부터 펼쳐 읽으면서 돌아왔다.

그리고 그 당시 학생들은 애국사상이 투철했기 때문에 제1권

에 나오는 고다이고 천황•에 의한 막부 타도 계획을 요리카즈가 아내에게 발설해 발각된 사건 「요리카즈카에리추賴員回忠事」와, 계획이 발각되어 스케모토와 도시모토가 무사 정권의 본거지인 가마쿠라로 송치되는 사건 「스케토모토시모토간토게코資朝俊基關東下向」의 대목에서 고다이고 천황의 북조당시 북조와 남조의 두 황실이 존재했음 정벌 계획을 「군君, 황족을 가리키는 말의 반역」이라 기록해놓은 것을 발견하고 나는 묘한 감정에 휩싸였다. 또한 제40권 마지막 대목에서 호소카와우마노카미남조가 적 시바가타쓰네북조를 물리치고 서국을 평정하는 대목에서 마지막 문장이, 즉 『다이헤이키』 전권의 마지막 문장이 '누구중국, 혹은 국가에게도 간섭받지 않는 시대가 되었으니 경사스러운 일이로다中夏無爲ノ代ニ成テ, 目出カリシ事共也'라는 한 구절로 매듭지어진 것을 보고, 남조가 패망하고 또다시 무사들의 천하가 되었을 뿐 아니라 아시카가 씨족의 통치 시대는 환란이 끊이지 않았다고 하는데 어째서 '경사스러운 일'이라고 했는지 이해할 수 없었다. 우에다 아키나리上田秋成 1734~1809, 국문학자, 시인의 『우게쓰모노가타리雨月物語』가 데이코쿠 문고의 희귀 전집에 실렸다는 이야기를 듣고 사러 간 적도 있는데 나중에 목판본이 있다는 것을 알고 이번엔 그것을 사러 스잔도에 가기도 했다. 스잔도에는 오시오추사이大塩中齋, 양명학자의 『센신도삿키洗心洞箚記』양명학 사상서도 사러 갔다. 소학생 주제에 그런 책을 읽게 된 데는 노카와 선생님 뒤를 이은 이나바 선생님의 영향이 있었다.

지금도 소장하고 있는 메이지 29년(1896)에 발행된 『서유기』

• 96대 천황, 무사 정권을 타도하고 일시적이긴 했으나 황실 정권을 수립함.

와 『유미하리쓰키』를 함께 묶은 것이 50전, 메이지 32년(1899) 4월에 발행된 『다이헤이키』가 60전이었는데 그런 책을 이따금 살 수 있었던 것은 외삼촌과 큰아버지가 주시는 용돈이 있어서였다.

그러고 보니 아버지는 어떻게 생계를 책임지고 계셨던 건지, 다달이 얼마를 버셨던 건지, 당시의 나로서는 도무지 모를 일이었다. 내가 아는 것이라곤 아버지는 이미 가키가라초가 아니라 가부토초로 출근하고 있었다는 사실뿐이다. 어떤 가게에서 일하는지, 월급은 받았는지, 직접 장사를 했던 건지, 장사는 쌀장사인지 주식 장사인지, 이런 사정은 짐작하는 수밖에 없었다. 하지만 사는 형편이 궁색했던 것만큼은 기억하는데 매달 말일이 다가오면 아버지는 어두운 얼굴로 미간을 찌푸리는 일이 잦았고 심지어 불평도 늘기 시작해 걸핏하면 우는소리를 하셨다. 그 대신 가부토초의 경매꾼들처럼 밖에서 저녁을 먹거나 술에 취해 들어오는 일은 없었다. 초저녁에는 반드시 집으로 돌아와 화로를 앞에 두고 곰방대에 불을 붙여 잎담배를 한 대 피우시며 어머니에게 세상 돌아가는 이야기부터 그날 있었던 일을 말하곤 하셨는데 자칫 자신의 짐작이 맞지 않아 뭔가 뜻대로 되지 않으면 결국은 가부토초 사람들 험담에서 시작해 세상에 대한 불평불만을 주절주절 늘어놓으며 어머니가 맞장구를 쳐주길 바라는 형국이었다. 아버지가 하는 말을 듣고 있자면 대개의 인간은 교활하고 쓸잘머리 없는 놈들뿐이고 아버지만이 정의의 사도 같지만 나는 곁에서 조용히 들으며 아버지 말씀은 백번 옳고 우리가 가난하게 사는 것은 아버지가 일을 하지 않아서가 아니라 사회가 아버지처럼 정직하고 덕을 중요시하는 남자를 필요로 하지 않아서라고 마음속으로부터 굳게 믿었던 나머지, 때로는 세상을 비관하는 작문을 써서 이나바 선생님께 보여드리곤 했다.

어머니도 나와 마찬가지로 세상이 나쁘지 아버지가 나쁜 게 아니라는 식으로 생각하려 애쓰는 듯 보였지만 외조부께서 물려주신 재산을 남김없이 탕진해버린 것은 아버지의 무능 탓이라는 것도 결코 잊지 않아 이따금 지난날의 영화를 회상하며 다시는 그 시절로 돌아갈 수 없는 신세를 한탄하시는 듯했다. 어머니는 오래전 아직 철도가 완전히 개통되지 않았던 시절에 아버지나 언니들과 인력거를 타고 하코네나 가마쿠라, 이카호 같은 곳에 놀러 다녔다는데 그 시절에는 인력거를 도쿄에서부터 며칠 동안 고용해 여행을 다니기도 했으며, 매달 하는 연극을 빼놓지 않고 보러 갔을 정도로 어머니의 문갑에는 내가 이름만 알고 있거나 어렴풋이 기억만 하고 있는 옛날 배우들, 즉 나카무라 소주로中村宗十郎, 반도 가키쓰坂東家橘, 8대 한시로巖井半四郎, 3대 다노스케澤村田之助, 2대 슈초坂東秀調, 4대 다카스케助高屋高助, 2대 메토라大西滿太郎 등 가부키 배우 사진이 가득 담겨 있었고, 나는 그것을 어머니가 돌아가신 뒤에도 지진으로 인한 화재로 잃어버리기 전까지 소중하게 간직했었다.

가만 생각해보면 아마 아버지가 돈을 벌어오지 못해 살림을 꾸릴 수 없었던 듯한 달에는 가끔 화로를 사이에 두고 거친 말들이 오가기도 했다. 대부분은 이렇게 처량한 신세가 된 게 누구 탓이냐, 한 해가 다르게 궁핍해지는 걸 어쩔 참이냐, 어머니가 울먹이며 잔소리를 하면 아버지는 잠자코 고개를 떨어뜨린 채 입을 닫아버리셨다. 그럴 때마다 아버지의 표정은 미안함으로 가득했는데 말로는 못 하지만 내심 어머니께 빌고 계신 것만 같았다. 하지만 제아무리 면목이 없다손 치더라도 늘 그렇게 기가 죽어 있지만은 않았는데 어쩌다 욱하는 날에는 크게 싸움이 나기도 했다. 물론 몸싸움을 한 것은 아니지만 한번은 어머니가 코를 풀었던 휴지를 말아서 화로 반대편에 앉아 있던 아버지 무릎에 던진 것이 화근이 되어 아버지가 어머니에게 손찌검을 했다. 그때까지 잠자코 지켜보던 바야가 부엌에서 뛰어나와 두 분을 말리려 달려들자 싸움이 더 커졌고 참다못한 어머니가 울면서 보따리를 싸서는 바야가 한사코 말리는 것도 뿌리치고 친정으로 가버리고 말았다. 외조모나 외삼촌에게서 연락이 올 거라 여긴 아버지는 좌불안석이 되어 화로 곁을 떠나지 못하셨는데 짐작대로 한 시간도 지나지 않아 활판소 일꾼이 데리러 왔다. 그리고 밤이 깊어서야 비로소 부부가 함께 집으로 돌아왔지만 그로부터 2~3일간은 서로 말을 안 하고 지냈다.

"준이치, 부모님이 아직 서로 말을 안 하던가요?"

바야는 걱정이 되어 몇 번이고 되물었다.

당시 대관저택 주변에 교분이라는 해산물 가게*가 있었는데 여주인이 매일 아침 주문을 받으러 왔다. 그곳의 생선이 도쿄에서 제일 신선하다는 것은 모두가 아는 사실로 여주인의 자랑이기도 했는데 그래서인지 생선장수가 둘러메고 다니며 파는 생선에 비해 훨씬 더 비쌌기 때문에 집안 형편이 점점 안 좋아지자 아버지는

---

* 생물을 팔기도 하고 회를 뜨거나 조리해서 팔던 곳.

"절약해야겠어. 이제 그렇게 비싼 생선은 안 돼."

하면서 어머니께 잔소리를 하셨고

"가다랑어회 같은 건 꿈도 꾸지 말라고. 전갱이나 정어리만으로 충분해."

라고 말하셨지만 어쨌든 교분은 이곳으로 이사 오기 전부터 거래를 하는 사이로 여주인이 직접 주문을 받으러 오는 까닭에 어머니가 그리 쉽게 거절할 만한 상황은 아니었다. 여주인은 아침 10시경, 아버지가 출근한 다음에 왔는데

"안녕하세요, 오늘은 뭘로 드릴까요?"

하고는 뒤쪽 출입문을 드르륵 열었다. 그러고는 품목이 적힌 가느다란 막대기를 꺼내 그날 들어온 생선 이름을 하나씩 읽어 내려갔다. 왜 그런지는 몰라도 재빨리 읽고 얼른 생선을 팔고 가는 게 아니었다. 20~30분 동안은 장사와는 상관없는 수다를 떨면서 시간을 보냈다. 수다를 떨면서도 계속 문 앞에 서 있었는데 어머니도 줄곧 서서 이야기하고 있었던 걸 보면 정말이지 느긋한 시절이었던 듯싶다. 어머니는 객쩍은 수다를 들어주는 척하면서도 속으로는 물건을 사지 않고 돌려보낼 수 있을지, 정 어렵다면 생선 한 토막 정도는 사줘야겠지 하는 속셈이었을 텐데 여사장은 여사장대로 이렇게까지 끈질기게 버티고 있으면 뭐라도 하나 사주지 않고는 못 배기는 허세 가득한 어머니의 약점을 훤히 꿰고 있어 결국 여사장의 승리로 끝났지 그냥 돌아가는 법은 없었다. 어머니는 당신이나 자식들은 그렇다 쳐도 아버지를 위해 술안주가 될 만한 생선회 한 접시 정도는 준비해두고 싶어했고, 아버지도 구시렁거리긴 했어도 일단 밥상 위에 오른 회를 보면 화를 내

기는커녕

"역시 이 집 생선이 최고야."

라든가

"여기 아니면 이런 거 못 구하지."

하면서 혀를 차셨다.

　그때는 생선이나 소, 닭고기보다도 푸성귀가 싸서 그랬는지 아니면 어머니 식성 때문이었는지 평소 우리 집 반찬은 주로 푸성귀였다. 연근, 토란, 고구마, 쇠귀나물, 우엉, 당근, 잠두콩, 풋콩, 강낭콩, 죽순, 무 같은 것을 간장과 설탕, 가쓰오부시로 맛을 낸 것이 많았기 때문에 애들이 맛있게 먹을 리가 없었다. 기름에 볶기라도 한 우엉볶음이나 가지볶음, 곤약깨소금볶음이라든지 겐칭국두부, 표고 등을 기름에 볶아 장국에 넣은 국은 좋아했지만 이런 반찬은 손이 많이 가서인지 평소에는 별로 먹을 일이 없었다. 명태힘줄이나 명태어묵 같은 게 풀때기보다는 차라리 나았다. 하지만 푸성귀 중에서 참마는 좋아했는데 '많이 먹으면 배가 더부룩해진다'는 말에도 아랑곳하지 않고 더 달라고 해서 먹었다. 생선은 구이보다는 조림이 많았는데 광어, 가자미, 쥐노래미, 전갱이, 대구, 청어, 상어는 모두 조려서 먹었고 구워 먹는 것은 겨우 반건조 가자미, 성대, 멸치, 날치 정도로 나는 생선조림을 싫어했다. 어쩌다 일요일 같은 날 튀김 요리를 할라 치면 아버지까지 부엌에 나와 가족 모두가 야단법석이었는데 자주 있는 일은 아니었다.

　여름이 되면 가끔 밥이 쉬기도 했는데 아버지가 아깝다며 그것을 먹으라고 하시면 정말 지옥이 따로 없었다. 쉰내가 심하면 주먹밥을 만들어 간장을 묻혀 구워 먹었는데 그래도 역한 냄새는 참기 힘들었다. 반대로 가장 좋았던 것은 매달 10일, 외조부의 명복을 비는 날이었다. 기일은 6월 10일이었지만 매달 이날이 되면 고방에 딸린 방에서 옻칠을 한 탁자에 크게 확대한 외조부 사진을 놓고 서양 요리를 한 접시 올렸다. 서양 요리를 고른 것은 세련된 외조부가 늘그막에 양식을 즐겼다는 이유에서였지만 젯밥에 눈독 들이고 있는 나와 동생 세이지를 위한 것이기도 했다. 처음엔 한 접시가 아니었지만 점점 줄어들더니 어느샌가 한 접시만 놓는 게 당연시되었고 파슬리를 뿌린 오믈렛이 야요이켄이나 호메로에서 배달되었다. 항상 오믈렛을 시키는 것도 우리 형제가 사이좋게 나눠 먹을 수 있어서였을 것이다. 그날이 되면 학교에서 돌아와 제사상 앞을 오가며 외조부께 절을 하면서 한 눈으로는 오믈렛을 노려보며 저녁이 오기를 기다렸다. 이윽고 밥상이 차려지면 내 것과 동생 것을 비교해가면서 살짝 부푼 달걀옷을 아껴 먹었다.

양식 이야기를 하니 생각난 것인데 그때는 '서양 요리'에 양식이라는 이름은 없었다. 우리 집에서는 외조부의 명복을 비는 10일을 빼면 배달 음식을 시키는 일이 없었지만 활판소에서 저녁을 먹는 날에는 외삼촌이 시켜주곤 했다. 외삼촌도 외조부의 영향으로 서양 요리를 좋아하셨던지 고아미초 요로이바시 거리에 있는 아즈마테이라는 식당에서 배달을 시켰다. 어느 날 아버지는

"얼마 전에 먹은 서양 요리 이름이 뭐지? 거참, 그게 먹고 싶은데 이름이 영 생각나질 않는군."

이라고 말하곤 잠시 생각에 잠기시더니

"맞아, 그거였어."

하시면서 벼룻집에서 종이를 꺼내

"멘치에키스"

라고 적어 하녀에게 주셨다.

메이지 시대의 서양 요리는 일본인 취향에 맞게 개량된 것이 아니라 서양식을 그대로 따라한 것이었기 때문에 요즘 양식보다 오히려 더 세련됐었다. 가령 소스 하나라도 진짜 영국산 굴 소스밖에 없었다. 쿠페 빵이나 크루아상도 없던 시절이라 무조건 사각빵이라 불리던 영국 빵이거나 양끝을 묵어서 비튼 꽈베기빵이 많았다. 서양 요리 외에 활판소에서 가장 많이 먹은 것은 다마히데라는 식당에서 파는 '가시와'였다. (가시와는 사전에 '黃雛(황추)'라는 글자가 병기되어 있고 깃털이 황갈색인 닭, 혹은 고급 닭고기라고 설명해놓았다. 요즘에도 간사이 지방에서는 닭고기를 가시와라고 부르기도 하는데 간토 지방에서는 내가 어렸을 적엔 그렇게 불렀지만 지금은 아니다.) 다마히데 식당은 활판소 바로 옆집인가 그다음 집인가 했는데 가깝기도 할뿐더러 간사이 지방의 가시와와는 전혀 다른 완전히 도쿄식으로 깔끔한 맛을 낸 부드럽고 맛있는 닭고기였기 때문에 외삼촌은 자주 시켜 드셨다. 지금도 영업 중인 고아미초의 기요카와라는 곳에서 장어 요리도 자주 사주셨다.

아버지의 위장병은 시마 온천으로 치료를 다녀온 이후 얼마간 잠잠하더니 미나미카야바초로 이사 오고 몇 년 뒤 한밤중에 변소에 가시다가 위궤양 발작이 일어나 마루에서 쓰러지셨다.

"준이치, 아버님한테 큰일이 났어요."

라고 소리치며 바야가 나를 깨웠을 때는 아버지가 어머니와 바야에 의해 안방으로 옮겨진 뒤였다. 바야는 서둘러 의사 선생님을 부르러 갔고 나는 어머니가 어서 활판소에 가서 알리라고 해서 숨을 헐떡거리며 가키가라초로 단숨에 달려갔는데 그때만큼은 캄캄한 밤길도 무섭지 않았다. 아버지의 위궤양은 한 달 정도 지나면서 차츰 좋아졌지만 그 뒤로도 위장병이 자주 도져서인지 '오늘은 밥맛이 없군'이라든가 '당분간 술을 끊어야겠어' '역시 술 한잔 해야 입맛이 돌겠는걸' 하시면서 배를 쓸어내리거나 큰 소리로 트림을 했다.

　어머니는 좀처럼 병치레를 하는 분이 아니었다. 가녀리고 말라 보였지만 실제로는 제법 살집이 있는 체형이었다. 더운 날에는 팔을 걷어붙이고 팔뚝을 어깨까지 드러내놓고는 부채질을 했는데 하얀 속살을 자랑하고픈 속내가 있었는지도 모르겠다. 유복하게 자라서 다부진 근육 같은 건 없었지만 의외로 튼튼했던 것은 원래 건강한 체질이었기 때문이리라. 그런데 요즘이라면 간단하게 고칠 수 있는 단독丹毒•으로 아마 내가 알기로는 처음으로 병상에 누웠고 쉰을 겨우 넘긴 나이에 돌아가셨다. 신기할 만큼 심장이 튼튼하다는 의사의 말도 있어서 본인도 나도 설마 그렇게 가리라고는 생각지도 못했다. 나는 아버지와는 반대로 지금까지 위장병을 앓아본 적이 없는데, 열 살 무렵에 세이지와 함께 홍역에 걸렸던 것과 두어 번 독감에 걸린 것 외에 66~67세가 될 때까지 병상에 누워본 일이 거의 없었던 것은 어머니의 체질을 그대로 물려받아서인 것 같다.

• 병원성이 있는 세균이 인체에 기생함으로써 생기는 전염병.

슬펐던 일과 기뻤던 일

    장남이라서 응석둥이로 자란 나는 형제들 가운데 부모님 속을 가장 많이 썩였는데 그럼에도 혼난 기억은 별로 없다. 가장 오래 전 일로 기억되는 것은 미나미카야바초의 첫 집에서 살았던 예닐곱 살 때의 일로 어머니는 화가 나서

    "알았다, 알았어. 그렇게 말도 안 되는 소리나 하니 오늘은 뜸을 떠야겠다."

하시면서 바야를 시켜 내 새끼발가락에 뜸을 뜬 일이 있었다. 어머니는 내가 말을 듣지 않을 때마다 '뜸을 뜨겠다'며 쑥과 향을 꺼내오셨는데 바야가 중간에 끼어들어

    "다신 안 그럴게요. 잘못했어요."

하면서 엎드려 빌라고 시켜서 용서받곤 했기 때문에 내가 마음속으로 얕보고 있던 차에 그날은 바야도 어머니 편에 서는 바람에 당황한 나머지 나는

    "다신 안 그럴게요. 잘못했어요."

하며 큰 소리로 빌었지만 결국 붙잡혀 뜸을 떴다.

"앗 뜨거워! 앗 뜨거워!"

나는 비명을 지르며 버둥거려봤지만 바야가 움직이지 못하도록 발을 잡고 있었다. 그러고는

"그럼 이제 안 할 거죠? 이걸로 끝이에요."

하고 바야가 말하는데 어머니가 발가락에 또다시 뜸을 뜬 것이다. 솔직히 말하면 나는 뜨거운 뜸보다 어른 둘이서 나를 붙잡아 제압하고 형벌을 가하는 것이 더 무서웠다. 또 뜸을 뜰 때보다 2~3일 뒤 발가락에 상처가 생겨 따끔거리는 게 더 싫었다. 나는 발가락이 아플 때마다 그날 일이 생각나 우울해진다.

물론 이런 일은 두어 번으로 그쳤는데 어느 날 뜸을 뜨고 있을 때 아버지가 귀가해

"무슨 일이야? 애가 울잖아. 아이고 가여워라."

하시면서 나를 안아

"엄마가 뜸을 떴구나. 그래그래, 이제 괜찮다. 이제 괜찮아."

하시며 어쩐지 소름끼칠 정도로 다정하게 달래주던 기억이 있다. 그렇다고 아버지한테는 혼난 일이 없느냐고 묻는다면 그렇지도 않다. 아버지는 아버지 나름대로 혼내는 방법이 있었다. 어느 해였는지 야마우지 친척들과 오다이바 해안에 배를 타고 낚시를 갔을 때의 일로, 내가 제일 먼저 바다에 뛰어들었는데 생각보다 깊은 곳으로 발이 닿지 않아 기겁하고 다시 배에 기어올랐더니

"이 멍청아, 네놈은 왜 이리 덜렁거리냐."

하고 아버지는 친척들 앞에서 일부러 큰 소리로 야단을 치셨다.

"헤엄도 못 치면서 뭐가 잘났다고 남들보다 먼저 뛰어드느냐

말이다."

　아버지는 내가 바다에 빠져 죽을 뻔했기 때문에 놀라기도 했지만 온 가족이 보고 있는데 아들자식이 멍청한 짓을 한 게 민망해서 부아가 치밀었던 것이다. 나는 그깟 실수 하나 한 걸로 그렇게 난리를 치면서 유난스레 창피를 줄 것까지야 없지 않나 싶어 고약한 아버지가 원망스러웠다. 어머니는 배를 싫어해 그곳에 가지 않으셨기 때문에 아버지는 집에 돌아오자 또다시 그 이야기를 꺼냈고 부모님은 번갈아가며 나를 혼내셨다.

　이 사건보다 조금 먼저 일어난 일로, 어느 일요일 내가 혼자서 나무를 깎아 칼을 만들려고 한 적이 있었다. 손재주가 젬병인 내가 아무리 해도 칼 모양이 나지 않아 끙끙거리고 있자니 이를 본 아버지가

　"어디 보자, 이리 가져와봐라. 이걸로 뭘 만들 게냐?"

하시고 처음엔 상당히 기분이 좋았는지, 이렇게 해달라, 저렇게 해달라 하고 내가 성가신 주문을 해도 귀찮아하는 기색 없이

　"여길 이렇게 하라고?"

하며 내가 말하는 대로 깎아주셨다. 나는 내가 원하는 모양이 나오는 것을 보고 여기에 금박을 입히면 근사해질 거라는 생각이 들어 더할 나위 없이 기뻤다. 흥분한 나머지 내가 계속해서

　"거기 조금 더요."

라든지

　"아직 아닌 것 같아요."

라고 하면서 이러쿵저러쿵 말이 많아지자 아버지는 기어코 불끈 성을 내시며

"왜 이렇게 말이 많아! 이럴 거면 네 맘대로 해."

하시더니 갑자기 마구잡이로 부러뜨려 내동댕이쳐버렸다. 나는 공들여 만든 것을 보며 신나 있었건만 아무리 화가 난다 해도 굳이 부러뜨릴 필요까지 있었을까 싶어 아깝기도 하고 서럽기도 해 눈물이 하염없이 흘렀다.

바야가 죽은 것은 내가 열두세 살, 아니면 아무리 많아도 열네 살 무렵의 일로 기억되지만 확실하진 않다. 바야는 유모를 그만두고 식모처럼 부엌일을 했는데, 어느 날 밤 부엌에 쪼그리고 앉아 설거지를 하던 중 갑자기 몸이 왼쪽으로 기울어지면서 코에서 쏟아낸 엄청난 피가 양동이 한가득 넘쳐났다. 의사 선생님이 금방 달려와주신 덕에 뇌일혈이라는 것을 알고 식모 방에 잠시 눕혀놓았는데 며칠 지나 아자부주반에 살고 있는 딸이 데리고 갔고 얼마 지나지 않아 죽었다는 전갈이 왔다. 내가 태어났을 때부터 줄곧 집안일을 돌봐준 남다른 관계였지만 하필 가세가 기울었을 때 갑작스레 당한 일이라 필시 유족들에게도 충분한 사례를 했을 리가 없다. 그 후에도 바야의 손녀가 집안일을 거들러 오긴 했지만 오래 버티지 못하는 바람에 소개소에 부탁해 사람을 구했다. 하지만 그 당시 우리 형편에 식모를 들인다는 것은 분수에 넘치는 일이었기에 소개소에서 온 식모들도 자주 바뀌었고 부엌일을 할 사람이 없으면 부모님과 내가 번갈아서 해야 했다.

새로 온 식모가 말없이 도망가버리는 일도 종종 있었다. 심부름을 시켰는데 한참이 지나도 오지 않자 이상하게 여기고 식모 방을 살펴봤더니 가지고 왔던 짐이 사라지고 없는 것이었다.

"아이쿠, 도망간 게로군."

하고 부모님께서는 마주보고 실망하셨다. 할 수 없이 다음 식모가 올 때까지 며칠 동안은 내게 있어 최악의 나날인 셈이었다.

아버지는 어머니에게 옛날처럼 부유하지는 못해도 손에 물 묻히는 일이나 밥 짓는 일을 시키고 싶어하지 않았고 어머니도 그런 일을 해본 적이 없어 여전히 밥도 제대로 못 짓는 부잣집 마나님이었기 때문에 아무리 살림이 궁하다 해도 역시 식모를 둘 수밖에 없었다. 그래서 식모가 없는 날엔 아버지가 먼저 일어나 불을 지피고 솥을 안쳤는데 내가 아버지 대신 할 때도 있었다. 겨울에는 아침이 되어도 고방에 딸린 방에 호롱불을 켜야 할 정도로 어두웠으며, 부모님이 아직 주무시고 있을 때 나 혼자 일찍 일어나 부엌일을 해야 하는 건 저녁에 하던 램프 청소나 심부름보다 훨씬 더 지겨운 일이었다. 그때마다 나는 가난을 이기고 열심히 공부해 성공한 니노미야 긴지로二宮金次郎, 1787년생 농업정책가, 사상가의 어린 시절을 떠올렸는데 기운이 나기는커녕 아무리 생각해봐도 가난에는 진저리가 쳐졌다.

딱 한 번 나는 어머니께 매를 맞은 적이 있다. 이유야 어찌 됐든 어머니가 그토록 화를 냈다는 것은 중요한 비밀을 숨겼다는 것인데 만약 그것을 자백하면 다른 사람에게 피해가 갈지도 몰라 말을 할 수 없었다. 돈 문제도 아니었고 다른 사람이라는 게 누구인지 생각나지도 않지만 아무튼 나는 이것만큼은 목에 칼이 들어와도 말할 수 없다며 다짐했던 것 같다. 내가 어머니 앞에 불려가 무릎 꿇고 앉아 아무리 물어도 '몰라요'로 일관했기 때문에 어머니도 화가 나 화로에 걸쳐 있던 삼발이에서 쇠막대 하나를 빼더니 그걸로 내 종아리를 때리셨다. 그 쇠막대는 표면을 은

색으로 연마한 쇠로 만든 네 치 정도 되는 막대였다. 바야가 말리던 것도 생각나는 걸 보면 열두어 살 때 일이 틀림없는데 어머니는 바야가 말리는 것을 듣지 않으셨다. 때린다고는 해도 옷 위로 때렸는데

"왜 말을 못 해? 말을 못 하는 걸 보니 이상하잖아. 어서 말해. 말 안 하면 가만두지 않을 거야."

하시며 어머니는 내가 '몰라요'라고 할 때마다 한 대씩 때리셨다. 힘주어 때리지는 않았지만 같은 곳을 반복해서 때렸기 때문에 아픔은 점점 뼈까지 파고들었다. 나는 저항하거나 도망칠 수도 있었지만 그저 소리 내어 울며 이유는 대지 않고 '잘못했어요. 용서해주세요'라는 말만 되풀이했다.

이 매질이 어떻게 끝났는지는 기억에 없지만 결국 내가 마지막까지 버티고 말하지 않았던 것만은 확실하다. 나는 아버지가 돌아오시면 어머니가 일러바칠 게 틀림없다고 생각하고 또 매질을 당할까봐 덜덜 떨고 있었는데 의외로 어머니는 아버지를 보고 한마디도 하지 않으셨다. 나는 어머니가 속으로 자신이 너무했다고 자책하시는 줄도 모르고 왜 아버지께 아무 말도 하지 않는 걸까라며 이상하게만 여겼다. 슬펐던 이야기는 이쯤에서 마무리하고 다음은 기뻤던 일을 말하고 싶은데 과연 이 이야기가 어느 쪽에 해당될지는 의문이다.

아버지의 예측이 가끔은 들어맞기도 해 주머니가 두둑해져 돌아오시는 일도 있었는데 그럴 때는 무엇보다 일단 반찬이 달라졌기 때문에 요즘은 살 만한가보다라는 생각을 했던 것 같다. 아버지는

"오늘은 뭐든 맛있는 걸 사주지. 뭐 먹고 싶니? 소고깃국 먹을래? 서양 요리 먹을래?"

하시면서 좋아하는 것을 얼마든지 시켜주셨다. 아이들이 배불리 먹는 모습에 흡족해하는 아버지를 보고 어머니도 즐거워하셨다. 하지만 그런 경우 내 마음속에서는 항상 복잡한 감정이 끓어올랐다. 식탐이 강한 나는 좋아하는 음식을 마음껏 먹는다는 것이 좋긴 했지만 그런 식으로 또다시 겨우 번 돈을 흐지부지 써버리고 마는 아버지의 비루한 처지를 떠올리면 왠지 서글픈 생각이 들었다. 슬프다고 생각하면서도 나는 배가 터지도록 먹었고 그래서 다 먹고 난 뒤에는 더 서글퍼졌다.

아버지는 자신도 똑같은 중개인이면서 가키가라초나 가부토초 사람들이 돈 때문에 울고 웃는 경박함을 늘 조롱해오셨다. 이렇게 말하면 팔은 안으로 굽는다고 할지 몰라도 사실 내 아버지나 야마주 큰아버지는 그런 중개인들과는 달리 상당한 품위를 지니셨던 것 같다. 다니자키 집안사람 대부분이 가키가라초와 가부토초 주변에서 매매상이라는 직업을 가졌던 터라 나는 자연스레 그 세계 사람들과 접할 기회가 많았고 그리하여 그들의 기질을 잘 아는데, 어제는 호화스런 저택에서 사치스럽게 살다가 오늘은 단칸방에서 보기에도 딱할 만큼 초라하게 망가진다. 그러면 곧바로 '누구누구는 망했다'는 소문이 퍼지고 중개인들의 태도가 돌변한다. 어제의 친구라도 오늘의 실패자는 처다보지 않는 게 이쪽 업계의 규칙 같은 것이어서 당하는 사람도 불평하지 않는다. 반대로 어제까지 초라했던 사내가 하루아침에 일확천금을 손에 넣고 어깨에 힘을 주면 그 순간부터 어중이떠중이가 들러

붙어 손바닥 뒤집듯 아부하기 시작하는 것이다. 야마주 상점에서
도 나는 그런 사례를 여러 차례 봤다. 사소한 부탁이나 인사하는
방법에도 잘 차려입은 사람과 초라한 사람 사이에는 확연한 차이
가 있었다. 그리고 칠전팔기의 온갖 고생 끝에 성공해 행복한 말
년을 보내는 사람도 아주 없진 않았지만 대개는 보잘것없이 초라
한 최후를 맞는 사람이 열에 아홉이었다. 거듭 말하지만 내 아버
지는 넘어졌다가 단 한 번도 일어서본 적이 없으나 미곡상 거리
중개인 사이에서는 가장 안정된 방법으로 장사를 했고 그렇게 한
푼 두 푼 모은 돈으로 자산을 키워온 야마주 큰아버지조차도 말
년―내가 비로소 창작가가 되어 문단에 나왔을 무렵에는 생각지
도 못한 사건에 휘말려 안타깝게 유명을 달리하셨다. 큰아버지는
자식들에게 '무슨 일이 있어도 이 장사를 접고 좀더 건전한 일을
해라'라는 유언을 남기고 돌아가셨지만 아무리 그렇다 한들 사
촌들은 이제 와서 다른 직업을 택할 방도가 없었기에 할 수 없이
돌아가신 아버지의 뜻을 거스르고 쌀과 면사의 중개업을 계속했
으며 결국엔 빈털터리 신세가 되었다. 물론 몇 년 뒤에 일어난 일
이지만 아무튼 그런 이유로 나는 어릴 때부터 내 친족을 포함해
그 업계 사람들을 존경하는 마음이 우러나지 않아 나 자신만큼
은 친척들과는 다른 길을 가고 싶었고 그들의 세계에 들어가지
않겠다고 마음속으로 다짐하게 되었다.

부모님은 오래전에 오이소의 쇼린칸에 몇 번인가 놀러 가 머물
다 오신 이래 단 한 번도 기차여행을 할 만큼 여유롭지 못했지만
미나미카야바초 두 번째 집으로 이사하시고는 딱 한 번 우리를
데리고 닛코로 놀러 간 적이 있다. 아마 바야가 살아 있을 때로

부모님과 나와 열 살이 채 안 된 세이지도 함께였던 듯싶다.

　지금 생각해보면 부모님이 우리 형제를 데리고 여행을 가신 것은 이때 한 번뿐이었다. 아마 여름휴가가 끝나갈 무렵으로 무더위가 한창이던 그때 전날 밤부터 나는 좋아서 잠을 설쳤다. 하지만 기쁘면서도 내 가슴속에는 하나의 슬픔이 자리하고 있었다. 왜냐하면 아버지의 예상이 적중해 상당한 이문을 남겼다기에 나는 당연히 자고 올 줄 알았는데 '자고 오기는, 당일치기야'라며 아버지가 딱 잘라 말하셨기 때문이다. 모처럼 닛코 구경도 당일치기로는 도쇼 궁東照宮•의 '해 지는 것도 잊은 채 바라볼 정도로 아름다운 문'이라는 뜻을 가진 히구라시몬日暮門이나 태평성대를 의미하는 네무리네코眠り猫를 볼 수 있는 정도이지, 게곤 폭포나 주젠지 호수는 보지도 못한다고 생각하니 좋았던 마음이 반감되었다. 부모님은

　"오늘 우리가 닛코에 갔던 일은 다른 사람한테는 비밀이야. 활판소나 미곡상에 가더라도 말하면 안 돼."

라며 단단히 주의를 주셨다. 화창한 일요일 아침 일찍 집을 나섰는데 일요일에는 야마주 큰아버지가 자주 들르셨기 때문에 '오늘쯤 형이 오지나 않을까' 하시면서 아버지는 신경이 쓰였던지, '어쩌면 미곡상 형님이 올지도 모르니 아이들과 우에노에 놀러 갔다고 전하라'며 바야에게 단단히 일렀다. 나는 아버지가 오랜만에 돈을 벌었다는 사실을 외갓집은 몰라도 큰아버지한테조차 비밀로 해야 할 정도로 친척들에게 신용을 잃은 데다, 몇 년 만에 가

• 에도 막부의 초대 장군 도쿠가와 이에야스를 모신 신사.

는 나들이도 당일치기로 다녀와야 하는 것조차 친척들에게 들킬까봐 염려되어서라고 생각하니 그렇게까지 해서 어머니나 우리에게 잘해주려 애썼던 아버지가 고맙기도 했고 가엾기도 했다.

우에노에서 2등석 기차를 탔다. (당시에는 상등, 중등, 하등이라고 했는지도 모른다.) 나는 외삼촌이 본처인 오키쿠와 오이소의 군카쿠루에 머무르고 있을 때 활판소 인쇄장과 함께 놀러 간 적이 있는데 2등석을 탔던 게 그때가 처음이고 이번이 두 번째였다. 어머니도 중산층 차림을 하고 널찍한 자리에 앉아 창밖 풍경을 바라보는 것은 아마 결혼 후 7, 8년 만의 일이었던 듯싶다. 그리고 닛코 땅을 밟게 된 것은 아버지와 어머니도 우리와 마찬가지로 이번이 처음이었다.

그때 탔던 기차에 대해 기억나는 것은 출발할 때는 옆으로 긴 좌석이 창을 뒤로하고 양측으로 마주보고 있었으며 돌아올 때는 요즘처럼 로망스카2인용 좌석이 배치된 차량로 바뀌어 있었다는 점이다. 닛코로 갈 때 우리는 좌측에 우에노 산을 뒤로하고 앉았다. 이렇게 사소한 것까지 기억하는 이유는 내가 앉았던 좌석 대각선으로 빼어나게 하얀 피부의 귀족으로 보이는 기품 있는 아가씨가 양친과 나란히 앉아 있었던 것을 잊을 수 없기 때문이다. 소년의 눈에 연상의 여인의 나이는 가늠하기 어려워 그녀가 몇 살 정도였는지 모르겠지만 아마 열여덟이나 열아홉 정도로, 그보다는 많지 않았을 것이다. 나는 당시 『쇼넨지다이』 삽화에서 요조숙녀 같은 미인을 자주 본 적이 있지만 그런 미인이 실제로 존재한다는 것은 그때 알게 되었다. 나는 당연히 내 몸 안에서 '성에 눈뜨는 순간'을 느끼고 있었지만 소년의 넉살은 그녀를 응시하게 만들었다. 아니 얼굴뿐 아니라 머리카락, 목덜미, 고른 치열과 손가락, 발 끝까지 하나하나 놓치지 않고 집요하게 바라보았다. 그녀는 당시 미인으로 꼽히는, 코가 반듯하고 눈매가 또렷하며 갸름한 얼굴 로, 차 안의 시선이 일제히 자신에게 쏠리고 있다는 것을 알아차 리고는 얼어붙은 자세로 고개를 숙이고 있었는데 그래서 더더욱 그녀의 기품이 느껴졌고 숭고함이 주위를 압도하는 듯 보였다. 얼 굴뿐 아니라 손가락 하나하나에도 기품이 느껴졌는데 나는 그 손 가락을 바라보고 있노라니 온몸이 땀으로 흥건해졌다. 내가 귀족 같은 미인이라고 표현했던 것은, 나도 모르게 황홀경에 빠져 있 자니 그녀가 눈길을 둘 곳이 없었던지 무심코 내 쪽을 보고는 빙 긋 웃어 보였기 때문이다. 깜짝 놀라긴 했어도 나도 살짝 웃어 보 였는데 그 찰나의 놀라움과 황홀함—전율과도 같은 감정은, 혹은 그것이 내 첫사랑이었는지도 모른다. 그녀의 미소는 금세 사라졌 고 시선도 돌렸지만 미소를 지을 때 가장 인상적이었던 것은 가 지런하고 하얀 치아였다.

"도저히 비교가 안 되는걸."

아버지가 어머니 귓가에 대고 속삭이셨다.

"일단 격이 다르잖아. 저런, 근처에도 못 가지."

아버지가 이렇게 말하시고는 턱으로 가리키자 어머니도 조용 히 고개를 끄덕여 보였다. 나는 아버지의 말 한마디 한마디에 그 여인이 사람들 입방아에 오르내리는 인물이란 것을 눈치 채고 부 모님도 나와 같은 생각이라는 데 더할 나위 없이 기뻤지만 그래 도 그 여인과 비교되는 대상은 누구일까, '근처에도 못 간다'는 사 람은 어디에 있는지, 아버지가 슬쩍 턱으로 가리키던 쪽을 보니

여인과 같은 열에, 남편으로 보이는 사내와 나란히 앉은 가무잡
잡하고 나이 많은 화류계 쪽 여인이 있었다. 가무잡잡한 것은 외
삼촌의 애첩이었던 오스미와 닮긴 했지만 오스미처럼 요염하지도
못해 아버지가 하필 저런 여자를 '근처에도 못 간다'고 말하면서
저렇게 청순가련한 아가씨와 비교하는 까닭이 뭔지, 어른들은 정
말 고약한 취미가 있다고 분개했으며

　'아가씨, 우리 아버지가 말도 안 되는 소릴 했지만 부디 용서해
주세요. 나는 죽어도 그렇게 생각하지 않으니까요.'
하면서 마음속으로 합장했다.

　닛코에서는 특별히 이렇다 할 일이 없었다. 단지 아버지가 '고
니시'라는 료칸 이름을 알고 있어 잠시 그곳에서 휴식을 취한 것
과 처음으로 다이야 강과 간만가후치의 시냇물을 보고서야 비로
소 꿈이 어느 정도 이루어진 듯한 기분이 들었다. 그래도 역시 도
쇼 궁 구경만으로는 뭔가 아쉬워 적어도 가장 가까운 거리에 있
는 게곤 폭포라도 가보고 싶다고 졸라댔더니 혼자 다녀오라며, 늦
으면 료칸에서 하룻밤 자고 오라고 돈을 주셨고 여기서 그리 멀
지 않으니 다녀올 때까지 기다리마 하셨다. 나는 인력거에서 내
려 혼자 터벅터벅 올라가다가 차츰 불안해져 결국 포기하고 돌
아와 외톨이가 될 뻔했던 일을 겨우 피해갈 수 있었다. 기억 나는
것은 이 정도로, 결국 그날 닛코 여행에서 가장 즐거웠던 것은 우
에노에서 닛코에 도착할 때까지 걸린 몇 시간, 기차 안에서 마주
보고 앉았던 그 여인을 본 일이었다.

외갓집 삼촌과 미곡상 큰아버지

우리 일가가 미나미카야바초 56번지로 이사한 뒤로도 10여 년간 활판소의 기계 소리는 멈추지 않았지만 주색잡기에 푹 빠져 살던 외삼촌이 도무지 일에 마음을 두시지 않았던 까닭에 경영난이 점점 심해져 신용을 잃어가고 있었다. 오스미는 오키쿠가 친정으로 돌아간 뒤 아주 잠시 동안 안방을 차지하고 앉았지만 진작부터 또다시 화류계에 얼굴을 내밀기 시작했다. 그렇다고 외삼촌과 영영 헤어진 것도 아니어서 두 사람은 가끔 다이치 연안에서 만나곤 했다. 외삼촌은 가진 재산을 야금야금 팔아치우기 시작하더니 야마주 큰아버지한테까지 손을 벌릴 정도로 유흥비마련에 곤란을 겪으시면서도 오스미와는 헤어질 줄 몰랐다.

외삼촌은 바로 손위 누나인 우리 어머니와 죽이 잘 맞았는데 일이 없는 날이면 아버지가 안 계신 대낮에 불쑥 찾아와 이야기를 하다가 돌아가곤 하셨다. 어느 날 내가 학교에서 돌아오니 외삼촌이 기다리고 계셨는데

"준이치, 심부름 좀 해주겠니?"

하고 말하셨다. 내가 그러겠다고 하자

"그럼 하나만 부탁하자꾸나."

하시고는 외삼촌은 내 눈앞에서 편지를 써서는 허리에 차고 있던 가죽으로 만든 담배쌈지를 푸셨다.

"미안하지만 이걸 가지고 가쓰미에 다녀오너라. 너는 아무 말도 안 해도 괜찮으니 그냥 조용히 편지를 전해주고 이 쌈지를 보여주면 돼."

가쓰미는 전에 살던 45번지 집 뒤쪽 우라카야바초 길목에 있는 쌈지 가게였는데 외삼촌은 담배쌈지나 부시쌈지, 대통, 값비싼 금은 장식은 물론이고 도장쌈지 같은 것을 항상 그 가게에서 구입하셨던 모양으로, 내가 그것을 가지고 가자 주인장은 상냥하게 받아들고는 '잠시만 기다려주세요' 하면서 가게 앞에서 나를 기다리게 한 뒤 두서넛이 모여 은어로 이야기하며 내가 보지 못하도록 하고는 주판알을 튕겼다. 그러고는 '여기 있습니다' 하면서 나는 쌈지 대신 돈이 든 뭉치를 건네받아 돌아왔는데 뭉치 안에 외삼촌이 원하는 만큼의 액수가 들어 있었던지 '이건 심부름 값이다' 하시면서 생각지도 못한 큰돈을 쥐여주셨다.

외삼촌은 달리 넋두리를 들어줄 사람도 없는 처지라 우리 어머니를 붙잡고 예사 사이가 아닌 오스미와의 염사를 신이 나서 떠벌리는 일도 있었다. 아이들 앞이라 차마 하지 못한 말도 있었는데 밤이 되어 아버지가 돌아오시면 어머니는 식사를 하면서

"내 동생이지만 자랑하는 꼴이란. 걔가 글쎄요, 온통 오스미 이야기만 떠들다 갔는데⋯⋯"

하시면서 외삼촌이 자랑 삼아 했던 말을 모조리 아버지에게 들려주시는 것이었다. 나는 옆에서 아무것도 모르는 얼굴을 하고는 하나도 빠짐없이 듣고 있었다. 아버지도

"무시해버려."

라고 말하면서 화도 내지 않고 듣고 계셨다.

외삼촌이 오스미에게 푹 빠진 것은 두말할 나위 없지만 오스미는 외삼촌을 어떻게 생각하고 있었는지 잘 모르겠다. 젊은 시절의 외삼촌은 내 기억 속에서도, 지금 남아 있는 스물세 살 때 사진에서도 상당히 잘생겼는데 아마 여자로 태어났더라면 우리 어머니 못지않게 미인이었을 정도이니 어쩌면 오스미도 아주 싫어하지만은 않았을 것 같다. 그러던 중 외삼촌이 어떻게 구워삶았는지 어머니가 아버지께는 비밀로 대낮에 몰래 두 사람을 우리 집에서 만나도록 주선하고 나선 것이다. 대개 오후 두서너 시경에 외삼촌이 조금 먼저 도착해 초조하게 기다리곤 했고, 오스미가 먼저 와 우리에게 부끄러운 듯 인사하며 선물을 건네고 어머니와 잠시 이야기를 나눈 적도 있다. 두 사람이 다 오면 어머니는 조용히 고방 쪽 방으로 안내했고 우리는 작은방에서 숨죽이고 있거나 혹은 어머니가 밖에 나가 놀라는 눈짓을 하셨다. 나는 어머니와 짜고 아버지께 비밀로 했던 것이 그다지 나쁜 일이라고는 생각하지 않았다. 어머니가 동생의 사랑을 안타깝게 여겨 도우려는 마음에는 거리낌이 없는 데다 약간의 의협심이 가미된 연극처럼 느껴져 나는 오히려 좋았다. 나는 내가 아주 어릴 적부터 아낌없는 사랑을 준 외삼촌이 점점 초라해지는 것을 보고 있으면 뭐라도 해주고 싶었기 때문에 이렇게 좁아터진 골목 끝까지 찾아와

만나주는 오스미의 마음이 좋게만 느껴졌다.

반대로 야마주 큰아버지는 순풍에 돛을 달듯 사업이 번창하던 중이었고 더 이상 외갓집에 손을 벌리지 못하게 되면서 우리 일가는 더더욱 미곡상에 찾아가는 일이 늘었는데, 큰아버지도 외삼촌의 행실에 정이 떨어진 데다 가난뱅이에 능력은 없어도 고지식하고 정직한 동생에게 훨씬 더 연민을 느꼈을 것이다. 일요일에는 자주 들러 아버지와 함께 나와 세이지까지 데리고 아이들이 좋아할 만한 곳에 데려가주기도 하셨고 돌아오는 길에는 반드시 어딘가에 들러 밥을 사주셨다.

엣추지마越中島, 도쿄의 지명나 쓰쿠다지마佃島, 도쿄의 지명에 가서 메뚜기를 잡거나 교바시 근처 미나미텐마초에 있는 '가와이'나 모토오사카초의 이마요에서 소고기 전골을 먹은 적도 있다. (훗날 도쿄에서 '스키야키'라고 부르게 되었지만 당시에는 그냥 소고기 전골이라고 했다.)

오모리 해안으로 해수욕을 갔을 때는 우리 외에 활판소 외삼촌도 함께였다. 큰아버지는 헤엄을 못 쳐서 수심이 낮은 곳에서 우리와 첨벙첨벙 물놀이를 하고 계셨지만 아버지와 외삼촌은 수영을 아주 잘하셨다. 외삼촌은 수영을 가르쳐준다며 일부러 물을 먹이는 등 골탕을 먹이며 노셨다. 생각해보니 큰아버지는 그 당시 이미 상업회의소 부회장쯤 되셨는데 조카인 우리가 예뻐서이기도 했겠지만 사실 그 이상으로 동생 '와스케'에 대한 연민이 있지 않았을까. 자신이 출세하면서 점점 격차가 벌어지는 박복한 동생을 가끔 아주 어린 시절로 돌아가 안아주고 싶었던 것은 아니었을까. 나에게는 그렇게밖에 여겨지지 않지만 그렇다고는 해도 큰

아버지의 사랑은 아직도 잊히지 않는다.

큰아버지의 부인 오하나, 우리 아버지에게는 형수이자 처형이었고 어머니에게는 친언니였으며 내게는 이모이자 큰어머니였던 이분에 대해 꼭 하고픈 이야기가 있다.

외조부에게는 딸이 셋 있었고 그중 맏딸이었던 오하나는 안세이 5년(1858), 무오년에 태어나 셋째 딸인 우리 어머니보다 여섯 살 많았는데 그분이 한 살 연상인 에자와 지쓰노스케와 결혼해 분가한 것이 언제였는지는 모르겠다. 우리 부모님이 결혼한 게 메이지 16년(1883) 무렵이었다고 치면 아마도 메이지 10년(1877) 전후일 것으로 추정된다. 그분은 아들 셋과 딸 둘을 낳았는데 막내딸 류를 낳은 메이지 24년(1891), 서른세 살 되시던 해부터 시름시름 앓더니 그로부터 10년간 병석에 누워 지내시다가 메이지 34년(1901), 마흔네 살의 나이로 세상을 떠났기 때문에 나는 그분이 건강했던 때의 모습을 한 번인가 두 번밖에 보지 못했다. 그것은 우리가 미나미카야바초 첫 집에 살 때였는데 어느 날 그분이 찾아와 띠살격자가 있는 길가 쪽 아래층 방에서 어머니와 이야기하고 계셨다. 정확히 말하면 큰어머니가 그때도 다리가 아프다는 이야기를 하셨던 것으로 미루어 이미 병든 상태였던 것이다. 큰어머니의 병은 외출했다가 살짝 넘어진 것이 원인이었는데 좌측 허리 관절에 동통을 느끼고 처음에는 일주일가량 안마 치료를 받았으나 통증을 견디다 못해 가시무라라는 병원에 입원했지만, 역시 그곳에서도 원인을 알 수 없었다. 그 뒤 대학의 아오야마 박사를 찾아가 진찰을 받고 적십자에서 전기치료를 받기도 했지만 병세는 나아질 기미가 없었고 사토 박사에게 진료를 받으러 가게 됐는데 겉으로 봐서는 진단할 수 없어 절개를 하게 되었다. 그래서 간다 이즈미바시 제2병원에 입원해 두 시간 넘게 걸리는 대수술 끝에 허리 관절에 두 치가량 썩어 있던 뼈를 도려내셨다. 병명은 관절염으로 질환이 뼈까지 파고들기 전에 처치를 했다면 좋았을 테지만 그 당시 의술로는 절개를 하고서야 알 수 있었던 까닭에 어쩔 도리가 없었다.

나는 전에 큰어머니가 우리 어머니와는 생김새가 달라 '조금 험악하고 무서웠다'고 썼는데 그것은 그녀의 타고남에서 비롯되기도 했지만 10년간 병상에 누워 병든 몸을 가누지 못했던 생활이 그분을 더 두드러지게 신경질적이고 고집불통으로 만든 탓도 있다. 분가라고는 해도 맏딸로 데릴사위를 맞아 집안의 대를 이은 딸이라 활판소가 기울자 미곡상이 외갓집의 세력을 이어받은 그분은 천하에 두려울 게 없었고 남편 외에도 일가족 모두에게 누워서 명령할 정도로 뭐든 뜻대로 할 수 있는 위치였기에 더 답답했을 것이다. 큰어머니는 제2병원에 두 번 입원하셨는데 처음 입원한 것은 메이지 25년(1892) 12월부터 이듬해 3월까지로 그 사이 처음 한 달간은 큰아버지를 침대 곁에서 떨어지지 못하게 하고 한시라도 미곡상에 가는 것을 허락지 않았다. 간호원과 하녀가 연일 병수발을 한 것은 물론이고 그 외에 낮에는 매일 마나즈루칸의 이모와 큰딸 오기쨩 그리고 내 어머니, 이렇게 셋이서 교대로 아침부터 저녁까지 붙어 있어야 했다. 그리고 병원 밥은 맛이 없다는 이유로 당번이 된 사람은 항상 환자가 좋아할 만한 것을 생각해 가져가야 했다. 밤에는 매일 밤 활판소 분점 사장이 7시부터 12시까지 출장을 와 있었다. 큰아버지는 한 달 정도 지나 잠시 집에 다녀와도 된다는 허락을 받았고 오후 3시쯤 중개소 일이 끝나자 저녁도 들지 않고 서둘러 병원으로 돌아가 날이 밝을 때까지 병수발을 드셨다.

그런 식으로 퇴원 후에도 허리 관절이 움직이지 않아 오른쪽은 벋정다리인 채로 모로 누워 있거나 의자에 앉아 있거나 업혀 다니셨다. 내가 기억하는 큰어머니는 미곡상 안채에 화로가 놓인 안방에서 혼자만 의자에 앉아 아픈 다리를 앞으로 뻗치고 집안 사람이나 친척 할 것 없이 발밑에 앉혀두고 이야기를 하셨다. 나도 자주 인사드리러 가서 쭈뼛쭈뼛 인사를 하곤 했는데 큰어머니가 웃는 것을 본 적이 없는 데다, 통증을 참고 있는 양 통통 부은 얼굴로 노려보듯 내려다보고 있으니 더욱 무서워져 나는 땅만 쳐다보고 있었다. 하지만 내가 보기엔 아픈 다리 빼놓고는 멀쩡하셨는데 단지 낯빛이 흐리고 신경질적이며 말라비틀어진 몸을 하고 계셨다. 사토 박사가 그 후에도 한 달에 한 번쯤 왕진을 왔는데 평소에는 근처 주치의 두 명이 번갈아 진료를 하러 왔다. 우리가 '오기짱'이라고 부르던 큰이모의 딸 오키쿠의 말에 따르면 큰어머니는 달리 할 일이 없어 세 끼 식사에 변화를 원했고, 그래서 낮과 밤에는 가게에서 파는 음식을 사와서 드렸는데 이것도 맛없다 저것도 맛없다 하시며 젓가락도 대지 않아 나머지는 식구들이 먹었다고 한다. 그리고 아침이 되면 배달되었던 음식점, 장어구이집이나 초밥집, 메밀국수집 등에서 부엌에 쌓인 빈 그릇을 가지러 온 사람들로 문턱이 닳을 정도였다. 식구들은 긴 세월이기도 했지만 환자의 까다로운 병수발에 지쳐 어떻게든 쇼난湘南 지방도쿄에서 서쪽으로 약 50킬로미터 떨어진 해안 지방으로 요양을 보내려고 시도해봤지만 큰어머니는 집을 떠나기 싫어해 가끔 오이소 쪽에 다녀오기는 했어도 금세 돌아오셨다. 그러면 또다시 식구들이 총동원되어 어르고 달래서 보냈다. 먼 곳은 싫어하시니 때로는 시바우라의 시바하마칸에 한 달 정도 요양을 가게 되었는데, 가보니 드나드는 뜨내기 손님이 많다는 것을 탐탁지 않게 여겨 '손님 접대가 시원찮다'는 구실로 네댓 번이나 집으로 돌아오셨다.

내 어머니는 그때 용감하게도 큰어머니에 대해

"태후마마라도 우리 언니처럼 권력을 휘두르진 않을 거야."

라고 말하셨다. 친척 모두가 '여인 천하'라든지 '독불장군'이라든지 하며 뒤에서 투덜거렸다. 우리는 모두 미곡상 거리에서 야마주 상점을 최고로 만든 큰아버지를 존경했고 그분께 큰 점수를 주었지만 '그런 분이 부인 앞에만 가면 작아진다니까' 하면서 수군거렸다. 어떤 일이었는지는 잊었지만 어느 날 활판소 외삼촌이 큰아버지로부터 심하게 멸시와 굴욕을 당했다며

"사람을 뭘로 보는 거야? 누굴 바보로 알아?"

하면서 우리 집에 와서는 어머니를 붙들고 울며불며 욕하는 것을 본 적이 있다.

그런 식으로 무엇 하나 부족함 없는 삶이었으나, 10년씩이나 앓다가 죽은 큰어머니와 가난하지만 무탈하고 평온하며 무기력한 아버지의 사랑을 받다가 죽은 내 어머니 둘 중 어느 쪽이 행복했을까를 자주 생각했다. 큰어머니보다 10년이나 더 오래 산 외조모는

"오하나처럼 행복한 사람은 없을 거야. 일찍 죽기는 했어도 남편의 됨됨이가 좋아서 평생 대장질하면서 살았잖아. 아무도 못

할 일이지."

하시면서 큰손녀 오기짱에게 항상 그렇게 말하셨는데, 그렇다고
도 할 수 있고 반드시 그렇다고 할 수만도 없다.

이나바 선생님

이나바 선생님은 내가 메이지 25년(1892), 사카모토 소학교 심상과에 1학년 2학기부터 입학했을 때 담임선생님이었는데 이듬해 4월, 선생님은 나를 낙제시키고 다른 학급 담임으로 가셨기 때문에 나는 그때부터 심상과를 졸업할 때까지 4년간 노카와 선생님의 가르침을 받았다. 그런데 이나바 선생님과는 그렇게 될 숙명이었는지 메이지 30년(1897) 4월, 내가 고등과 1학년에 들어가자 선생님은 또다시 우리 학급으로 돌아와 그 뒤 4년간 담임을 맡으셨다.

대신에 노카와 선생님이 여자 고등과 담임으로 가게 되었는데, 어느 날 우리가 수업을 마치고 이나바 선생님을 따라 나온 복도에서 운동장을 사이에 두고 건너편 복도에서 여학생들을 인솔해 걸어오고 있는 노카와 선생님을 발견하고는

"우와, 선생님. 우와."

하면서 손을 흔들거나 눈을 찡그리며 놀려댔다. 그러자 노카와 선

생님은 멋쩍은 얼굴을 하고는 말없이 싱글벙글 웃으며 지나쳐갔다.

　이나바 선생님은 나를 낙제시킬 당시의, 사범학교를 갓 졸업하고 경험이 없던 선생님이 이미 아니었지만, 그래도 여전히 새로이 두각을 나타내는 혈기왕성한 인물로 열정에 불타는 꿈 많은 청년이었다. 선생님이 여전히 건재하신 지요코 여사를 아내로 맞은 것은 그로부터 몇 해가 지난 뒤로, 내가 두 번째로 선생님과 만나게 되었을 때만 해도 아직 독신이었다. 선생님은 결혼 후 미타의 도요오카초로 이사했는데 그 전에는 긴자에서 시나가와로 이어진 다마치 대로 서쪽에 살고 계셨다. 선생님은 매일 아침 걸어서 시바바시와 가나스기바시를 건넌 다음, 신바시와 교바시를 지나 니혼바시 거리의 마치초나 하쿠야초 부근에서 우회전해 신에몬초에서 혼자이모쿠초의 목재를 쌓아둔 강기슭까지 온 뒤, 또다시 신바바시를 건너 사카모토 소학교 정문 앞에 도착했다. 그 거리가 10리는 족히 됐을 것이다. 신바시에는 진즉에 철도마차가 다녔고 얼마 뒤 시나가와 사이 노선이 생겼지만 그래도 선생님은 뚜벅뚜벅 걸어다니셨다. 나는 때때로 정문 앞에서 멀리 다리를 건너오시는 선생님을 봤는데 선생님은 항상 곧은 자세에 상기된 얼굴로 걸어오셨다. 양복보다는 기모노를 자주 입었으며 옷섶에 애독서를 한 권 꽂아 모서리가 살짝 삐져나오도록 해서 교실로 들어오셨다. 애독서에는 중국의 오랜 성현들의 책, 불교—주로 선사상의 책을 비롯해 헤이안 시대(794~1185)부터 도쿠가와 시대의 와카和歌나 연문학쉽고 부드러운 감정을 나타낸 흥미 위주의 문학에 이르기까지 그 범위가 실로 어마어마했다. 가지고 오는 책은 품에 넣기에 알맞은 얇은 전통 장정본이 많았는데 가끔 감동받았던 옛 선인들

317

의 문장을 열에서 스무 장 정도 붓으로 단정하게 필사한 것을 가지고 오는 일도 있었다. 선생님의 사상은 왕양명파의 유학과 선사상에 플라톤이나 쇼펜하우어의 유심철학을 가미한 것으로 최근의 스즈키 다이세쓰鈴木大拙, 불교학자이자 사학자 박사의 경지에 가깝지 않았나 싶다. 물론 스즈키 박사처럼 깊은 학문이나 식견이 있었던 건 아니지만 사범학교 출신 교사치고는 두드러지게 학구열이 넘치고 확고한 신념을 지닌 인물이었다. 선생님은 아오키 서점에서 산 6호짜리 통조판●으로 만든 백문白文●●『왕양명전집』10권을 소장하고 계셨는데, 때때로 그중 한 권을 가져와 학교에서 읽어주셨고 왕양명의 시집 가운데 '險夷原不滯胸中 何異浮雲過太空 夜靜海濤三萬里 月明飛錫下天風'(기쁨도 괴로움도 마음에 두지 않으니 허공을 떠도는 구름과 다를소냐, 적막한 바다 너머 3만 리 달빛만이 바람 타고 내리누나)이라는 시와 '破山中賊易 破心中賊難'(산속의 도적을 물리치기는 쉬우나 마음속의 도적을 물리치기는 어렵구나)이라는 시를 흑판에 적고 설명해주신 게 기억나며, 이로써 보면 선생님의 한문 실력은 지금보다 훨씬 더 어려운 한문을 쓰던 시절이었는데도 평범한 소학교 교사 수준을 훨씬 넘어선 것이었다고 생각된다. 선생님은 영어를 잘하는 편이 아니었지만 플라톤이나 쇼펜하우어는 부분적으로 번역이나 주석이 달려 있었을 테니 그것의 도움으로 어느 정도 의미를 파악할 수 있었을 것이다. 그러나 선생님이 가장 힘주어 말씀하신 것은 불교에 관한

● 단을 두지 않고 전체를 1단으로 짜는 조판 방식.

●● 구두점과 주석이 없는 순수한 한문.

철학과 글이었다. 나는 일찍이 선생님이 고보 대사의 『산고시키三教指婦』종교적 풍자소설에 비유한 출가 선언서나 도겐 선사가마쿠라 시대의 승려, 도동종 창시자의 『쇼보겐조正法眼藏』불교 사상서를 가지고 다니는 것을 보았다. (그 무렵 선생님은 하쿠인에카쿠白隱慧鶴, 에도 시대 승려의 『오라테가마遠羅天釜』좌선에 대한 사상서를 '엔라텐푸'로 읽었다.) 이해하기 쉬운 것으로는 시바타 규오柴田鳩翁, 에도 시대의 양명학자의 『규오도와鳩翁道話』 같은 양명학 이야기도 들려주셨지만 스즈키 쇼산鈴木正三, 에도 시대의 승려에 관한 이야기를 할 때는 한층 열기가 더해졌다. 말해두지만 이것은 어디까지나 소학교 고등과 1학년부터 4학년, 내가 열두 살부터 열여섯 살이 될 때까지, 소년을 상대로 한 이야기였다.

선생님이 이런 식이라 교실에서의 수업은 규칙에 얽매인 딱딱한 것이 아니었다. 도덕 시간은 말할 것도 없고 독서 시간이나 역사 시간에도 교과서를 고집하지 않고 임기응변식으로 자유로운 교육을 지향했기 때문에 가끔은 삼천포로 빠지는 일도 있었다. 어느 겨울날, 수업을 시작하려는데 갑자기 기온이 내려가더니 함박눈이 내리기 시작했다. 선생님은 돌연 자리에서 일어나 백묵을 쥐고는

눈이나 진눈깨비나
싸라기눈이나
모습은 달라도
녹으면 모두 흐르는 물이다.

라고 흑판에 써 내려가셨다. 이어서

길 가다 그늘이 있으면
들어가 옷깃에 묻은
눈을 털고 싶지만
주위에는 그늘이 없구나.

라고 쓰셨다. 이렇듯 선생님은 굳이 도학자스러운 시나 문장만을
고집하지 않으셨다. 두 번째 시는 데이카定家, 가마쿠라 시대의 시인의
시였는데 또 다른 것으로

봄밤
덧없이 짧은
꿈에서 깨어보니
산봉우리구름
흩어지는
새벽녘 하늘

자욱한 안개에
젖은 기러기
고향 가는 깃털에
내리는 봄비

같은 것도 있었다. 선생님은 사이교西行, 헤이안 시대의 무사, 승려이자 시
인도 좋아해서 『산카슈山家集』를 애독했는데

바람에 흩날려
사라지는 연기
정처 없는
내 마음 같아라

운치를 아는 이에게
보이고 싶구나
파도 부서지는
멋들어진 봄의 경치를

속세를 떠났어도
저며드누나
도요새 떠나는
가을 황혼

과 같은 시를 흑판에 쓰셨다. 역사 시간에 스가와라노 미치자네菅
原道眞, 헤이안 시대의 정치가, 학자이자 시인의 이야기를 듣고

동풍 불면
앞뜰의
매화 향기도
함께 보내주오스가와라가 귀양살이를 하며 가족의 소식을 묻는 내용

쫓겨가는

나는 마름과 같아_{귀양을 떠나는 처지를 마름에 비유한 시}

같은 시를 들려주시면서

"스가와라의 시에는 이보다 훨씬 더 의미심장한 것이 있단다."

하시고는

산에서 온 구름이
산으로 돌아가네_{고향을 그리는 마음을 노래한 시}

라는 시를 흑판에 쓰셨다.

'내일이 올까 하는 어린 벚꽃'이라는 시를 가르쳐준 다음 "중국의 옛 성현들은 이런 시를 지어 제자들을 깨우치게 했다"고 말하시고는

소년은 쉽게 늙고 학문은 이루기 어려우니_{少年易老學難成}
순간의 세월을 헛되이 보내지 마라_{一寸光陰不可輕}
연못가의 봄풀이 채 꿈도 깨기 전에_{未覺池塘春草夢}
계단 앞 오동나무 잎이 가을을 알린다_{階前梧葉已秋聲}

라는 시를 적고 선생님은 이것을 읽으시고는 회암 주희 선생의 이야기로 시작해 백록동 서원에 대해서까지 설명해주셨다. 때로는 우치무라 간조_{內村鑑三, 전도사이자 성서학자}의 『애음_{愛吟}』이라는 시집

에서 토머스 칼라일의 시 '오늘Today'을 가르쳐주었다.

　여기에 또 다른 희망찬 새날이 밝아온다
　그대는 이날을 헛되이 흘려보내려 하는가
　우리는 시간을 느끼지만 그 누구도 그 실체를 본 이는 없다
　시간은 우리가 자칫 딴짓을 하는 동안 순식간에 저만치 도망쳐버
　린다
　오늘 또 다른 새날이 밝아왔다
　설마 그대는 이날을 헛되이 흘려보내려는 것은 아니겠지

　이어서 선생님은 토머스 칼라일에 대해 설명하고 『영웅숭배론』
이라는 유명한 저서가 있다는 것도 알려주셨다.
　선생님이 그런 시나 노래를 흑판에 적을 때는 반드시 선생님
특유의 억양에 강약을 주어 끊임없이 암송하듯 반복해 들려주셨
다. 선생님은 일요일에 곧잘 똑똑한 학생만 추려서 오모리에 있는
핫케이엔 유원지, 메구로의 부동명왕오대존명왕의 하나, 호리노우치의
사찰 묘호 사妙法寺, 가마타의 매화, 요쓰메의 모란, 호리키리의 창
포, 다키노가와의 단풍을 보러 다니셨고 돌아오는 길에도 좋아하
는 시를 암송하거나 그와 관련된 이야기를 하는 데 지친 기색이
없으셨다. 한번은 하급생과 합동으로 갔는데 선생님은 그 하급생
담임선생님과 어깨를 나란히 하고 걸으며

　잔물결 일렁이는
　비와 호수

323

옛 도읍 그 모습은

간데없고

하며 가락을 붙여 읊기 시작하셨다. 그러자 하급생 담임선생님도
덩달아 읊으며

"이런 시가 왜 좋은지 아이들은 모르겠죠?"

"그럼요. 모르죠."

이나바 선생님이 대답했다. 그리고 두 선생님은 두 번이고 세
번이고 '잔물결 일렁이는'을 읊는 것이었다.

우에다 아키나리上田秋成, 에도 시대의 국문학자이자 시인의 『우게쓰모노
가타리雨月物語』5월 이야기는 지금에야 교 마치코라는 여배우와 함께
일본은 물론 서방세계에까지 그 이름을 알리게 되었지만 내가 고
등학교를 다닐 무렵만 해도 에도 시대의 작가로 사이카쿠나 지카
마쓰가 한창 떠오르는 정도였지 아키나리를 알고 있는 이는 항
간에 드물었다. 『우게쓰모노가타리』가 활자본으로 나온 것은 데
이코쿠 문고의 제32편으로 발행된 희귀본 전집에 수록된 것이
최초가 아닐까 싶은데 나는 그 전에 「시라미네」만큼은 이나바 선
생님의 필사본으로 읽은 터였다. 선생님은 항상 개량지를 반으로
접은 것에 여러 선인의 문장을 붓으로 깔끔하게 옮겨 적고 범지종
이를 비벼 꼬아서 만든 끈로 묶어 학교에 가져오셨는데, 시라미네는 우리
를 위해 특별히 본문을 여러 문장으로 나누어 문장마다 해설과
비평을 첨삭한 것이었다. 가령 첫 문장을 보자면 '아후사카 관문
문지기에게 통행을 허락받고, 가을이 찾아온 산에 단풍을 놓칠세
라. 물떼새가 발자국을 남긴 나루미가타 해안선, 후지 산 꼭대기

에서 피어오르는 연기, 우키시마가하라, 아사미가세키, 오이소, 고이소의 구석구석 다양한 경치를 보았노라. 기사카타의 어부들이 사는 허름한 초가집과 사노의 선교, 기소의 부둣가, 마음 가지 않는 곳이 없었으나 욕심 부려 서쪽 우타마쿠라를 향해 가던 무자년(1168)의 가을, 갈대꽃 지는 나니와를 지나, 스마아카시 포구에 부는 바람에 몸서리를 치면서도 걷고 또 걷다가 사누키의 미오자카 숲에서 지팡이를 잠시 내려놓았다'고 쓰고 '이상, 사이교가 직접 전국 방방곡곡을 찾아다닌 일을 기록함. 물떼새가 발자국을 남긴 나루미가타에서 후지 산 꼭대기에서 피어오르는 연기로 이어지는 대목은 기행문의 아름다움과 경치를 가슴 깊이 음미해가며 읽도록'이라는 식으로 주석을 달아두셨다. 덕분에 나는 시라미네 문장을 이따금씩 되풀이하여 음미했기에 이 구절만큼은 언제든 암송할 수 있게 되었다.

또한 고다 로한幸田露伴, 근대문학가의 『후쓰카모노가타리二日物語』2일간의 이야기와 교쿠테이 바킨의 『유미하리쓰키』가 둘 다 『우게쓰모노가타리』를 토대로 썼다는 것을 발견하고는 이 두 대문호의 문장을 아키나리의 문장과 비교해가며 읽었다.

이 무렵 사카모토 소학교에는 지붕이 있는 강당이 없어 비가 오면 담임이 아이들을 교실에 모아놓고 체육 수업 대신 이런저런 이야기를 들려주었다. 하쿠분칸에서 발행된 『쇼넨분가쿠』라는 책에서 사자나미 산진이 쓴, 부모를 잃고 살아가는 강아지 이야기 『고가네마루』, 가와카미 비잔川上眉山, 메이지 시대 소설가의 『보물산』, 무라이 겐사이村井弦斎, 메이지 시대의 언론인가 성인으로 칭송받던 유학자 나카에 도주의 일화를 그린 『오미의 성인』, 다카하시 다이카高

橋太華, 메이지 시대의 아동문학가의 『신타로 소장』 같은 이야기를 들려주셨던 분도 노카와 선생님으로, 이외에 중국 한나라 유방과 초나라 항우의 전쟁을 그린 『한초군담』에서 홍문지연 이야기나 해하垓下에서 사면초가에 처한 항우가 애첩 우미인에게 이별을 고하는 이야기도 들었다. 나는 이들 이야기 가운데 오미의 성인으로 추앙받는 나카에 도주가 도타로라고 불리던 시절의 어릴 적 이야기에 훨씬 더 깊은 감명을 받고 노카와 선생님 이야기만으로는 성에 차지 않아 직접 책을 사서 읽기도 했다. 지금은 소실되어 없으나 옛 시절이 떠오를 때면 그리움을 달랠 그 책이 있었으면 좋겠다는 생각을 한다.

이야기의 줄거리를 말하자면, 도타로는 학문을 갈고닦기 위해 어린 나이에 멀리 오즈에 살고 있는 외삼촌 집에 맡겨진다. 고향인 오미에서 홀로 기다리고 있는 어머니는 도타로에게 학문에 정진하여 당당한 무사가 되기 전에는 절대 돌아와서는 안 된다고 이른다. 도타로는 어느 날 어머니가 외삼촌 앞으로 보낸 서찰에서 처음으로 궂은일을 하다보니 손발이 터서 '살갗이 벗겨지고 갈라져 간밤에 서리라도 내린 날이면 아픔이 살갗을 파고드는군요'라고 쓰인 것을 보고는 어머니가 그립고 가여워 참지 못한 채 오즈에서 50리나 떨어진 니야까지 가서 기독교 박해 사건으로 쫓기고 있던 나카타 조칸사이를 찾아 튼 살에 바르는 묘약을 얻어서는 열 살 남짓한 소년 혼자서 잠자코 어머니 말씀을 거스르고 고향을 향해 떠난다. 이윽고 마쓰야마에서 이마바리로 나와 배를 타고 효고에 도착해 고향으로 가는 발길을 서두르지만 산길에서 눈보라를 만나 꽁꽁 얼어붙은 몸으로 겨우겨우 그리운 고향집에 다다른다. 대문은 아직 잠겨 있지만 뒤뜰 우물가에서 수레가 삐걱거리는 소리가 들려 누가 물을 긷고 있는가 싶어 뒤뜰로 가보니 그리운 어머니다.

"어머니, 제가 하겠습니다."

하고 덤벼드니

"숙부님과 함께 온 게냐?"

하고 묻는다. 도타로가 말없이 고개를 숙이니 터진 살갗에 피가 흐르는 발이 눈에 들어온다.

"아이쿠, 어머니 발이 이렇게 갈라져……"

도타로는 품에서 묘약을 꺼내 발에 바르고 천릿길을 혼자 오게 된 연유를 밝힌다. 어머니는 어린 자식이 기특해 울컥 이는 마음을 다잡고

"이것은 약속이 다릅니다. 이 길로 곧장 외삼촌께 돌아가세요. 아드님의 정성이 담긴 약만큼은 고맙게 받지요."

하는 것이다. 그리하여 어머니의 독려를 받은 도타로는 그대로 고향집을 뒤로하고 외삼촌 집으로 돌아가지 않으면 안 되었다. '떠나보내는 어머니와 길 떠나는 아들, 눈보라 속을 유유히' 대략 이런 내용이었는데 그것이 자못 소년의 마음을 사로잡듯 감상적으로 쓰여 있어 나는 몇 번이고 되풀이해서 읽으며 울었다.

노카와 선생님과의 추억은 이 정도이고 다음은 이나바 선생님께 『경국미담經國美談』에 나오는 에파미논다스Epaminondas와 펠로피다스Pelopidas에 대해 들었을 때의 일이다.

야노 류케이矢野龍溪의 『경국미담』은 전편이 메이지 16년(1883) 3월, 후편이 이듬해 2월 도쿄 호치 신문사에서 발행되었는데 나는 이나바 선생님께 이 이야기를 듣기 전까지 이런 책이 있다는

사실을 몰랐다. 선생님은 처음에 『경국미담』이라는 책 제목을 알려주지 않고 '오늘 너희에게 재미있는 이야기를 해주마' 하시며 전편 제1장의 '현왕과 현사가 백성을 구하는 공적을 세우고, 아이들이 모여 이야기를 듣고 감격하다'라는 문장으로 이야기를 시작하셨는데 그것은 선생님이 새로 고등과 1학년 선생으로 우리 학급을 맡은 지 얼마 되지 않았을 때로, 즉 메이지 30년(1897) 봄 무렵이 아니었나 싶다. 잠시 문장을 인용하자면 '서쪽 하늘은 석양으로 물들고 오늘도 과정을 마친 아이들이 모두 돌아간 자리에 한창때인 열여섯에서 열넷까지의 아이 7, 8명에게 머리와 수염이 하얀 스승으로 보이는 예순 남짓의 노옹이 황당 일면에 걸린 우상을 가리키며 이야기하고 있다'는 식으로 시작되는데, 선생님은 거의 그 문장을 하나하나 쉬운 말로 바꿔 들려주셨다. 『경국미담』은 그 표제 위에 얹힌 齊武名士자무명사라는 글자대로 고대 그리스 도시 자무(영어 발음 시브스를 한자로 표기한 것으로 테베 Thebes를 말함)에서 있었던 영웅호걸들의 이야기로, 테베가 스파르타 군대를 물리치고 그리스 패권을 장악하는 내용을 엮은 역사물로서 우리가 전혀 들어보지 못한 서양의 국가와 세계에 눈뜨게 된 시기였기에 지명 하나, 인명 하나까지 신기했고 모든 게 다 호기심의 대상이었음은 두말할 나위도 없다.

'여기에 희랍그리스 북부 호우시스 땅에 자리한 파르나소스 산 중턱 델피 마을에 고대로부터 희랍인이 숭배하는 성전이 있는데 이곳에서 모시는 아폴로라 칭하는 유명한 신이 미술, 음악, 의술을 관장하고 또한 미래의 일을 통찰하는 혜안을 지니고 있어 백성은 이를 숭배하지 않을 수 없었다.'

이것은 '머리와 수염이 하얀 노옹' 이야기의 한 구절로, 나는 이때 파르나소스라는 산 이름을 알게 되었고 '아폴로라 칭하는 유명'한 신의 이름을 듣게 되었다. 단지 당시에는 테베를 영어식으로 시브스라고 발음하며 자무라는 한자로 음역했고 아테네를 아젠스라고 발음하며 阿善아선이라고 표기했다.

스파르타는 발음은 그대로이지만 한자는 斯波多사파다라고 썼다. 또한 제1회에 나오는 '한창때인 열여섯에서 열넷까지의 아이 7, 8명'의 이름은 펠로피다스, 에파미논다스, 메를로, 세오폰푸스, 펠레니쿠스, 필리다스, 카론, 케히소도리스, 데모크리토스⋯⋯라고 하며 이들 모두 성장하여 훗날 국가를 위해 일하면서 업적을 세워 역사에 그 이름을 남기게 되나, 이 중에서도 펠로피다스는 그 재능이 뛰어나고 인품이 훌륭해 훗날 '자무의 국력을 키워 자무를 제일가는 강국의 지위에 올려놓은 영웅은 이 소년을 일컫는다'로 소개했고 또한 에파미논다스는 관후심심寬厚深沈, 도량이 넓고 침착함으로 병사를 이끌어 국가 위세를 확장시켜 강적을 물리치는 역사가로서 희랍 역사상 제일가는 인물로 칭송받는 용사가 바로 이 소년이다.

이나바 선생님은 이 소년들이 백발이 성성한 노옹으로부터 오래전 아테네가 스파르타에게 공격을 받아 폴리스가 위험에 처하자 아테네의 현왕이 제 몸을 희생해 나라를 위기에서 구한 이야기나 아테네가 백성을 돌보지 않는 과두정치로 황폐해졌을 때 스라스프리우스라는 영웅이 나타나 지친 백성에게 용기를 주고 군세를 모아 30간당을 평정한 뒤 다시금 민주정치로 이끌었다는 이야기를 듣고는 크게 감동받아 자신들도 언젠가 나라와 백성을

위해 힘을 바치겠다는 뜻을 모았다며

"일단 오늘 이야기는 여기까지인데 이것이 이 이야기의 발단이고 기원전 394년경의 일이에요. 이 무렵 아테네는 차츰 세력이 강해졌던 터라 이 도시국가를 그리스 열강의 지위에 올려놓기 위해 신이 이 아이들을 지상으로 내려보내 경국제민의 대업을 이루게 한답니다. 나머지 이야기는 다음 시간에."

하시고는 그날의 이야기를 끝내셨다. 그 후 이나바 선생님은 시간이 날 때마다 이 이야기를 들려주셨는데 전편 10회, 후편 25회로 500여 쪽에 달하는 대장편인지라 가끔은 적당히 회차를 뛰어넘어 우리가 재미있어할 이야기를 들려주셨으며, 후편 17회 '열강의 대군이 레우크트라 평원에서 크게 싸우다'라는 장에서 동맹군의 총독 에파미논다스와 부총독 펠로피다스가 16만 병사를 이끌고 스파르타의 25만 병사를 상대로 레우크트라 평원에서 기원전 371년 3월 21일, 아침 8시부터 12시까지 피가 튀고 살점이 떨어져나가는 혈전을 치른 뒤 대승을 거두는 것으로 매듭을 짓는다.

메이지 16, 17년(1883, 1884)에 『경국미담』을 쓴 야노는 몇 해 뒤인 메이지 23년(1890), 같은 호치 신문사에서 모리타 시켄森田思軒, 저널리스트이자 번역가, 한문학자, 도쿠토미 소호德富蘇峰, 사상가이자 평론가, 모리 오가이森鷗外, 소설가이자 평론가, 나카에 조민中江兆民, 사상가이자 정치가, 이누카이 쓰요시犬養毅, 정치가. 호는 보쿠도 등의 서문을 담아 소설 『우키시로모노가타리浮城物語』*를 출간했는데 이나바 선생님은 무

• 일본인이 우키시로 전함을 타고 가 인도네시아 민족독립운동에 가담하는 모험소설.

슨 까닭에서인지 이 소설은 제1회 '가죽쌈지'만 들려주는 것으로 끝내셨다. 짐작건대 선생님은 『경국미담』이 패사소설의 형식을 빌린 서양의 고대 실화인 데 반해 『우키시로』는 저자의 상상의 산물로 결말이 흐지부지하고 황당무계한 일이 많아 탐탁지 않은 데다 일본인이 제멋대로 외국 영토를 침범해 타인의 재산과 전함을 탈취한다고 하는 사상을 어린아이들에게 가르쳐서는 안 된다는 것에 생각이 미친 것이었을 게다. 그리고 이것은 여담이지만 지금으로부터 65년 전, 야노 류케이가 이 소설에 쓴 서문에

오래전 나폴레옹 1세 때 벨기에 화공이 황제가 지옥에 떨어져 군중에게 핍박받는 그림을 그린다. 그 나라는 작고 인구도 적어 항상 프랑스 군대의 침략에 시달리던 시민의 분노와 울분이 그림이 되었고 그 후 지금에 이르러 그 뜻을 기리게 되었으며, 훗날 만약 이 글을 읽는 이가 필자의 뜻을 알아준다면 더할 나위 없겠으나 우리 나라 역시 국력이 막강해지고 있는 지금 결코 이와 같은 일이 없기를 바랄 뿐이다.

라고 쓴 글을 보고, 일본이 『우키시로』의 공상을, 대동아 정책으로 한 번 실현하고 그로 말미암아 오늘날 또다시 왕년의 약소국으로 돌아가게 된 흥망의 흔적을 되돌아보니 한 국가의 흥망성쇠가 때로는 한 사람의 인생보다 부질없음을 깨닫고 작금의 현실을 탄식하게 된다.

소학교 졸업 전후

　『경국미담』이나 『우키시로』 외에도 나는 이나바 선생님께 수많은 이야기를 들었다. 가령 『유미하리쓰키』 제1회에 나오는 이야기—다메토모源爲朝, 헤이안 말기의 장군, 활의 명수가 스토쿠 천황崇德天皇, 일본의 75대 천황의 처소에서 신제이信西, 학자, 승려와 언쟁을 벌인 끝에 자신의 비범한 활솜씨를 보이며 사람들의 경탄을 자아내는 구절도 선생님이 무척 흥미진진하게 설명한 덕에 우리는 손에 땀을 쥐었는데 제1회 첫 장을 끝으로 『경국미담』처럼 길게 이야기해주지는 않으셨다.

　나와 사사누마는 심상과 1학년부터 3학년까지는 또래를 제치고 서로 수석을 다퉜지만 4학년이 되면서 우리를 훨씬 능가하는 아이가 둘이나 생겼다. 한 명은 교바시 구 규안바시 근처에 사는 군고구마집 아들 사토 고타로라는 아이였고 다른 한 명은 기타지마 모퉁이에 사는 의사 아들 이세 요시오라는 아이였는데, 이 둘은 심상과에서 고등과로 올라갈 때 노카와 선생님이 월반을 시켜 고등과 2학년으로 편입되었으며 얼마 지나지 않아 사토는 히비야 부립 심상중학교에, 이세는 쓰키지에 있는 분교에 입학했다.

당시 저잣거리 아이들은 소학교만 다녀도 족하던 시절로 고등과조차 제대로 다니는 아이가 적었기에 군고구마집 아들이 중학교에 지원한 것은 틀림없이 이례적인 일이었을 텐데 사토의 부모님은 성적이 우수한 자식을 위해 얼마나 뒷바라지를 해야 했을까.

우리 부모님은 내가 두 사람에게 뒤처지자 "한심한 녀석, 공부 안 할래?" 하시고는 번갈아 나를 탓하며 나무라기도 했다가 격려도 했다가 속상해하기도 하셨지만 나는 그런 일로 자신감을 잃거나 하진 않았다. 나중에 생각한 것이지만 나도 그 애들처럼 월반을 했다면 이나바 선생님 곁을 떠나야 했을 테고 그것을 생각하면 1, 2년의 손실쯤은 아무것도 아니며 결국 그 자리에 남게 된 것이 오히려 행운이었다.

사사누마도 소학교 고등과 3학년을 마치고 심상중학교 쓰키지 분교에 입학했는데 나는 그때도 사카모토 소학교에 남아 있었다. (당시의 소학교 제도는 심상과 4년, 고등과 4년을 마쳐야 졸업할 수 있었는데 고등과 2년 과정을 마친 사람은 중학교 입학시험을 볼 수 있었다.) 사토나 이세, 사사누마를 보면서 나도 중학교에 올라가고 싶다는 생각이 굴뚝같았지만 가정 형편상 그 꿈이 이뤄질지는 미지수였다. 아버지 주머니 사정은 여전히 나빴지만 이나바 선생님도 중학교 진학을 권하셨고 부모님도 가능한 한 중학교에 보내고 싶어했기 때문에 일단 소학교 과정을 마치고 그 뒤 어떻게든 해보자고 하셨다. 아버지는 내년이 되면 거래소에 다시 운이 따라줄 거라 여겼거나 아니면 야마주 큰아버지가 학비를 융

통해주실지도 모른다는 허튼 기대를 했던 것은 아닐는지. 그러나 큰아버지는 아이들 교육에 관해서는 상당히 보수적인 성향을 지닌 분으로 서민의 자식은 고등교육을 받을 필요가 없다, 그보다 고용살이를 하며 실전에서 장사의 길을 습득하는 것이 상책이라는 식으로밖에 생각하고 계시지 않아 자신의 큰아들조차 열세 살에 학교를 그만두게 하고 오사카 영업소에 수련을 보냈을 정도이니 조카인 나를 무리해서까지 중학교에 보내는 데 반대하리라는 것은 불 보듯 뻔했다. 나는 그래도 어떻게 해서든지 상급 학교에 들어가고 싶어 고용살이 같은 건 안 가겠다며 풀이 죽은 채로 이래저래 갈피를 못 잡고 그저 암울한 마음으로 소학교의 마지막 1년을 보내고 있었다. 그런 와중이라 나는 이나바 선생님께 조금이라도 많은 것을 배우려고 애썼다.

사사누마가 중학교로 떠난 다음 나와 겨루는 학생이 또 한 명 나타나 졸업할 때까지 수석 자리를 놓치지 않았기 때문에 나는 2등으로 물러나야 했다. 그 아이는 기무라라는 소년으로 니혼바시 대로와 가까운 요로즈초인가 히라마쓰초 근처에 살았는데 그 아이가 언제부터 두각을 나타내기 시작했는지는 정확히 모르겠다. 단지 어느 날 이나바 선생님이

옛일을 떠올리면
슬픈 여름밤
달그림자 차갑던
가마쿠라의 궁

334

이라는 다이토노미야 신사를 노래한 시를 흑판에 적고 누가 지은 시라는 말도 없이 싱글싱글 웃고 계셨는데 금세 그것이 기무라라는 것을 알게 되었다. 아버지는 내가 그 시를 들려드리자 대번에 하시는 말이,

"그래? 아이치고는 대단한데? '여름밤' 뒤에 '달그림자 차갑던'이라니, 한수 배워야겠는걸. 너 같은 놈은 죽었다 깨나도 못 지을 거다."

라는 것이었다. 대체로 아버지는 이런 경우에 필요 이상으로 자기 자식을 폄하하고 다른 집 자식을 칭찬하는 버릇이 있었지만 그래도 그 시는 아버지 말씀대로 열네댓 살 소년의 시치고는 수작임에 틀림없었기에 나도 그때부터 기무라를 존경하게 되었고 이름을 부를 정도로 친하게 지내며 집에 놀러 가곤 했는데, 그 집도 그다지 유복해 보이지는 않아 상급 학교에 진학하는 것을 아예 단념하고 있었다. 그리고 고등과 4년을 마치고 졸업하면 맡아줄 곳도 이미 정해져 있어 미쓰이 물산회사 급사가 되었지만 훗날 이 친구는 소학교 졸업생치고는 전례가 없는 승진을 하게 되었고 상당한 지위에까지 올랐다는 이야기를 들었다. 그는 지금도 건재하며 규슈 어디에선가 미쓰이 계열사에 다니고 있다는데 오랜 기간 만나지는 못했다.

이렇게 이나바 선생님의 제자 중에는 나보다 똑똑한 아이가 두세 명은 있었는데, 누구는 일찍 선생님 품을 떠났고 누구는 학문을 버리고 직업 전선에 뛰어들겠다고 작정했기 때문에 마지막까지 선생님의 귀여움을 받은 사람은 나였다. 나는 그 후 다행히 고용살이할 운명을 면하고 부립 제1중학교에 들어갈 수 있었는데

전보다 더 선생님을 따르게 되면서 틈만 나면 선생님 댁이나 학교로 찾아갔고 중학교 선생님들께보다 더 많은 것을 배웠다.

전에 내가 오시오 주사이의 『센신도삿키』에 대해 썼는데 선생님의 추천을 받고 이 책을 읽게 된 것도 아마 이 무렵이었던 듯싶다. 선생님은 이 무렵 『왕양명 전서』나 『전습록傳習錄』이나 이노우에 데쓰지로의 『일본 양명학파의 철학』 등을 읽고 양명학에 심취해 계셨다. 나는 선생님이 추천해주신 토머스 칼라일의 『영웅과 영웅숭배』 원서를 마루젠 서적에서 구입해 도이 반스이나 스미야 덴라이의 번역과 대조해가며 알지도 못하는 영문을 이리저리 맞춰보았는데 아마 중학교 1학년 때였던 듯싶다.

이것은 내 착각일지도 모르지만 어쩌면 이나바 선생님은 내 장래에 모든 희망을 걸고 자신이 담당하던 학급에 나라는 학생이 있었던 것을 삶의 보람으로 여기지는 않았을는지. 사사누마나 기무라도 예뻐하셨지만 이 둘은 군이 말하자면 이과 계열의 수재였기에 나처럼 선생님 말씀에 크게 감복하는 일이 없어 선생님 입장에서는 나를 자신의 틀에 끼워맞추고자 공들인 것은 아니었을는지. 선생님은 문학에도 취미가 있었지만 실제로 옛 성현의 길에 뜻을 두었기에 나를 유교적이거나 불교적으로 키우고 싶어하셨지만 나는 기어이 선생님께 실망을 안겨드리고 말았다. 나는 자신의 철학과 윤리 종교에 대한 관심은 그저 임시변통의 지식으로 선생님께 잠시 빌린 것에 지나지 않으며 내가 가야 할 길은 순문학에 있다는 것을 말씀드리고 나서 딱히 언제랄 것 없이 차츰 선생님과 멀어져갔다.

선생님의 방침은 요즘 말하는 조기 교육, 혹은 영재 교육이라

할 만한 것이었는데 그것을 그 시절에, 그것도 저잣거리에 있는 소학교에서 하려고 했으니 그다지 적절한 판단은 아니었던 듯하다. 아마 당시 대부분의 아이가 따라가지 못했을 텐데 선생님은 둔재들을 희생시켜가면서까지 소수의 영재를 끔찍이 여기는 경향이 있었다. 그 때문인지는 몰라도 결국엔 사카모토 소학교 교장이 바뀌고 얼마 지나지 않아 선생님은 새 교장 선생님의 미움을 샀고 오랜 기간 교편을 잡았던 학교에서 쫓기듯 떠나고 말았다. 그 후 시내 다른 소학교에서도 적당한 자리를 찾지 못했는지 아니면 달리 깨달은 바가 있었는지 가나가와 현 다치바나 군 아사히 마을이라는 작은 시골 마을 소학교 선생님이 되었다. 나는 대학 때까지는 가끔 선생님을 찾아뵈었는데, 지금은 어떻게 변했는지 몰라도 당시에는 게이힌 전차를 타고 쓰루미에서 내려 서북쪽으로 난 언덕을 넘고도 밭길을 한참이나 걸어 들어가야 하는 외딴 마을로 이름만 학교인 건물에 사택이 딸려 있었다.

교사라고는 선생님 한 분뿐이라 필시 심상과만 있는 학교였을 것이며 선생님이 수업을 하는 낮 시간에는 사모님이 젊은 처자들을 모아 바느질을 가르치셨다. 어느 해인가 나는 다치바나 군에 있는 쌍둥이 마을에 오오누키 쇼센을 방문한 뒤 걸어서 아사히 마을로 향했는데 그 길이 끝도 없이 길었던 것과 어딜 가도 비슷비슷한 언덕 무덤이 이어진 것 외에 아무런 변화도 없는, 그저 한없이 단조로운 경치를 마주하고는 도쿄에서 가까운 가나가와 현에 이렇게 외진 시골 마을이 있다는 사실에 놀라고 말았다.

『만요슈萬葉集』일본에서 가장 오래된 가집歌集 중에서 「아즈마우타」에

다치바나 고바의
긴 머리 소녀
나를 사모하는
그 마음 어여뻐

라는 노래가 있는데 여기에 나오는 고바가 이 부근의 지명이라는
설도 있고, 오토다치바나히메弟橘媛, 니혼쇼키에 나오는 신 야마토타케루의 처
의 묘지와 신사가 있을 정도로 고분이나 조개 무덤이 많은 지방
이다보니 소박하면서도 고풍스런 곳에서 성인 나카에 도주를 기
리며 시골 선비생활을 하는 것이 어쩌면 선생님이 원하던 게 아
니었을는지. 여하튼 선생님은 꽤 오랫동안 아사히 마을에 묻혀
살다가 학교 선생을 그만두고 좀더 외딴곳으로 거처를 옮긴 뒤,
오키 전기회사 창고지기로 취직하셨다. 그리고 매일 가와사키의
핫초나와테 정류소에서 게이힌 전차로 통근하던 중 다이쇼 15년
(1926) 12월 어느 날 아침, 선로를 건너다 전차에 치여 불운한
죽음을 맞으셨다. 아직 55세 전이 아니었나 추측해본다.

슈코 사숙과 Summer

나는 사카모토 소학교를 졸업하기 한두 해 전 잠시 한자와 영어 학당에 다닌 적이 있다. 여기에는 어쩌면 상급 학교에 진학하지 못할 수도 있으니 조금이라도 소학교 이상의 학식을 익혀야겠다는 나름의 이유가 있었는데 아버지도 그 점을 감안해 여유가 없는 형편에도 사숙私塾, 글방으로 예전에 한문을 사사로이 가르치던 곳에 보내주셨다.

쓰키지 거류지●에 있던 서머Summer에 다니기 전 한자를 먼저 배우기 시작했던 것 같다. 당시에는 작은 마을에서도 한자에 밝은 어르신들이 가르치는 사숙이 많았는데 미나미카야바초 근처에는 야쿠시도 경내를 기타지마초 쪽으로 빠져나와 대관저택 거리 남쪽에 다카바야시 고호高林五峰 1861~1935라는 유명한 서예가의 사숙이 있었으며, 상당히 근사한 곳으로 많은 제자를 거느린

● 조약에 따라 외국인의 거주와 영업을 허가한 지역.

슈코 사숙은 옛날식 작은 서당 같은 곳이었다.

그 시절 세상에 이름이 알려진 나카무라 아키카中村秋香 1841~1910. 국문학자이자 시인라는 학자가 있었는데秋香라는 한자를 아키카와 슈코로 각각 다르게 읽음 내가 말하는 슈코는 나카무라 씨를 말하는 게 아니다. 성이 무엇이었는지 기억나진 않지만 집은 가메지마초 1정목 41번지쯤이었고 우리 집에서 친구 와키타네 집으로 가는 길목에 있었다.

나보다 먼저 다니고 있던 와키타가 권해서 나도 다니게 되었는데 나중에는 내가 와키타보다 더 열심히 수업을 들었다. 입구에 '○○슈코 사숙'이라고 적힌 낡은 간판이 걸려 있었고 3제곱미터 남짓한 현관을 올라서면 10제곱미터쯤 되는 방이 있었는데 그곳에서 선생님 수업을 들었다. 나는 매일 아침 소학교에 등교하기 전에 30분 정도 배웠으며 선생님은 예순한 살의 수염이 긴 노인이었다. 내가 가면 막 조반을 물리셨는지 수염 사이로 된장국 냄새가 나는 트림을 하면서 나와 책상을 사이에 두고 마주 앉으셨다. 책상은 전형적인 앉은뱅이 선비 책상으로, 그것을 여러 개 벽에 붙여 쌓아놓은 모습은 마쓰오와 고타로의 서당 이야기가부키 작품의 하나에 나오는 '책상이 하나 더 많다'라는 장면을 연상시켰다.

나는 사카모토 소학교에는 약식 기모노를 입고 갔지만 한자 사숙에는 고쿠라에도 시대부터 1901년까지 고쿠라에서 생산되던 고급 직물의 총칭 기모노를 입고 갔다. 최근에는 류큐다다미골풀로 짠 오키나와 산 돗자리를 거의 깔지 않지만 당시 그런 사숙에는 그 다다미를 까는 것이 관례였기에 신발을 벗고 방에 정좌 자세로 앉아 있으면 발등에 다다미 무늬가 생겼다.

초보자는 『일본외사』나 『일본정기』와 같이 일본적이면서도 쉬운 한문부터 시작하는데, 나는 이나바 선생님께 『센신도삿키』뿐 아니라 오쓰키 반케이大槻磐溪, 메이지 시대의 한학자의 『근고사담近古史談』●이나 한문시 같은 것까지 가리지 않고 배웠기 때문에 슈코 가숙에서는 『대학』에서 『중용』 『논어』 『맹자』 순으로 『십팔사략十八史略』 『문장궤도』 정도까지 배웠다. 배운다고는 해도 보통은 글을 떠듬떠듬 읽는 수준으로, 뜻을 새기는 것이 아니라 그저 읽는 데만 그쳤다. 가령 '心不在焉, 視而不見, 聽而不聞, 食而不知其味, 此謂修身在正其心'이라고 쓰여 있으면 '심불재언하면 시이불견하고 청이불문하고 식이부지가미하니 차위수신은 재정기심이니라'마음이 없으면 봐도 보이지 않고 들어도 들리지 않고 먹어도 맛을 느끼지 못하니 수행은 마음에 있다는 뜻 하는 식으로 선생님이 먼저 토를 달아 읽으시면 학생들이 따라서 읽었다. 한자를 다 익혀 읽을 수만 있다면 다음으로 넘어갔다. 목판쇄 『대학』의 본문 글자는 활판의 초호활자 정도의 크기로 선생님은 그 글자를 교편으로 짚어가며 가르치셨다. 그 무렵 소학교 선생님은 대개 회초리를 들고 다녔지만 한자 선생님은 항상 교편을 들고 계셨다. 교편은 나무, 대나무, 상아, 금속과 같은 재료로 만들어 조각 세공이 들어간 것도 있었다는데 보통은 빨래를 널 때나 염색할 때, 직물의 폭을 활짝 펴서 오므라들지 않게 하는 대나무 교편을 썼다. 선생님은 대나무 교편으로 한 글자 한 글자씩 짚어가며 읽어주셨다.

슈코 사숙에는 나이 든 선생님과 사모님, 스무 살 전후로 보이는 딸이 셋이서 살고 있었고 학생이 그리 많아 보이지는 않았는

● 전국시대 장수들의 활약과 평론을 기록한 책, 전4권.

데 아침 일찍 가면 선생님 대신 딸이 나와 가르쳐주었다. 나중에는 차츰 선생님보다 딸이 가르치는 횟수가 더 많아졌다. 딸은 미인이라고 할 수는 없었지만 뽀얗게 살이 오른 탄탄한 몸에 수수한 평상복을 걸치고 있었다. 나는 줄곧 스승을 대하는 마음으로 그녀를 대했기 때문에 특별한 감정을 품은 적이 없지만 폭 좁은 선비 책상 하나를 사이에 두고 마주 앉아 있으면 뜨끈한 체취가 훅 하고 풍겨오는 일도 있었다. 게다가 선생님처럼 된장국 냄새를 풍기는 그녀의 숨결은 나를 묘하게 괴롭혔다. 그녀는 매앰맴 하는 매미 울음소리를 연상시키는 콧소리로

『시경詩經』에서 이르길

조지요요桃之夭夭 기엽진진其葉臻臻이로다

지자우귀之子于歸여 의기가인宜其家人이라 하니

의기가인이후宜其家人而后에 가이교국인可以教國人이니라●

라고 읽었다. 나는 토를 달아 읽는 것만으로는 성에 차지 않아 가끔 뜻을 묻곤 했는데 선생님과 그녀는 내 질문 정도에는 쉽게 대답해주었다. 내가 집에서도 『십팔사략』 같은 책에서 어려운 글자를 어머니께 물으면 어머니는 대개 잘 가르쳐주셨다. 그 시절은 일반 서민도 조금 여유가 있는 집이라면 요즘 영어 공부를 시키듯 여자아이에게도 한문을 가르쳤는데 내 어머니도 처녀 시절 교

● 딸자식을 시집보내며 축복하는 시로 집안을 평안케 하면 나라도 평안해진다는 뜻.

양을 쌓으려 배우셨던 모양이다.

그런데 나는 오랫동안 이 슈코 사숙 딸을 그 나이 든 선생님의 친딸이라고만 생각했는데 실은 그의 첩이었다는 사실을 어느 날 불쑥 누군가에게 듣게 되었다. 그것이 와키타가 동네에 떠도는 소문을 듣고 와서 전해준 것인지, 내가 집에서 가이라쿠엔으로 가는 지름길에 있던 우물가에서 들은 것인지, 어머니 머리를 해주러 오던 이가 한 말인지 도통 기억이 나질 않지만

"그게 그 어르신의 첩이라니 놀랄 노자가 아니겠어요?"

하면서 당장 온 동네에 소문이 퍼졌다.

내게 처음 영어를 가르쳐준 분은 물론 이나바 선생님이었다. 당시 사카모토 소학교에서도 고등과 3학년이 되면 영어를 배웠는데 그것이 과외 수업이었는지 필수 과목이었는지는 모르겠다. 영어 외에 부기 같은 것도 배웠지만 나는 부기방망이장부에 선을 긋는 데 쓰는 둥근 방망이나 부기장을 들고 다닌 적도 있긴 하나 영 싫어하는 과목이라 열심히 하지도 않았다. 영어는 이나바 선생님이 첫날 수업에서

"영어로 '나는 펜을 가지고 있다'를 아이 해브 어 펜이라고 합니다."

라고 말하신 것이 기억난다. 그러자 학생들이 모두 재미있어하며 아이 해브 어 펜을 계속 반복했다. 이것이 내게 있어 영어의 듣기와 말하기의 시작이었다. 선생님이 그것을 영자로 흑판에 쓰면서 가르치셨는지 그 외에 어떤 말을 배웠는지는 기억에 없다. 그리고 그로부터 얼마간 스펠링(스페루링이라고 부르던) 연습을 주로 하며

"비, 에이. 베이, 비, 아이바이, 비오보"

하면서 흑판의 영문자를 보며 선생님을 따라 의미도 없는 발성만 했다. 요컨대 소학교에서의 영어란 알파벳을 깨우치는 정도로 『내셔널 리더National Reader』영어 교재 중 하나에 나오는 문장 하나도 읽지 못하는 아무 쓸모없는 것이었다.

그 무렵 일본인 교사를 두지 않고 오로지 영국 여자만 있는 영어학교가 쓰키지 거류지에 있었다. 거류지란 메이지 32년(1899) 조약 개정에 의해 내국인 거주 허가가 나오기 전까지 서양인 전용 주택지로 교바시 구 아카시초에 조성돼 그 제도가 철폐된 후에도 얼마간은 이국적 정취를 풍기는 서양 건물이 늘어선 지역이었는데 그곳에 '서머'라는 영국인 일가가 영어 학원을 운영하고 있었다. 정확히는 페인트가 칠해진 영국식 비늘살문 입구에 '구문세이코 학원歐文正鴻學館'이라는 한자로 이름 적힌 나무 간판이 걸려 있었는데, 그렇게 부르는 사람은 하나도 없었고 다만 서머라는 이름으로 통용되었다.

내가 '영국인 일가'라고 표현하긴 했지만 과연 그들이 진짜 영국인이었는지, 어쩌면 상하이나 홍콩 같은 곳에서 이주해온 각기 다른 나라 출신의 백인을 모아놓은 것은 아니었는지에 관해서는 알 길이 없다. 그녀들은 열아홉에서 서른 정도로 풍만한 '여자 이방인'이었고 대외적으로는 자매라고 하며 그녀들이 어머니라 부르는 노파가 있었을 뿐 남자는 한 사람도 없었다. 아마 나이가 가장 어렸던 앨리스가 열아홉이었고 그 외에 릴리, 아그네스, 수전이라 불리는 여자들이 있었다. 그녀들은 모두 일본어를 약간 할 줄 알았고 글자도 조금 쓸 줄 알았는데 그중에서도 릴리는 일본인과 다름없이 유창한 일본어를 구사했다. 하지만 자매라고 하기에는 얼굴 생김새가 달랐다.

서머 학원의 클래스는 서너 단계까지 있었다. 클래스는 오후 4시쯤 시작하는 조와 밤 7시에 시작하는 조가 있었고 수업 시간은 한 시간 정도로 자매들이 나누어 담당했다. 내가 입문한 오후 초급반을 담당하던 선생은 가장 어린 앨리스라는 아가씨로 학생은 30명 정도였다. 2급 이상은 서머에서 제작한 컨버세이션 북을 썼으나 초급반은 앨리스가 일일이 꼼꼼하게 영어 회화를 적어서 일본어로 발음 표기까지 한 것을 나누어주고 가르쳤다. 그 외에 웬만큼 영어 회화에 숙달된 상류층 자제들은 개인 수업을 받는다고 했다. 월사금은 내가 다니는 클래스만 해도 매달 1엔을 내고 있었으니 개인 수업은 그보다 훨씬 더 높은 액수였을 것이다. 당시 1엔이라는 돈은 결코 적지 않은 액수였는데 아무튼 그 무렵 영국인은 우리보다 생활수준이 훨씬 높아, 우리는 후진국 국민이었고 그들은 선진국 국민인지라 그 정도 월사금을 낸다 해도 할 말이 없었다.

내가 이 서머에 다니게 된 것은 나보다 먼저 와키타가 다니다가 함께 가자고 했기 때문이다. 와키타의 두 형도 이미 서머에 다니고 있었다. 내가 아직 소학생이던 시절에 와키타의 둘째 형은 미국으로 건너가 공부했는데 큰형이 둘째 형을 만나러 미국에 간 일이 있었다. 나는 그 큰형이 미국에서 돌아오던 날 선물로 미국에서 산 자전거를 가져왔던 일을, 그날 와키타가 우쭐대며 자전거를 탔던 일을 기억한다. 내가 소학교 고등과 2, 3학년 때의 기억인 듯싶다. 어쨌든 와키타는 형들 덕분에 처음부터 서머의 이방인들과 친해 보였는데 일본어가 유창한 릴리는 항상 와키타를 붙잡고 살갑게 농담을 주고받았다.

서머는 일층이 전부 교실로 쓰였고 이층이 그녀들의 살림집으로, 수업이 끝나면 이방인들은 모두 이층으로 올라가버리지만 우리 일본인들은 절대 올라갈 수 없었다. 와키타의 형들은 특별히 이층 출입이 허락되어 와키타도 한 번 올라간 적이 있는데 이층에는 고급 주단이 깔려 있고 레이스가 달린 커튼으로 장식된 방에는 테이블과 의자, 침대 같은 것이 있으며, 마치 외국에 온 듯 눈이 휘둥그레질 만한 모습이었다고 한다. 형들한테 들은 이야기인데 하면서 와키타가 작은 소리로 이 집에 사는 이방인 여자들은 비밀리에 일본 상류사회 신사들을 손님으로 받고 있으며, 가부키 배우 중에서도 여자를 사러 오는 이(그 반대 입장일지도 모르겠다)가 있고 바이코梅幸도 그중 한 명이라고 속삭였다. 그리고 개인 수업이라고 부르는 것이 좀 수상한데 그것을 한밤중에 이층 방에서 한다는 것이었다. 와키타가 한 말이 거짓말이 아니라는 증거는 지난 쇼와 29년(1954) 1월 27일자 『도쿄신문』 칼럼에 얼마 전 타계하신 가와라자키 곤주로河原崎權十郎, 가부키 배우가 「6대째라는 중압감」이라는 제목으로 쓴 글에서 서머를 언급한 내용으로 뒷받침되므로 조금 적어본다.

그 무렵 쓰키지에 서머라는 영어 사숙에 다니게 되었다. 서머에는 나보다 앞서 우자에몬이나 바이코, 후쿠스케 같은 배우도 드나들고 있었는데 영어를 배운다는 건 눈속임이었고 수전이라는 예쁜 아가씨를 만나러 가는 것으로……

346

나중에 내 권유로 사사누마도 서머에 다니게 되었는데 어느 날 사사누마와 나는 이층을 엿보려고 살금살금 계단을 올라가다가 들켜서 내쫓기고 말았다. 그때 우리는 화려하게 장식된 방을 살짝 볼 수 있었다.

　나를 처음 가르친 사람은 앨리스라는 처녀로, 얼굴은 아주 못생겼지만 나이가 어렸는데 나와는 기껏해야 서너 살 차이밖에 나지 않았을 것이다. 일본인이라면 아직 어린 소녀라서 도저히 학생을 가르치기 위해 교단에 설 수 없었을 테지만 그 당시 왜소한 일본인들 눈에는 당당하고 풍만한 몸매의 우수한 백인 처녀로 보여 처음 얼마간은 모두 얌전하게 수업을 받았다. 얼굴 생김새도 그당시 우리가 생각하는 오똑한 코에 갸름한 얼굴과는 영 딴판으로 들창코에 입이 크고 튀어나온 광대뼈에는 살이 더덕더덕 붙어 있었을 뿐이지만 자세히 보면 귀엽고 순진한 얼굴에 머리숱도 풍성했으며 물이 오른 몸은 터질 것같이 탱탱했다. 나는 그때 서양 여자를 난생처음으로 마냥 넋 놓고 바라봤는데 여름날 옅은 소매가 달린 짧은 블라우스를 입고 팔을 드러낸 그녀를 보고는 무슨 색으로 뽀얀 살결을 표현해야 할지 도무지 내 눈을 믿지 못한 채 넋이 나가 있었다. 그녀는 덩치만 컸지 아직은 어린 소녀라 낙엽이 굴러가는 것만 봐도 까르르 웃음을 터뜨렸는데 그것을 참으려 안간힘을 쓰곤 했다. 오후 클래스 학생들 중에는 긴자 거리의 상점에서 일하는 소년이나 견습생도 많았는데 차츰 '앨리스 선생님'을 깔보고 놀리기에 이르렀고 속된 일본어로 빈정거리며 시시덕대고는 그녀의 얼굴이 새빨개지는 것을 재미있어했다.

나는 앨리스를 놀릴 만한 용기가 없었지만 사사누마나 와키타를 꾀어 서양관 근처를 어슬렁거리며 서양 아이들이 놀고 있으면 갓 배운 영어로 욕을 했다. 어느 날 픽포켓(소매치기)이라는 영어 단어를 배우고 나보다 두어 살 어린 귀여운 사내아이가 화단 한쪽에 웅크리고 앉아 있는 것을 발견하고는

　"유 아 어 픽포켓."

이라고 하자 그 아이는 화난 기색도 없이

　"아이 엠 낫 어 픽포켓."

이라고 또박또박 대답하기에 영어로 대화를 나눈 것이 기쁘기 그지없어 그 뒤 매일같이 그 집 앞을 서성거렸으나 소년을 다시 보는 일은 없었다.

　서머의 월사금이 1엔이었다는 것을 지금껏 기억하는 데에는 까닭이 있다. 사사누마와 와키타가 차례로 그만두고 한동안 나 혼자 다니게 되었는데 거류지까지 가려면 가메지마초에서 핫초보리 삼각지를 지나 나카노하시나 이나리바시를 건너 덴포즈 방면으로 나와야 했으며 겨울이 되면 돌아가는 밤길에 예의 불량소년들이 항상 외국인 저택이나 교회 담벼락에 숨어 기다리고 있었다. 나는 그것이 몹시 무서워 이따금씩 저녁에 사숙에 가는 것을 빼먹고 행사를 하고 있는 신사를 어슬렁거리거나 닌교초나 니혼바시, 긴자 주변에서 시간을 보내다 들어가는 식으로 부모님을 속여오던 어느 날, 한 달 내내 수업을 빼먹는 바람에 어머니께 받은 월사금 1엔짜리 지폐 한 장을 어디에 써야 할지 몰라 애를 먹은 적이 있었다. 10전이나 20전 같으면 써버렸겠지만 1엔짜리 지폐를 부모님 몰래 쓴다는 것은 도저히 용기가 나질 않아 한참을

책갈피에 넣어 다니다가 사사누마와 겐에게 들키고 말았는데

"이건 서머 사숙 월사금 아니야?"

하면서 정곡을 찔렸고, 어찌되었건 그 돈을 기어코 다 쓰고 말았다.

　이런 일들로 삐걱거리면서도 나는 앨리스가 가르치던 초급반에서 다음 과정으로 올라갈 때까지는 다니고 있었다. 워낙 불규칙하고 엉성했던 곳이라 정해진 기간이 있는 것도 아니고, 정해진 시험이 있는 것도 아니어서 대강 적당히 상급 과정으로 편입도 시켜주는 식이었기 때문에 얼마 동안 그곳을 다녔는지는 정확히 모르겠다. 요컨대 서머라는 사숙은 젊고 아름다운 영국 여자들이 영어를 가르쳐준다는 게 중요했지, 교육 방식도 내키는 대로였고 질서나 조직도 없어 어학을 배우는 데는 전혀 도움이 되지 않았다.

　한 가지 사례를 들자면 중급반 수업을 들을 때였는데 릴리나 아그네스 둘 중 한 사람이 가르치는 반에서 아사쿠사에 있는 료운카쿠라는 12층 건물을 '아이펠타워'라고 가르친 적이 있었다. 나는 '타워'라는 단어는 알았지만 '아이펠'이 무슨 뜻인지, 12층을 말하는 것이라면 그대로 영어로 말하면 되는데 의아해하며 서머의 컨버세이션 북을 뒤져보니 Eiffel Tower라고 적혀 있는 것을 발견했다. 지금 생각해보면 파리의 에펠탑이 건설된 게 메이지 22년(1889)이고 아사쿠사의 료운카쿠가 지어진 것이 메이지 23년(1890)이라 일본에서는 아직 에펠탑에 대해 모르던 시절이었기 때문에 대충 되는대로 번역한 것 같은데 아무리 그래도 에펠탑에 대한 설명도 없이 에펠을 아이펠이라는 영국식 발음으로 가르치지를 않나, 아무튼 그녀들의 수업 방식이 어땠는지 가히 상상하긴 어렵진 않을 것이다.

문학열

문학에 대한 내 열정은 이나바 선생님이 힘을 불어넣어주신 덕분에 활활 타오르기 시작한 것도 사실이나 이전부터 조짐이 없었던 것은 아니다. 이와야 사자나미의 『쇼넨지다이』가 하쿠분칸에서 창간된 것은 내가 사카모토 소학교 심상과 2학년이던 해 정월, 즉 메이지 28년(1895) 봄이었는데 내가 모교 출신 가운데 분로쿠도의 주인, 호리노 요시치 씨가 일명 '교토의 와라베'라는 사실을 알고 호기심이 생겨 가끔 분로쿠도 앞을 서성거렸던 것은 꽤 오래된 일로, 필시 창간되자마자 손에 넣게 된 『쇼넨지다이』에서 본 와라베라는 익숙한 이름 때문이었다.

내가 스스로 펜을 잡고 창작이라는 것을 하겠다고 작심한 것도 꽤나 오래된 일로 아직 노카와 선생님 밑에서 공부하던 심상과 4학년 무렵이었다. 그때 같은 반이면서 가부토초 쪽 사람의 아들이던 하시모토 이치마쓰라는 소년이 있었는데 그 하시모토의 집에 노무라 고타로라는 문학청년이 놀러와 줄곧 진을 치고 있었다.

노무라는 가키가라초의 주식 중개인 아들로 오테마치의 상공중학교를 3학년 때 그만두고 빈둥빈둥 놀고 있었는데 나름 미문체 정도는 쓸 수 있었고 야마나 쓰라요시[山名貫義, 당시 일본 회화의 대가로 불림] 회화 사숙에도 다닌 적이 있어 그림에도 소질이 있는 하시모토와, 마찬가지로 동급생이며 가부토초에 살고 있던 와시오 신사쿠라는 소년을 꾀어 『가쿠세이구락부』라는 회람잡지를 발행하고 있었다. 이 잡지는 매달 한 번 발행되었는데 반절지에 각자 붓으로 쓴 글 예닐곱 장을 한 권으로 묶은 것으로 표지 그림이나 삽화는 대부분 노무라가 담당했고 그의 지시에 따라 소년들이 머리를 맞대고 궁리해가며 역사, 소설, 지리, 과학 서화, 잡학 등의 난을 꾸몄으며 사사누마나 와키타나 나도 하시모토의 권유를 받고 들어가게 되었다. 그리고 얼마 후 편집실을 하시모토의 집에서 가이라쿠엔 사사누마의 방으로 옮겨가면서 체제와 내용을 크게 정리하고 한때는 붓으로 쓰던 것을 멈추고 혼탁판 인쇄[메이지 시대의 간이 인쇄법으로서, 젤라틴으로 판版을 만들었음]를 시도해봤으나 왠지 밋밋해 보여 다시 붓으로 돌아갔다.

우리는 매일처럼 모여 작품을 들고 와 서로 비평을 했다. 노무라는 우리보다 예닐곱 살이나 많았는데 그가 편집실 책상에 앉아 기사를 쓰거나 삽화를 그릴 때면 우리는 숨죽이고 책상 앞에 앉아 하나같이 그의 일하는 모습을 각자의 길라잡이로 만들고자 했다.

노무라는 제법 자신만만한 폼으로 붓 끝에 침을 바르고는 치켜뜬 눈으로 우리를 넌지시 노려보아가며 붓을 놀렸다. 우리 모두 노무라처럼 그림과 문장에 뛰어나다면 얼마나 행복할까 부러

위하며 그의 재능을 선망하지 않는 이가 없었다. 하지만 가이라
쿠엔에서 일하는 여자들은 그가 눈을 치켜뜨고 사람을 노려보는
버릇을 기분 나빠하며, 젊은 사람이 한창 중요한 시기에 중학교
도 때려치운 뒤로는 공부와 담을 쌓고 빈둥거리며 매일 동네 아
이들을 모아놓고 뺀질거리는 작태를 보아 하니 사람 되기는 글렀
다며 욕을 했지만 우리에게 그는 문예 방면에서 없어서는 안 될
길라잡이였다.

우리는 『가쿠세이구락부』를 『배움의 정원(學びの園)』이라 개명하고
고등과에 올라가 이나바 선생님의 가르침을 받게 된 뒤에도 한참
발행을 계속했는데 이나바 선생님도 이 일을 도와주시며 매달 기
고를 해주셨기에 필시 『우케쓰모노가타리』의 「시라미네」 주석도
여기에 실렸을 것이다. 선생님이 우리 작품을 꼼꼼하게 읽고는 첨
삭해주신 덕분에 잡지는 차츰 나아졌고 내용도 풍부해졌다.

이나바 선생님의 손길이 우리에게 점점 강하게 작용하면서 결
국 청년 노무라의 존재감이 사라진 것은 어찌 보면 당연한 이치
였다. 노무라는 처음엔 우리가 치켜세우던 재능의 소유자가 아님
을 스스로 깨닫고 '한창 중요한 시기'를 헛되이 보낸 것을 후회하
며 돌연 요코하마에 있는 모상점의 견습생으로 들어갔으나 하릴
없이 나이만 먹은 터라 고용하는 쪽에서도 구박을 했던지 얼마
가지 않아 도쿄로 되돌아오고 말았다. 그 후 도쿄인쇄주식회사
후카가와 지사에 들어가 석판화공이 되어 한편으로는 수채화를
그리며 가까스로 입에 풀칠을 하고 살았다는데 좀더 자세한 사
정은 나보다 이토 신스이(伊東深水, 일본화가, 판화가) 씨가 더 잘 알고 있
을 것이다. 나보다 몇 살은 어린 신스이는 노무라가 도쿄인쇄에서

일하던 시절에 그 또한 고학을 하면서 그의 소개로 같은 회사에서 일하고 있었다. 나는 메이지 말경에 노무라의 소개로 그를 알게 되었고 그로부터 한 폭의 미인화를 받았는데 지금은 이 세상 사람이 아닌 노무라와의 추억을 되살려주는 그 그림은 다이쇼 12년(1923) 지진으로 재가 되었다.

그도 그럴 것이 나는 제일고등학교에 재학하고 있던 메이지 40년(1907)대의 어느 늦가을 밤에 한동안 뜸했던 노무라의 근황이 궁금해져 후카가와에 있는 도미오카 공원 끝자락에 위치한 그의 허름한 집을 찾아간 적이 있다. 그와는 주로 가이라쿠엔이나 길거리에서만 만났기에 그가 사는 집에 간 것은 처음이었다. 노무라의 부친은 예전에 미곡상을 경영하면서 떵떵거리고 살다가 망해 가키가라초에서도 그다지 평판이 좋지 않았던 사내로, 외아들인 노무라가 모친과 둘이서 후카가와에 자리잡았을 때는 이미 고인이 되어 있었다는 이야기를 내 아버지를 통해 들은 적이 있다. 당시 노무라는, 열예닐곱 살로 장가를 갔어도 될 나이였지만 먹고살기 바쁜 탓에 그럴 정신이 아니었을 테고 잘생긴 얼굴임에도 병약해 보이는 데다 비쩍 말라 마누라를 건사하지도 못했을 듯싶다. 그런 그가 홀어머니와 단둘이 얼마나 남루하게 살고 있을까 은근 걱정이었는데 현관을 빼면 10제곱미터 남짓한 단칸방에서 노무라는 도손藤村, 본명은 시마자키 하루키, 근대소설가의 『와카나슈若菜集』일본 낭만주의 문학의 대표적 시집인지 뭔지 사이교 법사가 달을 바라보고 있는 삽화를—삽화에는 '달이 내게 처량하다 하는 걸까, 아니 그럴 리가 없지'라는 시가 곁들여져 있었다—펼쳐놓은 채 읽고 있었다. 이상하리만치 달이 밝아 공원의 나뭇가지가 벨벳처럼 빛을 뿌리고 있어 남루한 노무라의 방까지도 수족관 안과 닮은 투명함이 느껴졌는데 때마침 창가에 스며드는 달빛을 받으며 부엌에서 찻잔을 들고 들어오는 그의 모친의 미모에 순식간에 매료당한 나는 잠시 넋이 나가 있었다. 노무라의 나이를 감안하면 그의 모친은 아무리 젊어도 사십대 중반이었을 텐데 중년의 아름다움이란 말이 이렇게 잘 들어맞는 경우도 없을 것이다. 세상에는 아름다운 사람을 생각지도 못한 곳에서 보게 되는 일도 있구나 싶었다. 내 어머니도 살이 하얗기로는 빠지지 않으셨지만 노무라의 모친은 내 어머니보다 체격이 컸고 그만큼 팔다리가 길쭉한 데다 노무라가 영양실조처럼 말라 있는 데 비해 그녀는 전체적으로 풍만했고 심지어 하얗기까지 했던 것이다. 이목구비 역시 큼직큼직한 것이 연극배우처럼 멋졌다. 나는 우리 어머니 같은 사람을 데려다가 가난에 찌들게 두는 것이 못마땅해 곧잘 아버지의 변변치 못함을 탄식해왔으나 노무라의 모친을 보자 노무라를 책망하고픈 마음이 들었다. 하지만 솔직히 말하면 내가 마음을 사로잡힌 것은 그녀가 이토록 나이 들고 이토록 가난하고 이토록 색 바랜 옷을 입고 있어서였다. 다시 말해 그녀에게는 젊은 여자가 지니고 있지 않은 노곤한 아름다움, 윤기가 사라지고 늘어져버린 피부가 주는 농염함이 있었는데 정작 자신만 몰랐다. 아니, 노무라 역시 모친의 가치를 모르는 듯했다. 만약 알고 있다면 소문이 났을 텐데 나는 지금껏 단 한 번도 그의 입에서 모친 이야기를 들어본 적이 없었다. 어쩌면 그녀의 젊은 시절을 기억하고 있을 테니 초라해진 지금의 모습을 부끄럽게 여기기라도 했던 걸까.

내가 이렇게 느낀 데에는 그날 밤 이상하리만치 밝았던 달빛

마법도 한몫했는지 모르겠다. 그러나 어쨌든 나는 이런 모친과 함께 사는 노무라에게 아내 따윈 필요 없으며 그의 수입으로는 모친을 겨우 먹여 살릴 정도이니 잘 보살펴드리는 것으로 만족하며 이것을 삶의 보람으로 알고 살아야 할 것이라는 생각을 했으나 몇 해 뒤 노무라와 그의 모친은 그 후카가와의 집에서 베개를 나란히 하고 드러누운 병자가 되었으며 앞 다투듯 이 세상을 떠나고 말았다는 것을 나중에야 가야바초 실 가게 아들 마루야마 긴타로에게 들었다.

마루야마는 소학교 시절 동급생인데 그의 부친이 오지랖이 넓은 사람이라 언제부터인가 노무라를 보살펴왔던 모양으로 노무라 모자가 자리에 눕자 마루야마 부자가 번갈아 간호를 했다. 노무라의 병은 폐결핵이었다는데 모친은 무슨 병이었는지, 짐작대로 기가 약한 사람이라 아들에게서 결핵이 전염된 게 아닐까 묻고 싶었으나 의외로 노무라가 모친보다 며칠 더 살다가 떠났다니 최소한 그것만이라도 그 가여운 모친을 위해서나, 박복한 아들이었던 노무라를 위해서나 잘된 일이었다고 여겨진다.

나는 우리가 계몽 시절에 노무라로부터 받은 은혜는 결코 가벼운 것이 아니라 여기고 있는 만큼 그의 마지막을 서술하면서 저절로 깊이 들어가고 말았으나 이제 본론으로 돌아가야겠다.

기무라 쇼슈의 『쇼넨분가쿠시』에 사자나미산진의 『신·핫켄덴』이 『쇼넨지다이』에 연재된 것이 메이지 31년(1898) 정월, 무술년 봄이라 기재된 것을 보니 내가 열세 살 때였는데 나에게 소설이라는 것의 재미—공상세계를 만들어 거기에 빠져 노는 기쁨을 충분히 알게 해준 최초의 작품이었다. 그때까지 소설 같은 것을 읽기도 했고 쓰기도 했지만 이 정도로 대담하고 자유분방하게 가공의 세계를 펼친 것은 본 적이 없었다. 나는 매달 『쇼넨지다이』 발행일을 눈이 빠지게 기다렸다가 가장 먼저 첫 장에 실린 그 소설에 달려들었다.

나는 이누하리코_{개 모양을 한 종이로 만든 장난감, 액막이로 씀}가 여덟 마리의 새끼 이누하리코를 낳았는데 그 강아지들이 살아서 움직이는 이야기를 있을 수 없는 일이라고 생각하면서도 조금도 이상하게 여기지 않았을뿐더러 그런 일이 실제로 일어나면 좋겠다고 빌었다. 그리고 이누하리코가 걷고 뛰고 하는 다케우치 게이슈의 삽화를 보면 그 소원이 더욱 강렬해지는 것이었다. 소년이던 나는 사춘기의 청년이 연애를 동경하듯 『신·핫켄덴』 세계를 동경했다.

때마침 그 무렵 나는 가이라쿠엔에서 사자나미산진을 만난 적이 있다. 그가 가끔 고요산진 같은 사람들과 함께 가이라쿠엔에 온다는 것은 이전부터 오이토에게 들어 알고 있었다. 그러던 어느날 사사누마의 방에서 놀고 있는데 지금 사자나미산진과 고요산진이 이층 방에 와 있다며 정원에서 볼 수 있다고 알려줘 나는 사사누마와 정원으로 나가보았다. 그러자 손님으로 사자나미와 고요 외에 두어 명이 더 있었는데 운 좋게 다른 손님은 안쪽에 앉았고 정원으로 난 툇마루 가까이에 사자나미와 고요가 탁상에 기대어 앉아 있는 것이었다. 사사누마와 나는 겨우겨우 까치발을 하고 올려다봤는데 처음엔 두 사람 머리만 보이던 것이 우리를 의식해서였을까, 몸을 조금 기울여 정원 쪽을 향해 고개를 돌렸다. 사자나미는 빈 잔을 손에 쥐고 만지작거리면서 힐끔 내 쪽을 보았다. 나는 사사누마에게 그 사람이 사자나미라는 것을 듣고도 당시에는 반신반의했는데 그 후 메이지 40년(1907)쯤엔가 자유 연극 시연 때 유라쿠 극단 복도에서 오사나이 씨에게 소개받고 사자나미와 처음 인사를 나누면서 10여 년 전에 가이라쿠엔에서 본 얼굴이 틀림없다는 생각에 유년 시절 기억이 선명하게 떠올랐다. 한편 고요는 당시 멀리서 본 적이 있긴 하나 안타깝게도 직접 만날 기회는 없었다.

『쇼넨분가쿠시』의 저자는 『신·핫켄덴』에 대해 평하기를 '그 구상이 자못 웅대하고 변화무쌍한 기발함까지 더해져 회차를 거듭할수록 그 끝은 종잡을 수 없는 데다 게이슈의 삽화 역시 일개 무생물에 지나지 않는 이누하리코에게 영혼을 불어넣어 종횡무진하는 생동감을 그려냈다'고 적고 있는데 그 작품은 수많은 사자나미의 공상소설 중에서도 특히 작가의 상상력이 총동원된 고심작일 것이다. 내가 그 이야기에 한없이 심취한 것은 나 자신도 언젠가 그러한 세계를 스스로 만들어보고자 했기 때문인지, 그저 막연하게 사자나미가 그리는 세계를 동경했던 것뿐인지 정확히 잘 모르겠다. 아마 나는 입때껏 글을 쓰는 즐거움과 읽는 즐거움을 확실하게 구별하지는 않았던 모양이지만 그래도 뭐랄까 창작욕이 싹텄다고나 할까, 마음을 공상세계에서 뛰놀게 할 수 있는 기쁨을 알게 되어 때로 공상세계에 빠지는 습관이 생긴 것은 바로 이 무렵이 아닐까 싶다. 동시에 지금도 기이하게 생각되는 것은 한편으로는 이나바 선생님께 조기 교육을 받으며 나이에 걸맞지 않은 어려운 책을 가까이하면서도 머릿속에 공상의 세계와 어른의 세계가 공존하고 있었다는 점이다. 나는 이누하리코가 다채롭게 활약하는 세계를 꿈꾸면서, 한문 서적 『근고사담』을 배우거나 일본어 서적 『우케쓰모노가타리』를 배웠다.

『쇼넨지다이』에 연재된 소설로 『신·핫켄덴』 다음으로 나를 즐겁게 해준 소설은 가산진의 『거지왕자』였다. 이것은 마크 트웨인 원작을 가산진이 번역해 사자나미가 감수하고 구로다 고잔진이 교정해 발표한 것으로 『신·핫켄덴』처럼 기상천외한 작품은 아니었지만 나름대로 실제로 일어날 수 있는 이야기라는 점이 재미있었다. 요다 갓카이依田學海, 한문학자, 소설가의 『도요토미 다이코豊臣太閤』도 같은 시기에 오랜 기간 연재되어 내가 역사물에 관심을 갖게 된 것은 이 작품을 읽기 시작하면서부터다. 그 외에 『쇼넨지다이』에서 지금도 기억하고 있는 것은 고다 로한의 『문명의 창고文明の庫』와 『휴가전』, 모리타 시켄의 『15소년』 등인데 로한은 그 시절부터 이미 예사롭지 않았던 작가로 뭔가 독특한 인물이라는 것을 어린아이도 알 수 있었다.

나는 여기서 『일본 역사담』의 저자인 오와다 다케키의 이름을 빠뜨리고 갈 수 없다. 이 사람은 훗날 철도창가로 전국 방방곡곡에서 유명 인사가 되는데 그의 『일본 역사담』은 그 창가보다 몇 해 앞서 하쿠분칸에서 발행되었다. 이것은 1권부터 24권까지의 총서叢書로 야마다 게이추가 삽화를 그린 「일본개벽」을 시작으로 미즈노 도시카타의 제자 고야마 미쓰카타의 삽화가 있는 「위해위威海衛」산둥 성의 항구도시. 청일전쟁 당시 일본군이 점령했다로 끝나는데, 나는 이 24권 중에 절반을 읽었다. 그 가운데서도 「간코菅公」헤이안 시대의 학자 스가와라 미치자네를 높인 말(삽화-가지다 한코), 「소가 형제」(오가타 겟코), 「사가미타로」(야마다 고도), 「구로요시쓰네를 일컬음 판관」(쓰쓰이 도시미네), 「아쿠시치 뵤에」(미즈노 도시카타), 「난코楠公」고다이고 천황의 막부 타도에 가담했던 구스노 마사시게를 높인 말(고바야시 에이코), 「다이토노미야」(우타가와 구니마쓰) 등은 하나같이 손에서 놓지 못한 채 읽고 또 읽었다.

『쇼넨분가쿠시』에 의하면 오와다 다케키가 직접 집필한 것은 첫 번째 제1권뿐이고 나머지는 그의 제자 중에서도 수재로 불리던 후쿠시마 시로(훗날 부녀신문 사장)가 쓴 것이었는데 나는 그런 사실을 모르고 있었다. 나는 이 『일본 역사담』의 문장에 특별히 매력을 느끼지는 않았지만 문장체이면서도 아이들이 이해하기 쉽게 담백하고 명쾌하게 쓰여 있어 그 내용에 빠져들었다. 「구로 판관」이나 「아쿠시치 뵤에」는 내가 더 어렸을 때 단주로나 기쿠지로가 출연했던 요시쓰네나 가게키요 연극을 다시금 떠올리게 해주었다. 「난코」와 「다이토노미야」는 훗날 내가 『다이헤이키』 원문을 음미할 수 있는 기본 지식이 돼주었다. 나는 이들 역사담의 내용이 엄밀히 역사를 토대로 한 것인지, 비화나 전설을 섞은 것인지는 따지지 않았거니와 당시에는 실화와 전설과 허구 사이에 그다지 큰 차이를 느끼지 못했다. 「요시쓰네 센본자쿠라」나 「슛세 가케키요」 같은 극은 과거에 실제로 일어난 일과 허구 사이에 있는 가교와 같은 것으로 나는 그 다리를 이리저리 건너다니며 자유로이 공상의 세계에서 뛰어놀았다.

아마 나뿐만 아니라 그 무렵 소년이라면 한번쯤 역사와 소설을 같은 종류의 읽을거리로 여겼으리라 생각한다. 이나바 선생님은 『다이헤이키』 가운데 가장 아름다운 문장, 혹은 가장 감동적인 문장으로 제2권 '도시모토가 다시 가마쿠라로 가게 된 사건俊基朝臣再關東下向の事', 제5권 '막부 타도 계획의 실패로 고다이고 천황

이 잡히자 아들 오토미야가 적을 피해 숨어 있던 사건大塔宮熊野落の事', 제13권 '고다이고 천황에게 준마가 헌상되면서 일어나는 일龍馬進奏の事', 제21권 '천황 승하先帝崩御の事' 등을 들었는데 2권에서

　떨어지는 눈꽃에
　길을 잃었나
　가타노에 찾아든
　봄 벚꽃놀이
　가을에는 단풍옷
　갈아입으니

라는 도시모토의 귀향길이나

　유라의 나들목을
　내려다보니
　노 젓는 배 기우뚱
　방향을 잃고

라는 오토미야가 함락당하는 대목의 7·5음률은 혀에 착착 감기는지라 오랫동안 매료되었다. 그리고 고다이고 천황의 승하 장면을 묘사하고 있는 21권 '천황 승하'의 한문체 기술은 그 이상의 명문이었다. 나는 나중에야 7·5음률의 저속함을 깨닫고 그 영향에서 벗어났지만 한동안은 그 한문체의 기술 방법에는 음률의 아름다움에 더해져 깊은 내용이 담겨 있는 듯 느껴졌다. 가령 '슬

프게도 제왕의 자리는 北辰(북극성)처럼 높고 百官(신하)은 하늘의 별만큼 많은데 九泉(저세상)에 함께 가줄 供奉(동무)은 하나도 없구나. 어찌해야 좋단 말인가. 요시노는 僻地(너무 외지고) 萬卒(수많은 병사)가 구름처럼 몰려온다 해도 無常の敵(죽음이라는 적)을 막아줄 자가 없구나. 只中(망망대해)에서 배는 뒤집히고 항아리 하나가 파도를 떠다니다, 暗夜(캄캄한 밤)에 불은 꺼지고 오경(새벽)에 내리는 비를 향하누나'라는 문체와 '삭막한 空山(산속)에 새들이 울고 벌써 해는 지네. 土墳(무덤)에 數尺(높이 자란) 풀, 눈물은 말랐지만 愁末(슬픔)는 마르지 않네.

旧臣皇后(옛 신하와 황후)가 울면서 鼎湖딩후 호, 허난河南 성의 징산산荊山 기슭에 있는 호수의 구름을 膽望(멀리서 바라보며), 한을 하늘의 달에 붙이고, 覇陸(무덤)에 부는 바람에 夙夜(온종일) 지새워, 이별을 꿈속의 꽃에 그린다'라는 문체처럼―그것은 일본어와 한문의 독음을 조합한 것이나 상형문자의 글자 자체에서 오는 고혹적인 매력만을 염두에 두었을 뿐, 내용은 별다른 게 없었는데 당시에는 일반적으로 그런 것을 명문이라 여기는 풍조가 있었다.

그 하나로 메이지 시대에는 미토학파의 남조南朝 숭배 사상이 지배적이었기 때문에 우리는 요즘 청년들이 민주주의나 평화론을 제창하며 파시즘이나 전쟁을 반대하는 것처럼, 아시카가의 부정을 증오해 남조의 태자나 구스노 마사시게의 말로에 비통해하며 분개하도록 유도되어 더더욱 그런 문장에 피가 끓었던 것이다.

로한이 『다이도쿠로』를 쓴 것은 메이지 23년(1890) 1월이고 『후쓰카모노가타리』의 전편 『고노이치니치』를 쓴 것은 메이지 25년(1892) 5월로 되어 있는데 이 무렵에는 로한의 문장에도 시대의 유행을 반영한 미문조가 적잖이 쓰였다는 사실을 알게 되었다.

'속절없이 짧은 밤이 새고 날이 밝아오면, 하룻밤 인연도 여기까지, 너는 가타시나 강에 떠 있는 꽃, 향기는 물살 따라 10리를 가고, 나는 그 강기슭에 선 버드나무, 그림자는 강바닥으로 가라앉아 한 발짝도 움직이지 못하네.' '세상에 버려져, 세상을 버리고, 가는 숨은 턱밑까지 차올랐는데, 불현듯 허공을 향해 나무 지팡이를 휘두르니, 길가의 돌이든 나무든 불현듯, 내리치며 미쳐 날뛰다가, 미쳐 날뛰며 내려치다가, 복받치는 불덩이에 마음을 태우고 괴로움에 나를 잊는다.' 『다이도쿠로』의 마지막 부분에 있는 이 문장들에는 일종의 가락이 붙어 있어 요즘 감각으로 읽으면 아마 맞지 않을 테지만 그 작품 전체는 로한이 아니면 창조할 수 없는 세계였으며 일본 문학이 낳은 진주이고 이것이 발표된 때의 놀라움은 가히 짐작할 만하다. 내가 이것을 알게 된 것은 열네다섯 무렵인데 '그대는 가타시나 강에 떠 있는 꽃……'이라는 구절은 이날 이후 뇌리에 박혀 오늘날에 이르렀다.

'맑은 세상에 나오지 못해 차가운 눈빛을 하고 있는 나를 위로하는 한 그루 소나무여, 그대는 겨울에도 그 빛깔을 바꾸지 않으니 나도 이 마음을 한결같이 바꾸지 못하누나. 그대는 폭풍에 흔들려가며 푸른빛을 발하니 누렇게 변한 책에 너의 빛깔이 날아든다. 이에 나는 바람에 몸을 맡겨 그대 줄기 위에 핀 송화에 향기를 보낸다.'

'어리석도다. 해탈하는 법을 깨달았다고는 하지만 부처는 지금 나의 적이구나. (…) 계곡의 개똥벌레가 하늘을 날아 암흑 속에서 불타버린다. 나는 암흑 속에서 일어나고, 암흑 속에서 움직이고, 암흑 속에서 웃고, 암흑 속에서 쉬는, 영원한 암흑세계의 대왕이다.'

'부처는 智(깨달음)이고, 나는 情(욕정)이다. 智가 智水千頃(천개의 연못에 빠지면) 情火萬丈(욕정이라는 불길)이 솟는다. (…) 내가 걸어간 길에는 柳紅(버드나무가 빨갛고) 花綠(꽃은 파랗고), 내 손이 가리키는 곳에는 烏白(까마귀가 하얗고) 鷺黑(백로가 까맣고), 天死(하늘은 죽어야 하고) 地舞(땅은 춤추어야 한다). 日月暗(해와 달은 어둡고) 江海涸(강과 바다는 말라야 하며), 頑石笑(돌과 바위가 웃으며) 노래하고 枯草花香(마른 가지에 꽃이 피며 향기도 있다). 사자는 미인의 무릎 아래 조아리고 구렁이는 어린아이 앞에서 노닌다. 삭막한 풍경을 따뜻하게 만들고, 내리는 눈이 향기롭고, 瓦礫光輝(하찮은 것이 빛을 발하고), 盲井醇醴(마른 우물에서 술과 감주가 넘치고), 胡蝶聲相思吟(나비는 서로를 부르며 울고). 聾者能聞(귀머거리는 능히 듣고) 瞽者能見(장님은 세상을 보니), 劍戟食(검과 창도 따서 먹고), 鼎鑼浴(솥과 호미를 씻는다).'

『후쓰카모노가타리』의『고노이치니치』는 착상을 우에다 아키나루에게서 빌려온 것으로, 작자가 창의를 뽐낼 자격도 없고 그만큼 작품으로서도『다이도쿠로』에 비해 뒤떨어지지만 바킨의『유미하리쓰키』에 나오는 「시라미네」 대목보다는 훨씬 더 월등하다고 생각한다.

자신의 천부적 소질에 자신만만했던 로한은 도쿠가와 시대의 훌륭한 두 선조에게 도전하는 듯 보이는데 그 화려함을 극한으로 이끌어낸 문체는『우케쓰모노가타리』의 담백함에 비해 지나치게 현란한 경향이 있긴 해도 국문과 한문의 불경 어휘를 종횡무진으로 구사해가며 일본어와 한자를 혼용시켜 아름다움의 절정에 이르게 한 점은 로한이 아니면 불가능했을 것이다.

옛 작가들이 문구를 수식하는 일에 많은 힘을 쏟은 것을 두고 쓸데없는 노력이라 말하는 이도 있을 수 있겠으나 내 유년 시절까지만 해도 문학의 길로 들어가기 위해서는 거쳐야 할 길이었기에 나는 그것을 부질없는 수고였다고 여기지 않았다. 그 후 우리의 『가쿠세이구락부』와 『배움의 정원』은 중단되었고 다시 회람잡지를 만드는 이는 없었으므로 나는 오로지 혼자서 글쓰기를 연마하는 데 힘을 쏟았는데 어쩌다 회심의 문장이 만들어지면 이나바 선생님께 보여드리고는 비평을 청했다.

퇴고推敲라는 말을 요즘 사람들은 잊었든지 무게를 두지 않든지 둘 중 하나일 텐데 예전에는 퇴고가 문학을 하기 위한 하나의 방법이었다. 나는 문구를 다듬는 수단으로 옛 선인들의 다양한 저서에서 수려한 문장을 발췌해 필사하거나, 그 문장들을 넣어서 새로운 문장을 만들거나 하던 시기가 있었는데 『후쓰카모노가타리』의 『고노이치니치』는 그 후반을 반절지에 정성껏 필사하고 암기했다. 오와다 다케키의 『일본 역사담』 같은 것도 일부분은 그런식으로 암기했다.

나의 「유년 시절」에 대하여

잡지 『고코로』가 이번 호로 제80호에 달한다고 한다. 따라서 축하의 뜻으로 내게도 원고 청탁이 들어왔는데 안타깝게도 나는 목하 『분게이슌주』에 「유년 시절」을 매달 연재하고 있어 당장은 짬을 낼 수 없다. 정말이지 나는 융통성이 없는 성격인지라 무슨 일이든 시작했다 하면 끝날 때까지는 다른 데 정신을 팔지 못하고 편지 하나 쓰는 것도 성가시다. 그렇다고 해도 무샤노코지武者小路, 소설가 씨나 아베 씨에게 의리를 지켜야 하는 입장이라 어쩔 수 없이 지금 연재하고 있는 「유년 시절」에 관해 뭔가 떠오르는 것을 정리해 책망을 피하고자 한다.

예전에 『청춘 이야기』로 처음 『신시초新思潮』를 통해 문단에 등장했을 당시의 사정—메이지 43년(1910)경부터 다이쇼 원년(1912)까지의 기간을 회상하는 글을 썼는데 지금 쓰는 것은 내 유년 시절에서 소년 시절까지, 메이지 22년(1889)경부터 34년(1901)까지의 회고담이다. 그리고 이것은 한편으로는 내 삶의 기록임과 동시에 다른 한편으로는 현재 이토록 변해버린 도쿄의, 메이지 중엽 서민들의 정경을 지금의 젊은 세대에게 조금 들려주고자 하는 목적도 있다.

사람은 노년에 이르러 기억력이 감퇴하면 어제오늘 일은 금방 잊어버리는 반면 유년 시절 뇌리에 새겨진 일은 수십 년이 지나도 쉽게 잊는 법이 없다. 나는 이번에 내가 기억하고 있는 가장 오래된 일부터 쓰기로 마음먹고 펜을 들었지만, 먼 옛날 기억을 더듬어가는 동안 이미 망각의 저편으로 사라져 묻힌 줄만 알았던 일들이 차차 조금씩 되살아나 참으로 잘도 이런 것까지 머릿속 어딘가에 남겨두고 살았구나 하며 스스로도 놀랄 따름이었다. 그리고 그 무렵 일들이 차례로 떠오르면 그것을 놓치지 않고 적어두는 것에 심심한 재미를 느끼게 되었다.

그래서인데 내가 소설가로서 지금까지 해온 작업은 처음 생각했던 것보다 훨씬 더 많은 부분에 내 유년 시절 환경이 큰 영향을 미쳤을 터이다. 나는 지금껏 내가 지금과 같은 인간이 된 이유가 청년 시절 이후의 학문이나 경험, 사회와의 접촉이나 많은 선후배, 혹은 벗과의 절차탁마에 의한 것이라고 생각해왔지만 오늘에 이르러 뒤돌아보니 다른 사람은 몰라도 내 경우에는 현재 내가 가지고 있는 것 가운데 대부분이 의외로 유년 시절에 이미 모조리 싹을 틔운 것으로 청년 시절 이후에 내 것이 된 것은 그다지 많지 않아 보인다.

가령 내가 「유년 시절」에 '이나바 선생님'께 배운 것들은 훗날 다채로운 형태로 작품에 흔적을 남기고 있으나(물론 이나바 선생님이 유난히 훌륭한 스승이었다는 이유도 있지만) 중학교 이후의 선생님들께 배운 것은 그에 비해 그리 큰 감동을 남기지 않았다. 나는 또한 유년 시절에 본 시치주고 극단이나 가부키 극단의 무대 환영, 단주로나 기쿠고로 같은 배우의 연기가 훗날 나를 형성하는 데 있어 가늠하기도 어려울 만큼 영향을 주었다는 사실을 간과할 수 없다. 아니, 어떤 때에는 닌교초의 스이텐구 신사에서 본 시치주고 극단의 신악이나 미나미카야바초에 있는 메이토쿠 신사의 가쿠라도에서 본 차반까지 단주로나 기쿠고로에 버금갈 정도로 상당히 깊은 인상을 남기고 있어 오늘 일처럼 느껴진다.

그런 까닭에 「유년 시절」은 내 회고록이 틀림없지만 그곳에는 단순한 회고록 이상의 것이 들어 있는 것도 사실이다. 그것은 메이지 10년(1877~)대에 도쿄의 작은 마을에서 태어나 그 시대의 도쿄가 지니고 있던 다양한 문화와 풍습을 보고 자라서 이윽고 그것을 바탕으로 소설가가 된 한 평범한 아이의 삶의 기록이라고 말하는 게 적절할 것이다.

1955년 을미년 3월

도쿄 생각

초판인쇄	2016년 7월 18일
초판발행	2016년 7월 24일

지은이	다니자키 준이치로
옮긴이	류순미
펴낸이	강성민
편집장	이은혜
기획	노만수
편집	장보금 박세중 이두루 박은아 곽우정
디자인	고은이 유현아
편집보조	조은애 이수민
마케팅	정민호 이연실 정현민 김도윤 양서연
홍보	김희숙 김상만 이천희

펴낸곳 (주)글항아리 | 출판등록 2009년 1월 19일 제406-2009-000002호

주소 10881 경기도 파주시 회동길 210
전자우편 bookpot@hanmail.net
전화번호 031-955-8891(마케팅) 031-955-1934(편집부)
팩스 031-955-2557

ISBN 978-89-6735-352-0 03830

글항아리는 (주)문학동네의 계열사입니다.

이 도서의 국립중앙도서관 출판예정도서목록(CIP)은 서지정보유통지원시스템
홈페이지(http://seoji.nl.go.kr)와 국가자료공동목록시스템(http://www.nl.go.kr/kolisnet)에서
이용하실 수 있습니다. (CIP제어번호 : CIP2016016758)